金學叢書
第二輯 26

吳敢
胡衍南 霍現俊
主編

曾慶雨《金瓶梅》研究精選集

曾慶雨 著

臺灣學生書局印行

金學叢書第二輯序

2013 年 5 月第九屆（五蓮）國際《金瓶梅》學術討論會期間，胡衍南、霍現俊忙裏偷閒，時而小聚，漢書下酒，就中便有本叢書編輯出版一事。當時即擬與吳敢商談，以期盡快成議。只是吳敢當時會務繁多，此議終未提及。2013 年 7 月 3 日，胡衍南到徐州公幹，當晚至吳敢舍下小酌，此事即進入操作程序。此後電郵往來，徐州、臺北、石家莊三方輾轉，叢書編撰框架日漸明朗。2013 年 11 月 23 日，胡衍南再度到徐州公幹，代表臺灣學生書局與吳敢詳盡商談編輯出版事宜，本叢書遂成定案。

此「金學叢書」之由來也。

中國古代小說研究，重大課題眾多。近代以降，紅學捷足先登。20 世紀 80 年代，金學亦成顯學。明代長篇白話小說《金瓶梅》是中國文學史上一部里程碑式的重要作品，其橫空出世，破天荒打破以帝王將相、英雄豪傑、妖魔神怪為主體的敘事內容，以家庭為社會單元，以百姓為描摹對象，極盡渲染之能事，從平常中見真奇，被譽為明代社會的眾生相、世情圖與百科全書。幾乎在其出現同時，即被馮夢龍連同《三國演義》《水滸傳》《西遊記》一起稱為「四大奇書」。不久，又被張竹坡譽為「第一奇書」。《紅樓夢》庚辰本第十三回脂評：「深得《金瓶》壼奧」。魯迅《中國小說史略》認為「同時說部，無以上之」。

自有《金瓶梅》小說，便有《金瓶梅》研究。明清兩代的筆記叢談，便已帶有研究《金瓶梅》的意味。如明代關於《金瓶梅》抄本的記載，雖然大多是隻言片語的傳聞、實錄或點評，但已經涉及到《金瓶梅》研究課題的思想、藝術、成書、版本、作者、傳播等諸多方向，並頗有真知灼見。在《金瓶梅》古代評點史上，繡像本評點者、張竹坡、文龍，前後紹繼，彼此觀照，相互依連，貫穿有清一朝，形成筆架式三座高峰。繡像本評點拈出世情，規理路數，為《金瓶梅》評點高格立標；文龍評點引申發揚，撥亂反正，為《金瓶梅》評點補訂收結；而尤其是張竹坡評點，踵武金聖歎、毛宗崗，承前啟後，成為中國古代小說評點最具成效的代表，開啟了近代小說理論的先聲。明清時期的《金瓶梅》研究，具有發凡起例、啟導引進之功。

20 世紀是人類歷史上可足稱道的一個百年。對中國人來說，世紀伊始，產生了驚天動地的兩件大事：1911 年封建王朝的終結，1919 年「五四」新文化運動的興起。中國人心裏承接有豐富的傳統，中國人肩上也負荷著厚重的擔當。揚棄傳統文化，呼喚當代文明，這一除舊佈新的文化使命，在中國用了大半個世紀的時間。觀念形態的更新、研究方法的轉變、思維體式的超越、科學格局的營設一旦萌發生成，便產生無量的影響，具有劃時代的意義。《金瓶梅》研究即為其中一例。

以 1924 年魯迅《中國小說史略》出版，標誌著《金瓶梅》研究古典階段的結束和現代階段的開始；以 1933 年北京古佚小說刊行會影印發行《金瓶梅詞話》，預示著《金瓶梅》研究現代階段的全面推進；以 30 年代鄭振鐸、吳晗等系列論文的發表，開拓著《金瓶梅》研究的學術層面；以中國大陸、臺港、日韓、歐美（美蘇法英）四大研究圈的形成，顯現著《金瓶梅》研究的強大陣容；以版本、寫作年代、成書過程、作者、思想內容、藝術特色、人物形象、語言風格、文學地位、理論批評、資料彙編、翻譯出版、藝術製作、文化傳播等課題的形成與展開，揭示著《金瓶梅》的研究方向。一門新的顯學——金學，已經赫然出現在世界文壇。

20 世紀 70 年代以來的當代金學，中國的吳曉鈴、王利器、魏子雲、朱星、徐朔方、梅節、孫述宇、蔡國梁、甯宗一、陳詔、盧興基、傅憎享、杜維沫、葉朗、陳遼、劉輝、黃霖、王汝梅、周中明、王啟忠、張遠芬、周鈞韜、孫遜、吳敢、石昌渝、白維國、陳昌恆、葉桂桐、張鴻魁、鮑延毅、馮子禮、田秉鍔、羅德榮、李申、魯歌、馬征、鄭慶山、鄭培凱、卜鍵、李時人、陳東有、徐志平、陳益源、趙興勤、王平、石鐘揚、孟昭連、何香久、許建平、張進德、霍現俊、陳維昭、孫秋克、曾慶雨、胡衍南、李志宏、潘承玉、洪濤、楊國玉、譚楚子等老中青三代，辨章學術，考鏡源流，營造了一座輝煌的金學寶塔。其考證、新證、考論、新探、探索、揭秘、解讀、探秘、溯源、解析、解說、評析、評注、匯釋、新解、索引、發微、解詁、論要、話說、新論等，蘊含宏富，立論精深，使得金學園林花團錦簇，美不勝收，可謂源淵流長，方興未艾。中國的《金瓶梅》研究，經過 80 年漫長的歷程，終於在 20 世紀的最後 20 年登堂入室，當仁不讓也當之無愧地走在了國際金學的前列。

此「金學叢書」之要義也。

本叢書暫分兩輯，第一輯為臺灣學人的金學著述，由魏子雲領銜，包括胡衍南、李志宏、李梁淑、鄭媛元、林偉淑、傅想容、林玉惠、曾鈺婷、李欣倫、李曉萍、張金蘭、沈心潔、鄭淑梅，可說是以老帶青；第二輯為中國大陸 20 世紀 80 年代以來學人的《金瓶梅》研究精選集，計由徐朔方、甯宗一、傅憎享、周中明、王汝梅、劉輝、張遠芬、周鈞韜、魯歌、馮子禮、黃霖、吳敢、葉桂桐、張鴻魁、陳昌恆、石鐘揚、王平、李時人、趙興勤、孟昭連、陳東有、孫秋克、卜鍵、何香久、許建平、張進德、霍現俊、曾慶雨、楊國玉、潘承玉、洪濤諸位先生的大作組成，凡 31 人 30 冊（其中徐朔方、孫秋克，傳憎享、楊國玉，王平、趙興勤，因字數兩人合裝一冊），每冊 25 萬字左右。

天津師範學院（今天津師範大學）朱星是中國大陸金學新時期名符其實的一顆啟明星，他在 1979 年、1980 年連續發表多篇論文，並於 1980 年 10 月由百花文藝出版社結集出版了中國大陸新時期《金瓶梅》研究的第一部專著《金瓶梅考證》。朱星的研究結論不一定都能經得住學術的檢驗，但朱星繼魯迅、吳晗、鄭振鐸、李長之等人之後，重新點燃並高舉起這一支學術火炬，結束了沉寂 15 年之久的局面，這一歷史功績，應載入金學史冊。遺憾的是，朱星先生 1982 年逝世，後人查訪困難，只能闕如。

香港夢梅館主梅節可謂《金瓶梅》校注出版的大家，1988 年由香港星海文化出版有限公司出版《全校本金瓶梅詞話》；1993 年由梅節校訂，陳詔、黃霖注釋，香港夢梅館出版《重校本金瓶梅詞話》（該本後由臺灣里仁書局 2007 年 11 月初版，2009 年 2 月修訂一版，2013 年 2 月修訂一版八刷）；1998 年梅節再為校訂，陳少卿抄寫，香港夢梅館出版《夢梅館校定本金瓶梅詞話》。前後三次合共校正詞話原本訛錯衍奪七千多處，成為可讀性較好的一個本子。梅節由校書而研究，關於《金瓶梅》作者、傳播、成書、故事發生地等問題的認識，亦時有新見。可惜的是，梅節先生的論文集《瓶梅閒筆硯——梅節金學文存》2008 年 2 月由北京圖書館出版社出版，版權協商匪易，未能入選。

上海音樂學院蔡國梁 20 世紀 50 年代末即開始研習《金瓶梅》，寫下不少筆記，1980 年前後即依據筆記整理成文，1981 年開始發表金學論文，1984 年出版第一部專著[1]，累計出版金學專著 3 部[2]、編著 1 部[3]，發表論文多篇，內容涉及《金瓶梅》的思想、源流、人物、作者、評點、文化等諸多研究方向，是早期《金瓶梅》研究的主力成員。無奈聯繫不上，不得已而割愛。

國人研究《金瓶梅》的論著，最早是闞鐸的《紅樓夢抉微》[4]，但其只是一個讀書筆記。天津書局 1940 年 8 月出版之姚靈犀《瓶外卮言》，嚴格說也只是一個資料彙編。香港大源書局 1961 年出版之南宮生著《金瓶梅》簡說，算得上是一個原著導讀。臺北時報文化出版公司 1978 年 2 月出版之孫述宇著《金瓶梅的藝術》，可說是第一部文本研究的學術著作。該書全文收入石昌渝、尹恭弘編選的《臺港金瓶梅研究論文選》[5]。2011 年 3 月上海古籍出版社再版，增加了一篇作者自序，更名為《金瓶梅：平凡人的宗教劇》。

---

1 《金瓶梅考證與研究》，西安：陝西人民出版社，1984 年。

2 另兩部為：《明清小說探幽——明人、清人、今人評金瓶梅》，杭州：浙江文藝出版社，1985 年；《金瓶梅社會風俗》，天津：百花文藝出版社，2002 年。

3 《金瓶梅評注》，桂林：灕江出版社，1986 年。

4 天津大公報館 1925 年 4 月鉛印。

5 南京：江蘇古籍出版社，1986 年。

孫述宇先生本已與上海古籍出版社洽商同意編入金學叢書，並授權主編代理，忽中途撤稿，原因還是版權問題。

還有其他一些因故未能入選的師友：或已作仙遊[6]，或礙於本輯叢書的體例[7]，或因為版權期限，或失去聯繫等。凡此種種，均為缺憾。

儘管如此，第二輯連同第一輯 14 人 16 冊總計所入選的此 45 人 46 冊，已經是中國當代金學隊伍的主力陣容，反映著當代金學的全面風貌，涵蓋了金學的所有課題方向，代表了當代金學的最高水準。

此「金學叢書」之大略也。

臺灣學生書局高瞻遠矚，運籌帷幄，以戰略家的大眼光，以謀略家的大手筆，決計編撰出版「金學叢書」，實金學之幸，學術之福。主編同仁視本叢書為金學史長編，精心策劃，傾心編審。各位入選師友打造精品，共襄盛舉。《金瓶梅》研究關聯到中國小說批評史、中國小說史、中國文學史、中國文學評點史、中國文學批評史等諸多學科，是一個應該也已經做出大學問的領域。為彌補本叢書因為容量所限有很多師友未能入選的不足，特附設一冊《金學索引》[8]，廣輯金學專著、編著、單篇論文與博碩士論文，臚列學會、學刊與所舉辦之金學會議，立此存照，用供備覽。本叢書的編選，既是對過往的總結，也是對未來的期盼。本叢書諸體皆備，雅俗共賞，可以預測，將為金學做出新的貢獻。

此「金學叢書」之宗旨也。

金學已經不是一座象牙塔，而是一處公眾遊樂的園林。三百多部論著，四千多篇學術論文，二百多篇博碩士論文，既有挺拔的大樹，也有似錦的繁花，吸引著越來越多的研究者與愛好者探幽尋奇。不容置疑，傳統的金學，加上以文化與傳播為標誌的、以經典現代解讀為旗幟的新金學，必然展示著甯宗一先生的經典命題：說不盡的《金瓶梅》。

此「金學叢書」之感言也。

吳敢、胡衍南、霍現俊（吳敢執筆）

2014 年元旦

6　如王啟忠、鮑延毅、孔繁華、許志強諸先生等，駕鶴西去的徐朔方先生的精選集由其高足孫秋克代為編選，劉輝先生的精選集由其摯友吳敢代為編選。

7　本輯叢書乃論文精選集，字典、詞典與小塊文章結集便未能入選，《金瓶梅》語言研究的幾位專家如白維國、李申、張惠英、許仰民等因此失選。

8　吳敢編著，分上下兩編。

曾慶雨《金瓶梅》研究精選集

目　次

附　錄

《金瓶梅》：一個關於「善」的寓言

廿公在《金瓶梅詞話》〈跋〉中這樣說道：「《金瓶梅傳》，為世廟時一巨公寓言。蓋有所刺也。然曲盡人間醜態，其亦先師不刪鄭衛之旨乎？中間處處埋伏因果，作者一大慈悲矣。今後流行此書，功德無量矣。不知者竟目為淫書，不惟不知道作者之旨，並亦冤卻流行者之心已。特為白之。」[1]廿公之言多被作為《金瓶梅》非淫書之佐證，而忽視了一個重要的定性——寓言。

那麼，這部長篇巨制的百回「寓言」所寄寓著的究竟是什麼？它宣洩著作者怎樣的思想感情呢？

任何一部面世的文學作品，其所反映的都是作者的一種社會體認、人生觀、價值觀等的表述。作品既是創作主體的思維話語，又是客觀世界反映於主觀感受的社會信息代碼。明代嘉靖以後，由宋代以來形成的城市經濟得到迅速發展。小說中的男主人公西門慶便是一個居住在城鎮裡，以經商為主要謀生手段的城市商人。作者通過描寫這個不學無術，惟利是圖的暴發戶的家族興衰過程，來網絡社會各方，輻射人世諸性。因此，《金瓶梅》所反映的正是晚明社會經濟增長時期的新因素，對人的傳統道德觀念沖決的結果。毫不誇張地說，《金瓶梅》多層次（從九五之尊的皇帝到三教九流販夫走卒）、多側面（有政治、經濟、官場、商場等）、多角度（官文化、商文化、儒、道、釋文化等）地對人的本質進行了立體的反映和揭示，這在中國小說史上實屬空前。由此，作品給今天的人們以啟示和思考的問題也就不會是平面和單一的。作品寫了男女主人公西門慶和潘金蓮貪得無厭的物欲追求，以及超乎人之常性的性欲滿足，旨在強調「色」對人的危害，勸誡世人要警惕「酒、色、財、氣」人之「四病」的侵害。然而，透過這種古代豔情小說常用的套路模式，仍不難找到其中更為深刻的社會背景、社會心理對人們行為的嚴重影響。

小說中的西門府，男女兩性的性關係幾乎成了人際關係的一種必然紐帶。欲，是西門慶潘金蓮們之所求。怎樣看待，又如何對待作者這種寫作態度？學術與非學術的討論可謂汗牛充棟。有必要指出的是：性，是人最本質的部分。性問題也是文學最易對一個社會或時代的人的心態進行本質把握，對這個社會所引導出來的人性最直接最本質的揭

1　蘭陵笑笑生《金瓶梅詞話》，北京：人民文學出版社，1989年。

示與暴露。因為，一個社會普遍的性心理和性觀念，正是這個社會道德教化程度的重要標誌，可視為民眾文化素質高低的指數。透過西門府及其賴以生存的那個社會中一些人能對另一些人進行「性」索取、「性」買賣和「性」壓榨的描寫，人們看到了一個末世時代的眾生相，深切感受到晚明社會的政治黑暗、價值失落，道德淪喪的普遍性。在城市經濟快速發展的「催化」下，人的本能的物欲貪念急劇膨脹，用西門慶的話講：「咱聞那西天佛祖，也不過要黃金鋪地；陰司十殿，也要些楮鏹營求，咱只消盡這家私，廣為善事，就使強姦了嫦娥，和姦了織女，拐了許飛瓊，盜了西王母的女兒，也不減我潑天富貴。」[2]以他們的行為心理看，指導其行為的原則是「我想要」的個人欲望、自我滿足心態的極度擴張，造成他們強烈占有欲和感官滿足的需求。占有才有愉悅，滿足帶來快感。「我」即是一切，全不管他人怎樣。他們痛苦的是「我」之不能實現，他們惆悵的是「我」之不能滿足，他們信奉的是由金錢換取的權勢與金錢構成的財勢相結合後的「霸道」。小說所指斥的「酒、色、財、氣」四病，正反映了那個極度變形的物欲橫流的社會狀況。

其實，經濟的發展，財富的增加，提供了人有追求生活享樂的物質資本，也成就了人唯利是圖的目光和胸襟，這本就是商品經濟社會的共同特點。不僅暴發戶商人要追求享樂，達官顯貴，文士墨客也同樣被財富啟動了享樂的欲望。財富，為政治的腐敗提供了可行性。經濟的繁榮與政治的腐敗形成了惡性循環。《金瓶梅》描述的正是這樣一個悲情的世界：人們為金錢和利益不擇手段，小民不惜為盜為娼出賣人格；權貴政要不惜枉法貪贓，受賄鬻爵；狀元郎廉恥喪盡沒有了靈魂；地方官魚肉百姓失盡天良……「整個社會除了算計和獲取之外，再無任何精神價值標準」。[3]尤其值得注意的是，作為一部以女性為主要描述對象的敘事文本，如何表現在這樣一個特殊的社會劇變、轉型期裡，在晚明時代的市井商風吹拂下的女性，會產生出怎樣的異化？又是如何悖離傳統女性價值觀念？這其中具有什麼寓意呢？有關於這方面的問題，尤其值得認真分析和探討。

女人，在人類走入文明的進程中，曾是可憐與卑微的同義詞。不論是東方還是西方，女人都是「第二性」的，是男性的附屬物。在中國傳統社會的專制體制下，女性的附屬性就以文字的形式固定在典籍裡，變成了一種亙古不變的「萬世定律」。

〈彖〉曰：「家人，女正位乎內，男正位乎外。男女正，天地之大義也。」這出自《周易大傳》的話，已經昭示了女內男外的家庭分工和社會角色定位，既是天地間的「大義」，那便是代表著天意的乾坤定數，也成為了千百年來男性對女性的普遍共識，自然也是女

2　同註1，第五十七回。

3　伍立楊〈雨中黃葉樹〉，北京：《讀書》，1999年合訂本。

人的對自己性別的自我認同。但是，歷史的發展並非全然順從天意，更不可能百分之百的體現這天地間的所謂「大義」。明末，揚州、蘇州、杭州的東南商鎮，在經過了一百多年的震盪與顛簸後，商業經濟重又復甦。冶鐵業、陶瓷業、紡織業和印染業都出現了大規模的生產，擁有幾十台紡織機的「機戶」，遍佈蘇杭。商品經濟的迅猛發展，使得東南地區市場物質豐富，商品也源源不斷流向全國。與此同時，農村的大量勞動力湧入城鎮，成為廉價的被雇傭者。不論是購入商品或是出賣勞動力，都是對人的商品意識的培養，是對中國農村傳統的自給自足的封閉式小農經濟格局的打破。隨著雇傭者和被雇傭者的大量出現，社會的生產關係也隨之發生了本質的變化。資本社會的生產關係萌芽在中國農耕經濟社會的土壤中破土而出，並不斷繁衍滋生，變通蔓延起來。

城市商業的發展，在給男人帶來更多價值體現機會的同時，也使女性開始逐漸懂了交易的原則和方法，她們也開始具有了商品意識，學會了積累財富的手段。這些原則、手段加之財富，為女性擺脫依附，走向自立提供了必要的物質基礎。在「人的覺醒」思潮影響下，女性也在觀念上與傳統倫理價值和行為準則發生了嚴重悖離。這些在商品大潮下沉浮的女性，已經具備了女人也是「人」的觀念意識。儘管這種意識的表露還很模糊和浮淺，儘管「女子之義，從於人也，必待父母之命，兄弟之議，媒妁之言，男先下之，然後從焉」[4]的聖人教訓不絕於耳，可市井商業活動帶來的新生活方式，使女人們感受到另一種生活的魅力，承受著前所未有的利益誘惑，那就是擁有財富後的巨大支配力。擁有財富的女人也能對生活做出選擇，也能對自己的命運進行改變。雖然，這種選擇的餘地並不寬廣，這種改變更多是形同一場難料結局的賭博。但它畢竟能給人帶來一些自信和希望，使女人可以不再以服從為天命。對女人而言，攫取財富也就變得更為迫切和必要。在以金錢為中心的社會裡，似乎人生中的一切都能以交易的原則來規範，人生不過是一場曠日持久的買賣，人生的意義只是為了盈利。所以，一個人可以把自己作為本金，去獲得盡可能多，盡可能大的利益回報。《金瓶梅》以文學描寫的形式，向世人揭露了那個道義被拋棄，人性被踐踏，人格被賤賣的黑暗並驚悚的恐怖時代。

在《金瓶梅》中，有錢的女人不少，像李瓶兒、孟玉樓以及吳月娘和後來成了張二奶奶的李嬌兒等，都算得上是富婦。特別是李瓶兒、孟玉樓二人，簡直就是西門慶的銀行，是西門慶發達的原始股本。如果說孟玉樓是西門慶挖到的第一桶金，那麼李瓶兒就是提供給西門慶的一個私人銀行。正是因為擁有著相當的財力，李瓶兒才能在風險浪惡的西門府裡站穩腳跟，與凶狠善鬥的潘金蓮打成平手；也因著這同樣的原因，深諳世故的孟三娘才能在三擇丈夫時有獨立自主的話語權。當然，李瓶兒、孟玉樓兩人獲取財富

4　程頤《經說》卷三，《二程集》，北京：中華書局，2004年。

的管道各不相同，前者得益於宦門，憑的是個人的機遇和運氣，得之偶然；後者依賴家族行商販貨賺得，靠的是操勞於心，精打細算，得之不易。但兩人都把財富當做謀取自己自主命運權利的本錢，當需要對此進行投資的時候，絕不吝嗇手軟，該出手時便出手的做法很是一致。儘管李瓶兒命運的最終結局十分悲慘，孟玉樓的個人前途也不甚明朗，可她們對自己命運的走向都做出過選擇，都有過對自我所認定的幸福生活的追求。笑笑生對這種選擇與追求過程的形象性反映，正是對當時女性生命價值觀的直觀性體現；是以講故事的方式，對女性在潛意識裡已經萌發出來的，對生命主體把握的要求和願望進行可感可知的表述和肯定。

誠然，李瓶兒、孟玉樓們的這種選擇與追求的願望並非富有的女人才有，其實也是置身於那個時代的女人們共同的願望。身為奴婢的龐春梅，儘管沒有錢財，但她可以把姿色和心智作為資本，使西門慶因色對她偏愛，使潘金蓮喜她的機靈對她遷就，她便由此成了西門府裡的特殊人物。雖身為下賤，位在奴才，但穿戴用度與小姐身分的西門大姐一般無二，且在府中比小姐更有勢力，這便是她的投資回報。如果說，龐春梅在對自己命運的把握方式上還具有一點隱蔽性的話，那麼，王六兒和如意兒與西門慶的性行為，則是赤裸裸的利益交換。她們靠售色來換取財富的目的性十分明確：就是要改變生活的環境和社會地位。雖然王六兒最終成了一個農婦，如意兒也仍是個家奴，生活並沒有盡如人意，可她們也曾一度有過自己所願的生活時光。她們最後的平靜與她們曾經的苦心掙扎一樣，都是人性的真實反映。

《金瓶梅》所描寫的眾多女人的複雜心態，基本是由其具體的行為方式上的千差萬別來展示的。不管每個女人的表現是多麼的不同，交換的原則以及功利性的目的要求，幾乎成為每個人的處世手段。這與千百年來要求女人的溫柔順從，善解人意，不計得失，捨己為人，相夫教子，三從四德等等的道德行為要求相去甚遠。這種與傳統的「離異」，使得這些生活在市井中的婦人們，具有著獨特的商風俗韻：一方面是女性自立意識的顯現，想把命運掌握在自己手裡。她們敢於衝破傳統道統禮教的束縛，顯例是孟玉樓的兩次夫死改嫁，均屬於自主婚姻。她既不是為了財，也不是為了勢，都只為是自己喜歡的人而嫁。這樣的婚戀觀，當然是值得肯定的。或許，正是有了這一小小的選擇性，女性也首次體現出生存的意義與價值。而另一方面，物欲的惡性膨脹，使女性被一己的為所欲為所驅使，完全喪失了道德價值的評判能力，從而走向了罪惡的深淵難以自拔。潘金蓮可謂是最典型的一個人物。

此外，對感官享樂的追求欲望，猶如洪水般不可阻遏。這也是《金瓶梅》中的女人們有異於傳統女性的又一個顯著面。對於感官享樂的宣洩，不論是東方文化還是西方文化，在傳統的觀念意識裡，更多的只關注男性的生理需求。極少，甚至從不承認女性也具有生理快樂的需要。女性也把對感官需求的表白，當成一種羞恥的、不道德的事。哪怕是面對自己的丈夫，也難於宣之於口，更不會主動提出這方面的要求。在中國傳統專制社會，身受「三從四德」桎梏的女性，對感官的快樂意識，被降解到了最低限度，或者根本沒有。即使心有所想，身有所感，也不能表示出來。否則，就是淫蕩，就是不守婦道，就會被人唾棄。可《金瓶梅》中的女人們，多不掩飾自己對感官愉悅的嚮往，也千方百計的尋求滿足。其中較為典型的人物，莫過於潘金蓮和林太太。這兩個女人，不論是出身門第，還是社會地位都有著很大的差異，但她們對於感官享樂不知疲倦的索取卻如出一轍。若說有什麼區別的話，潘金蓮除了滿足感官愉悅之外，還心存為西門慶生子延後，傳宗接代之念。而林太太的「招賢納士」，卻純粹只為了得到感官上的享樂而為。有意思的是，不僅放蕩的女人追求感官享樂，就算是被作為正經女人的代表來描寫的吳月娘，也不拒絕感官的享樂，並以「口呼親親不絕」，表達著生理滿足的愉悅。於她們而言，以感官快樂為生活意義的基點，並由此衍生出許多的價值認定：潘金蓮式的女性把占有或被占有男性的生理得到，看成是女性最高的炫耀，也是最好的價值實現；吳月娘式的女性則把家庭內部話語權的擁有或部分擁有，當成了一個女人的全部人生追求。在依然崇尚傳統價值的同時，也在試圖進入陌生的感官享樂生活；孟玉樓式的女性並不認同命運的主宰，她們更多把自我支配命運當成人生的價值體現。不僅如此，李瓶兒式的情愛價值觀，王六兒式的現實利益實現價值觀等等，均能或多或少折射出晚明時代女性在價值追求方面呈現出的多元和複雜的特點。這種多元的趨向，複雜的形態，與社會生活的多元與複雜是分不開的。因為，人的任何思想，人所形成的任何觀念、意識，都不是憑空產生的，都是對現實社會生活的感受或思考的結果。《金瓶梅》中的女人們自然也不例外。有必要指出，在商潮中浸潤，在市井裡存身的女性，她們不但具有很多背離傳統的價值觀，而且還具有身體力行新價值理念的勇氣。這給中國的女性文學，增添了很新鮮的活力。在她們身上，可隱隱看見女性在爭取自身的社會價值承認，爭取地位獨立的途程中，曾歷經的艱難行程，曾邁過的蹣跚步履，曾付出的身心代價。

《金瓶梅》中的女人們，既是那一時代的受壓迫者，又是那一時代的抗爭者。今天的社會，所以具有男女平等的一種文明觀念，其中也蘊含著晚明時代女性付出的巨大犧牲，包括對傳統道德合理性的犧牲。這是一個人類社會發展中不可避免的大悲劇，因為歷史一向是在悲劇性的二律背反中行進。在摧毀舊的、反人性的、與時代相距太遠的思想意識的同時，新的思想意識不見得就能十分完善、周全，並且一定合乎理性。尤其在新舊交替、爭鬥、融合的階段，悲劇的出現將是註定的。《金瓶梅》對此作出了一個很深刻，也很形象的詮釋。

是擁有財富的錯嗎？當然不是。是人有欲望的不該嗎？回答仍是否定的。因為，財富並非萬惡之首，欲望也具有人的本性的合理內涵。問題的關鍵是財富如何運用，欲望該怎樣實現。對此，小說的作者是有所思考的。尤其是晚明以人的覺醒為主旨的哲學思潮對文學與社會生活的介入，也勢必對作家產生影響。

晚明大學者李贄，祖上曾是富商。他就認為「穿衣吃飯即是人倫物理，除卻穿衣吃飯，無倫物矣。」[5]李贄針對程朱理學「存天理滅人欲」之說，提出的「人欲即天理」，具有了一種要求以個體需求替代以往整體利益犧牲個體的思想萌芽。而以文人袁宏道為首的「公安派」，更以自己的言行與李贄的學說互為聲氣。注重人的個性和價值的哲學思想與肯定人的自然本性的文學創作相結合，形成晚明社會頗有影響的一種文化實力。另外，新興的市民階層以其充滿勃勃生機的創造力，向社會展示了前所未有的新生活方式。以享樂為主的生活追求，改變著長期以往社會對個人利益的漠視和否定。在對傳統的「修、齊、治、平」的人生理想進行修正與背離、對傳統道德價值觀念產生嚴重衝擊的同時，也產生出對傳統文化建構，精神信念，價值評判，倫理道德觀念等意識形態多個領域變革的要求。

中國傳統專制社會由於統治所需，掌權者總是強調個人應以自我犧牲精神向社會盡義務，並常常是以多數人的犧牲來滿足少數人的利益。這些被滿足的少數人，卻是應更多向社會盡義務的權貴政要、豪門富紳階層。尤其是社會在要求個體倍盡義務的同時，卻不能給予個人以實現自我的足夠權利。程朱理學中「餓死事小，失節事大」的論調，就是對個體生命價值極端輕視的明證。

晚明時期的新生活方式帶來了新的生存意識。生活節奏的加快，商業貿易的頻繁等，都要求個人的獨立思考和判斷、個人對機遇單刀直入的把握。這一切對個性的發展帶來極大的好處，也帶來了人們對精神上背負千年的「道統」，積澱成生命中不能承受之「重」的反撥。所以，這場以思想文化界為首起，以世俗大眾為落實的變革，給晚明人的精神生活帶來一種新意。就連西門慶也能說出「天地尚有陰陽，男女自然配合」這樣富有理性意味的話，可見作者借人物之口，講出了晚明人對「本性」合理性認識的普遍認知。可惜的是，以李贄為首的張揚個性、重視「本心」的「人的覺醒」的思潮，隨著李贄被下詔獄，迫害致死而沒有了結果。思想的「夾生」，必然導致行為的失衡。對人的自然本性長期受到壓抑的「矯枉」已然過正，人類社會發展所必需的基本倫理道德準則和秩序大受打擊，對人行為的規約力也大為減弱。《金瓶梅》中的人們陷入了生命中不能承受之「輕」的痛苦。誠如馬克思所言：「吃、喝、性行為等等，固然也是真正的人的機能。但是，如果使這些機能脫離了人的其他活動，並使它們成為最後的和唯一的終極目

5 〔明〕李贄《焚書》卷一。

的，那麼，在這種抽象中，它們都是動物的機能。」[6]西門慶潘金蓮們、蔡太師宋御史們對現實功利如此執著，完全放棄了對社會應盡的義務，沒有了社會責任感。他們念念不忘的只有自我感官的滿足和欲望的實現，呈現出來的便是非人性的醜陋與無恥。

試問，如果一個社會中的當權者和富人都放棄了他們應負的社會責任，拋棄維繫社會之根本的行為道德準則，只以向社會索取財富為己任，向社會索取利益為價值選擇。那麼，又憑什麼要求「裋褐常不完，糲食常不周」[7]的平民百姓規規矩矩，而不去做男盜女娼的事呢？正是在這個意義上，《金瓶梅》讓人提出了進一步的追問：

為什麼社會經濟的增長，物質財富的增加，帶來的不是進一步的文明與進步，而是物質與精神的背離？是否人們在獲取物質財富的同時定要喪失對精神財富的擁有？

為什麼每一次社會轉型之際，人總要付出現世道德價值取向的畸變，人性遭受摧殘，靈魂無所歸依的沉重代價之後，才在遭受重創的情感世界裡步履蹣跚地尋找著精神家園？

是不是要到社會徹底失去了對人的行為道德價值的評判力之後，才懊惱地呼喊「道德重建」？

確實，《金瓶梅》的世界讓人悲哀。它讓人看到進入末勢的晚明社會，有著太多無法清除的積弊，有著太多此起彼伏的社會危機和內憂外患。其時的人們，既受到「紫陌春光好，紅樓醉管弦。人生能有幾？不樂是徒然」[8]這種生命有限，人生苦短，要及時行樂的現世享樂生活觀的浸染，但又不能從中找到生命意義體現的希望。作者在情感上對富於激情活力的新生活著迷欣賞，理智上又不能完全接受新生活方式對道德倫理中合理內涵的徹底打破。這種情與理的矛盾，使其創作出現失衡，使其人物也既承受著道德倫理制約的重壓，又難以從充滿誘惑的現世利益中退步抽身。

浮生世事中，既求得自我精神的完善又享有充足的物質生活，這是理想的人生境界，可怎樣才能魚與熊掌兼而得之呢？

笑笑生把他的思考形象地展示於小說，化成他筆下一個個人物鮮活的生存態勢與命運走向，在人與社會諸多問題的全景式描寫中，暴露與呈現相結合，指出人性善與惡僅是一念相隔的微妙之道。這種對人的生命意義的思考一直延續到今天仍不會失去其深刻性。

笑笑生面對在個性覺醒後的狂放不羈與功名利祿的現世追求，對在「財、色」中顯

---

6 馬克思《1844 年經濟學哲學手稿》，北京：人民出版社，2008 年。

7 薩都剌〈早發黃河即事〉，光緒本《雁門集》卷十四。

8 同註 1，第十回。

身手，在「酒、氣」裡找慰藉的人們，進行嚴肅的道德評判的同時也陷入了兩難的選擇而無可奈何。

《金瓶梅》是一個講述人在對「善」的追求過程中，曾經迷失過路徑、經歷過大悲大痛的寓言故事。寄寓其中的人性本質追問，在穿越幾百年時空隧道後，仍叩響著時代的心靈之門，彰顯著人生哲理思索的魅力。

論西門慶文本內界形象的他視角差異性

小說文本的形成過程是由講述和敘述組成，而這兩方面都是由一個主體，即作者完成的。因此，不論是敘述內容的編排、人物個性的構成、還是故事的演繹、情節和結構等等都充斥著主體的觀照性。由於敘事學派生於結構主義學說，從發生學意義而言，敘事學對文本界定時更關注其語言的層次性和結構的形態。而當文學創作的動態性建構並不是文本形態特徵所關注的對象時，這種主體觀照也就順理成章地被排斥在研究靜態結構形態的視野之外。探討文本敘述主體如何把握故事講述的虛構性實質與富於真實感的再現性審美的結合，成為對經典文學人物形象構成原因分析中不可或缺的因素。對此，傳統小說的批評研究方法實難進行透徹的說明。而敘事學理論正可以用來進一步說明文本中人物個性形象成立的進行過程。

一

就常識而言，任何一部文學作品的本質都是虛構性的創造。不論是對社會現實的真實寫照，還是對人生感悟的形象性抒發，尤其在運用傳統敘事手法進行創作時，敘事文本都離不開某一具體形象的虛擬性描寫。有學者認為「文本內界虛構創造行為的主體只能是敘述者」[1]，而「敘述者在創造文本內對象性世界的同時，也創造、見證並講述小說虛擬世界上特定故事的見證者和講述者。」[2]這種文本內界中被虛擬出來的見證者和講述者，當以第三人稱的方式被講述，就成為具有真正意義上的視角持有者。因為，這一人物形象是真實地存在於虛擬故事中的「講述人」，故也順理成章的是「實體形式敘述者」。相對而言，敘述者就是「無實體形式敘述者」。

1　王陽〈敘述層交換與視角運動〉，昆明：《雲南民族學院學報》（哲學社會科學版），2003 年第 2 期。

2　同註 1。

在文學文本閱讀的過程中，人們往往是通過對虛擬的實體形式敘述者在敘事層的不斷變換中來完成對文學人物形象的具體感知，再經過理性的總結，進而把握住某一具體人物形象，以及通過這些各個不一的形象聚合而成的某一作品。然而，正是由於存在於敘事現象中的層次轉換，以及在不同敘述層面上主體視角的差異性或重合性的反復出現，形成了人物形象的複雜性。《金瓶梅》[3]中的西門慶這一形象，就是這種虛構性故事的見證和講述主體，他同時也是被見證和被講述的對象性人物。小說通過前 79 回中對這一人物的在敘事中的雙重作用，完成了敘述層的轉移。同時，也因利用了這種層面的轉移性，才有了西門慶複雜的個性特徵和鮮明個性性格的精彩塑造。並且，以此建構了充滿現實批判意味的主題思想。那麼，敘事視角的層面移動是如何實現的？文本中的實體形式敘述者又是如何來完成這種轉換的呢？我認為可以從以下幾個方面來分析：

首先，在第一敘述層上看是毫無疑問的第三人稱敘事，西門慶和潘金蓮是無實體形式敘述者的視角對象，西門慶又同時出現在潘金蓮和無實體敘述者的視界中。為方便說明，且引西門慶出場原文：

> ……。一日，三月春光明媚時分，金蓮打扮光鮮，單等武大出門，就在門前簾下站立；約莫將及他歸來時分，便下了簾子自去房內坐的。一日，也是合當有事，卻有一個人從簾子下走過來。自古無巧不成話，姻緣合當湊著。婦人正手裡拿著叉竿放簾子，忽被一陣風將叉竿刮倒，婦人手擎不牢，不端不正卻正打在那人頭巾上。婦人便慌忙陪笑。把眼看那人時，也有二十五六年紀，生的十分博浪。頭上戴著纓子帽兒，金玲瓏簪兒，金井玉欄杆圈兒；長腰身穿綠羅褶兒；腳下細結底陳橋鞋兒，清水布襪兒，腿上勒著兩扇玄色挑絲護膝兒；手裡搖著灑金川扇兒。（第二回）

由上文可見，無實體敘述者的視角中不僅有人物，而且有場景，有議論，有講述。與此同時，無實體敘述者又見證了作為第一敘述層次上的被敘述者的一切行為，以及由此引發的一系列具體事件。潘金蓮這一人物其實是真正的實體敘述者，在她的視線裡只有另一個被敘述者——西門慶。在這個敘述層上對西門慶形象的第一印象是「博浪」，是風流倜儻，衣食無憂者；而在被實體形式敘述主體對象化了的西門慶眼中反觀潘金蓮，則是個「美妙妖嬈的婦人」，由此轉換到第二敘事層次。

如果把第一敘述層主體設為 A，第二敘述層主體設為 B，並依此類推至 N 敘述層主體，把無實體形式敘述主體設為 X，那麼，在每一個敘述層次上就會觀察到這樣一種有

3　蘭陵笑笑生《金瓶梅詞話》，北京：人民文學出版社，1989 年。

趣的現象，即：X ⇄ A(X) ⇄ B(AX) ⇄ N(N−ABX)。形成一種層層遞進又不斷追溯往返，最終回到 X，從而實現文本創作主體的主旨性表達。這樣的分析能否成立？證之文本發現，在第二敘述層次上，原第一敘述層次上的被敘述者轉成為一個實體形式敘述者（B）。西門慶見證到的美婦人是從「黑鬒鬒賽鴉翎的鬢兒，翠灣灣的新月的眉兒，清冷冷杏子眼兒……」（第二回）等的視線移動中漸漸呈現出來的。就在 B 敘述者對被講述對象簡單的外部敘述中，不難發現無實體形式敘述主體（X）的影子。那些描寫潘金蓮的十分性感的字眼，並非是 B 敘述者的視角感官陳述，而是 X 為了故事情節發展需要的人物而設計的。根據是 A 實體敘述者「我」與 B 實體敘述者「他」的關係是互為被敘述者的關係，作為敘述主體，不論 A 或是 B，都只可能講述自己視線範圍內的事件和場景。潘金蓮對西門慶的第一印象純粹是外表感性形成，合乎現實生活中人際交往的真實性。而西門慶對潘金蓮的觀感描述，由於充溢著較多的臆想成分，雖然十分感性，卻缺失了一份真實性。因為，在與陌生人相見第一眼就能透過外部裝束，直見其人的身體而生出觸感，這是不可想像的事情。但作為創造整個文本故事的敘述主體 X 而言，則沒有視線範圍的限制，他所需要的就是一個十分感性的女性人物。就創作構思而言，對潘金蓮的講述具有了故事的真實性。所以，可認定在任何敘述層面中，無實體形式敘述主體的關照是始終存在的。

其次，既然敘述層次的轉換是可逆向性改變，那麼，在任何敘述層面上都會出現對第一層面的回歸。因此，實體形式敘述主體不論在哪一個層面上的講述，他們視線中的人物，事件，場景，說話等，在時空上均為平行關係。他們相互看到的只能是眼前的事實，相互間都不可能預知其他被敘述者在未來將要發生的事件。當文本內界中的任何一個人物，在講述對象化的「他」的故事時，只可能用自己的視角來講述。這種敘述自我是不可能進入到其他人物的視角，自然也就不能將故事推進到其他人物的內在的心靈世界去。試看小說第七回，薛嫂向西門慶提親，又引出了不同的敘述主體孟玉樓和張四。孟玉樓自主改嫁西門慶遭到母舅張四的反對，張四陳述了種種不能嫁的理由，而孟玉樓卻逐一反駁，這是一段十分精彩的對話：

> （張四）走來對婦人說：「娘子不該接西門插定，還依我嫁尚推官的兒子尚舉人。他又是斯文詩禮人家，又有莊田地土，頗過得日子。強如嫁西門慶。那廝積年把持官府，刁徒潑皮。他家見有正頭娘子，乃是吳千戶家女兒。過去做大是，做小卻不難為了你了！況他房裡，又有三四個老婆，並沒上頭的丫頭。到他家，人歹口多，你惹氣也！」婦人道：「自古船多不礙路。若他家有大娘子，我情願讓他做姐姐，奴做妹子。雖然房裡人多，漢子喜歡，那時難道你阻他？漢子若是不喜

> 歡，那時難道你去扯他？不怕一百人單擢著。休說他富貴人家，那家沒四五個。著緊街上乞食的，攜男抱女，也挈扯著三四個妻小。你老人家忒多慮了！奴過去，自有個道理，不妨事。」張四道：「娘子，我聞得此人，單管挑販人口，慣打婦熬妻。稍不中意，就令媒人賣了。你願受他的這氣麼？」婦人道：「四舅，你老人家差矣！男子漢雖厲害，不打那勤謹省事之妻。我在他家把得家定，裡言不出，外言不入，他敢怎的？為女婦人家，好吃懶做，嘴大舌長，招是惹非，不打他，打狗不成？」……（第七回）

不難看出，敘述者 X 設計的這兩個人物講述的對象只有一個，那就是西門慶。可有意思的是兩個敘述自我均無視第三者的事實存在。不論是孟玉樓還是張四，他們的話題均與具體的被講述對象產生了較大的距離，他們是在各自敘說自己的話語。孟玉樓的陳述其實只是她的生活體悟和做人行事的原則，且很有道理。問題在於她根本就沒有進入與西門慶的共同生活環境，西門慶也不是她所要講述的第三人稱的「他」的行為。孟玉樓所說的一切，都只是她自己的一種意願，以及她自己對以往生活的認知和價值的總結。而張四的陳述，因有了自我利益的維護基點（由敘述者 X 指陳），所以只能發出「利己」話語，所言之事真假參半，頗有道聽途說之嫌，仍與敘述對象西門慶相去甚遠。因為，此時的講述主體所申述的也不是第三者的「他」，而是企圖用「我」所列舉的「事實」來達到自己的願望。證明是敘述者 X 的講述。在這個情節之前和之後，張四與西門慶都沒有任何具體的交往，這決定了敘述主體一旦離開了具體的敘述層面之後，便不可能與第三者的「他」有一個真正的觀察視線產生。所以，任何敘述主體在他們彼此之間，如果沒有一個真實意義上的共同視點時，他們的目光是游離於講述對象之外的，自然是不會出現「換位思考」式的視角移動，更不可能有所謂的話語意義上的溝通存在。但是，這樣的敘述方式卻能凸顯出文本內界的虛擬世界中，人物間的個性差異性，從而達到更符合生活中的邏輯真實，顯示出為人們大多認可的對「現實生活」作反映的意義，符合其普遍的審美要求。這在以後的小說敘事結構方式上也是屢見不鮮的創作手段。

二

既然敘述自我是一種視角平行的關係，隨著敘述層次的轉換，相互的對象化，使得文本內界人物視角或是發生異位和重疊，或是在同一層面上展開的是敘述主體的自我視點。這些都會造成同一人物在不同的敘事層面上，或是在同一敘述層面上產生出他視角差異性。這種差異又融入無實體形式敘述主體的創作目的之後，就變得更為複雜起來。

尤其對文本故事中的主要人物，「他視角」差異的出現幾乎是不可避免的。因為「從事虛構敘述符號操作的敘述者，當然有權以任何方式創設與第三人稱人物主體同一的『敘述自我』視角，並利用視角差異來構制虛擬的意義世界。」[4]正由於此，當敘述自我不間斷地與被對象化的敘述客體產生重合——錯位——游離等的敘述視線的推進時，文本內界的人物，不論是以「我」或是「他」的視角出現，也不論是第一人稱或是第三人稱的敘述主體，以及敘述對象，便都被賦予了多層次、多側面、多角度的解讀視點，這也就變得順理成章，不再難以理解了。而一個虛構的意義世界也因此而變得內涵豐富，意義雋永。那麼，是否無實體形式敘述者因擁有了對敘述虛構符號進行操縱的權利，就可以在建構虛擬的意義世界時，隨心所欲，天馬行空呢？以邏輯推理而論，應當得到肯定地回答。因為，無形式敘述者是以自己的思維方式和價值理念，通過講故事的話語方式，講述的是他，而不是其他任何人的內心世界。正像民間諺語所言，全世界的森林裡找不到有一模一樣的兩片樹葉。人的內心世界更是如此。所以無實體形式敘述者所虛擬的，以小說的文本方式建構的意義世界，應完全是他內心世界的對象化產物。可是在文本中卻不難發現，無實體形式敘述者仍不可避免地受到自我創設的實體形式敘述者或深或淺的影響，且往往是在不自覺的創作情形中表現出來。這一點在西門慶的人物成型過程中敘述話語的變化，可謂是很有說服力的一種證據：

> 原是清河縣一個破落戶財主，就縣門前開著個生藥鋪。從小兒也是個好浮浪子弟，使得些好拳棒，又會賭博，雙陸象棋，抹牌道字，無不通曉。近來發跡有錢，專在縣裡管些公事，與人把攬說事過錢，交通官吏。因此滿縣人都懼怕他。……。他父母雙亡，兄弟俱無，先頭渾家是早逝，身邊止有一女。新近又娶了清河左衛吳千戶之女，填為繼室。房中也有四五個丫鬟婦女。又常與拘攔裡的李嬌兒打熱，今也娶在家裡。南街子又占著窠子卓二姐，名卓丟兒，包了些時，也娶來家居住。專一飄風戲月，調占良家婦女，娶到家中，稍不中意，就令媒人賣了，一個月倒在媒人家去二十餘遍。人多不敢惹他。（第二回）

很明顯，這是無實體形式敘述者為虛擬故事中的人物西門慶定下的基調，也是文本中多次反復出現的敘述內容。這段話語可以有這樣的理解：即虛擬人物西門慶的人生由社會和家庭兩部分結構。在無實體形式敘述者視角，這個形象是以「滿縣人都懼怕他」的社會能力，以及「人多不敢惹他」的家庭專制者為兩個支撐點。《金瓶梅》前 79 回裡，西門慶形象也著力於在這兩方面進行刻畫。然而，由於敘述主體必然存在的不同時空視

4　同註 1。

線轉移所帶來的人物視角運動，文本中就能較為容易地觀察到，無實體形式敘述者與實體形式敘述者之間出現了視點的替代和轉換。仍以社會能力和家庭專制這兩點來進行考察。

第一，在社會能力方面，人物西門慶被講述的有兩方面的能力：經商和從政。前者從出場時的「就縣門前開著個生藥鋪」，到臨終時對女婿陳經濟交待所經營的買賣有：「段子鋪是五萬銀子本錢，……。賁四絨線鋪，本銀六千五百兩；吳二舅綢絨鋪，是五千兩，……。李三、黃四身上，還千五百兩本錢，一百五十兩利錢未算，……。段子鋪占用銀二萬兩，生藥鋪五千兩。韓夥計、來保松江船上四千兩。……。前邊劉學官還少我二百輛，華主簿少我五十輛，門外徐四鋪內還本利欠我三百四十兩，……對門並獅子街兩處房子，……。」（第七十九回）。這樣的經營規模和個人資產絕不是一般意義上的「發跡」，而是「家裡豪富潑天」（第五十五回）。文本中對西門慶發家致富的思路和運作手段，其時充滿了十分的傾心與讚歎，這在小說中俯拾即是，對於瞭解作品者，亦無需例證了。後者如果僅以「專在縣裡管些公事，與人把攬說事過錢，交通官吏」來看，只是敘述社會吏治的腐敗，屬於游離於被敘述對象之外的敘述視線。人物西門慶通過第三人稱的敘述主體講述的苗青案（第四十七回）和第一人稱「我」為敘述主體講述的薛姑子案（第五十一回）的整體過程敘述，方能看出無實體形式敘述者對其創設人物的潛在心理趨勢，與泛意義的「指斥時弊」有所距離。如果說「苗青案」要敘述主體講述的是人物「受贓枉法」，罪惡滔天；那麼「薛姑子案」的敘述主體則是以自我陳述來表明，被陳述的「我」問案問得清正廉明，彰顯了是非公道。兩案對比顯而易見，當無實體形式敘述者與第三人稱敘述主體的「我」發生了主體代換時，對其虛構的人物形象就會發生不同的視角感知，產生了一種視覺運動，形成人物行為的複雜表現，這便會帶給人物以不同的呈現平台，從而完成人物的個性多樣性。且看作品中的西門慶形象，從一個「破落子弟」到「身居著右班左職。現在蔡太師門下做個乾兒子，就是內相、朝官，那個不與他心腹往來。」其間的升騰過程，足以充分展示人物形象自身的社會能動力。這一形象的第一支撐被完整地構建出來，並被給予了某種肯定的態度——精明強悍，通曉社會方方面面的遊戲規則。西門慶正是屬於那種世事通曉皆學問，人情練達即文章的具化形象。這種結果其實是不合乎無實體形式敘述者原創時的本意的。

第二，在家庭專制方面，這是文本故事的講述重點。人物西門慶被講述的也是兩個方面：情和欲。西門慶形象的敘述定位是一家之主。以他為原點，網絡起家裡的各房妻妾、婢女、僕役、家奴等。無實體形式敘述者對這一形象的創設原意為「打老婆的班頭，坑婦女的領袖」（第十六回）。為此無實體形式敘述者也確實講述了兩次鞭打小妾的情節：第一個被打的小妾是潘金蓮（第十二回）；第二個被打的小妾是李瓶兒（第十九回）。潘金蓮被打是因西門慶在行院包占李桂姐，潘金蓮心存不忿又難耐寂寞，故而私通家僕琴童。此事被人告知給西門慶，西門慶欲證事情是否確實，便向潘金蓮施以鞭打。而結果是西門慶得到了一個他願意、且能維繫他自尊心的否定答案。無實體形式敘述者在講述人物此一情節時，人物西門慶個性中的精明和算計被忽略，反倒有些糊塗和幼稚。再看鞭打李瓶兒的情節：緣由是西門慶因受官司牽連，誤了娶李瓶兒過門。為感謝救命之恩，李瓶兒嫁與醫生蔣竹山。待事情平息後，李瓶兒仍是「情感西門慶」，幾經波折，再次與西門慶訂了婚約。但瓶兒嫁入西門府裡並沒得到禮待，不僅出嫁受盡冷遇，新婚之夜也飽受屈辱。李瓶兒尋死被救，西門慶顏面難堪，便惱羞成怒，鞭打李瓶兒。結局是李瓶兒的辯解滿足了西門慶的虛榮心，以鬧劇開始，以喜劇收場。無實體形式敘述者在講述此一情節時，人物西門慶虛榮心如此容易得到滿足，與原創時的基調有了很大的差異。如果哄騙與奉承都能使一個人得到心理滿足感的實現，那麼這人不是太精明，就是太愚蠢。人物西門慶在無實體形式敘述者的講述中似乎是二者皆備。通觀全書，無實體形式敘述者以李瓶兒為「情」的物化對象載體，以潘金蓮為「欲」的物化對象載體的創設意圖十分明顯。人物西門慶在二者之間的敘述過程中，也因發生敘述主體視線的不斷轉換和替代，從而完成了情與欲的博弈[5]。這一形象的第二支撐也被完整地建構起來，並同樣被給予了某種肯定——情難了，瓶兒深情難忘；欲難盡，金蓮美色終歸難敵。多情種子貪欲人，人物西門慶錯在兩者都達到了極致。

人物西門慶在文本內界的虛擬世界中，至死也沒有出現過「調占良家婦女，娶到家中，稍不中意，就令媒人賣了」的事。反倒是那「良家婦女」對西門慶示愛有加，爭鋒不已。諸如王六兒，林太太之流。在講述家庭瑣事中，無實體形式敘述者對人物西門慶的寬宥總是在不時地流露著，如他對待卓丟兒的細小情節（第三回），對待玉蕭失壺時的寬宏大量（第三十一回），對待夏花兒偷金敗露後的息事寧人（第四十五回）等等。而小說中真正出現「就令媒人賣了」人的事，全都發生在西門慶死後。這也與無實體形式敘述主體的創設原意不相符合。

《金瓶梅》在我國古典小說中獨樹一幟，其講述與敘述的方式，以及別樣的人物個性和形態特徵，與這種「他視角」的差異性有著緊密關聯。通過對西門慶人物形象形成過程的分析，說明文本批評如果只是一種傳統旨趣上的話語，便很難闡釋創作主體敘述中的矛盾情節和人物形成的根源。當我們觸及到「他視角」差異性的形成，運用敘述結構層次原理來分析西門慶這一人物形象的形成過程時，對文本中無實體形式敘述者（第一人視角，也可稱為發出者視角或創設主體視角）、他人物視角（第二人視角和轉述接受者 A 或 B 視角，

5 曾慶雨、許建平《商風俗韻——金瓶梅中的女人們》，昆明：雲南大學出版社，2000 年。

也可稱為敘述自我視角）等不同的敘事層次所形成的不同形象特質對比，才可找出文學人物形象多面性的形態特徵及其成因。因此，對於敘事文本中存在的「他視角」差異性作嘗試性分析，在個例分析中尋找古代小說人物塑造的某種創作思維的規律性，這或許會使我們在進一步解讀這部文學傑作時，對其內在的深層意蘊有所發現。

綜上所述，構成對一個故事人物形象的完整造型，以及人物個性的多視點描寫，就必須有諸多的敘述層次轉換和敘述主體的視角差異性才能完成。由此，對一部鴻篇巨制的文學文本而言，虛擬的故事世界在通過各種敘述主體的非線性的相互對視、轉換和替代中，形成了各個主體間的視角差異，並且相互間都進行著意義不同的闡釋，最後產生出共同建立的總體意義，並形成其應有的文本研究價值。

論《金瓶梅》的敘事建構及其敘說特徵

眾所周知，產生於明代晚期的長篇小說《金瓶梅詞話》所敘述的故事基礎，來源於明初小說《水滸傳》中的武松故事單元。因此，《金瓶梅詞話》對該單元所關聯的故事、情節、人物、場景等敘事元素的諸多方面，採用了截取和演繹的方式進行結構。這在《金瓶梅詞話》的開篇部分是極為明顯的。然而，《金瓶梅詞話》到底是一部具有獨立敘事建構體系的小說。作為開創中國小說史上「世情」類型的長篇巨制，其特有的敘事方式，顯在地反映出敘事主體不可替代的思維特徵。解析該文本敘事建構的思維特徵，可以較為深入地瞭解中國長篇小說早期發展階段的敘事方式，並期冀由此關照其對後世敘事文本類型的巨大影響所在。

一

中國古代小說發展到《金瓶梅詞話》的創作時期，已經歷了故事的平面線性組合到立體多面性呈現的一個過程。與宋元話本小說相較而言，敘事的鋪陳結構、敘述技巧等正趨於成熟。《金瓶梅詞話》就文本的構思而言，可以分為借用、延展、對比和互襯等幾個創作思維過程。通過對具體的文本分析可見，前六回屬於借用。在這一過程中，創作主體採用了移植故事的方式，把《水滸傳》中潘金蓮與武松的故事單元作為了《金瓶梅詞話》的起始部分。在中國傳統小說文本中，借用或移植其他文本故事、人物和情節的情況大量存在。從文本結構的慣用方式而言，這與中國早期敘事文本的形式是話本有關。借用或移植其他文本的故事元素來進行創作的方式，在中國古代小說的創作執行中並不少見[1]。但值得研究的是，《水滸傳》可以借用的故事單元，不僅僅只有潘金蓮與武松的故事。譬如，小說開篇敘述的林沖「逼上梁山」的故事，就具有著很高的社會認知度。林沖娘子因美貌而遭禍，外柔內剛的個性特徵，對林沖忠貞不貳的真摯感情，面對惡勢力堅強不屈的行為，可謂感天動地，足顯其社會的陰暗，官場的可憎，也足以彰顯人性的光輝。林沖與娘子的故事單元也是可圈可點，甚可挖掘的好題材；再者，還有宋

---

1 張兵《張兵小說論集》，北京：中國文史出版社，2005 年。

江與閻婆惜的恩怨情仇，充滿了江湖兒女的本色，是很具有典型意義的市井生活片段。可謂是一段風流豔情，成就了一個天地英雄。……其實，只要通過簡單的梳理不難發現，在整部《水滸傳》中，類似潘金蓮、閻婆惜這樣難耐寂寞，「不守婦道」的紅顏之女的故事還有一些，而「出牆紅杏」的女子們也各有身世，有著不同的因果原因[2]。可蘭陵笑笑生為什麼選擇移植的是潘金蓮與武松的故事單元來結構文本而不是其他的故事單元呢？究其原因，我以為有二：

第一，《金瓶梅詞話》創作主體之所以選擇移植潘金蓮與武松的故事作為敘述文本的主要成分，不僅是其創作視域的具體反映，也是其思維感知的規定性作出的必然選擇。由繁盛步入漸衰的晚明社會，可謂是平靜之中潛伏著紛擾，盛世之下暗藏著危機。宦海的明槍暗箭爭名逐利，江湖的詭譎神秘不可理喻，市井的熙來攘往人生百態。如何能融這眾生百相，黑白乾坤為一體，建構一個開闊的敘事空間？武松與潘金蓮無疑是最好的契合點。何以見得？因為武松與江湖淵源深厚，但卻不是一般意義上的「遊民」或「俠客」[3]。在梁山一百零八好漢中，武松更多具有的是滿身的正氣，可以適應官場吏道的行為要求。他是既能行走江湖，又能棲身廟堂，且較多正統儒家行為道德體現的人物之一。笑笑生其實無意於武松在江湖宦海的風雲際會，他只考慮借助這一人物所關聯的市井家庭的背景，以及在《水滸傳》文本中特定的性格行為，來結構現實中大社會裡的悲歡離合。因此，在結構處理上，創作主體把武松只作為一條引線。與《水滸傳》相較，武松的形象並不具體，更談不上生動，甚至可以說是很模糊的。如果沒有《水滸傳》的閱讀背景，孤立的看在《金瓶梅詞話》裡的武松，只因打虎而風靡一方，並由此以英雄的名聲進入官場。憑藉這一因由，還讓武松找到了親哥哥，有了一個可以被稱為「家」的棲身之所。並且，武松由此產生出了與嫂子潘金蓮的一系列情感糾葛，演繹出了一場家庭悲劇。如此情節描述下的武松，幾乎很難被作為一個英雄好漢受到認可。由於缺少給予人物以相應的、合乎邏輯的心理行為機制的構思，被簡約描寫的武松，更像是一個不諳世事，不通人情，只是有幸被命運關照的走運者。在人欲橫流，利益熏心的市井中，武松只是創作主體為了展現另樣的生命價值觀而被陳列出來的概念符號。

儘管武松這一人物形象在《金瓶梅》的文本構成成分上，僅僅是一個被正義和英雄的名義符號化了的情節促動者，但借助《水滸傳》廣為流傳的平台，武松的知名度也就促成他是能夠觸動江湖、宦海、市井，或可謂是黑白乾坤為一體的唯一樞紐，創作主體將其作為借用的對象，也就順理成章了。

2　〔明〕施耐庵，羅貫中《水滸全傳》，上海：上海人民出版社，1975年。

3　王學泰《遊民文化與中國社會》，北京：同心出版社，2007年。

第二，創作主體對潘金蓮人物形象的認識，與武松則大不相同。潘金蓮與武松的情感矛盾糾葛太具有家庭倫理道德的色彩，也存在著一種社會的普遍性。可是，與閻婆惜、潘巧雲等的所謂第三者插足相比，潘金蓮「勾引」或曰「愛上」自己的小叔子，就倫理範疇而言，行為意義上有著十分不同的內涵。前者雖也具有一定社會存在的普遍性，可男女雙方均存在著共有感情。閻婆惜與小張三、潘巧雲與裴如海……，男歡女愛，情海翻波，雖與傳統的家庭倫理準則相悖，雖不符合正統社會的婚姻體系，但男女雙方在情感上都有著相互的期許，兩情的愛戀，彼此的慰藉等人類社會中，兩性關係裡應有的情感分享。而兩性間出現的三角戀關係，往往與婚姻或性的不和諧關係密切。所以，這種行為雖不合乎倫理但還算合乎人情。在《水滸傳》中，儘管對不貞女子的理性審判十分一致，凡是不貞的女子都以慘死作為下場的講述方法很是相似，但描寫潘金蓮對武松的愛戀故事，卻更具有人性中深刻的悲劇色彩。

首先，從家庭倫理關係看，嫂子愛上小叔子，產生這種感情的本身就是極其大逆不道的。武松與潘金蓮的叔嫂名分，實際就意味著這一對男女在家庭結構中的關係定位。嫂長叔幼，必應「長幼有序」。有序則有秩，有秩序才有章法，有章可循，方可正名、正言、正行。凡事名正言順，正是傳統儒家倫理極為重視的人際關係準則。潘金蓮竟然對自己的小叔子不僅產生了感情，甚至做出「勾引」小叔子的行為，這已然破壞了人倫關係中最重要的有序原則，當然也是對文明社會家庭中兩性倫理關係底線的嚴重挑釁。這於以儒家的倫理綱常為社會人際關係維繫的行為原則而言，那是絕對不可容忍，且必將受到道德輿論的嚴厲指責的。

再而，從情感關係看，潘金蓮對武松的愛戀是一廂情願的單相思，其並不具有感情的共有性，也就不具有兩性關係裡應有的兩情相悅，或曰情感分享。所以，潘金蓮與武松二人在行為上的矛盾衝突也就在所難免。而通常在這樣的感情天秤上，被動的一方作出拒絕的選擇，既是有情可原，也能得到最廣泛的同情。而主動的一方則往往被人所不齒，也是承受輿論指責最嚴厲的。因此，潘金蓮要承受的倫理道德的譴責和情感趨同的壓力更甚於閻婆惜、潘巧雲等。故而，選擇武松與潘金蓮的故事單元，就更具有敘事構建的鋪陳性和內在張力。換言之，這樣的故事可以有更多的敷衍餘地。

二

與《水滸傳》文本相較，《金瓶梅詞話》的創作主體並不只是簡單地移植武松單元的故事和人物，而是在移植的同時鋪墊了更多筆墨，補充了大量細節，完善了人物的背景資料。創作主體以他高超的移花接木，縝密鋪陳的敘述手法，成就出了一個全新的敘事文本空間。對其細加分析可知，就創作構思而言，創作主體對原有故事中濃重的悲劇意蘊和倫理價值的深刻質疑，可謂表露無遺。這一點我們可從創作主體在敘述文本的延展部分看，就可以獲得清楚的證明。正基於此，本文對創作主體延展性思維的具體問題應進行一番必要的考察。

首先，分析文本中關於人物塑造的問題。小說中人物與情節的關係問題，在晚明這一時期並沒有一個明確的理論上的準確界定，更沒有關於故事中的人物是服從於情節需要而產生，還是情節服從於塑造人物形象而設置的論說與認知。可是，人物之於故事的重要性，似乎已經從創作主體的無意識域開始走向意識域，成為一種不自覺的「下意識存在」，並漸漸為創作主體所重視。晚明時期的小說，在對故事與人物的文學描述的準確度和感染力上，遠超宋元兩代，這是一個無需求證的事實。這正是由於主體「下意識存在」在其創作中產生出來的結果。而在《金瓶梅詞話》的創作構思中也同樣具有這樣的「下意識存在」。以潘金蓮為例，潘金蓮於《金瓶梅詞話》而言，只是一個「泊來」的人物。創作主體採用的是完備其身世，給予人物情感的充沛性與心理內涵的豐富性。這使得該人物能夠在宏大的長篇結構中，其個性行為既能推陳出新，又很合乎生活的情理與邏輯。因此，創作主體沒有停留於《水滸傳》中的潘金蓮——不過是「水性楊花」性格的定勢思維裡，也沒有局限於「紅顏禍水」的陳舊觀念中。而是更為深刻的意識到這一人物身世中的廣泛社會意義，以及所反映出來的人性中更為本質的欲望訴求。為此，笑笑生給了潘金蓮一個破碎的家庭環境——父親慈愛卻早亡，母親趨利又寡情；給了潘金蓮一個不幸的童年背景——九歲被賣到招宣府學藝，養成取媚於人的風騷個性；給了潘金蓮一個痛苦的兩性認知——十八歲被張大戶強暴，明白了以色事人的奧妙；給了潘金蓮一個畸形的婚姻生活——給矮小醜陋的老男人武大做填房，故而心存不甘，勢必尋出事端。「從九歲學藝，到十八歲被張大戶強行『收用』。九年的歲月，帶給潘金蓮的是如花的嬌美容顏，浪漫的情感幻想，對人情物事的察言觀色，機敏快速的思維反應，以及事事占尖兒的強硬個性。」[4]學藝，使她染上了搔首弄姿的媚態，養成了愛慕虛榮的心性和行為特點；被張大戶「收用」，使她領悟了兩性行為可以轉換為物質的交易關係等等。通過這種延展性思考後被再次描述的潘金蓮，已經全然不是《水滸傳》中一個簡單的符號式人物，而是被脫胎換骨，成為一個豐滿得有血有肉，生動得呼之欲出，可感可觸的鮮活的生命體。

創作主體選擇潘金蓮為《金瓶梅詞話》的第一女主人公，以潘金蓮的人生悲劇，作為結構《金瓶梅詞話》這一鴻篇巨制的基礎，正是有了對此人物所具備的延展性思考的縝密性而夯實。此後的人物行為鋪陳，描寫潘金蓮在西門府的所作所為，都使其有了她

4　曾慶雨，許建平《商風俗韻——金瓶梅中的女人們》，昆明：雲南大學出版社，2000 年。

內在的，合乎邏輯的心理基質。並不會因與《水滸傳》情節上的疏離，而顯得有所突兀。創作主體對人物思想形成，以及內在心理支配行為合理性的重視，不唯潘金蓮這一人物形象如此。作品中的其他人物形象的完成，如西門慶、李瓶兒、孟玉樓、龐春梅、吳月娘等無不如此。不僅主要人物如此，就是次要人物，如宋惠蓮、應伯爵、吳二舅、玳安、小玉等，也都很注重他們行為產生的內在邏輯性。而這一點是小說虛擬文本世界中的人能「活」起來的、必不可少的重要因素。

其次是情節。在敘事文本的結構上，重視起承轉合的情節架構，這在早期的話本小說形態中就已形成。在歷經了《三國》《水滸》《西遊》等這類長篇巨制的技巧浸潤之後，到晚明時期的小說敘事創作，對於情節的鋪設和嫁接手法已經相當嫻熟。笑笑生很清楚地意識到，情節決定著一個故事能否得到完整支撐，也規定著故事發展的走向，更是人物命運、個性完整呈現的手段之一。因此，如何從移植的已知故事情節中脫離出來，進入到新文本所需要的主創情節中？這對於創作主體而言，是一個頗費心思，且展示才華的問題。在《金瓶梅》的構思上，笑笑生必要以某一人物的延展來進行合乎邏輯的過度，並逐漸擺脫移植情節的干擾，開始一個全新的故事敘述。我以為，這個能帶動起整個全新故事的敘事的線索性人物就是孟玉樓。

孟玉樓這一人物與《水滸傳》文本的整體故事沒有任何關係。這一人物的出現，標誌著創作主體在創作思維上的一個新靈感。所以，她是一個全新敘事層面展開的引領者。在第七回中，孟玉樓開始進入到敘述者的視角中來[5]。她與西門慶的關聯性情節就是直接談婚論嫁，並由此形成一個新的敘述層面，架構了一個新的敘事空間。儘管其間還穿插了潘金蓮、西門慶與武松的糾葛，但那已經是移植《水滸傳》故事的尾聲了。孟玉樓與西門慶之間婚姻關係的建立，在敘事結構的佈局上是對老故事終結，對新故事開啟的契合點。孟玉樓改嫁，使創作主體的敘事層面，完全展開在以西門府為敘述中心環境，以西門慶為敘述中心人物的新故事文本中來。而孟玉樓婚姻的完成，不僅是出於對敘事文本構思的靈感體現，更主要的是在於創作主體精心敘述的人物與情節承載著的思維結果。孟玉樓的婚姻具有典型的市井特徵[6]，雖然是寡婦改嫁，且也屬於一個基本符合社會認可的倫理範疇。創作主體對此人物，由始至終基本上採用正面描寫。甚至寫孟玉樓與西門慶的行房之事，用筆也基本乾淨和明朗，顯示出創作主體在構思上，多以孟玉樓作為創作主旨的體現者。其意在通過這一人物形象，達到從家庭的人倫具體抽象出世間的人情事理，從而完成由敘事而說教的創意所在。可以說，孟玉樓嫁入西門府，在整個文

5　〔明〕蘭陵笑笑生《金瓶梅詞話》，北京：人民文學出版社，1989 年。

6　同註 3。

本的敘事建構上起到了至關重要的轉型性作用。

創作主體延展性思維的結果，是使得移植的人物和新創的人物，在漸漸脫離開舊有的情節和活動環境時，能具有十分自然的和從容的融合過程。這一構思，既為新的文本故事的展開提供了足夠憑藉的空間，更應該看到這是新的文本故事脫離舊的文本故事的一個必然過程。在這一過程展開的進程中，創作主體找到了自己的敘述方式，即以虛擬敘述主體的層層陳述，構建起一個新的主題和更多新的人物。由此，笑笑生成功擺脫了移植故事的羈絆，建造了屬於《金瓶梅詞話》，而非《水滸傳》續書的新的故事層面，創建了《金瓶梅詞話》文本內界中的人物行為和形象意義，構思了一個全新的家庭倫理故事，從而開闢了中國小說敘事文本世情題材的新領域。

三

縱觀整部《金瓶梅詞話》文本，創作主體在敘事構思上具有幾個方面的突出特徵：即對人物的描寫採用對比互襯的方式；對故事的情節組合採用點面浸染，以點帶面的方式；對敘事背景的建構採用時空推移，縱橫雙向描寫的方式。通過這樣三個維度的思維構思，顯現出創作主體詩學思維的屬性和轉換張力。因而，也決定了《金瓶梅》的敘事方式只能是因人設事，以人物的行為和心理活動來帶動情節的推進。這一思維的特性與之前的絕大多數敘事文本中，因事設人，以情節引人入勝，以故事描寫和陳述為文本的最大目的性的敘事方式，顯示出相當大的差異，真可謂是耳目一新。故而抄本一出，便有了袁宏道「雲霞滿紙，勝於枚生〈七發〉多矣。」[7]這樣出自感性的熱贊。而抄本在文人墨客間狂傳的狀況出現，也就不足為奇了。

人物的對比互襯性是與不同的視覺切入進行描寫的手法有所關聯的。試看孟玉樓與潘金蓮這兩個人物。在敘述視角上，她們主要是以行為特徵的刻畫來相互襯托。她倆雖然都是西門府裡的女人，且關係也頗為融洽。但在品行上，孟玉樓端正而潘金蓮邪惡；在為人上，孟玉樓低調而潘金蓮張揚；在心態上，孟玉樓從容而潘金蓮狹隘；在個性上，孟玉樓寬厚而潘金蓮刁鑽。她們在最終的人生結局上也殊為不同，孟玉樓善終，潘金蓮慘死。這兩個人物的差異性十分明顯，互襯的效果也就更為增加。再看吳月娘的敘事視角則主要是個性特徵的描摹，突出的是個人願望與自身能力的對比互襯。吳月娘身為家庭第一主婦，也是西門府裡的女性首領，她最大的心願就是能治理好這個家，希望家和萬事興。可事實上卻往往是力不從心，總是事與願違。她的家庭權威和地位時時受到以

7　〔明〕袁宏道著，錢伯城點校《袁宏道集·箋校》（全三冊），上海：上海古籍出版社，2008年。

潘金蓮為首的各房姨娘們的挑戰，甚至面臨被取代的危機。她殫精竭力維持家業的興旺，卻因治家無方，管理無著，以至於最終的結局是使得整個西門府人去財盡，落寞頹敗。吳月娘的出走與歸來，遭遇的是失子又失家，晚景竟然是寄人籬下[8]。創作主體利用人物自身的對比刻畫，在凸顯人物性格特徵的同時，有力的證明了知性與行為的緊密關係，在塑造形象上起到了四兩撥千斤的功用。西門慶的敘述視角主要是人生命運的思考，這也是創作主體敘事思維中最為重要的維度之一。西門慶從一開始就是故事構思的一個重心。創作主體對這一人物的考量，並非單一的線性思考。笑笑生以第一敘述者的視角展示該人物市井混混的行跡，但在文本的第二敘述視角，即虛擬主體視角或曰他視角中[9]，卻成為一個有頭有臉，精明能幹，頗有成就的體面商人形象，並且這樣的形象光環一直伴隨著西門慶在虛擬場景中頻頻亮相。從而形成了對這一人物解讀的多元性和多角度，也形成了多重的評價向度。從西門慶的發跡變泰，到顯赫一時，再到盛年夭折。要做出詳盡周密的舉證雖非本文所能，但對比互稱構思極為成功的運用則是不言而喻的。

應該特別指出，正是因為創作主體描寫人物時具有著對比互襯性的思考維度，才會出現了龐春梅這一具有嶄新意義的形象。龐春梅由孤兒而賣身西門府為奴，其後成為西門慶的寵婢，西門慶死後被逐出西門府，再而做了周守備的小妾，最後母憑子貴，成了統備夫人，受封一品誥命。這樣的命運安排，創建了中國敘事文本中婢女形象中的一個另類，即所謂「心比天高身為下賤」的豪門婢子類型。龐春梅從被吳月娘「罄身兒」趕出家門，再到被吳月娘誠邀重游舊家池館（第九十六回），僅此一情節便已經是充滿了對人生，對命運哲理的形象闡釋，令人歎息，且感慨不已。而作為《金瓶梅詞話》文本中，故事的第二號男主人公，西門慶的女婿陳經濟，則是由官宦子弟而落難為商，再而家破人亡，淪為乞丐，再到命運乾坤大挪移，否極泰來。在龐春梅的全力幫助下，陳經濟重回錦衣美食，妻妾環繞的富貴生活，直到被殺。他與龐春梅的命運構成，真形似一個完整的太極八卦圖。分與合，高與低，黑與白，賤與貴，背反的命運途程，相離的生活軌跡，人們不論存在著再大的差異性，統統都被一個簡單的圓圈所包容。也正是這樣的思考維度，構成了王六兒一家子對命運的掙扎。從城市下層平民到結交官宦人家的地位升遷，從入不敷出的拮据生活到殷實人家的財富積攢，以尊嚴的出賣來換取生存的最大空間，可到頭來卻是一切皆成過眼雲煙的夢幻，一家人由生命的躁動到終老田園的寂寥結局。而玳安和小玉從家奴到坐正西門府主人的位子，吳月娘由西門府女主人到被人供養的食客等等情節構成，同樣也是對比互襯性思考路線的完美執行與精確呈現。在這些情

8 同註5。

9 曾慶雨〈論西門慶文本內界形象的他視角差異性〉，南京：《明清小說研究》2007年第1期。

節建構和人物命運的敘述中，不難體會蘊藏於創作主體中那種深層的哲學意蘊。

《金瓶梅詞話》的創作主體賦予了眾多人物複雜的言行敘說與多樣的心理活動，也必須給予這些人物以必要的時空平台。大到背景的主要底色色塊，小到具體場景的分類構建組合，都理所當然地成為了創作主體構思不可或缺的重點問題。具體來說，創作主體從時間和空間兩個維度架構背景，以市井五色斑斕作為底色，由點及面地層層塗抹和浸染，將那五色的色塊有序地雜糅、擴散，使其整個文本最終取得了繽紛絢爛的美學效果。其構思和手法頗類中國繪畫的工筆手法。就時間而言，故事有意識地被推移到了宋代。儘管中國明清時期很多小說出現的時空移動都以宋代為寄居地，且一般認為是作者對當時現實酷政的逃避。但我認為，那並不是唯一的原因。更主要的原因是，因為宋一代是中國早期城市市民生活的原生態時期。關於這一問題將另文討論，在此不予贅述。就空間而言，是雙線組合。西門慶引領著由下而上的一條線：西門府——清河縣——京城。文本前半部體現的是修、齊、治、平的人生價值體系。陳經濟引領著由上而下的另一條線：豪門——大戶——市井下層。文本後半部思考的則是常與非常、上下轉換，世事無常，難以恒定的個體生命動態。兩條線糾纏於家庭，具體環境表現是衙門——皇宮；起伏於欲望，具體故事講述了利益——權勢；終結於因果，即為生死輪回的觀看——不盡如人意的善惡報應的宿命。作品前半部講述的價值理想與後半部詮釋的生命體悟相結合，產生出了強大的批判力，也彌漫著濃重的悲情意味。

儘管《金瓶梅詞話》自產生以來就有著很多大褒大貶、很是不一的評說，但其在中國小說發展史上的重要地位是無可置疑的。不論歷代有如何的貶斥，《金瓶梅詞話》依然是中國古典小說中最重要的作品之一。《金瓶梅詞話》極其成功地描繪出了一個虛擬而現實，複雜又多元的時代斷面。縱橫交錯地展示了一個充滿悲情意味，富有地域個性特徵的中國早期城市人們的生活。創作主體構思的思路和方式，以及對故事敘述和描繪的手法，對之後的中國世情小說創作產生了十分巨大的影響，甚至有《紅樓夢》「借徑在《金瓶梅》」之說[10]，而魯迅先生的那些著名論述不用禿筆學舌，也無復贅言，皆已然說明了其影響的程度[11]。通過對文本的梳理可以看出，蘭陵笑笑生在構建這個龐大的虛擬時空時，顯在的思維特徵是具有詩學性的。他所主要運用的思維方式，可謂完全是中國傳統的儒學文藝思想和創作理念。其中聚合著詩學的「言志載道」的主旨，用筆上主要運用了對比互襯，時空交錯的技法。在人物與背景融合，與場景設置上則是體現出層層點染，漸次浸潤的繪畫構思特點。這也是以後應關注和值得探討的一個話題。

10　同註7。

11　魯迅《中國小說史略》，北京：人民文學出版社，1993。

論《金瓶梅》敘事藝術的思維特徵

《金瓶梅詞話》[1]作為我國晚明時期長篇小說文體成熟的代表作之一，其敘事思維構成的傑出性，以及敘述手段的巧妙性和創新性都是備受矚目的。有學者甚至這樣評價：「蘭陵笑笑生就是一位具有勇敢創新精神的作家。沒有《金瓶梅》這樣一部赤裸裸地暴露社會政治、世情、人性醜惡以致被人目為『淫書』的傑作，古代小說的現實主義主流是無以形成的。」[2]如果說，藝術地再現現實人生境遇是蘭陵笑笑生創作的強勁動力的話，那麼，怎樣藝術地實現這種再現？就是一個很實際的寫作技巧運作的實踐活動了。儘管《金瓶梅詞話》在已趨成熟的章回小說體系框架中，找到了敘說方式的基本依據，但該部著作究竟還是一部缺少史書典籍的依傍，脫離了傳奇志怪的筆法，以虛擬和再現現實為主要敘事手段，充分個性化的、有著宏大結構的文本。由於《金瓶梅詞話》強大而富有震撼力的現實再現性，以及對人性和社會諸多形狀的醜陋和邪惡的揭示張力，使得創作主體更多被研究者關注到的是深邃的現實洞察力和嫻熟的敘述筆法。而這兩點魯迅先生曾做出了最精當的評述：「作者之於世情，蓋誠極洞達，凡所形容，或條暢，或曲折，或刻露而盡相，或幽伏而含譏，或一時並寫兩面，使之相形，變幻之情。隨在顯現」。[3]但是，對於文本中所呈現出來的敘事構思層面上的思維個性特徵卻少有論及，這不能不說是研究中的缺憾。筆者曾對《金瓶梅詞話》在敘事建構的形成方面提出了「借用、延展、脫穎出新幾個過程以及對比和互襯等敘說特徵」[4]的看法，其中也提及到其思維特徵對後世敘事類型的巨大影響，但未作出具體分析。本文擬在已有的研究基礎上，進一步考察創作主體在文本建構形成中，所具有的思維理念及其產生的藝術效果。並透過對笑笑生敘事思維方式的具體分析，使之更加充分的認識到《金瓶梅詞話》對中國長篇小說創作藝術思維產生的廣泛影響，更能具體領會「《金瓶》壼奧」（脂硯齋語）之所在。

1　蘭陵笑笑生《全本金瓶梅詞話》，香港：香港太平書局，1980 年。本文所引原文均出自該文本。

2　劉上生《中國古代小說藝術史》，長沙：湖南師範大學出版社，2003 年。

3　魯迅《魯迅全集・中國小說史略》，北京：人民文學出版社，1993 年。

4　曾慶雨〈論《金瓶梅》的敘事建構與敘說特徵〉，昆明：《雲南民族大學學報》，2009 年第 3 期。

一

《金瓶梅詞話》的獨立敘事體系和構建方式，突破了之前對歷史題材的攫取（如《三國演義》），對雜傳故事的演繹（如《水滸傳》），對人物行狀的記述（如《西遊記》）等傳統而經典的敘事方式。笑笑生在有感於晚明的「哀世」（魯迅語）衰竭不振，世態炎涼莫測、人世悲歡相續、生死離合難料的諸多無奈的人生境況之後，遂以小說的方式寄予筆端，極盡描摹人情世態之種種情狀。然而，感性的認知和理性的表達是兩種不同的思維方式。在文學的創作過程中，二者又是緊密結合，不可或離。就文學創作活動的基理而言，創作主體一方面是要有感而發，另一方面是有感怎「發」？如果說晚明社會黑暗的現實給了笑笑生「感」的知性存在，那麼對於人性本質的思考引「發」出來的，便是貫穿於整個敘事體系中所蘊含的深刻理性思辨。

《金瓶梅》文本的外在形態是敘事結構十分宏大。有學者提出其敘事模式是「波放型環式網狀結構」[5]，同時指出採用這樣的結構模式與創作主體的思想結構有關。文本的內在組合是人物事件眾多繁複並有機聯繫，三教九流之間，人事勾連纏綿糾結。朝廷廟堂與市井閭巷之地，則空間騰挪，還復不斷。透過這些喧囂的情節媾和和複雜的人物故事鋪陳，依然能夠清晰地看到統攝整個敘事體系的主導思維的原貌及其原型所在，即華夏古老文明所形成的「圓」的哲學思辨與文化歷史所形成的詩學精神的積澱。正是這兩方面的思維定勢，決定了文本敘事體系構建的基本方略，敘說藝術的審美關照，以及敘事手法的獨到之處。

所謂「圓」的哲學思辨是指華夏文明產生的，以生命體悟為特徵的宇宙觀。這也是中國文化中的一個重要的精神原型。《周易・說卦》云：「乾為天，為圜」。《莊子・說劍》云：「上法圓天以順三光，下法方地以明四時。」天圓地方的環宇認知，以及「天人合一」的一元論的世界觀，使得「圓」成為了華夏子孫對生命意義的發現。圓形的外在包含了涇渭分明的黑白兩極的太極八卦圖，這便是對這種世界觀和方法論最形象的理解和闡釋。「圓」的生命特徵是動態的，動是大自然生命原理的永恆形式。雖然「圓」的形態不夠穩固，極易變形，但卻最具包容性，也易恢復原型。唐人黃蘗希運禪師的《傳心法要》云：「深自悟入，直下便是，圓滿具足，更無甚欠。」[6]這裡的「圓」就是周全、充滿、充足之意，其含義體現了佛性的普遍與闊大，以及佛理的浩瀚和深邃。在這樣一個佛性的世界裡，圓滿具足，沒有缺欠。這便是理想的、圓融的生命世界。這種充滿了

5　許建平《金學考論》，石家莊：河北教育出版社，1999年。

6　參看《續藏經》第一輯第二編第二十四套第五冊。

樂感和自足的生命意識，強調圓融和變通的生存之道，正是中國文化的顯著特徵，也是普遍存在於人的最深層的美感共識。在《金瓶梅》的整個敘事組成體系中，從故事情境（即環境場面，人物言行，人物與事件間的邏輯關係，事件全過程等）的設定，到整個文本的縝密構架，「圓」的思辨特徵很是明顯。

從移植和借用《水滸傳》武松單元故事情境到完全進入《金瓶梅詞話》的故事情境，環境場面的大致走勢是一種外推的態勢。由《水滸傳》的家庭——市井——家庭向《金瓶梅詞話》的家庭——市井——社會——家庭推進。描述的場面對象，也由此擴大為西門府——清河縣——山東省城——汴梁京城——西門府，起點與終點的重合，終點是起點的回歸，形成的正是一個圓形。在這個圓形中，故事情節由此展開，人物命運依序展示。而正如同太極拼圖一樣，不論情節和人物是多麼的繁複和複雜，一個已經規定了的「圓」使得人物與事件均是萬變不離其中。不僅如此，「圓」的思維特質也規定了人物命運的走勢。其中最具代表性的，竊以為莫過於兩個六兒——潘六兒（金蓮）和王六兒的人生及歸宿的安排。

潘金蓮，小名六兒。雖然生長於一個普通的裁縫家庭，童年的生活也還算是無憂無慮。不幸的是在父親死後，九歲的她被母親賣給了王招宣府，開始了歌舞彈唱的學藝生涯。聰明伶俐的潘六兒，在六年的學藝中，不僅學會了識文斷字，填詞唱曲，也學會了描眉畫臉，插戴穿衣，尤其是如何取悅於男性的技巧和手段。這使《水滸傳》中的潘金蓮這一人物，通過對其生平的細化補充陳述，變得真實可感。這種填充人物細節的寫作手法，既起到了把移植人物過渡到新文本敘事時空的作用，同時更能看出作為第一敘述主體[7]，為人物形象的形成伊始就鋪墊了一個心靈成長的畸形軌跡，這給該人物的後續行為提供了合乎邏輯的心理基質。六年後，王招宣戰死沙場，十五歲的潘金蓮再次被母親賣給了張大戶家做丫鬟。她專習琵琶，「會一手好彈唱，針指女工，百家奇曲，雙陸象棋，無般不知」，可就是這樣一個才貌雙全的可人兒，卻命運多舛。從十八歲被主人張大戶強占到二十九歲被武松酷殺，她的一生中三個男人左右了她的命運：第一個是張大戶。這個潘金蓮生命中的第一個男人，不僅改變了潘金蓮的生理屬性，使她由少女變成了婦人，更主要的是通過物質補償的方式使潘金蓮明白了容顏和肉體的實用價值所在，並造就了其心性的輕狂；第二個是武松。他的出現使潘金蓮第一次見識了偉男子的形象，也給了她一把人格比對的尺子，促使她深感自己的卑微與下賤，同時也激起了她強烈的自我膨脹欲來抵禦這種深深的自卑心理；第三個是西門慶。他既成就了潘金蓮女性心理的全面成熟，也引導了她身心的全面墮落，以致促成了她萬劫不復的悲劇終結。

7　曾慶雨〈論西門慶文本內界形象的他視角差異性〉，南京：《明清小說研究》，2007年第1期。

潘金蓮的一生是悲哀的一生，其哀有三：第一，她的生命過程是一個被動態的。不論是生存方式的選擇還是社會角色的選擇，她都是被他人所安排。從少年學藝到與人為奴，母親的兩次出賣使潘金蓮的身分由平民降為家奴；她的第一次婚姻嫁與武大，一手操控的是張大戶。她的第二次婚姻改嫁西門慶，雖說終於是她自己的選擇，但從家庭地位而言卻從正房妻子降為姨娘，且可視為是第一次婚姻造成的惡果，非自己能夠主張。第二，她的情感生活也是陰差陽錯，總被命運作弄。對潘金蓮被命運作弄的無奈狀，笑笑生有著最質樸的表述：

> 但凡世上婦女，若自己有些顏色，所稟伶俐，配個好男子便罷了，若是武大這般，雖好殺也未免有幾分憎嫌。自古佳人才子，相湊著的少。買金的偏撞不著賣金的。（第一回）

在和潘金蓮有過關聯的男性中，武松是她唯一深情嚮往的人，卻情無所依。陳經濟是唯一對她一往情深的人，可她卻沒能把握，終使其情付之東流。第三，她的一生有過三次重大轉折[8]，皆因情愛而起。她的癡情與薄情，糾纏在她生命的恩恩怨怨之中，且從未間斷過。她的生命也因了這個「情」字，以被掏心挖肺，曝屍街頭的悲慘方式而告終。這樣的生命軌跡，怎不引導出「明媚鮮妍能幾時，花落人亡兩不知」的無奈歎息？

王六兒是西門慶的外室，即當下的被包養者稱謂。她的人生際遇與潘六兒十分不同。她因父母早亡，便由做屠宰買賣的哥哥將她撫養成人，後嫁給一個破落戶的長子韓道國為妻。以她平平的姿色，出身的背景和生活的環境，要想進入到富裕社會階層可說是絕無可能。可命運對她似乎有所偏愛，她因丈夫做了西門慶家的店鋪管事，搭上了與西門府的關係。又因為與小叔子通姦，被鄰里舉報官府，而得到了西門慶的關照，避免了一次身敗名裂，並由此成了西門慶的外室。西門慶對王六兒而言，就是徹底改變她一家人命運的貴人：丈夫韓道國因西門慶的提攜，從一個街頭的市井宵小變成了西門府在江南分號商鋪的總管；女兒韓愛姐因西門慶的安排，嫁入豪門，做了丞相蔡京的大總管翟謙的小妾。王六兒身心的付出，換來了西門慶的奢豪供養。西門慶不僅很快在富人區為她買了房子，還利用手中的權利，冒著違犯朝政綱常的風險，貪贓枉法，為這個情婦帶來了一筆頗為豐厚的外快。王六兒與西門慶之間，更多的是交易與利益關係。西門慶對她的供養是為了得到生理上的滿足，王六兒的「輸身」則使其家庭迅速的脫貧致富，也改變了他們一家卑微低賤的社會地位，能夠躋身於富有的階層之中。得與失之間的算計，其實才是王六兒對西門慶的本質心態。儘管她是西門慶唯一的外室（不是第三者，或當下的

---

8 曾慶雨、許建平《商風俗韻——金瓶梅中的女人們》，昆明：雲南大學出版社，2000年。

小三屬性，也不屬於偷情獵色苟合之類），可雙方都很明白相互之間是一種交易。西門慶付給王六兒的資費都要高出其他女人很多，王六兒也要比其他女人有加倍的忍受力。他們之間沒有什麼情分可言。所以，當西門慶身亡後，王六兒便攛掇韓道國拐帶了巨額資金，離開了她發家致富的清河縣，投靠了更具權勢的大齡女婿翟謙大總管。可世事難料，當王六兒一家人再次出現時，已是投靠無門的漂泊浪人。他們所幸遇見了原來西門慶的女婿、已是臨清謝家大酒樓老闆的陳經濟，這才算有了一個棲身之所。命運不僅將王六兒打回原形，回歸到了社會的底層，還使得他們過去尚能遮風擋雨的「家」也喪失了。經歷太多變故的王六兒，不得不以半老徐娘的身姿與女兒一同做起了「暗娼」的營生，不得不為生存而拼命掙扎。

對王六兒一生結局的安排，可謂頗具象徵的意味：女兒韓愛姐與陳經濟一夜追歡後，便堅從陳經濟。陳經濟死後，韓愛姐也離開了貧困交加的父母。王六兒與韓道國都已經年近半百，生活給予他們選擇的機會幾乎為零。萬般無奈之下，王六兒只好主動找到她的老客何官人求助。這個善良的商人帶著這對夫妻，回到了自己的老家江南湖州。王六兒過上了一女侍二夫的畸形生活。之後，何官人死了。留給王六兒一個他們倆生的六歲的女兒，幾頃水稻田地的遺產。再一年，韓道國也死了。當韓愛姐和叔叔一起逃避北方戰亂，找到王六兒後，她與小叔子成婚，為女兒們撐起了一個能遮風擋雨的家，盡一份人母人婦的責任。王六兒以一個普通農婦的身分，守著一份簡單的生活，走完了她平淡的晚年。

從對各種欲望的不懈追逐，到所謂輝煌的人生頂峰，再到一無所有的人生谷底，最終歸於平凡的簡單生活。這樣的生命軌跡，讓人感慨萬千。面對王六兒終歸平淡的人生結局，只能發出人生的驛站「路過的人早已忘記，經過的事已隨風而去」的吟唱。

潘六兒和王六兒是完全不同的人生境況，然而在她們的生命歷程中，卻都有過各自「我的奮鬥」的時期。她們都曾不惜一切代價，用盡萬般心思，使盡一切手段，奮力達到自己的追求目的，滿足一己的私利和欲望。可不論是風頭占盡還是機關算盡，到頭來都歸於沉寂。當看到龐春梅給潘金蓮祭掃的冷清場面時，那些爭風吃醋，占盡上風的得意，那種「霸攔漢子」，得到專寵的虛榮滿足，都顯得那樣的無足輕重。而王六兒終歸平淡的晚景，反使人感到些許的慰藉和淡淡的嚮往。這種充滿哲理意味和思辨性的人物構思，幾乎籠罩了《金瓶梅》中所有的人物形象。不論是西門慶的發跡變泰，直至在人生最輝煌的巔峰時期因縱欲而亡的變故安排，還是對李瓶兒個性性格出人意表的描寫，包括對龐春梅身為下賤，心比天高的心性刻畫，對吳月娘相夫教子唯求家興業旺，而終落得家破人亡，反主為客的悖論敘說等等，無不顯示著創作主體對人情事理周而復始，起點即是終點的「圓」型的思維特徵。

二

《金瓶梅詞話》由於是以虛擬人物故事為敘述重點，這一角度的選擇，使其在明代四大類型的長篇章回小說中的情節結構設計頗具創意，且十分大膽。笑笑生採用了「錯層」轉換的結構方式，既能滿足人物形象塑造的需要，也是敘述主體創作構思理念得以實現的重要途徑，其思維基點當與他對人物的設計思考是一致的。

《金瓶梅詞話》首開以人物日常生活為敘說主體的敘事文本，故而文本中所有的故事皆因人物的行為活動而開始，所有的情節皆為人物個性性格的刻畫而展開。人物的行為方式和心理活動，則主要作用於推進並左右著全書的情節發展和每一個故事的起、承、轉、合。然而，《金瓶梅詞話》起到引領全書故事和情節發展的中心人物就是西門慶。從敘事的邏輯性上推論，該人物的出場既然是故事的開端，文本的起始，那麼當這一人物的行為活動終結時，也理所當然的是情節與故事的結束，文本的完結。可是，笑笑生並沒有以這樣的邏輯性來結構全篇。西門慶這一人物在第七十九回死去，故事和文本卻依然在延續。這樣的創意對創作者而言是具有一定結構難度的。因為，從對《水滸傳》中人物故事的移植，再到《金瓶梅詞話》獨立敘事空間的完成。這個時空上的過渡和融合的轉移過程雖然十分成功，但在操作上並非一蹴而就，相反需要有相當的敘事藝術的修為才能完成。可就在敘事過程正十分順暢之時，引領性的中心人物行為能力卻突然終止。這就意味著必須結構出另一個新的敘述時空，創作主體等於給自己出了一個新的難題。這於一個文本的整體性而言，是敘事演進層面上的再次轉移。笑笑生為何要如此鋪排這樣的情節？為什麼要在西門慶身後還延續了整整二十一回的篇幅？我以為，根本原因在於笑笑生的創作宗旨使然。他取材文學性的人物作為現實社會再現的行為主體，這本身就反映出他的創作思維意識中所具有的超現實成分。換言之，笑笑生在以暴露的方式揭示著社會黑暗，在以細膩的筆法展示著人性醜陋的同時，更多思考是人生的終極價值和意義所在。所以，儘管西門慶死了，但是創作主體的思考過程並未完成，故而文本就還有必要繼續下去。

如果說笑笑生以一個人物——孟玉樓的出現，完成了從借用或移植《水滸傳》向《金瓶梅詞話》的過渡的話，那麼，西門慶「臨終托婿」的這一情節則是完成了全書結構設計上「錯層」的重要交接點。正是通過這一情節，敘說的交接就把陳經濟，這一故事中的邊緣人物一下給推到了敘事故事的中心人物位置。陳經濟是西門慶的女婿，他的父親陳洪是朝廷要員。陳洪與朝廷顯赫人物、八十萬禁軍提督楊戩，既是同朝為官的同僚關係，又是兒女親家的姻親關係。西門慶正是通過與陳家的聯姻，巴結上了朝中政要。由一個普通商人一躍成為了山東省一個五品級的副提刑千戶，掌握著一方民眾的治安和司法話語權的官員。然而，宦海風雲，變幻莫測。西門大姐與陳經濟完婚不到一年，楊戩被彈劾罷官，「聖旨下來，拿送南牢問罪。門下親族用事人等，都同時問擬枷號充軍。」陳洪得到消息，急忙讓兒子帶著西門大姐，以及「家活箱籠」，連夜離開京城，逃往清河縣西門府家避難，陳家也就此沉寂。這樣的家世背景和遭際，決定了陳經濟在情節發展的位置不可能是引領性的。在西門慶發跡變泰的全過程中，他的分量實在是微乎其微。因此，對情節的推動和故事的構建上，似乎看不到這一人物所起的作用，只有零星的筆觸寫到西門慶對這個女婿的培養。西門慶在臨終時，把保家守業的重任，一股腦兒地交到了陳經濟手上，並由此在敘事架構的層面上，意味著終結了西門慶時期的家族史，開始了一個由陳經濟為引領的後西門府時期的另一段家族史的篇章。

陳經濟執掌西門府在文本情節結構設計上是一個精心佈局的重大轉捩點。這一情節起到了建構另一個新的故事情境敘述展開，成就其創作主旨，具有著相當重要的作用。陳經濟這一人物的個性特徵，在西門慶時期已經有所展示。從他對潘金蓮的驚豔到眉目傳情，從對西門慶孌童的覬覦到行為苟且等等，都隱約地勾畫著這一人物所具有的紈絝子弟的墮落心態和糜爛生活的習性。儘管西門慶對這女婿不論是商場上的大事小情，還是官場上的迎來送往；或是友朋間的交結往來，甚或西門府擴建施工的工程督管等等，西門慶都讓他參與，放手交辦，可謂是多有栽培。可是，卻沒能看到陳經濟具備了獨當一面的能力。這樣的描寫，為後來西門府由興而衰的必然性，埋下了一個十分合乎事物發展的邏輯規定的伏筆。

陳經濟面對西門慶猝死的突然變故，只有盡其所能，支撐起了西門府最艱難的日子。他接下了家裡所有庫房的鑰匙，管理著西門慶名下所有商鋪的夥計，除弔喪祭祀，迎來送往，人際應酬之外，還要負責生意打理，銷售收銀，帳目盤對，調貨配貨等等。給人看到西門府似乎將迎來一個陳經濟的新時期。然而，創作主體的構思卻十分巧妙地在這平穩過渡之後，安排了極為另類的人物命運，結構了更為出人意表的情節，鋪陳了另一條命運的軌跡。「情」和「欲」，在笑笑生的敘事思維中，依舊是對人性最本質的反映，依舊是人物行為活動中的重要支配動力之一。因此，陳經濟既掌控了西門府裡裡外外的支配權，又怎能放過他日思夜想的五房姨娘潘金蓮呢？由此一節，便引導出了一系列的連鎖反應：吳月娘終於趕走了陳經濟，也趕走了潘金蓮和龐春梅，徹底滅了第五房。冷眼旁觀著這一切的孟玉樓也以改嫁的方式離開了西門府，西門府就此沒了第三房。李嬌兒則重回麗春院，二房由是空置。孫雪娥卻因了與家奴有染且私奔，被官府拿獲，她與西門府的關聯也就此終止，四房沒了聲名。姨娘們的盡數離去，四大丫鬟的悲劇命運，家奴夥計們的紛紛叛離，西門府的偌大聲勢如大廈傾覆般迅速。至此，西門府已經是萬般凋敝，物是人非了。

陳經濟離開西門府後落魄不堪，淪落天涯，終致墜入社會最底層。不僅與草根人群為伍，還受盡人格和身體凌辱的敘述，與之西門慶的發跡變泰史相較，正好形成了十分鮮明的對比。同樣是情色男女事，西門慶是從人生的一個成功走向另一個更大的成功。如果說，孟玉樓嫁進西門府是西門慶挖到的第一桶金的話，李瓶兒嫁進西門府，就是西門慶得到的一個銀行。可陳經濟卻是在他終於可以為潘金蓮贖身的時候，潘金蓮已是白骨之人；在他終於得到已經是守備夫人，一品誥命的貴婦龐春梅的庇護，能夠從社會最底層掙扎到屬於他的社會階層的生活不久，卻終結在一個莽漢的刀下。從西門慶和陳經濟的人生軌跡看，前者是一個上升的、奮進的、成功的態勢，而後者卻是沉降的、墮落的、頹敗的態勢。儘管如此，二人在生命的終結點上卻是十分的相似，都做了石榴裙下的風流鬼。不論是西門慶的人生被經營得怎樣的鮮花簇錦，有聲有色，甚至是烈火噴油；也不論陳經濟的人生被作踐得怎樣命運多舛，萬分淒涼，抑或是齷齪不堪。但他們都借助了裙帶關係，最終得到自己人生價值的體現。正如同太極八卦圖形的結構一樣，雖有黑白曲直，終歸被一個完整的「圓」所包含。

《金瓶梅詞話》後二十一回的敘事方法上，與前七十九回有了明顯的變化。第一敘事主體講述的成分大大增強，對事件程序的交代更勝於對人物行為能力的敘述。人物的個性性格特徵刻畫也就相對減弱，這與前面的七十九回形成一個顯然的差別。簡言之，前七十九回的敘事方式以交替錯層的架構方式為主，文本敘述的主要對象是以人物為重心，通過人物的行為來推動情節發展。從八十回以後，則是以平鋪直敘為主，以故事情節為重心，通過情節發展來交代人物結局。然而，從創作主體的思維層面來看，卻並未產生如同文本結構佈局般的大變化，依然是這種「圓」的思維方式統攝全域。第一百回「普靜法師薦拔群冤」的情節設計可謂是最具說服力的證明：

為逃避戰亂，吳月娘帶著不多的幾個家奴離開了清河縣老家，途中再次來到永福寺投宿。是夜，普淨禪師因「見天下慌亂，人民遭劫，陣亡橫死者數極多，發慈悲心，施廣惠力，禮白佛言，薦拔幽魂，解釋宿冤，絕去掛礙，各去超生，再無留滯，於是誦念了百十遍解冤經咒。」這一情節，往往被認為是笑笑生因果報應思想的敘事體現。可細細看看這一情節的講述，便會對如此這般的因果輪回報應，不得不發出某種質疑。因為笑笑生筆觸下的輪回結果是西門慶托生為富戶男兒，轉世後依然能享受錦衣美食的富貴生活；陳經濟轉世到京城人家為子，可以再續皇城根兒下的平民生活；潘金蓮也轉世到了京城人家為女兒，成就了她本就喜歡攀高枝的心性；武大郎轉世到的是徐州鄉下人家為子，身分依然不高；李瓶兒轉世到京城袁指揮家為女兒，延續的是她官宦人家的血統；花子虛轉世到了京城鄭千戶家為子，仍是有頭有臉的城裡人；宋惠蓮轉世為京城朱家女，擺脫了家奴的身分；龐春梅轉世也到京城孔家為女，得到一個自由平民的身分。可並非所有的人都這樣幸運，再看張勝轉世成了貧家子；孫雪娥轉世還是貧家女；西門大姐更不堪，投到了番役家為女兒。簡單看看這樣轉世輪回的結局，該是讓人滿懷狐疑，所謂的因果報應確實是不爽的嗎？在這樣的大結局中，似乎並沒有完全體現出「善惡終有報」的因果關聯。反而有「惡人享富貴，善人遭貧賤」之嫌。而正是這一點，笑笑生敘事思維的深刻性體現得尤為突出。人生的所謂是非黑白，曲直明暗，其實是充滿了無盡的變數。但是，人的生命不論有多少起起伏伏的曲線變化，所有一切的一切都將在生的起始與死的終結週期裡，歸於一條平靜的直線。而此生的生死與下世的輪回，其實是人類社會衍生過程中，一次次周而復始的「圓」的運動罷了。

錢穆先生曾指出：「西方文化主要在對物，可謂是科學文化。中國文化主要是對人對心，可稱之為藝術文化。」[9]於是，「中國敘事學的邏輯起點和操作程式，便帶點宿命色彩地與這個奇妙的『圓』聯結在一起了。」[10]如果說故事的鋪陳是文本操作程式以及時間長度的起始，其有賴於人物行為活動進行推進的話，那麼，人物行為的展開過程，便是因果邏輯關係的起始和終結。在一定時間的長度中，通過一定的因果邏輯關係，最終完成人物性格、個性特質的解讀過程。這正是線性敘事的構思特性。《金瓶梅詞話》以全新的敘說方式，講述著笑笑生對人生與社會的認知和思考。通過對形形色色人物命運軌跡的展示，終於完成了一個悲情的宿命命題——生命彼岸的虛妄輪回，並不能真正意義上完成人的本質性批判。人生的過程是永不完美的，但是人類發展的永動力量恰恰在於對完美的不懈追求中。正像「圓」是最缺乏穩固性的，但它卻是完滿的最佳形態一樣。

9　錢穆《現代中國學術論衡》，長沙：嶽麓書社，1988 年。

10　楊義〈中國敘事學：邏輯起點與操作程式〉，北京：《中國社會科學》，1994 年第 1 期。

論《金瓶梅》創作主體意識的價值及其影響

中國傳統小說文本的創作類型，以累積型集體創作（以下簡稱累積型）和個體型個人創作（以下簡稱個體型）劃分的觀點，在學術界已基本成為共識。所謂累積型即以「故事流傳早而成書卻很遲，在世代藝人的流傳中逐漸成熟，最後由某一文人編寫定」[1]。這種累積型創作的文本，因早於個體型創作文本出現，尤其對於通俗小說而言。故一般也認為，個體型文本的創作是在累積型創作文本相對成熟後產生的。從對累積型創作到個體型創作演進過程的考察發現，這一過程，「從長篇章回小說形成（以《三國志通俗演義》《忠義水滸傳》〔後簡稱《水滸傳》）成書為標誌」，話本小說成熟，到作家獨立創作小說（以《金瓶梅》和明末擬話本為標誌）出現之前。以年代論，即約從 14 世紀後期到 16 世紀後期。」[2]歷時約 200 年。這期間，因有了書場流播的平台作用，以說書和聽書為主要媒介形式的傳播與接受，不僅使話本小說具有著語體口語化的通俗性功用，更因採用全知全能的敘事方式，對形成中國傳統小說的敘事模式，產生了直接的影響。形成了「這是一個作家參與和完成創作的階段，同時又是一個接受支配和規範創作的階段，這一階段接受與創作的關係是，創作為接受服務，創作適應接受，接受強有力地、多方面地影響創作，使創作成為接受意志的體現。來自接受的創作和再創作成為創作過程的基本特點。」[3]這就是累積型文本創作的基本原理。

進入晚明時期後，隨著《金瓶梅詞話》（以下簡稱《金瓶梅》），以及明代擬話本等小說文本的出現，這一過程進入到了一個重要的拐點。其最能反映出的是自唐傳奇之後，小說創作意識已從自在走向自覺，由隨意走向專注的創作心態變化過程的階段性成熟。這不僅是創作的主體由群體而個人，更因接受方式由聽故事到看故事的轉變。創作主體意志的體現也由群體性倫理道德的趨同性選擇，走向了個性化審美心性訴求的經驗性表

1　徐朔方、孫秋克《明代文學史》，杭州：浙江大學出版社，2006 年。

2　劉上生《中國古代小說藝術史》，長沙：湖南師範大學出版社，2003 年。

3　同註 2。

達。進而創作的主導性也從書場以接受群體為主，漸變發展成為在書齋以創作主體為主。這一重要的轉變對於中國小說的發展，無疑起到了邁向現代性的關鍵作用。因此，可以這樣認為，由於創作主體意識的增強，直接導致了創作類型的變化。《金瓶梅》正是這種變化成熟的標誌性文本，對該文本創作主體意識的價值研究分析也就具有著顯在的意義和必要性。

一、故事題材的選擇及敘事思維特徵

《金瓶梅》的基本故事題材脫胎於《水滸傳》似已成定論。但也有學者認為「與其說《金瓶梅》以《水滸傳》的若干回為基礎，不如說兩者同出一源，同出一個系列的《水滸》故事的集群，包括西門慶、潘金蓮的故事在內。」[4]據此，《金瓶梅》應屬世代累積型創作文本的觀點似乎是完全能夠成立的。然而，不論《金瓶梅》與《水滸傳》在故事題材的關係問題上，前者是屬於脫胎與後者的「父子關係」，還是兩者並列存在的「兄弟關係」，創作主體的意識作用確是超越了接受主體意識的約束，這是十分明顯的存在著的。而且，這種突出的個性特徵的意識主導，絕不是僅限於搜集、梳理、修訂和編寫的文本創作所具備的。這可以從以下兩個方面來作出說明：

首先，從流傳的內容和傳播的形式考察。就內容而言，如果這兩部長篇章回體小說真是同出一個系列的故事群，那麼，李瓶兒、龐春梅、孟玉樓、吳月娘等等，這些人物的故事理當同屬於這個故事群。然而，時至當今卻看不到西門慶、潘金蓮、武松之外的人物故事的流傳情況有所存在。從人物的關聯上看，《金瓶梅》文本中與《水滸傳》無關聯的人物顯然要比有關聯的人物多得多；從時空場景的差異性看，《金瓶梅》是以家庭院落的曲徑通幽作為主題性場景，而在《水滸傳》中賴以敘事的廣闊江湖主題性場景已轉換成為《金瓶梅》中時隱時現的關聯性背景存在了；從情節線索看，《金瓶梅》已顯然不是《水滸傳》中江湖兒女的快意恩仇，而是尋常人家的家長里短和柴米醬醋了；從文本主旨看，《水滸傳》中的「忠義」倫理彰顯，在《金瓶梅》裡已蛻變成為「酒色財氣」的人性關注。就形式而言，《水滸傳》形成文本之前，確有著故事群的傳播。從早期可見到的有繪畫、話本，雜劇、詩贊等等。因此，《水滸傳》文本從故事情節到人物形象，十分明顯是受到接受主體意識的制約和影響。而屬於《金瓶梅》相關和類似的人物或故事，在文本出現之前的流傳至今尚未發現，文本出現之後，其他媒介形式的傳播才開始出現。這從另一方面證明，《金瓶梅》文本的創作主體屬於個體性的主觀意志

4　同註 1。

呈現。

其次，從敘事建構的思維方式考察。如果《水滸傳》和《金瓶梅》都是同一故事群，那麼《金瓶梅》對於《水滸傳》中的眾多人物故事，或者故事單元的選取，就應該更為廣泛，而不是僅限於武松故事單元。關於蘭陵笑笑生為什麼只對武松故事單元感興趣，筆者有過專文研究發表，故不贅言。我認為，創作主體是通過人物的全新設置，帶動了一個全新的敘事層面，這個人物就是孟玉樓。孟玉樓不是《水滸傳》故事群的人物，她的出現引領了一個全新的、只屬於《金瓶梅》的敘事空間。「這一人物的出現，標誌著主體創作思維上的一個新靈感和大轉折。在第七回中，孟玉樓開始進入到敘述者的視角中來，……，孟玉樓與西門慶婚姻關係的建立，在敘事結構的佈局上是對老故事的終結，對新故事開啟的契合點，這個契合點使主體的敘事層面，完全展開在以西門府為敘述中心的環境，以西門慶為敘述中心人物的新故事文本中來。」[5]這足以說明，《金瓶梅》在故事題材的選取上，更多以創作主體的意願為圭臬，而對於接受主體感受的關注度則是較低的。

《金瓶梅》與《水滸傳》相較，創作主體的意識受到接受主體意識的制約與影響甚微，而個性意識的主觀表達卻是很強烈的。這一點僅從《金瓶梅》與《水滸傳》中有關聯的人物做一對比，便不難發現。《金瓶梅》的人物刻畫用筆細膩，富有生活氣息，生動可感，更富於個性。與《水滸傳》中類型化人物塑造相比，其創作主體對於架構全篇佈局，以及敘事技能運用能力更加突出。尤其是所謂「閒筆」[6]的大量運用，有效地區別了以故事情節為主，人物性格單一，事件敘述邏輯關聯殘缺，主要用於針對書場聽書者所需的話本式文本的創作形式。成功塑造出一系列個性複雜的人物形象，正是《金瓶梅》在我國敘事文學發展歷程中最具開創性的突出點之一。同時，也是該文本具有著創作主體意識的主導性表現的明證。例如，潘金蓮這一人物的心性之複雜，便是通過她毒打武大郎的女兒迎兒（第八回），又與孟玉樓一起周濟磨銅鏡的老人（第五十八回）得以反映。這兩個行為對全書的總體情節發展並無大的關聯，但對於潘金蓮既凶狠又不乏善良的個性特徵表現卻很必要。這種更便於揭示人物個性性格特徵，而對於故事情節發展或推進的關聯不多的寫法，在《金瓶梅》中的不少人物描寫運用上都很成功。包括寫西門慶面對玉簫失壺、吳月娘產子時罵玉簫沒關箱籠、李瓶兒打賞小僕童、宋惠蓮回廊嗑瓜子、王六

5 曾慶雨〈論《金瓶梅》的敘事建構與敘說特徵〉，昆明：《雲南民族大學學報》（哲學社會科學版），2009年第3期。

6 章培恒、駱玉明《中國文學史新著》（增訂本）下卷，上海：復旦大學出版社、上海文藝出版總社，2007年9月。

兒看煙火等等，這些「閒筆」與故事情節的推進和發展並無大的關係，但對於人物個性和心理的刻畫卻是十分的必要。大量「閒筆」的使用，於人物形象的塑造，真可謂是達到了「閒筆不閑」的功效。《金瓶梅》與《水滸傳》在題材內容，敘述方式，人物個性行為，情節提煉鋪成等等方面，都呈現出相當顯著的差異性。這與《水滸傳》和《三國演義》之間顯在的共同性，恰成為一種對比。而這其實正是「以我為主」的創作意識特徵與整合他人的編寫意識特徵的本質不同。因此，即便《金瓶梅》與《水滸傳》真的同屬一個故事群，蘭陵笑笑生也因其主體意識的主導，使文本中的人物命運，情節發展等，都與《水滸傳》的故事群漸行漸遠。

二、敘事建構的哲理性思辨及獨特的美學追求

《金瓶梅》一反注重以情節為主，人物服從於情節需要而設置，更多受到接受主體認知趨同的影響，創作動機更多滿足接受主體喜好，更便於書場聽書的接受方式而形成的話本式的創作方式。其表現出來的是更為顯示個人主觀意志的思想表述和敘事建構的主動性，反映出十分顯著的創作主體的個性意識。這仍可以從以下兩個方面進行說明：

第一，一元哲學觀統攝下的人性書寫。由「天圓地方」的寰宇認知而衍生出了「天人合一」的一元世界觀，這是華夏文明中最具生命意識解讀的哲學思想。在一元論統攝下的生命體悟，往往是以「圓」的形態作為精神原型的表達。故而產生於華夏本土的道教，便是以太極八卦的圓形圖示作為標誌性符號，其原型的外在，包含著涇渭分明的黑白兩極，即所謂的一分為二的知性心理。這種獨具東方特色的一元世界觀和一分為二的方法論，其實已經成為一種深厚的文化積澱，並且變化成為華夏子民文明傳承中永恆的定勢。因此，在《金瓶梅》文本的敘事建構中，創作主體通過文學人物形象的塑造，對「酒、色、財、氣」的普遍人欲存在，表現出了具有主觀特性的獨立表達，富有明顯的理性批判精神。例如，文本中的兩個「六兒」——潘金蓮（小名六兒）和王六兒的命運安排，就頗具象徵的意味。這兩個以「六」為名的女性，她們的一生恰恰沒有能夠實現「六六大順」的數字運勢。在社會現實中，受到不斷膨脹的物欲渴望的刺激之後，極力追求現實利益的得到和享受，不擇手段的私欲滿足，正是牽引著她們走向悲劇人生的罪魁禍首。

從笑笑生對潘金蓮一生的講述看，其母潘姥姥兩次賣女，使潘金蓮的社會地位由平民降為家奴。在潘金蓮的生命中，經歷過最重要的三個男人：武松是她唯一深情嚮往的人，卻情無所依；陳經濟是唯一對她一往深情的人，可她卻沒能把握，終始其情付之東流；西門慶則是促成她身心全面墮落，命運多舛的關鍵人物。再從對王六兒的一生講述來看，更具現實的普遍意義。王六兒出身市井，家境貧寒。由於搭上了西門慶這個地方

權貴的緣故，她一家子的生活景況發生了巨變。一家人不僅搖身變為富人，還攀上了京城權貴——蔡京的大管家翟謙的關係，與之成了兒女親家，成了親戚。這樣的命運安排，其實反映出的是置身於天朝時代，攀附權貴，一夜暴富，既是芸芸眾生的理想追求，也是普通百姓人家的命運期盼。如果說，笑笑生對潘金蓮被挖心剖腹，棄屍街頭的悲慘命運結局描寫，或多或少還能看出《水滸傳》中對其人物敘述結局的某種制約的話，那麼，從王六兒對各種欲望的不懈追求，到所謂炫目的人生頂峰，再到一無所有的人生低谷，最終以一個普通農婦的身分，守著一份簡單的生活，走完了她平淡的晚年。王六兒生命結局的安排，可以感受到笑笑生對人生體悟的深刻，也更加顯示出創作主體的哲理性思辨特徵。兩個六兒都有過各自的「我的奮鬥」時期，都曾不惜一切，奮力追求一己私欲的滿足。可不論是潘六兒的風頭占盡，還是王六兒的機關算盡，到頭來都歸於沉寂。潘六兒「霸攔漢子」，威風八面的得意，不過是生命行程中的一個滑稽片段。當讀著龐春梅祭掃潘金蓮的清冷場景時，那種虛榮滿足的快意，已顯得那樣的無足輕重。而王六兒終歸平淡的晚景，反給人些許的慰藉和淡淡的嚮往。

在《金瓶梅》文本中，這種充滿哲理意味和思辨性的人物構思，幾乎籠罩了所有的人物形象。且看西門慶的發跡變泰，直至在他人生最輝煌的頂峰時期，因縱欲而亡的變故情節安排；李瓶兒柔中帶剛的個性性格描寫，以及出人意表的善惡行為表述；龐春梅身為下賤，心比天高的心性刻畫；吳月娘只求興家旺業，而終落得家破人亡，反主為客的悖論敘說，孟玉樓無心宦門而終歸宦門的人生結局等等，無不顯示著創作主體對命運難以抗拒，人情事理周而復始，起點即是終點的「圓」型辯證的思維特徵。

第二，以醜陋映襯美好的審美意識。關於《金瓶梅》文本美學價值的討論由來已久，黃霖先生提出的「寫醜為美」說，可謂獨具新意。確實，在《金瓶梅》文本閱讀過程中，似乎愉悅的審美情感很少被激發出來，而更多引起的是壓抑和厭憎的情緒。「色彩是昏暗的，氣氛是令人窒息的。在這裡，幾乎沒有光明，沒有正義。」[7]全書充溢著的是人生慘烈的博弈，是生命無奈的慨歎，是末世感傷的情調。創作主體在審美追求上的反常態的理性思辨，導致了後來不少闡釋者對其創作動機提出質疑。以至於時至今日，《金瓶梅》的屬性依然是一個尚不能明確給予定性的問題。然而，只要對文本進行認真梳理，笑笑生創作《金瓶梅》的用意，其實並不難以解析。儘管作者「把褒貶愛憎深藏在人物性格的自身發展中，潛移默化地起著作用。」[8]但創作主體的美醜評判和價值取向性，依然是十分清晰的。

---

7 黃霖《說金瓶梅圖文本》，北京：中華書局，2005年。

8 同註7。

在《金瓶梅》文本的虛擬世界中，置身其間的各型人物不都是單一的「惡」的化身，總在適當的情節中，會或多或少透露出人性本質中的善良與美好。例如，西門慶長於追名逐利，可周濟常時節一節（第五十六回）則表現出他「仗義疏財，救人貧難，人人都是讚歎的」的另一面人品；西門慶在兩性關係中極度奢淫糜爛，難有真摯可言。他與潘金蓮之間的兩性關係不僅醜陋，甚至殘酷。「醉鬧葡萄架」一節（第二十七回），可謂是另一種形式的家庭暴力，也是西門慶最終死於潘金蓮性折磨結果的伏筆。在這些篇幅的閱讀中，更多引起的是感知上的驚悚，甚至引起對人物的厭惡感。但隨著笑笑生寫西門慶在李瓶兒重病和離世後的一段時間裡的情節講述，西門慶的言行充滿溫馨與真誠。李瓶兒臨終囑託一節的細膩描寫，其感人的程度堪比《三國》中的「白帝城托孤」一段。西門慶的痛哭和守靈，也令人十分動容。以冷靜、客觀的態度，通過人物自身言行的展示，引導出善、惡與美、醜的甄別。這不僅豐富了人物個性，對受眾而言，也增進了對人情事理的理解。同時還能引導人們產生出這樣的思考，即《金瓶梅》中的很多人物形象，在他們的身上其實並不缺少人性中真、善、美的品質存在，只是因為現實社會生存實在太過嚴酷，且生命空間太過逼窄，才迫使他們只能以猙獰應對恐怖，以醜陋應對邪惡。

在《金瓶梅》文本架構的敘事空間中，的確是一個真誠與善意稀缺的環境狀態，也是當時的現實再現。在這樣惡劣的生存環境中，必然是要以異化人性中的美好作為生存的代價。人為了生存，就必須更加張揚種屬中的動物性。但是，儘管生存的困惑促成人物不得不在假、醜、惡的汙流濁浪中浮浮沉沉。可作為人，他們依然會自覺或不自覺地顯露出人性本質中真、善、美的品格。這樣的敘事構思方式，把故事中的人物命運變成了「一種有意味的形式」（黑格爾語）。悲情的人生況味，悲情的人物命運，描繪出了一個悲情的時代。在悲情的淹沒中，人性中所有的美好方顯得彌足珍貴，所有的醜陋都成為對美好的強烈映襯。創作主體雖然不是明白的給予褒貶評價，但卻十分有效地讓受眾在壓抑與厭憎中，把文本中和現實裡自我感受到的美的事物，自覺內化為一份珍惜之情。這樣的審美教諭，要比一味的說教，真不知高明了多少倍。僅此一端，也足以突顯出創作主體是有意識地嘗試著對於接受主體意識的單純順從和依附性的擺脫，並努力達成對受眾有所引領的目的實現意願。

三、文本的標誌性意義及其影響

《金瓶梅》文本創作主體，不僅在故事材料的選擇、利用、改造和虛構上，表現出對主題的確定和表現的獨立性，即人物是敘事的中心所在。還在於把人物的命運發展過程作為是創作主體設計情節的依據，人性的本質反映作為是創作主體主旨的終極目的。這一文本的出現，在中國小說發展史上至少具有著兩個方面的標誌性意義：

其一，標誌著文人對小說創作的深度介入。相對於書場以及民間其他流播形式產生的文本故事的收集整理而言，《金瓶梅》文本的創作性思維十分明顯。情節之於人物的從屬性地位，決定了其接受的對象只能通過案頭閱讀，才能體味其中的關節和微妙之處，體會到其中人物複雜的心理活動。例如，「潘金蓮雪夜弄琵琶」（第三十八回），在夜深時分，雪片飄落地上的細微聲響是這樣的清晰。對於獨處之人而言，會更顯孤單和寂寞。希望有人來陪伴的潘金蓮，在得知西門慶到了李瓶兒房裡去過夜後，她拿起了琵琶，把她一腔的哀怨，都寄予在激蕩的旋律中。潘金蓮此時內心脆弱，可琴聲卻高昂。這種隱蔽的對比式描寫，給予接受者，或曰受眾的內心體驗，如若憑藉的是聽書的方式，此一節是口頭講述不可以完成的。而類似的用筆，在《金瓶梅》中可謂頻頻出現，不勝枚舉。再如，寫逢年過節為各房的太太、小姐、少爺們做新衣服，而身為婢女的龐春梅卻能和主子們一樣的打扮。這不僅襯寫龐春梅的得寵，同時也說明西門慶所具有的暴發戶的顯著特性，即持家無方，一味炫富的庸俗和低級趣味，這也是書場裡的情節講說難以明瞭的暗示之筆。所以，《金瓶梅》在創作手法上，不論是隱筆的寫法，還是閒筆的使用，很顯然是不能為書場的說和聽服務的。這反映出創作主體的目的性絕非是為市場運作所需，也不完全是為了作為當時小說消費最大群體的市民階層的趣味滿足。這種擺脫了現實物質利益追求為目的性的寫作，創作主體的自主性便能更多地發揮出來，創作的自由度也就更能有所提升。

其二，標誌著小說接受群體發生轉移。創作主體意識獨立性的增強，不僅是因受到文人化創作的非商業性趨向的影響，更主要的是在於對接受主體對象的轉移。明清之際，文人化創作的文本，已經無需迎合書場說書媒介平台的世俗民情所需。這使得作者的個人創作能夠注重自我表現，而少了謀生逐利手段的考量。這一時期「小說創作可以整體上分為商業性與非商業性、書坊與文人、俗與雅兩個群體，它反映了接受階層的擴大與分化。」[9]案頭化閱讀的接受方式已經廣為流行，這使得小說文本更多是為同好們把玩切磋，以求知音為目的性的文本創作很是興盛。這從《金瓶梅》最早是以傳抄的方式，在上層文人群體中流播的情狀便可以得到證明。創作主體因逐漸脫離了市民階層這一小說的主要接受群體的制約，從而獲得了更多的創作自由度。受眾對象一經這樣的改變，對於中國小說發展的意義則是非比尋常。因為，這明顯導致了文本創作的個性化特徵日趨顯著，也越來越多地形成創作主體的理性思考日益加深的格局。這種改變必然會促進小說創作的藝術的水準提升，以及評介體系的漸進性完成。事實上，明中葉以後，小說的

---

9 同註2。

理論批評也隨著個人創作的豐富性，越來越成熟。從欣欣子言：「竊謂蘭陵笑笑生作《金瓶梅傳》，寄意時俗，蓋有謂也。」[10]可見出創作主體所具有的個性意識的彰顯。而張竹坡在〈竹坡閒話〉所言：「《金瓶梅》，何為而有此書哉？曰：此仁人志士，孝子悌弟不得於時，上不能問諸天，下不能告諸人，悲憤嗚咽，而作穢語以泄其憤也。……雖作穢語以醜其仇，而吾所謂悲憤嗚咽者，未嘗便慊然於心，解頤而自快也。」[11]的創意分析，都不難看到前輩批評家們對創作主體意識的高度認可，以及批評分析視角的拓展和細化。因「洩憤」而作，則必然帶有強烈的批判意識，「以醜其仇」的話語指向，反映出創作動機的寫醜為美；「解頤而自快」的情感愉悅，顯見出創作主體的獨特個性追求。正由於這樣的文本特性，才引發了當時文壇名流袁宏道「雲霞滿紙，勝枚生〈七發〉多矣。」[12]的讚歎。

《金瓶梅》文本的出現，對後來的小說文本的個體型創作具有著顯著的影響。就故事類型而言，不僅為中國傳統小說的故事題材類型增添了「世情」一類，為以家庭問題為核心內容的小說系列開了先河，更為黑幕小說，社會問題小說，諷刺小說等做了張本。就敘事建構以及技巧而言，其影響更為深遠。如果說魯迅先生在〈中國小說的歷史變遷〉中作出了「自有《紅樓夢》出來以後，傳統的思想和寫法都打破了。」[13]的總結的話，那也是因為「深得金瓶壼奧」（脂硯齋語）的結果。笑笑生創作主體意識的主導性思維，對後來的文人小說創作，可謂起到了一種示範性的作用。

綜上所述，《金瓶梅》文本體現了中國小說發展階段中重要的轉型特徵。從敘事的思維特性，文本的構建方式，人物故事的講述理念，情節線索的鋪排技巧，文本主旨及審美呈現的個性化展示等等，與之前的其他說部文本相較，更具有近現代小說理念的界定特徵。換言之，《金瓶梅》文本的思想意識和藝術追求與之同時期的作品相比較，確是十分超前的。故「作者之於世情，蓋誠極洞達，凡所形容，或條暢，或曲折，或刻露而盡相，或幽伏而含譏，或一時並寫兩面，使之相形，變換之情，隨在顯現，同時說部，無以上之」[14]的評說，便當然是最為經典的定論了。

---

10 〔明〕蘭陵笑笑生《金瓶梅詞話》，戴鴻森校點，北京：人民文學出版社，1989 年。

11 〔清〕張竹坡批評第一奇書《金瓶梅》，王汝梅、李昭恂、於鳳樹校點，濟南：齊魯書社，1988 年。

12 轉引自張兵、張振華選編《經典叢話·金瓶梅說》，南昌：江西教育出版社，1999 年。

13 魯迅《魯迅全集》（九），北京：人民文學出版社，1993 年。

14 同註 13。

論清代《金瓶梅》故事在民間戲曲藝術傳播中的兩種演繹現象

隨著 17 世紀中國城市經濟和文化發展的程度加深，使得處於「中國小說的全盛期」[1]中段的小說創作和傳播，都進入到了一個前所有未的「最成熟、最發達之境」（鄭振鐸語）。也正是這一時期，《金瓶梅詞話》本在明萬曆年間付梓。這對於世情小說，甚至整個白話小說的發展，無疑起到了巨大的推動作用。且受其影響，這之後的仿作、續書等相繼出現。更由於書坊刻印的市場運作與利益追逐的需求，以及對於受眾層次分化的針對性不強等因素，世情小說在文本創作的後續發展上，出現了兩種不同的走勢：一是以世情題材的故事進行敷衍，而創作主旨在於宣揚因果報應的思想。諸如，成書於明末的西周生著《醒世姻緣傳》；一是借世情故事的題材進行演繹，其寫作主旨就是情色渲染。諸如，《痴婆子傳》《繡榻野史》等。而屬於後者的演繹性創作，也成為這一時期中國色情、淫褻小說的代表性作品，反映出小說文本創作的畸形發展。再之後產生的才子佳人題材的創作模式，以及《紅樓夢》《儒林外史》等優秀小說的行市，則反映出世情小說的創作思維和方法，終於走向了成熟。然而，對稍後於這一時期的民間戲曲傳播考察卻發現，取材於《金瓶梅詞話》中的故事、人物、情節、事件等等所進行的再創作，作品中所反映出來的思想主旨、藝術趣味、人物特性等等，與小說文本的創作走勢有所不同，甚而出現了某種背反的趨勢。雖說少了一些色情濃重的塗抹，多了對於人情事理的凸顯。可於原著相較而言，可謂缺少了一份對人性醜惡的嚴肅拷問，但卻更多的給予受眾以世俗理性的伸張。本文擬就以兩類不同的民間戲曲形式創作作品的梳理，來進行具體的闡釋。

1　鄭振鐸〈中國小說的分類及其演化的趨勢〉，見鄭爾康編《鄭振鐸說俗文學》，上海：上海古籍出版社，2000 年。

一、戲劇文本的創作演繹

從對清初劇作家的作品存目看，有鄭小白（佚名，江蘇江都人）所寫《金瓶梅》一劇，然卻主要取材於《水滸傳》。文本中以西門慶、潘金蓮為關目，其間插入了張清、瓊英、田虎等事件[2]。真正取材於《金瓶梅》故事內容的戲劇作品數量並不多見。與《三國》《水滸》《西遊》比較，取材量屈指可數。目前被關注較多的應算是邊汝元的《傲妻兒》一劇。

邊汝元，字善長，號漁山，別號桂岩嘯客。河北任丘人。生於順治十年（西元 1653 年），卒於康熙五十四年（西元 1715 年）。他生於官宦人家，少時隨父游宦，結交名士。其詩文蜚聲郡邑，但其後數十年間卻屢困科場，無緣仕途，只能以坐館為生。其父離任後，便家道中落。邊汝元晚年貧病交加，生計維艱。著有詩文集《桂岩草堂詩集》八卷、《桂岩草堂文集》二卷，皆失傳。今存詩集《漁山詩草》二卷。邊汝元著有雜劇三種：《羊裘釣》（已佚）《鞭督郵》和《傲妻兒》，均以抄本傳世，未看到有舞台演出的記述，故影響不大。

《傲妻兒》一劇改編自《金瓶梅》第五十六回，即「西門慶捐金助朋友／常峙節得鈔傲妻兒」。劇本卷首有作者自序，云：「偶取《金瓶梅》一則，譜成雜劇四折。觀者其以余為揣摩世情也可，其以余為現身說法也可，其以余為茶前酒後藉以消遣睡魔，姑妄言之而妄聽之也亦可。」[3]這完全可視為是邊汝元對自己創作意圖所進行的解釋，言中不難看出意在避人誤解。他的四個「亦可」，其實是一種預先設定的解讀暗示，即可視為他對人情事理的闡釋，也可以視為借酒澆愁式的述說，甚而可視為無稽之談，但最為要緊的一點，就是他的寫作與情色絕無關聯。很顯然，人情事理的展示是他創作的元動因，故而他的作品也是沿著這一思路結構的。在他的劇作中，基本情節線索依照了《金瓶梅》，但仍有著不少的自我創意的顯現。其中最為明顯的，便是他對常峙節妻子形象的塑造十分著力。這也充分體現了他對小說故事局限，在某種程度上有所突破。在全劇重點戲的第四齣中，當常妻這一人物上場，所訴的是因丈夫的無能，以致家中生計艱辛，饑寒難捱：「嫁雞敢不逐雞飛，只為饑寒事事違。何苦一雙同餓死，朱家崔氏未全非。……（香羅帶）颼颼風漸涼，砧聲四響。吃穿兩缺知怎當，……」人物困窘的生活現狀，令人不禁產生出悲憐之情。這為下文中她對常峙節的埋怨，就顯得更加合情合理。而寫常峙節

2　朱一玄編《金瓶梅資料彙編》，天津：南開大學出版社，2000 年。

3　〔清〕邊汝元《傲妻兒》，《綏中吳氏抄本稿本戲曲叢刊》第一輯，北京：學苑出版社，2004 年。本文所引邊汝元劇作資料皆出於此本。

得鈔歸家後傲妻一節，更是十分的生動：

> 丑：（向旦介）你過來聽著：〔江兒水〕女子計謀淺，男兒未可量，運行坎坷遭魔障。
>
> 旦：是。
>
> 丑：你為什麼大吆小喝全不讓？
>
> 旦：以後不敢了。
>
> 丑：為什麼婦隨夫唱全不講？
>
> 旦：以後知道了。
>
> 丑：你欺我誘靡無賬。你如今吃橄欖回甜，全仗財神懲創。

從她與丈夫二人的對話中，已看不到小說中那種穢語相加的咒罵，凶悍且蠻不講理的典型市井潑婦的形象描寫了。邊汝元雜劇中的常妻，對丈夫的所有埋怨，都皆因家中一貧如洗，無法維持生計的緣故。在劇中，邊汝元還寫到常妻希望丈夫向應伯爵學習，學會對付世道艱難中求得立足的生存之道，這其中也不乏合乎人情事理的邏輯，可見出此女子也並非是一個全無見識的粗俗女子。劇中寫常峙節煞有介事地訓誡妻子，直如得勝凱旋的將軍，衣錦還鄉的富豪。當看到常妻由怨怒到溫順，常峙節由猥瑣到傲氣，而這一切的人格斗轉，常峙節一番揚眉吐氣的重振夫綱，憑藉的是幾番辛苦央告，欠了莫大的人情得來的西門慶所賜的幾十兩銀子所致時，觀者在莞爾一笑之際，也不免生出一份「貧賤夫妻百事哀」的悲涼。

邊汝元《傲妻兒》一劇的語言與小說相較，文人特徵十分明顯，全劇的語言也具有變俗為雅的特點。例如，開始寫應伯爵上場時的一段唱和白：

> 副淨扮伯爵上：（前腔）帽兒歪，整頓齊眉戴，街上搖搖擺。（笑介，白）可笑世上一班酸子道學呵，（唱）蠢偏騃！子曰詩云，何日了詩書債。爭似我幫閒得暢懷，幫閒得暢懷！免了饑寒二字災，逢迎得窮人爭愛。

前兩句摹寫外貌十分傳神，文辭頗含譏諷。雖有誇張的成分在，但活畫出一位市井無賴的形象。應伯爵對窮酸文人的諷刺挖苦，其實也是劇作家無奈的自嘲。再如，第三齣寫常峙節在西門慶面前哭窮時所言：「妻奴氣正驕，柴米緣偏少，更一枝莫假，苦煞鷦鷯」。形同窮愁潦倒的落魄文士，而非俗不可耐的市井混混。

在邊汝元這一劇作中，看不到後來戲劇作品中對市場獵豔搜奇的逐利迎合，也沒有稍後李斗《奇酸記》裡對《金瓶梅》故事的大結構佈局，以及精心的敘事策略的考量[4]。人情世故的「曉諭」正是該作品的主旨所在，通透全篇的是生存語境下的財與氣，而力避原素材中的男女情色問題。這種注重「人情事理」的正面性敘事，認為創作作品的主要目的，就是應使受眾得到一番教戒的責任承擔的自覺意識，在其後隨著娛樂需求的泛化，尤其是梨園與市場的相互需求密度加強之後，這一類劇作的式微也成其為必然的趨勢。取而代之的，便是把搬演《金瓶梅》故事，做得形色皆備，並能夠在舞台上形成「一個瘋狂的狂歡廣場」式的作品的出現。誠如陳維昭先生所指出的那樣：「這種以情色故事的感性表演為主要內容或主要賣點的戲劇，貫穿了乾隆中後期以來的戲曲史。因此，當我們在描述清代戲曲史的時候，……，不要忘記這一情色洪流的存在，不要忽略這種表演在『觀劇史』上的重要地位。」[5]尤其對取材於《金瓶梅》這樣一個素負惡名的故事題材而言，時至今日的舞台藝術，對此也仍然是一個十分糾結，難以取捨，剪不斷理更亂的「情」「理」之辯的問題。

二、民間說唱本的創作演繹

與舞台劇創作不同，民間通過書場的平台，以說唱形式為傳播手段的《金瓶梅》故事的演繹，其呈現出來的又是另一番不同的景象。明人張岱曾在《陶庵夢憶》中記述的是：「用北調說《金瓶梅》一劇，使人絕倒。」[6]言說雖不具體，但不難看出流行的程度之廣泛，以至於可以作為一般人休閒娛樂，調侃說笑也能信手拈來的材料。而可以說唱的《金瓶梅》進入到乾嘉時期以後，更加熱衷於對色情成分的塗抹。且言辭低俗，表演下流，以致道光朝以後，官府地方法令中明確的針對性禁令就不曾停止[7]。但也在這一同時，北方民間說唱本的作品中，卻有著不同流俗的另類作品的傳播出現。其中特別值得關注的是清代晚期韓小窗對子弟書唱本的創作成果。

子弟書，又稱為「清音子弟書」，相傳是滿族子弟首創於乾隆年間的一種說唱娛樂方式，後由阿貴統率得勝凱旋的八旗士兵進京，用這種民間俗曲配以八角鼓演唱，一時轟動北京，被稱為「八旗子弟樂」。繼而八旗子弟中的文人借鑒鼓曲唱詞和古典詩詞的藝術技巧，參照宋詞曲牌的音律，以北方民間流傳的「十三道大轍」為韻，配曲演唱，

---

4 陳維昭〈李斗《奇酸記》與清代中後期的戲曲流變〉，《文學遺產》網路版，2013 年第 1 期。

5 同註 4。

6 〔明〕張岱《陶庵夢憶卷四·不繫園》，北京：作家出版社，1996 年。

7 參閱註 4。

創造出最早的子弟書。到了嘉慶、道光年間，子弟書發展到鼎盛時期。但據清代專研「子弟書」的學者顧琳所言：「書之派起自國朝，創始之人不可考，後自羅松窗出而譜之，書遂大盛。」[8]再因羅氏《莊氏降香》刻本，也是現存最早的子弟書刻本，創作時間是乾隆二十一年（西元 1756 年），可知其流傳時間應不晚於此。

韓小窗（約 1828-1890 年），滿族，遼寧開原人[9]。本名不傳，以署名行。他是清音子弟書的代表作家之一，其作品相傳有 500 餘篇。《中國大百科全書・戲曲・曲藝卷》中存有 35 種。其中以《長阪坡》《得鈔傲妻》《露淚緣》《黛玉悲秋》《紅梅閣》等為代表作。另有影卷《謗可笑》《金石語》2 種及詩謎一首傳世。由於他的創作成就突出，在中國曲藝史上，占有重要地位。他的作品取材於《金瓶梅》故事的有《得鈔傲妻》《續鈔借銀》《哭官哥》《遺春梅》《舊院池館》《永福寺》等段。在現今存留的約八段書詞中，他的創作占了半數以上，可謂在子弟書這一說唱藝術形式中占據第一。其他非韓氏寫作的作品是《葡萄架》和《挑簾定計》。

從對《金瓶梅》故事題材的選取上，不難看出韓小窗所秉持寫作的態度。他更多理解的是《金瓶梅》對人情事理的深刻體悟，所以沒有選取更能迎合書場受眾獵豔心態和低俗胃口的情色渲染。且看在《得鈔傲妻》和《續鈔借銀》兩段書詞中，他筆下的常峙節與妻子牛氏的形象刻畫，都各具特點。寫牛氏哭鬧「潑婦冷笑說天也就奇怪，怎麼單絕尊駕就不絕別人。……自己無能應該現眼，絕不該苦巴苦拽的又說親。那媒婆子想來就是無常鬼，活把我拉豐都地獄門！好漢子凍死餓死無的怨，我和爺是哪世裡的冤仇你帶累人！這潑婦起先不過連說帶嚷，次後來叫地嚎天兩淚淋。……惡牛氏重整潑聲哭得更慟，那條聲恰似牛吼驢鳴不可聞。越勸越嚎越央越嚷，那光景若是不哭除非有現銀。」[10]刻毒的咒罵，刺耳的哭叫，於聽者自然會生出對牛氏的厭惡，對常峙節的同情。寫常峙節千難萬難借得銀兩後的表現是「峙節點頭長歎氣，把銀子兩錠雙托掌上存。瞧瞧白銀看看妻子，瞧瞧妻子又看看白銀。說骨肉的情腸全是假，夫妻的恩愛更非真。誰能夠手內有這件東西在，保管他吐氣揚眉另是人。忽轉念妻兒逼我西門贈我，他兩個一個為仇一個作恩。無銀子能使至親成陌路，有銀子陌路哪堪作至親。常峙節而今打破迷魂陣，從此多添勢利心。天下世道艱難的人不少，一個個大概皆因是自己貧。」[11]此時的常峙節哪有半分的「傲妻」？有的只是對世態炎涼的透悟與概歎，而聽眾也自然會心

8　關德棟、周中明《子弟書叢鈔・附錄顧琳〈書詞緒論〉》，上海：上海古籍出版社，1984 年。

9　同註 8。

10　北京市民族古籍整理出版規劃小組《清蒙古車王府藏子弟書》，北京：國際文化出版公司，1994 年。

11　同註 10。

生共鳴。

再看取材於《金瓶梅》第八十五回和第九十六回的《遣春梅》與《舊院池館》兩段：當龐春梅得知自己被吳月娘賣給薛嫂，並要她淨身離開西門家時，她是「全無有哀慟煩難半點心」，她向潘金蓮告別說的一番話，更是句句鏗鏘：「事已至此難回挽，咱主僕二人不如就此兩離分。……憑命去或逢揚眉吐氣日，莫不成常作鋪床疊被人？我不知幹壞他家什麼事，為什麼任著旁人血口噴？……誰保得終身長富貴？誰料定一世受清貧？好男不吃分家的飯，好女不穿陪嫁的裙，有志氣重立一番新世業，那時節不來親者也來親。你看我今日低三下四出門去，怎見得到將來我不烈烈轟轟來進此門？」[12]待到龐春梅以守備府夫人身分接受吳月娘邀請，請她重回西門府做客時，全然沒有小說中龐春梅的傲慢之氣，而是一副寬容大度的姿態：「春梅說：喲，大娘的謙遜推多禮，莫不是怪奴的那點兒不誠心？自古道尊卑的名分是天定，我和娘難道說是一般一配的人？再三的讓在上首相陪坐，訴說那離別情緒意諄諄。」[13]龐春梅做出這番的姿態，卻也不乏一種諷刺的意味。對於被視為極低俗的子弟書演出而言，這樣的演繹更顯示出文人所寫就的書詞重理性，尚教諭的特點。

韓小窗子弟書的語言流暢優美之處，頗具詩情畫意，尤其是韻律的流轉，於寫人時優雅，於寫景時抒情。而生動幽默之處，又頗為通俗曉暢，很具民風。他的書詞於敘事時簡練，於對白時本色。這些特色對後來的子弟書的創作語言產生了很大的影響。

綜上所述，通過對《金瓶梅》故事題材，在戲曲創作演繹與民間說唱演繹兩方面的簡略梳理，以及它們在清一代流播過程的簡要陳述說明，如何解讀《金瓶梅》的故事，這是與時代的精神風貌，表現的藝術形式，文本創作者的修養層次，社會文化消費趨勢等等，緊密相關的。通過上述分析可知，人情事理的教喻性作品依舊要比男女情色的感官性作品留存得更為久遠。而作為一部以人性拷問為主題的長篇巨制，《金瓶梅》還將成為中國其他藝術門類創作靈感的來源地。而關於它的「情色」「美醜」「善惡」及其價值、意義等等的評說與爭辯，仍將會是將來持續不斷，熱度難退的學術話題。

參考書目：

傅惜華《子弟書總目》，上海：古典文學出版社（後中華書局上海編輯所），1957年。

12 中國曲藝工作者協會遼寧分會《子弟書選》，中國曲藝工作者協會遼寧分會，1997年。

13 同註12。

《金瓶梅》女性人物論

中國明代四大奇書之一的《金瓶梅》，[1]以同時代的其他三部作品相較，其最為顯著的特徵，就是把女人作為故事的主體。從書名由潘金蓮、李瓶兒、龐春梅三個女人名字中的一字彙成，就明顯表示了創作主體的文本創作目的不同於史傳，笑笑生的創作旨趣更專注於女性的特點。故而，在這部洋洋近百萬字的巨著中，花費筆墨最多的是女人的故事，寫的最為悲切的還是女人的故事。人生的洞察與透悟，皆與女人的喜怒哀樂緊密關聯；人生的理想與輝煌，皆與女人的愛恨情仇相互糾結。而在《金瓶梅》出現之前的小說，特別是長篇章回小說。更多的是描寫男人的故事，歌頌著那些歷史的、草莽的、神魔的英雄們的豐功偉績。在這些各式英雄的男人故事中，女人被埋沒在男人們輝煌奪目的光芒之中，難以被攝入敘述主體的描述視野。即使不得不偶爾染筆，女人也只能是充當炫示男子漢氣概的襯料，彰顯英雄多情的美飾品罷了。笑笑生打破了這種慣性的選題意識，以勇敢的態度、開創性的眼光、縝密的理性思考，嫻熟的寫作技巧，構建了一部傑出的以女性故事為主的敘事長篇——《金瓶梅》。

自《金瓶梅》出，寫女人的作品越來越多了。至清代，終於誕生了一部偉大的《紅樓夢》。而脂硯齋「深得《金瓶》之壼奧」[2]，可謂一語中的，言簡意賅地說明了《金瓶梅》對後世創作影響之巨。的確，文學本源於生活。從人類形成社會以來，女人的世界猶如男人的世界一樣豐富多彩，一樣千姿百態；女人的生活與男人的生活一樣千回百轉，一樣複雜玄妙。尤其在對待性欲、情愛、愛情、婚姻、子女、財富等等問題上，女人比男人更敏感，更看重，也更願意珍惜和付出。因為，與男人相比，這些成為了問題的問題，構成了女人生活內容的主旋律，甚至是生活於那個時代的女人生活的全部。在中國，婚姻是建立在家族血緣關係和等級制度之上的，婚姻被視為不可離異的倫理關係。這種傳統的婚戀觀，的確有效地維繫了家庭關係的穩固和社會秩序的安定，但這種穩固與安定卻是以個人幸福的犧牲，特別是女性情愛自由的徹底放棄為代價的。尤其在專制統治

---

1 〔明〕蘭陵笑笑生《金瓶梅詞話》，北京：人民文學出版社，1989 年。本文中所引內容均出自該版本。

2 甲戌本《脂硯齋甲戌本抄閱再評石頭記》，上海：上海古籍出版社，1985 年。

下的君主時代，婚姻關係的建立，最為強調的是合乎「禮數」，即「父母之命，媒妁之言」，以及「門當戶對」的社會等級配置。這很顯然要求家庭利益的符合需求，遠遠大過個人對愛情幸福感受的追求。財婚、勢婚的利益婚姻也就應運而生。這種「唯利是圖」的悲劇婚姻，一經被社會熟視無睹，習以為常之後，個人情感被極度的漠視也就自然而然了。在這樣婚戀觀的操縱下，個人的選擇自由被剝奪，女性的貞操被過分看重，甚至到了「餓死事小，失節事大」的程度。把女人能否守節，特別是為死人守節，看得比生命還重要。這種重死不重生，重節不重命，對個體生命價值的淡漠與輕視的倫理道德觀，使人的合理情欲備受壓抑，使很多美好的愛情遭到扼殺。中國社會曾有過「一夫多妻」的家庭制度，這充分說明那是一個對女性充滿了性歧視的社會時期。一夫多妻制，不僅是富貴人家的專利，就是生活較差的普通家庭也是如此。如果說，在《孟子》中出現的「一妻一妾」的家庭模式，與當時因戰爭或社會動盪引發的兩性人口比例失調有關，討飯度日的男子身邊尚有兩個女性跟隨的話，後來的社會婚姻家庭制度沿襲「一夫多妻」制，就只是為了男人的性欲滿足提供合法性而已。因為，女性沒有作為社會人的話語權力。更有甚者，當男人對妻妾仍不滿足，尤其是那些在社會上有權有勢，腰纏萬貫的所謂成功男人，便可以作為嫖客，到妓院窯子等場所，去尋找肉體的快樂和滿足。而那些場所的女人是專為有錢有勢的男人準備的。但是，男人的性滿足是以女人的痛苦作基礎的。「一把茶壺四隻碗」的性搭配關係，造成了家庭中女人們幾人歡喜幾人憂。更由於那時代女人一生的意義，完全取決於她在家庭中所處的地位如何，一旦受到丈夫的冷落，也就意味著她一生意義的完結。由此可見，中國古代婦女的命運很是悲慘，至少明清時代是如此。

是否可以這樣認為，既然這世界本來就是由男人和女人共同組成，那麼，作為對人類情感生活進行關照與折射的文學，尤其是敘事文學，男與女本應擁有同等的篇幅呢？如果答案是肯定的，那就意味著《金瓶梅》對中國女性文學的開創性貢獻所具有的重要意義，應被重視和肯定。因為，《金瓶梅》不僅是一部著意描寫女性群體生活的書，也是一部廣泛探討女性性愛、婚姻問題的小說。這種探討是通過文本中的人物形象自身的婚愛行為和作者所秉持的態度來表現的。由於作者採用的創作手法是寫實，因而作品中人物對性愛、對婚姻的看法異常大膽真率，猶似作品的性描寫一般。且又因人而異，呈現為不同的觀念類型：有的視婚姻為獲取心理平衡和生理滿足的方式，情愛的表現就是盡情泄欲和「把攔漢子」（如潘金蓮）；有的把男人是否能滿足自己的性需要視為愛情和婚姻的基礎，只要能做到「像醫奴的藥一般」令一己可意，便可捨棄一切，把全部身心奉獻出來（如李瓶兒、韓愛姐）；有的把性關係作為一種籌碼，以此來尋求自身地位和社會身分識別的改變，一旦達到目的，婚姻中性關係的專一性和神聖性就變得微不足道了

（如龐春梅）；有的看重以婚姻作為保障的性關係，並認為女人在失去丈夫後，有權對自己的婚姻做出選擇（如孟玉樓）；有的把性關係視為極其神聖的東西，看作是維護家庭夫婦感情的重要手段（如吳月娘）；有的把性關係視為只是一種利益交換關係，在這類人眼裡，性，淪為有價可售的生財之源，並以此來改變生存的現狀和環境。以「輸身」來「借色謀財」，甚至幻想著進入大戶之家，掙個小妾位置（如宋惠蓮、王六兒、如意兒以及李桂姐之類的妓女）。還有的「唯性是圖」，一味追求的是感官的滿足，喪失了禮義廉恥，不顧倫常道德（如林太太）之流。笑笑生面對這些不同類型的婚愛行為和性心態，表現出了不同的態度。既有對真誠與善良的褒揚，也有對醜惡和無恥的針砭。在揭示晚明女性敢於衝破傳統的婚愛模式，以更具時代性的觀念作為自己的行為指導時，還更多賦予了她們言行心理的合理內涵，表現出對女子自主婚姻、寡婦改嫁等進步婚戀觀的稱讚。有理由認為，《金瓶梅》對婦女的愛情、婚姻及性問題的探討，不僅較為全面，而且具有著進步的意義。這是以前的長篇小說所望塵莫及的。正因為如此，對文本中女性人物的分析討論，便已超越了文學批評的意義，而是更多透過被笑笑生塑造出來的形形色色的女人們，看到這些被稱為「第二性」（波伏娃語）者所走過的心路歷程，以瞭解女性在東方文明大國的發展中，她們的身心曾經歷過的「煉獄」。希望通過她們百媚千姿的音容笑貌，進入她們奇異迷離、驚心動魄、令人目眩神搖的心靈世界，讓那些熟悉又五光十色的世態人情，還有那些道不明說不清的人生謎底，以及感人迷人的生命絕唱，能隨著一個個人物的品味，得到美的愉悅。不難想像，中國敘事文學的歷史成列中，如果沒有了《金瓶梅》這部第一次集中筆墨描寫女人生活的書，沒有了女人的故事講述，失缺了對女人情感世界的觸及，該會是怎樣的寂寞？

潘金蓮自尊與自悲意識分析

潘金蓮，堪稱中國文學的人物畫廊裡最具個性、最豔麗、最淫蕩、也最悲哀的一個女性形象。

潘金蓮，也是中國古今不同時代、不同社會階段中，所具有的知名度最高、爭議最多、最難把握、也最成功的一個文學形象。

她有著令人陶醉的美麗容貌：一副瓜子形的臉，白裡透紅的粉腮上，長著一對風情萬種的美目，雙眸盼顧，似秋水盈盈，定睛注目，似醉裡含情；一張紅潤的小口，似濕漉漉的新鮮櫻桃，散發著誘人的脂香；高高隆起的胸脯，柔軟似柳的細腰，圓潤結實的臀部，構成了全身流暢美麗的線條。真是造化給予人間的尤物。不要說西門慶這樣的男人，就是吳月娘第一次見她時也感到「從頭看到腳，風流往下跑。從腳看到頭，風流往上流。」（第九回）心裡也不由贊道：「果然標緻」。這正如常言所說的那樣，上天對每一個人都是公平的。老天爺造就了潘金蓮美麗的外貌，卻給了她一個卑微的出身，一顆冷酷的心。

潘金蓮出身於一個普普通通的裁縫家庭。父親死後，九歲的她被母親賣進了王招宣府裡，開始了學藝生涯。所謂的學藝，其實就是培養取悅於男性的技巧，目的就是討好有權勢，有財富的男人，讓這類男人開心。小小年紀的潘金蓮，不僅學會了識文斷字，填詞唱曲，也學會了描眉畫臉，插戴穿衣。這雖是她為求生存的不得已，但已然刻劃出了她心靈成長的畸形軌跡。學藝六年後，王招宣死了。年僅十五歲的潘金蓮又被母親賣給了張大戶，專習學琵琶彈唱。由於她聰明機靈，「卻倒百般伶俐，會一手好彈唱，針指女工，百家奇曲，雙陸象棋，無般不知」（第三回）。這樣才貌雙全的女子，又是個家奴的身分，在一個女性毫無地位的社會裡，厄運便悄然來臨。一天，張大戶趁著主家的老婆外出的機會，形同強暴似的「收用」了潘金蓮。之後，又以一個老男人的溫存撫慰她，並給予潘金蓮小恩小惠般的衣食關照。終於事情敗露，張大戶主家的老婆便以「苦打」的方式，用潘金蓮出氣。在張大戶家中的所有遭遇，成為了潘金蓮生命歷程裡的一個轉捩點。

她變了，不僅僅是在生理上，從一個少女變成一個婦人，從心理上也有了質的變化。從只有愛美的天性表露，到初次嘗試到美色帶來的生活變化，也明白了自身可利用的價值是什麼。儘管奪去了她貞操的糟老頭能暗地裡給她美衣美食，但卻改變不了她卑微的地位。主家老婆對潘金蓮的「苦打」，讓張大戶看在眼裡，疼在心裡。此時的張大戶，真是左右為難。留吧，不忍其受苦；放吧，又不忍其離開。而最好是有一個既能給潘金蓮以名分，使她擺脫家奴的卑微地位，又可提供自己能「鴛夢重溫」機會的人。這樣兩全其美的人終於被找到了。他，就是人稱「三寸丁，谷樹皮」的武大郎。張大戶倒陪嫁妝，把個美人兒潘金蓮嫁給了又矮又醜的武大做填房，還給他本錢做買炊餅的小生意。武大白得媳婦又得錢，自然對張大戶感激不盡。雖在自己家裡撞見兩人私會，也裝聾做啞，只當這事沒發生。武大的德行不由使人想到：倘使西門慶不是與潘金蓮偷情，而是大大方方的向武大買人；或者，西門慶在被武大捉姦抓到後，不要打人逃跑，而是與他討價還價，講個條件，定能滿足心願，也不會發生潘金蓮聽從王婆毒計，拿西門慶送的藥毒死武大，招致武松報仇，潘金蓮橫屍刀下的一系列命案了。可惜，生活總不會讓人去設計它的軌跡。

從九歲學藝，到十八歲被張大戶強行「收用」。九年的歲月帶給潘金蓮的是如花的容顏，浪漫的情感幻想，對人情物事的察言觀色，機敏快速的思維反映，以及事事占尖兒的強硬個性。如果說，容顏是青春的產物，幻想是詩詞歌賦的產物，察言觀色是早年離家的產物，機智敏捷是與生具有的智慧的產物，強硬個性是生存環境伴生的產物的話，那麼這一切，都對潘金蓮的一生造成了全面的影響。一個人兒童、少年時期的生活狀況，將會影響其一生的說法，已被現代的心理學家、社會學家給予了科學證實。潘金蓮也不例外。

張大戶死了，結束了潘金蓮既是人妻，又兼情婦的不明不白的生活。她雖對自己的婚姻不滿，但仍願守著這份自主的，空虛卻也安靜的生活度日。所以，住在紫石街時，雖有浮浪弟子相擾，潘金蓮並未理睬，還拿出自己的釵梳交給武大去典當，湊錢租房，搬離是非之地。酷愛打扮的潘金蓮，竟然把首飾都拿出來租房，為的只是堵住別人的閒言碎語，這一行為描寫，表現出了一個女人，一個主婦，一個人妻的自尊。此時的潘金蓮尚能自愛，尚有自尊，也夠自強。只可惜，後來的評說者卻往往忽略了這一情節。

武松的出現，是潘金蓮命運的重大轉折。這位身材雄壯，威風凜凜的打虎英雄，使潘金蓮第一次看見真正的男子漢。武松是她青春歲月裡出現的第一個具有陽剛美的異性。武松在潘金蓮的眼裡是「相貌堂堂，身上恰似有千百斤氣力」（第一回）。美女愛英雄，這也是人之常情。發自內心深處的愛欲，使她激動得甚至忘了自己已是為人妻的人，竟胡想到「奴若嫁得這個，胡亂也罷了。」此時，嫁武大的委屈也一股腦的湧上心頭：「你看我家那身不滿尺的丁樹，三分似人，七分似鬼。奴那世裡遭瘟。」再看看眼前的武松，喜悅使潘金蓮把不幸的婚姻當作幸福的機緣，「誰想這段姻緣，卻在這裡。」對武松的喜愛，啟動了作為一個女人的美好天性，她就像換了個人。潘金蓮一掃往日的慵懶無聊，沒有了空虛無對的脂粉塗抹。她變得熱情活躍，體貼殷勤，格外精神。潘金蓮終於找到了值得奉獻、為之操勞的對象。她為武松早起燒水，拿肥皂，遞手巾，叮囑他早些回家吃飯，並每餐都親自動手燒製，做得整整齊齊。就連飯後的香茶，也是親手端到武松的面前。這會兒的潘金蓮是個多麼好的女人。

潘金蓮在遇見武松之前，對男女之事已是熟悉了然，但對男女之愛卻是無知茫然。在她的認知領域裡，兩性間的關係，就是征服與被征服的關係，弱肉強食，從不知道還有聖潔二字。潘金蓮學習過諸般取悅男性的技能，卻沒人教會她如何去愛人。她以為憑她的熱烈似火，憑她的貌美如仙，憑她的柔情似水，憑她擅長的「小意兒」手段，她定能贏得武松的心，武松的情，她一定能給自己做一次命運的主人，改變現有的痛苦現狀，取得自己想要的生活和幸福。可是，潘金蓮並不懂得武松，更理解不了像武松這樣，不為美女所動的男人。因為在她的生活裡，像武松這樣做人講究原則，為了原則可以不要利益，為了某種理想可以犧牲自己生命的人，絕無僅有。武松的人格精神於潘金蓮而言，是第一個，也是最後一個。這時的潘金蓮，起碼在下意識裡，也有想從過去墮落的男女之欲中解脫出來，想給自己第一次的認真動情有所寄託。可她萬萬沒有想到，她的「撩撥」技巧竟使武松勃然大怒。真是落花有意，流水無情。面對此情此景的潘金蓮，羞愧氣惱已在所難免。她先為自己解嘲，說武松把開玩笑當了真，顯得武松做人小氣。繼而回到房中，自己卻真正的傷了心。

從來她潘金蓮都是男人寵著、慣著的，只有她給男人臉色看，沒有男人不領她情的時候。她此時就像西方童話《白雪公主》裡的那位後娘皇后，從魔鏡裡聽到，她已經不再是最美麗的女人時的那種失落、悲傷和憤怒。對此，世俗的女人潘金蓮想到的就是報復。她首先把污水潑向武松，然後把怒氣撒到武大身上。而武松對她撒潑的行為，表現出來的一種毫不理會的淡漠，並採取了搬離的措施，這使潘金蓮更加感到羞辱難當而耿耿於懷。待到武松接受差事回去向武大告別時，潘金蓮一見之下，又情難自禁。慣性的思維，使她幻想武松的回心轉意。可武松對她的臨別贈言卻是：「嫂嫂是個精細的人，不必要武松多說。我的哥哥，為人質樸，全靠嫂嫂做主。常言表壯不如裡壯。嫂嫂把的家定，我哥哥煩惱做什麼？豈不聞古人云：籬牢犬不入。」（第二回）武松的話深深地刺痛了她。對於潘金蓮而言，對武松的賣弄風情絕不是一般意義上的追歡行為，而是她的深情表達。可這一切在武松眼裡，竟是如此的不堪。從這番話裡，潘金蓮知道了自己在武松心目裡是個什麼東西。她感到委屈，感到一種絕望後的惱怒。她不由一點紅暈從耳根湧到臉上，她不由咬牙切齒地要為自己辯白：「我是個不戴頭巾的男子漢，叮叮噹噹響的婆娘。拳頭上也立得人，胳膊上走得馬，人面上行得人。不是那膿膿血，搠不出來鱉。老婆自從嫁了武大，螻蟻不敢入屋裡來，有什麼籬笆不牢，犬兒鑽的進來？你休胡言亂語，一句句都要下落。丟下塊磚兒，一個個也要著地。」（第二回）這些話說得真是鏗鏘有力，透著極為強烈的自尊。可以看出，在說這番話時的潘金蓮，下意識的表現出了她不服輸的個性，這倒也讓武松領略到了一點她的「英雄氣概」。

武松走了。雖然，潘金蓮在武松面前著實盡力的表現了一次她的自尊、自信和自愛，但她並不高興。強烈自尊的言辭裡，不也有著同樣強烈的自卑嗎？她如此聰明，不可能不明白她在武松心中是怎樣的形象。更何況，她又如何能忘記張大戶帶給她的恥辱。如果不是對武松認了真，就沒有必要為了本就沒了的面子，斥責武松「胡言亂語」了。因為，武松並沒有胡言亂語。潘金蓮也明白，自己說出的話其實是蒼白無力的。

武松走了。不再需要面對的潘金蓮，卻漸漸生出了莫名的自卑。她雖然一時不能改變生活習慣，可還是漸漸自願的，循規蹈矩的按武松的叮囑去過生活。表面上她仍喜歡站在簾子下，衣著光鮮地目視行人，但她卻已是心有所待。她在等待丈夫的歸來，而這期待的本質，卻是她更期待意中人的到來。這種期待之情，這種少有的安靜與服從，使得武大也暗自高興：「恁的卻不好。」試想，如果不是發自內心的真愛，這世界上有誰會願意為他人的幾句話而改變自己的個性和生活呢？

武松使潘金蓮失去了以為可以駕馭天下男人的自信。潘金蓮被武松刺傷的自尊心，也隨著時光的推移，越來越深的感受到陣陣痛楚。深深的自卑感，使她幾乎不再對自己不幸的婚姻有改變的想法。也不管是愛，還是恨，武松成為長久留駐在她心靈深處的一個影子。潘金蓮本可以守著這一影子，與武大過著沒有愛，沒有激情，沒有生氣的平常日子。相信歲月會磨去她的棱角，會平息她高傲的心性，會使她習慣平庸，會使她忘記自己是個美麗的女人，會讓她在虛構的夢與生活的現實中找到平衡，最終把她變成一個合乎規範的人。她也可以從此與影子相伴，過一種似夢非夢的日子，與武大廝守到白頭。這世間有多少婚姻不幸的女人，不都是這樣過來了嗎？潘金蓮也未嘗不可。時至今日，由於種種原因，有愛不能婚，有婚沒有愛的所謂湊合式家庭也很多，也照樣能過到白頭偕老。會掩飾的，儘管明白不愛，也不妨要搞點結婚紀念什麼的，這不也是一種生活的現實？潘金蓮是能「現實」的，她也現實地去做了。但命運又一次要讓她聲名狼藉。

是誰使潘金蓮墜入萬劫不復的深淵？是誰造成了潘金蓮的悲劇人生？有人認為，就是那個不食人間煙火的武松。也有人認為，潘金蓮本性淫蕩輕狂，心腸狠毒，自己作孽，與人何干？更不能把英雄武松與她拉扯在一起。可是，武松之所以能殺潘金蓮為兄報仇，正是騙說要娶她為妻。武松很好地利用了潘金蓮對他的情感幻想，才能輕而易舉的做到對她的剖腹挖心。而精明的潘金蓮，在有了視她為生命的陳經濟的婚約後，竟然忘了自己鴆殺武大的罪惡，竟然會以為，曾為報武大之仇，不惜殺西門慶而被害坐牢的武松，居然會放過她潘金蓮，竟然會相信武松要娶她做正頭娘子的謊言，使自己身首異處。如果不是愛昏了頭，就是得了健忘症。但潘金蓮並沒有得健忘症，合理的解釋也只有前者。一見武松便心緒大亂，便情感脆弱，乃至於不顧陳經濟的一片癡心。如果這還不是一種愛的癡迷，那又是什麼呢？又該怎樣解釋這種糊塗的選擇行為呢？

武松對潘金蓮究竟意味著什麼？我以為，是意味著一種遠離市井的生活境界。一個滿身正氣的英俊男子，對潘金蓮這樣一個在骯髒、污穢環境中長大的女子來講，不僅是從未有過的新鮮感覺，更是在情感上的一種震撼。但對武松而言，市井生活的享樂追求，兩性間的偷歡逐情等等，根本就進不了他的生活視野，更與他的生命意義追求無關。潘金蓮再美，只是他的嫂嫂罷了。如果要武松接受潘金蓮的示愛，那也同樣是不可理喻的事。可以這樣說，武松使潘金蓮看到了理想的男人，看到那曾在詩詞歌賦中被頌揚過的所謂高尚和幸福。可潘金蓮對於武松而言，則是一個形式上的家人，一個對於自己的生命走向無足輕重的一個女人罷了。這就是潘金蓮的悲劇，也是人的命運悲劇。正像作者所言：「但凡世上婦女，若自己有些顏色，所稟伶俐，配個好男子便罷了，若是武大這般，雖好殺也未免有幾分憎嫌。自古佳人才子，相湊著的少。買金的偏撞不著賣金的。」（第一回）婚姻不幸的潘金蓮，試圖贏得武松，試圖拉住改變不幸婚姻的希望風箏之線。

可惜，這只風箏終究斷了線，飛的太高，離她太遙遠了。

就在潘金蓮心境漸趨平靜，欲望日漸沉息之時，西門慶介入了她的生活。

濃春時節的一個傍晚，準備放下簾子，等待武大回家來的潘金蓮，沒料到會有一陣風兒吹來，並吹落了她手中的撐簾杆。更沒想到的是，這根杆子竟然正巧砸在一個年青男人的頭上。滿心惱怒的男子同樣沒想到，進入他怒目中的竟是一張充滿驚愕表情的美麗女人的臉：

> 但見：頭上戴著黑油油頭髮鬏髻，口面上緝著皮金，一徑裡踅出香雲一結，周圍小簪兒齊插，六鬢斜插一朵並頭花，排草梳兒後押。難描八字灣灣柳葉，襯在腮兩朵桃花。玲瓏墜兒最堪誇，露菜玉酥胸無價。毛青布大袖衫兒，褶兒又短，襯湘裙碾絹綾紗。通花汗巾兒袖中兒邊搭剌，香袋兒身邊低掛，抹胸兒重重紐扣，褲腿兒髒頭垂下。（第二回）

本是怒從膽邊起的西門慶，此時不由展現出一副寬容、和藹的笑臉。這一笑，給他俊俏的面龐平添了幾分生動。這一笑，也使惶恐不安的潘金蓮得到了寬慰。他們相互間產生出好感，也是自然而然，情理之中的事。所謂機緣巧合，潘金蓮也難以抗拒命運的安排。西門慶與潘金蓮的相見，極具戲劇色彩。然而，他們卻沒能出演正劇中的角色。

外表風流英俊，一團和氣的西門慶，給潘金蓮平淡無味的生活帶來了回味幻想的餘地。她不時想起，這個不知姓名的男人，對她一步三回頭的流連顧盼，那溫和的言辭，那不捨的神情，讓她開心，讓她得意，讓她自我感覺良好，讓她從武松輕蔑的眼神中淡出，重又找回了她原有的飄然：「他若沒我情意時，臨去也不回頭七八遍了。不想這段姻緣，卻在他身上。」漂亮的女人一旦淺薄，容顏就成為莫名其妙的驕傲資本，就會使她為之輕狂，她也定會為此付出代價。潘金蓮也是如此。西門慶讓她失落的心境得到了平衡，也使她莫名的情緒騷動。她不由拿他與武松相較而感慨：「那武松若有他一半情意倒也好了。在身邊的無情，有情的又捉摸不著。」有趣的是，這時的武松並不在潘金蓮的身邊。潘金蓮如是說，只能說明是潘金蓮把武松放在了自己的心裡。「無情」的尚能視為身邊人，那「有情的」更是思之不已。西門慶也成了潘金蓮心裡的一個影子。西門慶與潘金蓮僅此一節，倒有些「金風玉露一相逢，便勝卻人間無數」之狀了。

潘金蓮二見西門慶是在隔壁開茶鋪的王婆家。

王婆，何許人也？「便是積年通殷勤，做媒婆，做賣婆，做牙婆，又會收小的，也會抱腰，又善放刁。」（第二回）活脫脫一個市井奸人。她精心安排潘金蓮與西門慶的這次會面，看得是西門慶大把使錢的好處。她周密的設計，為的是利用潘金蓮的色來得到西門慶的錢。潘金蓮是她無論如何也值得一試的搖錢樹，也就顧不得潘金蓮還叫她聲乾娘。人心險惡如此，令人心驚肉跳。關於王婆，後文還有專章細說。

對潘金蓮來說，給王婆做壽衣，正好可以打發無聊的時光。她萬萬沒有想到，那個自己以為已隨風而去的男人，竟然出現在她的面前。聰明的潘金蓮在驚喜之餘，不會不感到這巧合是人為安排。她為西門慶對她如此用心而高興，而感動。為幻影成了真實，為復活的女性魅力，為改變自己生活現狀的一絲希望，或就為眼前這個男人的十分殷勤，潘金蓮以酒精壯膽，為西門慶寬衣解帶終不悔。而風月老手西門慶，則使潘金蓮第一次感到兩性交合的快樂。強壯的西門慶，從生理上啟動了潘金蓮。生理上的滿足，使她由對武松這樣的男性生出的虛無縹緲的理想，變成落實在西門慶身上可見可感的欲望。從此，在欲望的牽引下，她走上了一條人生的泥濘之路，並一去難回頭。

潘金蓮與西門慶偷情，使她在心理與生理兩方面，都得到刺激和快樂。但就在這激情高漲的生活中，潘金蓮已使自己步步墮落。對滿足一己欲望的追求，漸漸成為她生存的唯一目的，成為她人生的終極追求。就在她沉溺欲海，享受著西門慶帶給她的激情生活時，發生了武大捉姦的事。表面看，這是人之常情。做丈夫的被欺騙，不明不白地戴上了綠帽子，是一定會去捉姦，在妻子無法抵賴的時候，痛懲姦夫，為自己出口惡氣。這既能給對方一個教訓，又能找回一點做丈夫的自尊。通常的理解多認為，這應該是作者的一種構思，既是為潘金蓮殺夫改嫁西門慶、武松報仇陷冤獄等情節而設；也是為潘金蓮最終死於武松刀下，體現作者因果報應思想作伏筆。可在此產生了一個問題，這個問題是武大並不是「常情」中的男人，因為他不具有那份男兒的血性。這可以從以下情節得到證明：在潘金蓮當初從張大戶家出嫁於他時，他面對張大戶對潘金蓮的曖昧與越軌行為，採取的是鴕鳥政策，「撞見亦不敢聲言」，潘金蓮形容他是「牽著不走，打著倒退的。只是一味呷酒，著緊處都是錐紮不動。」（第一回）這樣一個武大郎，又怎會忘了武松臨別的囑咐：「若是有人欺負你，不要與他爭執。待我回來，自和他理論。」又怎會陡然長出了膽氣，竟然跟著一個少年去幹捉姦的大事？是否因為張大戶與潘金蓮是他武大早已知曉的舊交情，武大娶潘金蓮時還得了些陪嫁，因此能容忍？而西門慶私通潘金蓮，他武大全然不知，因為是從別人嘴裡得知此事的，這令他失了面子？還是因為白白陪了夫人又沒有得到收入的緣故？究竟是什麼使得矮小、怯懦的武大敢於面對潘金蓮和她的情人？這最終與武大如何看待潘金蓮，又如何看待自己與她的情感（如果還談得上有情感的話）有關。這一點因不屬本文討論的範圍，姑且留作後話罷了。

只看武大郎捉姦一節的描寫中，有些細節的處理是很有意思的。西門慶聽到武大來打門，第一反應「便僕入床下去躲」（第五回），而頂住門的卻是潘金蓮。這裡使人感到，西門慶還不同於《水滸傳》裡那個被魯智深拳打的鎮關西——橫行霸道，不知畏懼為何物的惡霸。他與潘金蓮相比，面對突發事件的膽量還不及女人。這也表明，西門慶尚有畏懼，尚知羞恥。因為，只有還懂得羞恥的人，才會有畏懼心。但西門慶這一鑽床下，使潘金蓮又一次感到被拋棄。那個在床笫間，曾經表現如此有力的男人，竟然要靠女人來保護！此時此刻，西門慶與武大整個顛了個個兒，武大顯得很像男子漢，而西門慶就是個膽小鬼。面對此情此景，潘金蓮怎不銀牙緊咬，怒言：「你閑常時只好鳥嘴，賣弄殺好拳棒，臨時便沒些用兒，見了個紙虎兒也嚇一交。」可見，西門慶平日裡在潘金蓮面前，不知吹了多少牛皮，讓潘金蓮以為他是個英雄。潘金蓮的這幾句話，把躲在床下的西門慶「激將」了出來，他給自己打個圓場，說：「娘子，不是我沒本事，一時間沒這智量。」從這幾句話，可知西門慶還不是個老江湖，智力、膽量均不及潘金蓮。之後，西門慶使出了他的本事，打傷了武大，並趁亂逃走，把收拾爛攤子的事留給了潘金蓮。僅此一事，西門慶還算不上是無恥的領袖，但也肯定算不得是護花的英雄。這些細節描寫，足以使細心的讀者不禁莞爾，也為潘金蓮一歎。

其實，知夫莫如妻。以潘金蓮的機智，滿可以將張大戶的經驗告訴西門慶，便可擺平此事。可潘金蓮不選擇這條路。她此時已是橫下一條心，一定趁機與武大徹底脫離，一定要一個能有情於自己，也能用情於自己，能滿足她情欲，給她以快樂的男人。她要抓住西門慶，她巴望著武大能快些死去。所以，她對被打傷臥床的武大不聞不問，每天打扮得衣著光鮮，與西門慶如膠似漆，難分難捨。在生死之間掙扎的武大，只好把兄弟武松作為最後的法寶，他對潘金蓮恫嚇道：「你做的勾當，我親手又捉著你姦，你倒挑撥姦夫，踢了我心，至今求生不生，求死不死，你們卻自去快活。我死自不妨，和你們爭執不得了，我兄弟武二，你須知他性格，倘若或早或晚歸來，他肯甘休？你若肯可憐我，早早扶得我好了，他歸來時，我都不提起；你若不看顧我時，他歸來卻和你們說話。」（第五回）武大這番話太有分量。他本希望妻子能懾於武松英名，而對自己的無恥行為有所收斂，希望妻子看在武松的分上看顧於他。武大定會守諾沉默，不會向武松提及這件事。對此，就連老於世故的王婆也相信，她向潘金蓮和西門慶指出：「等武大將息好了起來，與他陪了話，武二歸來都沒言語。待他再差使出去，卻又來相會，這是短做夫妻。」但潘金蓮絕不願在受人以柄的約束下過日子，她也不會甘心與西門慶做短暫夫妻，過日日相盼，待機相會，偷偷摸摸的日子。對欲望不可遏止的追求，使潘金蓮選擇了罪惡。她喪失了心底裡最後的善良，與王婆、西門慶合謀，並親自動手，鴆殺了丈夫武大，永遠地墜入了罪惡的深淵。

成了殺人者的潘金蓮，完成了她人生的第三次轉折，而且是又一次質的突變。在她身上沒有了廉恥，淡漠了善良，也疏離了屬於人應具備的情感和人性。潘金蓮，美女變為毒蛇，終成為情欲的化身，人性惡的典型。笑笑生正是借助這一人物的變質過程，表達了對道德淪喪的社會進行指斥的原旨主題。引起潘金蓮心理與個性質變的人生過程描述促使人們思考，人的情欲為什麼會成了一切「惡」行的根源？西方近代哲學家雅科布·波墨認為：「當情欲與善相分離而變為自身的生命時，情欲才成為惡的原則和惡本身。」[3]由此可知，潘金蓮希望能滿足情欲本身並非「惡」，其「惡」在於為了自己情欲的滿足，為了自己的利益和願望，不惜奪取他人的性命，剝奪他人生的權利和願望。一己的私欲可以無限膨脹，直至與人性的善與美相背離，把情欲變成了「惡的原則和惡本身」。因此，潘金蓮至死，也沒有表示過對鴆殺武大的不安和愧疚。

潘金蓮終於走進了西門府，成了西門慶的第五房小妾。這個把滿足自己欲望視為生活唯一目的的女人，在妻妾成群的環境裡，自然不會安於姨娘的身分，也不可能安於能呼奴喚婢，錦衣美食的富家生活。進門不久的潘金蓮，依仗著西門慶的偏寵，便「恃寵生嬌，顛塞作熱，鎮日夜不得個寧靜」，她專愛躡手躡腳，聽籬察壁，尋些情由，惹是生非，與人廝鬧。全面地表現出多疑善妒，心狹性偏，尖酸刻薄，爭強好勝的個性特徵。

潘金蓮一進西門府，西門慶就把正房裡的丫頭龐春梅撥給她房裡使喚。這個心志出眾、機靈聰明的大丫鬟，很快就得到潘金蓮的賞識。當潘金蓮看出西門慶有「收用」龐春梅之心時，為了討得西門慶的歡心，也為了得到龐春梅的忠心，潘金蓮大度地讓西門慶把龐春梅收了房。這一來，潘金蓮與龐春梅互為倚仗，很快便鬧出了激打第四房姨娘孫雪娥的事，為自己在西門府樹立了某種勢力範圍的標牌。當然，於潘金蓮而言，僅僅表明自己有權威還不夠，在她的心裡，凡是能與她共用西門慶的女人，都是她要排擠和打擊的目標對象。出於這一目的，她凡事都特喜歡「咬群」「掐尖兒」，那怕是正頭娘子的吳月娘，她也要與之鬥一鬥，爭一爭，更不要說是排位低於她的李瓶兒，姿色不及她的二房李嬌兒、三房孟玉樓、四房孫雪娥，以及身分比她低的宋惠蓮、王六兒、如意兒等等。不管是誰，只要西門慶與之過夜，有可能危及西門慶對她的專寵，潘金蓮就會想方設法的干涉。她採取的辦法有二：一是偵察西門慶的性活動，二是控制西門慶的性器具。潘金蓮的招數十分奏效，鬧得西門慶隱瞞不得，只有實情相告。而潘金蓮便藉此「情報」掌握來制約對方。一旦時機成熟，或者有機可乘，就給對方以致命一擊。潘金蓮把自己的聰明心智全數用上，其目的只有一個，為的就是擊退所有與西門慶有染的女人，「霸攔漢子」，鞏固她的專寵。潘金蓮對此類「專項打擊」從不放鬆，甚至是樂此不疲。然而，她苦心積慮的防範手段，除了使她在西門府中結怨積仇，使西門慶對她格外防範外，並沒能阻止西門慶依舊不疲地尋花問柳，逐日追歡。既然社會制度對女性的壓制，對兩性的性觀念、性意識、性行為等，以及由此而引伸出來的各類社會問題，在道德要求和行為規範上，使用的皆是雙重標準。那麼，以潘金蓮自己的一己之力，又如何能夠

3　路德維希·費爾巴哈《費爾巴哈哲學史著作選》（第一卷），北京：商務印書館，1978年。

與之對抗呢？但就這樣順勢從流，默認許可西門慶的放縱，潘金蓮又絕不甘心。因此，她的不滿就只能借助撒潑攪事，鬧的「家反宅亂」來發洩。

作為第五房的姨娘，在潘金蓮的生活中，欲望是唯一有價值的東西。滿足欲望是她生活的唯一目的，只有欲望能得到滿足，才是潘金蓮活著的證明，她才會有生氣。然而，潘金蓮機關算盡，也抗不過那個踐踏女性尊嚴的社會。西門慶對潘金蓮的寵愛維持不久，便又在妓院裡安營紮寨，梳籠了妓女李桂姐。李桂姐在得知潘金蓮罵妓女「淫婦」後，借機跟西門慶撒嬌鬧脾氣。為了得到李桂姐的歡心，西門慶竟然設計，要來潘金蓮的頭髮，讓李桂姐放在鞋墊裡，整日踩踏出氣。西門慶對潘金蓮的薄情，由此可見一斑。而終日在家裡等候著西門慶的難捱時光，使得寂寞無邊的潘金蓮，也對丈夫的寡情薄義施以報復。她把小廝琴童領上了臥床，行著曾是她與西門慶共效的魚水之歡。

潘金蓮私通小廝，是她與西門慶關係的重大轉變所在。在此之前，潘金蓮在言行上還很在乎西門慶，一切都想著要投西門慶所好，行西門慶所愛，對西門慶有所牽掛，這正是她能被西門慶偏愛的一個重要原因。但當西門慶梳籠妓女，在妓院流連忘返後，對潘金蓮的自尊無疑是一個嚴重的打擊。看重虛榮的潘金蓮面對再次的情感失落，更加深了她的自卑心理。墮落了的潘金蓮，其內心充滿了躁動的情緒。此時的她，只有得到更多欲望的滿足，才會有些許內心的平衡。她也具有著想要領略征服弱者的快感體驗。從潘金蓮與西門慶相互較勁、彼此競爭的性行為中，征服，成為他們的約定，甚至是下意識的行為表徵。當結束了每一次的「征服」過程，他們都只得到更多的不滿足，便對下一次產生期待。他們兩人的關係也因此變得比其他人更為親密，也更加殘忍。

潘金蓮與西門慶在繼而所形成相互鬥爭，相互征服的性關係中，雖沒有硝煙密佈，屍橫遍野，可也同樣激烈複雜，血肉橫飛。排擠與擁有，占有與被占有，征服與被征服，利用與再利用，可謂五花八門，各有高招，但就是看不到兩性關係中最重要的因素——愛情。然而，就兩性關係而言，沒有愛情的婚姻就是很殘忍的。西門慶不滿潘金蓮對懷孕的李瓶兒言語有所諷刺，便在醉鬧葡萄架時，對潘金蓮施以激烈的性懲罰，且險些要了潘金蓮的命。而潘金蓮也為了滿足自己中燒的欲火，不顧西門慶已是精疲力盡，把烈性的壯陽藥大把灌進他嘴裡，使得西門慶精竭而亡，以致不久整個西門府做了鳥獸散。這兩個情節的描寫，可謂是他們夫妻生涯中最典型的事件，真是充滿了令人心悸的血雨腥風。當然，他們有時也會因為彼此的需要而有所緩和，但相互之間的身心折磨是註定了的，悲劇的上演也就是必然的。

潘金蓮的悲劇，既是命運的作弄，也是性格使然。潘金蓮的個性行為，表現出她個性心理的不平衡。極度自卑的心態，往往導致她在行為上以極度的、甚至有些誇張的自尊態度表現出來。潘金蓮心態與行為的巨大反差，使她的個性行為充滿了矛盾，讓人難以接受。她出身低微但喜歡攀比；她美麗聰慧卻極端妒忌；她識文斷字可不通人倫；她善解人意然心地歹毒。每一次潘金蓮在西門府大張旗鼓的鬧事，查其緣由，都是她深感失意，且自尊心受到重度傷害的時候。而她的每一次作惡行為，也基本是她想要揀拾自尊的心理驅動使然。例如，西門慶為了長期占有宋惠蓮，將她的丈夫來旺陷害入獄，宋惠蓮為丈夫求情，西門慶也答應了她的請求，但潘金蓮卻不斷向西門慶進言，要把來旺遞解還鄉。（第二十六回）潘金蓮與來旺並無怨仇，她此舉指向的人其實就是宋惠蓮。她要讓宋惠蓮明白，西門慶對她潘金蓮才是真正的言聽計從，對你宋惠蓮不過是隨便哄哄罷了。潘金蓮得逞了，她從西門慶那裡得到了絕對的臉面，而倍感受了欺騙的宋惠蓮則羞憤難當，自縊而亡了。宋惠蓮的父親也因不忿女兒的死，與西門慶打官司，最終命喪黃泉。潘金蓮為了顯示自己在西門府中的得勢，讓兩個人失去了性命。潘金蓮倘若還有點人性，該是有些後悔的吧？可她沒有。她心安理得地看著這一齣悲劇演完。而如此冷酷的女人，該是對一切都很不在乎的吧？可是，潘金蓮在宋惠蓮死後已有一段時間了，還仍不能釋懷。她與西門慶醉鬧葡萄架，丟失了一隻紅色的鞋，她幾次三番地叫房裡的粗使丫頭秋菊去找。只因為西門慶在性交時，女人的三寸金蓮上穿紅鞋能使他亢奮，潘金蓮是不能丟了這時時要穿的鞋的。秋菊在幾次挨打之後，終於在花園的小山洞裡，找到了一隻紅鞋。可經過潘金蓮的辨認後，發現那是宋惠蓮曾經穿過的鞋，一時間怒不可遏，不僅痛打秋菊一頓，又叫秋菊頭頂石塊兒罰跪。這還不夠解恨，她又拿出一把利剪，把那鞋剪得稀巴爛，口中還不停地咒罵。這種近乎瘋狂的舉動，其實正好說明了她內心的自卑和害怕。鞋，這只精緻小巧的紅色弓鞋，使潘金蓮聯想起，宋惠蓮的腳比她小巧好看，這使她曾為之驕傲的金蓮一名，有些黯然失色，曾引起了她內心某種身不如人的感覺。宋惠蓮決然一死，潘金蓮的心中，便有了一塊永不消失的黑暗，不時會讓她打個冷噤。

再如，潘金蓮對第六房的李瓶兒原不很在意的。在李瓶兒還是花家二娘子時，西門慶為讓潘金蓮默許他與李瓶兒偷情，曾以金簪子等首飾送給潘金蓮。得了這些個好處之後，潘金蓮不僅不吃醋，還為他們的越牆幽會提供便利，觀察把風。西門慶從潘金蓮的院牆翻上翻下，與李瓶兒偷偷往來了兩個多月。為此，西門慶好生感激潘金蓮。再後，西門慶想娶李瓶兒進門，吳月娘對此默不作聲，不肯表態。相反，潘金蓮卻沒有反對。為此，西門慶心裡更偏向潘金蓮，對吳月娘竟有半個來月不說話。按理說，李瓶兒進了西門府後，潘金蓮該是和她最交好的。況且李瓶兒又是個手兒散漫的人，潘金蓮既得人情又得財，還得西門慶的好感，何樂而不為呢？開始，潘金蓮也自認能搞定李瓶兒。可是事與願違，富有白淨，身軟如綿，柔情似水的李瓶兒，漸漸搶了潘金蓮的勢頭。這位「好性兒的姐姐」，以她成熟的女性魅力，大戶出身的舉止與修養，很快贏得了闔府上下的喜歡，西門慶也很是愛她。這使得本就無事生非，喜歡拈酸吃醋的潘金蓮，一方面視她為勁敵，必要置之於死地而後快；一方面又深感不及李瓶兒太多。潘金蓮雖然塗脂抹粉能修飾其外表，但做人的修為和教養，尤其是財勢的缺乏，卻是潘金蓮竭盡所能也無法彌補的。所以，當夜深人靜時，一人獨處的潘金蓮，耳聽窗外細碎的落雪聲，面對影孤行單的自己，多麼的期待著有人來撫慰她。當她得知西門慶去了李瓶兒那裡後，深深的悲哀情緒一股腦的湧上心來。潘金蓮拿起了琵琶，撥動著琴弦，把她的一腔哀怨，都寄予在激昂的旋律中。（第三十八回）此時此刻，潘金蓮的內心是這樣的脆弱的，而她的琴聲卻是極度的高昂。「潘金蓮雪夜弄琵琶」一節，是對潘金蓮個性心理的突出刻畫，也為後來的評論家所稱讚不已。

潘金蓮的個性心態說明，越是內心荒蕪的人，越注重外表的強大；心靈越是脆弱，個性越是冷硬。潘金蓮依靠外表的張揚，來掩飾她內在的虛弱。西門慶帶給她的生活意義，就是使她把自己定位在得到性的快樂，性的滿足中。男人對她的容顏和身體是否關注，就是她衡量自身有無價值的指標。不論這個男人是誰，只要對她有所注意，都會啟動她狹隘的自尊心，使她暫時脫離自卑感。久而久之，兩性生活只是各取所需，沒有什麼情不情的。笑笑生在描述潘金蓮的人性、人格因生存環境的逼窄，漸漸被異化成為情欲化身的同時，賦予了她合理的心理內涵。所以，潘金蓮的形象才會如此真實、生動，充滿了世俗的生活氣息。僅此一點也說明了笑笑生善於深刻表達出對人生的洞察。

潘金蓮的一生，是醜惡的一生，也是悲哀的一生。在她一生的際遇裡，可悲可歎者多，可憐可惜者少。除武松外，她曾與六個男人有過性關係。在潘金蓮閱歷過的這些男人中，武松是她唯一深情嚮往的人，卻情不能依，最終命喪他手；陳經濟是唯一對她一往情深的人，可她不知把握與珍惜，終使其情付之東流。在潘金蓮一生的情感生活裡，張大戶、武松和西門慶是改變她命運走向的三個男人。張大戶結束了潘金蓮的少女歲月，引誘了她對性利益換取的欲望，從心性上造就了她的輕狂；武松給了她一個偉男子的形象，也給了她一把人格比對的尺子，促使她感受自己的卑微與下賤；西門慶則成就了她女性的全面成熟，也引導她身心的全面墮落。

潘金蓮從低賤走向富貴，從普通走向特別，以致最後走到悲慘結局的一生的敘述，這既是笑笑生對人欲之惡的最好詮釋，也是對人的美好天性怎樣被暗無天日的社會扭曲的形象性說明，更是揭示了在男權世界裡求生的女性們，命運多舛，身不由己的悲慘命運。

潘金蓮形象塑造的成功，與笑笑生對這一人物的矛盾心理把握的到位不無關係。潘金蓮心理上極度的自尊意識與極度的自卑意識的結合，行為上表現為無知帶來的淺薄與美貌帶來的輕狂相統一。這樣的人物刻畫，使得這個人物在她無所作為的一生中，表現出人生命運的不可抗拒性，也展示出人性的複雜性，以及生存狀態的困惑與無奈。從潘金蓮這一形象，引導出人們對於女性與社會，女性與男性，女性與家庭，女性與女性等諸多問題的思考。

關於潘金蓮，相信今後仍有許許多多的話題可談。

情愛，孩子：李瓶兒的兩大生命線

李瓶兒，在《金瓶梅》裡的女性中，是最富於感情化的一個女性形象。在西門慶身邊的眾多女人裡，她是唯一和西門慶建立了真摯情感的女人，也是令人最感動的女人。

李瓶兒，曾因她極端矛盾的個性行為，使得後來的文學評論家們不知所措，贊不是，罵不是。只好作出「個性前後矛盾太大，性格不統一」的評述了之，並視為是笑笑生的敗筆。

這個讓人愛不能，恨不能的女人，也讓人忘不了。李瓶兒所具有的女性魅力，較之潘金蓮更為濃烈和醇厚。從對女性的心理特徵和生活態度的反映上看，李瓶兒更具有其普遍性，也就更有女性的典型意義和代表性。

笑笑生設計的這一人物是頗為用心的。故而，李瓶兒還未出場，就已先聲奪人。看這樣的情節安排：西門慶在得知武松已被發配孟州後，終於能心裡一鬆，情緒高漲。他便在府裡安排五個房的妻妾們，在芙蓉亭上大開筵席。此時，李瓶兒以隔壁鄰居的身分，遣自己的婢女和僕童們給吳月娘送來兩盒禮物，「一盒是朝廷上用的果餡椒鹽金餅，一盒是新摘下來鮮玉簪花兒。」（第十回）所謂送禮是品位，從這些送給西門府的東西看出，李瓶兒不是個小家碧玉式的市井俗人，而是一個極有生活品位的人。

中國社會是一個講求禮儀的國度，人際交往也是以禮相待。送禮，這是人們生活中的尋常之事。但如何把禮品送得恰如其分，送得合情合理合乎身分？這可是件十分考究，也十分難辦的事。況且，禮品也往往反映出送禮人的生活情趣和品位的高低。李瓶兒送禮給隔壁鄰居的女主人，說明她懂得禮數，也擅長於人際關係的處理。送給西門府帶宮廷特點的食物和美麗的鮮花作為禮品，說明李瓶兒見過世面且很懂情趣。而對於接受者的西門闔府一家來說，則表示被贈與者與送禮者一樣，具有著同樣的品位和情趣。這無疑是對對方的一種暗示，一種抬舉。難怪吳月娘很是高興，一面向西門慶講自己禮數不周，要把禮數還上。一面又講自己見到的李瓶兒是個「生的五短身材，團面皮，細彎彎兩道眉兒且自白淨。好個溫克性兒，年紀還小哩，不上二十四五。」李瓶兒人未現身，便已經得了個滿堂彩。這一筆法，清人張竹坡在《批評第一奇書金瓶梅》中就已指出：

「然而寫瓶兒，有每以不言寫之。夫以不言寫之，是以不寫處寫之。」[4]可見作者在構思上，對這一人物是如何的用心。

由李瓶兒送禮引出了吳月娘的一番話，再引出西門慶對李瓶兒的又一番述說：「你不知，他原是大名府梁中書妾，晚嫁花家子虛，帶了一分好錢來。」（第十回）由此可見，其實西門慶對李瓶兒已經是早有耳聞，不僅知道來歷，最有深刻印象的是李瓶兒給花家「帶了一分好錢來。」而通過吳月娘的敘說，西門慶便從對李瓶兒很有錢的第一認知，進而增加了他對李瓶兒相貌不俗所引起的某種欲望與好奇心的產生。可真是說者無心，聽者有意。吳月娘如果料到，有一天李瓶兒會與她分享丈夫，想必她就不會如此地津津樂道了。

李瓶兒曾是梁中書家的小妾，僅此一個身分，方知人的品貌不俗。常言道「丞相府裡七品官。」在傳統專制的社會體制中，能進丞相府中做事的人，哪怕是烹茗灑掃之人，也不是隨隨便便就能被留用的。更何況是做為要貼身侍奉主子的妾室，不僅要相貌可觀，還要知書達禮。行、坐、站、臥皆有講究；穿、戴、描、抹盡求雅致。笑笑生寫李逵殺入梁中書府，不論一家老小，皆排頭砍殺。而獨居後院，躲過一劫的李瓶兒帶了財寶和奶娘，一路狂奔，逃到了東京投親避難，後嫁給了花太監的侄兒花子虛為妻。在花太監告老還鄉，回到清河縣時，在他的四個侄子中，這花老太監只帶了二侄子花子虛一家與他同住。不久，花老太監死了，把一多半的家產留給了李瓶兒，而不是親侄子花子虛。在這「以不言寫之」的朦朧筆法中，隱含了這個老太監與侄媳婦間，頗有一種曖昧難言的特殊關係。而正是這種特殊性，使得李瓶兒與花子虛的夫妻關係，成為有名無實的掛名形式關係。

美麗的李瓶兒對花子虛而言，不過是家裡擁有的許多宮廷擺設品之一。這個所謂的家不是他花子虛的，家裡的一切財產都是花老太監的，其中也包括以他花子虛的名義娶來的媳婦李瓶兒。對於花子虛而言，家裡的宮廷陳列品也好，他名義上的妻子李瓶兒也罷，事實上都不屬於他。他不能觸摸那些貴重的宮廷陳設，他也同樣不能觸碰妻子李瓶兒。面對這樣難堪的局面，花子虛只能與街頭混混為伍，只能去妓院找發洩和慰藉。花老太監死後，花子虛本可以理所當然地擁有他的妻子。但是，長期以來的畏懼、隔膜，以及感情的淡薄，使花子虛不知該怎樣面對李瓶兒。同樣，李瓶兒也不可能接受一身紈絝毛病的花子虛。有意思的是，笑笑生把花子虛夫婦的微妙關係的敘說，是透過李瓶兒與西門慶的偷情過程中，借助於人物的言說，漸漸表露出來的。

---

4 〔清〕張竹坡〈批評第一奇書《金瓶梅》讀法〉，濟南，王汝梅、李昭恂、於鳳樹校點《張竹坡批評第一奇書《金瓶梅》》，1988 年。

習慣了與妓家撚熟生活的花子虛，因使錢大方，被吸收為以西門慶為首的「十兄弟」之一。所以，對於李瓶兒來講，她對西門慶應是有所耳聞的。其信息來源，就是花子虛。正像西門慶所知李瓶兒的身世，也是通過花子虛一樣。所不同的是，西門慶只知李瓶兒有錢，可李瓶兒知道的卻是西門慶的風月手段。由此看來，李瓶兒與西門慶之間，前者有心，後者有意。因此，在後來他們的關係發展上，也是李瓶兒顯得更為主動。與潘金蓮和西門慶相比，李瓶兒更顯出一己的主觀選擇性。

在李瓶兒——西門慶關係的演進中，情節的安排是李瓶兒給西門府送禮在前，託付西門慶關照花家與花子虛打官司一事在後。且看他們的第一次會面：西門慶約花子虛到妓女吳銀兒家喝酒，可花子虛不在，李瓶兒「銀絲䯼髻，金鑲紫瑛墜子，藕絲對衿衫，白紗挑線鑲邊裙。裙邊露一對紅鴛鳳嘴，尖尖趫趫」（第十三回）的小腳立在二門台階上，與匆匆走進來的西門慶撞了一個滿懷。這西門慶一見「人生的甚是白淨，五短身材，瓜子面子，生的細彎兩道眉兒」的李瓶兒時，自然是要「不覺魂飛天外，魄散九霄」了。一個陌生男人的到來，李瓶兒並沒有按理回避，而是叫婢女把西門慶讓進廳內坐下，自己則在角門首觀察。李瓶兒先說：「大官人少坐一時，他适才有些小事出去了，便來也。」一盞茶之後，李瓶兒又說花子虛喝酒去了。外表彬彬有禮的西門慶，大概使李瓶兒有了好感。她要西門慶「好歹看奴之面，勸他早些來家」，因為「家中無人」。對李瓶兒所言要求，西門慶自是滿口應承。可有意思的是。就在此間花子虛卻回來了。細品一下，李瓶兒的話說的曲折，她對西門慶開始說真話，隨後又撒個謊。看者弄得是一頭霧水，而西門慶卻是聽得明明白白。李瓶兒要西門慶看她的面子為她辦事，對第一次見面的人，這話顯得過於親昵，頗有套近乎的意思。這寫法不為顯出李瓶兒接人待物沒分寸，而是意在表明，李瓶兒想要拉近她與西門慶彼此距離的一種暗示，表示出李瓶兒對西門慶的一種親近感。撒謊，使西門慶明白她的留客之意，並以「家中無人」的告知暗示她某種企盼。風月老手的西門慶，對這樣的小伎倆當然心領神會，很是理解這閃爍言辭下的多情。作為回報，西門慶特別「留心」地把花子虛灌了個酩酊大醉，並親自扶回花家，兌現了他對李瓶兒的承諾，定與花子虛「同去同來」（第十三回）。

李瓶兒與西門慶第一次相見，交淺而言深。但這恰好反映出李瓶兒對西門慶的一見鍾情。所以，在西門慶扶花子虛回家時，她一會兒說「看奴薄面」，一會兒說「奴恩有重報，不敢有忘。」一番感謝的說辭，簡直就是一番心意的表白。說穿了，李瓶兒就是希望西門慶能多多往來花家，這樣也可以讓西門慶從花子虛的浮浪行為中，看到並瞭解自己的寂寞處境。善解人意的西門慶，既已明白了李瓶兒的這份苦心，便也為此創造機會。西門慶一邊叫人把花子虛掛在妓院過夜，一邊到李瓶兒面前說些溫和體貼的安慰之語。這樣一來二去，兩人自然是「眼意心期，已在不言之表」，都是心知肚明的。之後，李瓶兒特意讓花子虛安排了答謝西門慶的家宴，隨後將花子虛打發去了妓院，終於把西門慶領進了自己的「鮫銷帳內」。

然而，李瓶兒有可能對西門慶一見鍾情嗎？這一見鍾情的情感衝動態度，不都多是發生在情竇初開的少女身上的嗎？李瓶兒曾為人妾，再為人妻，於異性之人也算得上見多識廣。對兩性密事，也說得上是了然於心。就西門慶也曾對潘金蓮贊過李瓶兒的「好風月」。那麼，李瓶兒怎會對西門慶產生這種癡迷的一見鍾情式的感情呢？張竹坡評說「瓶兒是癡人」，[5]她的「癡」又所為何來呢？

其實，李瓶兒雖是梁中書家的妾，但未見其受寵，她不過只是個小妾罷了。後來嫁給花子虛為妻，可花老太監卻讓她另居一室。一次，李瓶兒和西門慶躺在床上，說起她與花子虛的生活：「他逐日睡生夢死，奴那裡耐煩和他幹這營生！他每日只知在外邊胡撞，就是來家，奴等閒也不和他沾身。況且老公公在時，和他另一間房睡著，我還把他罵的狗血噴了頭。好不好對老公公說了，要打百棍兒也不算人，什麼材料兒，奴與他這般玩耍，可不砢磣殺奴罷了！誰似冤家這般可奴之意。」（第十七回）[6]從這段話中可知，李瓶兒與花老太監的關係很好，與花子虛卻不一定有夫妻之事。在花老太監的嚴格呵護之下，李瓶兒對花子虛其人的感覺是可有可無的，更是無什麼情意可言，而有的只是發自內心的輕蔑。然而，關係親近與感官的滿足畢竟是不同的兩碼事。試想一下，花老太監，一個喪失了性能力的老頭，能給青春正當時的李瓶兒帶來什麼快樂和滿足呢？一個積年在皇家內宮行走的太監，又能對年輕女人的身心需求瞭解多少呢？這位好色卻無能的花老頭子，唯一能做的就只能是在錦帳香被裡，擁著膚白如玉，「身軟如棉花」的美女，拿出他從皇宮裡盜得的所謂「二十四春意動關情」的春宮畫冊，按圖索驥一番罷了。

在晚明那個人欲橫流的社會，不僅皇帝好色，就是太監也有少安分的。他們以自己特殊的工具——舌或手，進行性交。妓女李桂姐就對吳月娘訴過太監嫖客的苦：「把人掐擰的魂也沒了。」（第三十二回）由此可以見出，花老太監與李瓶兒的性行為也無出其右，左不過就是點撥點撥罷了。因此，與潘金蓮相比，李瓶兒對男女之事，在感性方面知之不多。花老太監死後，李瓶兒與花子虛過的是一個在家獨守空房，一個嫖妓夜夜洞房的生活。論情感，李瓶兒談不上對誰動過什麼真情。講體會，她也沒有過真正女人在生理上的愉悅感受。而在這點上，她與遇見西門慶以前的潘金蓮倒很是相似。所大為不同的是，李瓶兒缺少的正是潘金蓮生於斯、長於斯的那個市井生態環境，她們所走過的畢竟是不一樣的成長軌跡。因此，李瓶兒不會像潘金蓮那樣濫情，也不會像潘金蓮那樣

5 同註4。

6 同註4。

矯情。在她遇到西門慶之後，生理的愉悅體會，誤導出她心靈的歸依之情，她曾對西門慶這樣的表白：「誰似冤家這般可奴之意，就是醫奴的藥一般。白日黑夜叫奴只是想你。」（第十七回）此時的李瓶兒，在她的心靈深處，還存有著那份真誠的癡情，那是少女般的純真情懷。這似乎有點讓人難以置信，可事實就是這樣的。西門慶曾故意在李瓶兒面前賣乖，把自己製造、包裝成了一個極有責任感的男人。使李瓶兒對他的好感，閃變成了愛情。笑笑生通過寫他們第一次相見時，李瓶兒把西門慶讓進「客坐」，主動與西門慶套近乎，拉家常，以說明她對西門慶有好感。再寫當西門慶把大醉的花子虛扶回家時，李瓶兒對他動了真情，產生了一種朦朧的欲望。這種情感的變化，以含蓄委婉的手法寫出，使人不易一下看清，但卻很真實可信。

愛情會使人變得溫柔，沉浸在愛情裡的女人就更加的溫柔。從西門慶與李瓶兒偷情的過程中看，西門慶眼裡圖的是美色，心裡想的是錢財；李瓶兒主動約會西門慶，為的就是一種感覺，一種女性特有的直覺。不錯，西門慶的確使李瓶兒感到了做女人的幸福，再沒有人這樣的「可奴之意」，為此她要報答西門慶帶給她的幸福愉悅。李瓶兒不斷地送東西給西門慶，給西門慶家中的各位娘子。她知道西門慶寵潘金蓮，便要為潘金蓮做鞋，為的就是讓西門慶高興。在床第之間，李瓶兒與西門慶一起把對春宮圖的觀感，通過實踐變成感受，盡力使西門慶得到滿足。她從不把自己的感官愉悅對西門慶有所掩飾，更沒有潘金蓮那樣的造作之態。誠如張竹坡所批評的：「描寫瓶兒勾情，純以憨勝。」[7] 憨，那便是一味的發癡啊。

笑笑生寫李瓶兒心性善良一面，用的是以事明人的手法，並不是直接說出。花子虛被自家的其他三兄弟告進了衙門，說他獨占花家的財產。李瓶兒的第一反應，便是要儘快尋找門路，要趕緊救出花子虛。她拿出六十錠大元寶，共計三千兩銀子的私房錢，讓西門慶幫忙。西門慶說：「只有一半足矣，那用的這許多。」可李瓶兒卻說：「大官人只管收去，奴床後邊還有四口描金箱櫃，蟒衣玉帶，帽頂條環，值錢珍寶好玩之物，不少都是無價之寶，一發大官人替我收去。」（第十四回）李瓶兒的這番話，可以有兩個方面的理解：其一，李瓶兒想轉移財物。想當年她從梁中書家躲過一劫，狼狽出逃，就不是空手跑的。而花老太監給她的那些值錢玩意兒，那些只屬於她自己所有的財物，她當然不想留與她不喜歡的任何人來分享，不論與她的關係如何。其二，李瓶兒有了他適之心。她想借此機會，甩了花子虛，嫁給西門慶。從情節的發展上看，似乎後一點理解比較準確，也較為普遍。所以，許多評論家也對她多有指責。可如果從女人的一般私密點，或稱之為小女人的心態上分析，則恰恰是前一點比較符合人物心理的真實性。因為，女

---

7 〔明〕蘭陵笑笑生《金瓶梅詞話》，香港：香港太平書局，1992 年。

人在把財寶交給自己心愛的人時，一如把困難交給對方一樣。那既是信任的表示，也是考驗的方式。況且熱戀中的女人是不計較得失後果的，這就是通常說的這樣的女人智商為零的內含所在。李瓶兒對於西門慶是不是會吞掉她的財寶一節，壓根就沒想過。即使在西門慶自食其言，沒有向她有所哪怕一點點的交代，就無限期的推遲了預定的婚期，使李瓶兒一下進入了艱難的生活時，她對西門慶仍有著一份堅定的信任。這一寫法，便已經活化出了李瓶兒所具有的那種豁達的心性，且頗有些視錢財為身外之物的大氣和見識。也正是這種女人身上少有的豁達胸襟和大度，使得李瓶兒後來在西門府的風雲詭譎，醋海翻波的複雜人際關係中能站住腳跟，讓她自己得益不少。

在西門慶的積極活動下，花子虛經受了一場官司的糾纏，可卻沒挨一下打，就被放回了清河老家。按判決，花子虛必須變賣田宅和老屋，將所得的銀子分給他的其他三個兄弟。可由於老屋與西門府是緊鄰，清河縣中人等都畏懼西門慶是地方一霸，無人敢買。李瓶兒有意讓西門慶買下，並自許「不久也是你的人了」（第十四回），其意要西門慶看在有肌膚之親的份上，儘快結束官司。西門慶則在吳月娘的告戒下，打著吞財的算盤，藉口怕花子虛疑心不買。一邊是限時交款，一邊是無人來買，花子虛被逼得走投無路，急火攻心，以此埋下了病根。情急之下，花子虛請求西門慶買下，李瓶兒也在暗地叫西門慶拿她寄放的錢來買房子，不要西門慶花一分錢，這才了結了這場官司。西門慶空手拿魚，發了一筆橫財，白得花子虛偌大的宅院。李瓶兒則覺得自己盡了力，於情於理都算是對得起花家和花子虛了。

一場官司之後，變得一無所有的花子虛，此時才感到錢的重要。且不說日常的開銷，僅僅這安身必備的居所，就是一個不可避免的大問題。花子虛此時也注意到家裡不見了的箱子，儘管他不清楚裡邊裝的究竟具體是什麼東西，但他也基本知道個其中大概。同時，花子虛還更明白知道的，那就是他所經受的這類官司的開銷用度，上下打點的大概價碼。所以，花子虛安排下豐盛的酒席，叫來歌妓們，邀請西門慶前來喝酒。花子虛的目的有二：一是為表感謝之意；二是想詢問西門慶，問打點官司所剩餘銀兩的下落。礙於和花子虛的兄弟名分，西門慶本想把銀子找補幾百兩給花子虛，作為花子虛買房的資金。可李瓶兒知道西門慶的打算後，卻堅決不讓西門慶這樣做。究竟李瓶兒的心態動因何在？我以為，之所以在這問題上，李瓶兒會是如此的態度，這不僅是因為李瓶兒不願讓花子虛用她的私房錢，更主要的原因在於，李瓶兒認為她已經為花子虛花掉了她能給他，該給他花的錢。她李瓶兒不再欠花家的什麼錢了。更何況買房置產齊家，這些本就是男人對家庭應盡的責任。李瓶兒骨子裡就認為，花子虛這時該盡他從未盡過的男人的責任。花子虛後來東拼西湊，終於在獅子街買下了房子，置了一個家。可「剛搬到那裡，不幸害了一場傷寒。」（第十四回）在花子虛初病時，李瓶兒為他請了醫生，後來「怕花錢」，就乾挨著。一個月後，花子虛死了。為此，李瓶兒被後人視為心腸狠毒的惡婦，薄情寡義的女人，是第二個潘金蓮。

那麼，李瓶兒與潘金蓮是否同屬毒婦一流人物？從表面看，李瓶兒與潘金蓮確有許多共性，例如，與人私通，對丈夫不忠；個人欲望至上，為情欲的滿足，不惜一切手段等等。甚至在對待某些事物的態度、行為方面，她們倆都有相似的地方。尤其是對待西門慶的心態和行為上，她們倆的相似點更多。但細細琢磨一下，便不難發現，李瓶兒與潘金蓮是大不一樣的兩類女人。且看，為花子虛的官司，李瓶兒拿出了自己的私房錢，雖說這錢有一大部分是花老太監給的，可那也是在李瓶兒名分下的錢。而且，她在花家所付出的青春代價，也不是花老太監出的錢就能作得了價的。李瓶兒把許多的財寶給了西門慶，那不僅僅是因為她有情於西門慶，也是因為西門慶比花子虛更被李瓶兒所信任。所以，李瓶兒認為把私房錢交給西門慶後，就不會發生「到明日沒的把這些東西兒吃人暗算明奪了去，坑閃的奴三不歸。」（第十四回）的事情。李瓶兒對花子虛的官司花費，並不是她必須的支付費用，她可以不花這錢。可要是那樣，花子虛就必然要被打，還不一定能出獄。既然李瓶兒已經拿出自己的錢，幫助花子虛了結了官司，讓花子虛一下都沒被打就出了大牢，那麼，李瓶兒就沒有再出買房子的錢的道理。因此，李瓶兒當然是袖手旁觀，不願意再出錢的。在這種心態之下，李瓶兒勢必要阻止西門慶，不願意他把打官司結餘下的費用退還給花子虛。此其一也。再看，當花子虛生了病，李瓶兒立刻為花子虛請來了太醫進行了診治。可是，在缺少抗生素的那個年代，傷寒已然屬於重症之病，形同絕症，治癒率本就不高。再加上花子虛因長期在妓院裡泡，身體的狀態是可想而知的。儘管治療這種病的診費是多少，文本裡也沒說得清楚明白，但既請的是「大街坊胡太醫」，那就算是冒名的太醫，想必那費用也一定不會太便宜的。以李瓶兒的心性，如果看病的費用很是低廉的話，李瓶兒也不至於怕花錢的。故而，可以通過分析看出，以往評說李瓶兒不願再花錢給花子虛看病，就是希望花子虛死，好嫁給西門慶的看法雖然很普遍，但不一定很是正確。究其原因可知，花子虛即便活著時，並沒有對李瓶兒與西門慶之間的偷情產生過什麼明顯的阻礙，花子虛也實際上從未對李瓶兒的生活有所關心。所以，花子虛終究是病死的，而李瓶兒並沒殺人。僅此一端，潘金蓮與李瓶兒二人在人格心性上，就有著天壤之別。

花子虛死後，李瓶兒仍是西門慶的情人。一年後的一天夜裡，西門慶與李瓶兒談起了迎娶之事，還決定了嫁娶的日子。這一夜他們快活之極，這一夜李瓶兒倍感幸福。因為她就要成為西門慶名正言順的女人了，這使得李瓶兒更是激動不已。就李瓶兒而言，她就是只想做西門慶的女人。只要能實現這一願望，她可以不計較自己的排名位分，更少於考慮西門府裡的女人們將會如何對待她的問題。當想到即將可以嫁給西門慶時，李瓶兒不禁聲淚俱下的對西門慶說道：「隨你把奴做第幾個，奴情願伏侍你鋪床疊被，也無抱怨。」（第十六回）真可謂癡情至極。李瓶兒願以一生為代價，只要能讓她成為西門慶的女人。可真是人算不如天算，美夢總會被打破，好事也總是要多磨。李瓶兒與西門慶的這次幸福約會尚未盡興，西門慶就被家裡的貼身小廝玳安給急急忙忙叫走了。李瓶兒只聽到說是西門慶家裡有急事，但並不知曉發生了什麼。更有誰能想得到，西門慶這一走，就大半年的時間都再沒有露過面。當李瓶兒心急如焚，派人尋找時，只見西門府的大門緊閉，更不見西門慶的一絲人影。李瓶兒為嫁西門慶，整日裡忙碌著妝奩，掰著手指，計算著那長得令人無奈的半年時光。她等啊等，盼啊盼，真是為佳期把手指數遍。可是，李瓶兒怎麼也想不到，眼看著佳期已過，西門慶卻依然堅不露面，西門府也仍舊是毫無動靜。李瓶兒曾多少次設想過雙宿雙飛的美妙，就算西門慶不在她的身邊，她也時時都能感到西門慶曾經給她帶來的身心愉悅。她等，等得心力交瘁；她盼，盼得望眼欲穿。可西門慶仍然是「音信全無」。不知所措的李瓶兒，滿心的憂傷，深感失落和茫然。她日思夜想，尋其就裡。可對於西門慶為啥突然地不知所蹤，李瓶兒依然百思不得其解。她憂思鬱結，在心中便自然地生出種種的幻覺。且看笑笑生對她此時的一段描繪：「每日菜飯頓減，精神恍惚。到晚夕孤眠枕上，輾轉躊躕，忽聽外邊打門，仿佛見西門慶來到。婦人迎門笑接，攜手進房。問其爽約之情，各訴衷腸之話。綢繆繾綣，徹夜歡娛。雞鳴天曉，頓抽身回去。婦人恍然驚覺，大呼一聲，精魂已失。」（第十七回）自此，李瓶兒夜夜有夢，只有在夢中才能見西門慶。所謂相思成疾，她「漸漸形容黃瘦，飲食不進，臥床不起」，命在旦夕。

李瓶兒怎麼能夠想到，西門慶有個女兒，名叫西門大姐。早早就嫁給當時京城裡的官宦陳家為媳。而陳家與朝廷重臣楊戩有連襟之親，這也是西門慶能在清河縣膽大妄為的「氣勢」所在。楊戩因兵敗邊塞被彈劾，皇上一怒之下，把他抓進大牢，並下旨「其門下親族用事人等，俱照例發邊衛充軍。」（第十七回）這一來，凡與楊戩沾親帶故的人，都嚇得心驚膽戰。陳家連夜叫兒子陳經濟帶著西門大姐和細軟，狂奔回清河縣的娘家避難。當西門慶得知此事，「耳邊廂只聽颼的一聲，魂魄不知往那裡去了」。要知道，收留女兒和女婿陳經濟一事，一旦被查出，就是窩藏欽犯，這可是滿門抄斬的大罪，西門慶怎不魂飛天外？此時的西門慶是顧不得與李瓶兒的兒女情長了。他忙著派人上京打探消息，想方設法走門路，討人情，以防禍及自身。西門慶只生怕走漏了風聲，自然是整日裡緊閉著大門，足不出戶半分。要娶李瓶兒的事，也早就隨著驚魂，一路飛到了九霄雲外。

可憐的李瓶兒相思成疾，奄奄一息。她的奶娘馮媽媽為李瓶兒請來了太醫蔣竹山，這位太醫雖年輕，對六欲七情之病的診治，倒十分在行，也懂歧黃之術。這位蔣太醫的幾副藥吃下去後，李瓶兒竟漸漸好了起來，精神容顏都有了恢復，蔣竹山也由此贏得了李瓶兒對他的好感。為了表示感謝之意，李瓶兒設宴款待蔣竹山，這時才得知西門慶家的事體大了，不是一時半會兒可以了結的。如此一來，隻身無歸的李瓶兒將來該怎麼辦呢？李瓶兒對自己的後半生不能不做出安排。李瓶兒此時倒有些後悔，她後悔自己過去也太過孟浪了些。當想到自己今後的生計時，李瓶兒對「自己的許多東西都丟在他家」（第十七回）覺得後悔。為今之計，無依無靠的李瓶兒只有另謀打算，尋一個可以主家的可靠之人。李瓶兒這麼一轉念，蔣竹山便是當然的首選。這位頗有些醫道的太醫，與李瓶兒也年紀相當，長得「五短身材，人物飄逸」，「語言活動，一團謙恭」。有了這樣的認識，李瓶兒就感到「奴明日若嫁的恁樣個人也罷了」。對李瓶兒的青眼相看，蔣竹山正是求之不得：「倘蒙娘子垂憐見愛，肯結秦晉之緣，足稱平生之願。小人雖銜環結草，不敢有忘。」他們很快就把這門親事給定下了。按常理說，感情剛受挫折的李瓶兒對婚嫁之事理應謹慎小心些啊。可此時，李瓶兒考慮的是如何撐起一個家。十分現實的生活問題，促使她不能猶豫，也不容她過多從容地考慮情感，她只能以世俗功利的眼光來擇偶。李瓶兒選擇嫁給蔣竹山，其中也包含有她對蔣竹山給予的救命之恩的感激心理因素。可是，李瓶兒沒搞明白的一點，在男女之情感上，感激之情並不等於就是愛情，更不可能代替愛情。而沒有愛情的夫妻生活，就不可能有和諧，就不會產生情愛。這門急促的婚姻才開始，李瓶兒很快就感到——她又錯了。

李瓶兒與蔣竹山成婚後，便拿出了本錢給他開了家藥鋪，生計算是有了保障。當溫飽不再是生活必須面對的問題時，身心的快樂勢必成為生活的世俗追求。人生就是這樣，總是被欲望所牽引，也總是被欲望所左右。惟有理想特別遠大，追求相當與眾不同的人，才可避免被無窮無盡的欲望不斷驅使的命運。可李瓶兒是個平凡的女人，不僅平凡，還有著比別人多的豐富情感。她渴望愛人，更希望被人愛，這是她比別人要更加癡憨一些的原因。而男女之愛，夫妻之情，在人生最活躍的中、青年時期，往往多是以性愛的方式所表示的。西方哲學家叔本華曾在《愛與生的苦惱》中精闢的指出：「性欲是一種最激烈的情欲，是欲望中的欲望，是一切欲求的彙集。」[8]本就以欲之糾結獲病，也以欲之紓解痊癒的李瓶兒自然是十分希望，自己在婚後與蔣竹山的性生活是能和諧與美滿的。

但是，被西門慶這樣的性機器造就過的李瓶兒，很快就感到蔣竹山根本不能滿足她感官的欲望滿足。出於難堪的不得已之由，蔣竹山只好買些輔助工具以求得到認可。可笑的是，李瓶兒對蔣竹山的這一行為大為惱火，勃然大怒。李瓶兒感到自己的尊嚴受了侮辱，她不由罵道：「你本蝦蟮，腰裡無力，平白買將這些行貨子來戲弄老娘，把你當

8 〔德〕叔本華《愛與生的苦惱》，北京：光明日報出版社，2006年。

塊肉，原來是個中看不中吃，蠟槍頭，死王八。」（第十九回）就這樣惡罵還不解氣，半夜裡把蔣竹山趕到藥鋪裡睡，還從此不許蔣竹山再進自己的房。而每到夜靜更深時，李瓶兒便不免會把她與西門慶在一起度過的種種事情回憶起來，與西門慶的愉悅之感又浮上了心頭。可那西門慶並非李瓶兒想像的那麼多情。當他得知李瓶兒不僅嫁給蔣竹山，還開了家藥鋪，大有要搶他西門慶的獨家生意之勢時，真是怒火攻心。要知道整個清河縣，只有西門慶開的一家藥鋪，這是他獨霸的行當，李瓶兒竟要來分他的市場，這分明是與他過不去。西門慶可是不管曾經還是情人，也絕不會看李瓶兒的臉面高抬貴手的，他是一定要出這口賠了夫人又折兵的惡氣的。西門慶找了兩個流氓「搗子」，狠狠打了蔣竹山，砸了藥鋪子，還賴了蔣竹山幾十兩銀子。莫名中招的蔣竹山滿心委屈，可聽完丈夫一腔哭訴的李瓶兒更是一肚子氣。她真以為蔣竹山向人借錢不還。一怒之下，李瓶兒把這個惹是生非的男人趕離了家門。李瓶兒這樣如此的絕情，如此的決斷，如此的潑辣，這時的李瓶兒已經全然沒有一點點的女人味兒了。那個曾為西門慶情婦的李瓶兒，對情人曾有過太多的溫柔和體諒，那般的柔情似水，溫和體貼，善解人意的女人竟然變成了一個河東獅吼。曾記得有一次，因生意上的事，家裡派人來叫西門慶，西門慶不願起身，李瓶兒硬是要他起床，要他打理生意。這麼樣的識大體之事是永遠不會發生在潘金蓮身上的。然而，同是一個李瓶兒，她對待蔣竹山的言行，倒與潘金蓮頗為相似。如此大的心性變化，這符合人的實際生活嗎？對於這樣的質疑，學術界也對笑笑生對此人物的描寫成敗多有置喙。其實，這也是屬於清官難斷家務事的範疇。李瓶兒與蔣竹山之間不和，不僅僅是只為了一己感官的愉悅得不到滿足而造成的。正所謂冰凍三尺非一日之寒，李瓶兒對蔣竹山有極大的怨氣，可誰也不清楚這般的怨氣是如何積存下來的？不過有一點還是比較明白的，那就是蔣竹山生性懦弱，缺少大丈夫氣概的個性，這在家庭性格構成與組合中，一定是會影響李瓶兒的個性特徵表現的。按現代社會學家的分析：家庭組合的男女兩人，在個性特徵上應為一龍一蟲，一剛一柔。龍性剛，使家立；蟲性柔，使家和。男性剛則女就柔，男性柔則女性剛。否則，一家皆蟲性，家不能立。一家皆龍性，則家不能和。如此看來，李瓶兒的個性變化是合乎現實生活中，家庭性格構成組合體現的真實性的。

西門慶怎麼也沒想到，李瓶兒對他依然情有獨鍾。李瓶兒請西門慶的心腹小廝玳安吃酒，玳安回去之後，向西門慶轉述了李瓶兒的一番哭訴，說她後悔嫁了蔣竹山，希望再嫁西門慶。西門慶聽罷，心內真是得意之極：你李瓶兒滿世界繞了一圈，終於要回到我這裡來，想離開我是不成的。西門慶的這種得意心態，應是男性世界中常見的。西門慶的虛榮心得到了極大地滿足。此時的西門慶居高臨下，對李瓶兒擺了個大大的譜。他甚至不願親自回話給李瓶兒，叫玳安傳了可以進門的口信兒。

李瓶兒在幾經周折後，總算是用了一頂轎子抬往了西門府。然而，她乘的不是花轎，西門慶沒安排下娶孟玉樓時的場面。在西門府家的大門口，迎接她的不是新婚的熱鬧，而是無人問津。李瓶兒坐在轎裡大半天，形同上門要飯的乞丐，受盡了門童的冷落。西門慶此時就坐在新園子的捲棚裡，得意地欣賞著自己導演的這場苦戲。而這園子，西門慶是從李瓶兒那裡白得的，沒花過他手裡的一分錢。

在孟玉樓的勸說下，與西門慶慪氣的吳月娘把李瓶兒接進了門。但一連三天，西門慶讓她獨守空房。在任何一個時代，這都是對新婦人的最大侮辱，這自然也是對李瓶兒最大的羞辱。李瓶兒萬萬沒想到，竟然是自己把自己送進了火坑。那日月星辰的日夜思念，換來的是這般的不堪和折辱；那煎熬炙烤似的火熱情懷，得到的竟是一盆冰水。面對這樣寡情的男人，李瓶兒萬念俱灰，惟有一死。穿著新娘盛裝的她，選擇了懸樑自盡。由於發現得早，李瓶兒被救活了。這事驚動了西門府家中的上下人等，也激怒了西門慶。他認為李瓶兒是想出他的醜，要使他家聲掃地，這是西門慶絕不能容忍的。為此，西門慶要給李瓶兒一個大大的教訓，給她一個下馬威。西門慶手提馬鞭，氣勢洶洶地跨進了新房。妻妾們都靜悄悄聚攏在那成了刑房的新房外，她們都想看看，西門慶會如何懲罰李瓶兒。還在床上抽泣的李瓶兒，只聽西門慶劈頭一頓臭罵，接著要她脫光衣服跪在地下。這就是她曾苦苦想著的人？這就是她盼望已久的情愛生活？李瓶兒不敢相信眼前的事，她還想西門慶會不會寬宥她，她裸露的身體只想承受愛，不想承受鞭子。李瓶兒心裡的遲疑導致了她行動的延遲，這就更加激怒了西門慶。他把李瓶兒拖下了床，舉鞭就打，李瓶兒只得脫下衣服，忍受這巨大的人格羞辱。

這場家庭鬧劇，最終以喜劇結尾。李瓶兒一番柔聲細氣的辯說，讓西門慶一腔怒火消弭殆盡，臉上又高興了起來。雖然他們兩人又重歸於好，但西門慶的鞭子，還是打落了李瓶兒在西門府中的地位。這以後的日子裡，不僅被潘金蓮常常拿她開心，就是丫鬟們也敢奚落她。就在吳月娘的房裡，大丫頭玉簫和小丫頭小玉，當著孟玉樓、潘金蓮的面，學著李瓶兒與西門慶做愛時的親昵稱呼，把孟玉樓和潘金蓮笑得不行。吳月娘只好出來制止道：「怪醜肉們，幹你那營生去，只顧奚落她怎的。」（第二十回）把李瓶兒直羞得臉紅一塊白一塊。被丫鬟當眾戲弄，在李瓶兒以前的生活中似乎還沒有過。李瓶兒心裡的痛一定很深，很深。這樣的羞辱，有幾個女人能夠忍受呢？可她忍了，她也無法與大房裡的丫鬟計較。她只要還有西門慶的軟語溫柔，她就什麼都能忍。也曾頤指氣使的李瓶兒，過門就被西門慶的鞭子打沒了勢頭。但不與人爭，凡事退讓的李瓶兒，很快贏得了闔府人的好感。

李瓶兒懷孕了。這使她在西門府的地位，一下攀升至頂峰。後嗣缺乏的西門慶，更是欣喜萬分，對李瓶兒寵愛有加。眼看著發生這一切的潘金蓮，心裡大為妒忌，開始想法兒給李瓶兒小鞋穿，給她臉色看，堵她的心窩子。李瓶兒對潘金蓮的所作所為，卻表現出極大的忍耐和退讓。她送給潘金蓮母親禮錢、送給潘金蓮的丫頭們東西，送給潘金蓮衣物首飾，極力向潘金蓮示好。李瓶兒能具有這樣大度、豁達的性情修養表現，就是因為這是來自於一個對自己生活充滿信心的人，面對另一個在生活中已然前途無望人的同情和憐憫。李瓶兒十分清楚，有了孩子，自己在西門府就永遠有了根，而囂張跋扈的潘金蓮，除了擁有易老的紅顏外，可說是一無所有。李瓶兒太理解潘金蓮對她為何不滿，也不屑於與潘金蓮認真計較。但李瓶兒這種高人一等的寬容態度，更進一步地激怒了潘金蓮。因為，在李瓶兒面前，潘金蓮不僅看見自己的小氣、窮酸，就算是引以為驕傲的美麗容顏，在李瓶兒面前也顯得不夠豐潤和奪目。懷孕使李瓶兒變成了體態成熟的少婦，更具女性的美麗。潘金蓮只想著該怎樣挫一挫李瓶兒的風頭呢？李瓶兒生產，因時間的提早，使敏感又多思的潘金蓮終於找到了突破的缺口，她在西門府提出了這孩子是否是西門慶的孩子？

李瓶兒生產一事，對西門慶而言，就是他終於當上了父親。中年得子，真是人生一大快事。況且得子不久，他又升了官，可謂雙喜臨門。西門慶真是得意非凡，他給兒子取名官哥，為兒子大擺酒宴，大辦滿月席，為這孩子大把花錢，毫不吝惜。就連他的心性也變得寬容起來。上房大丫頭玉簫把只銀壺給弄丟了，整個內院裡都在吵吵。西門慶得知後，只淡淡說了句：「慢慢尋就是了，平白嚷的是些什麼？」（第三十一回）後來，李瓶兒房裡的丫童把藏著的銀壺拿了出來，潘金蓮想借此踩一下李瓶兒，要西門慶打丫童一頓。西門慶見她矛頭對著李瓶兒，心裡十分反感，瞪跟道：「憑你說來，莫不是李大姐她愛這把壺？既有了，丟開就是了，只管亂什麼！」幾句話把潘金蓮說的下不了台。就在此事發生不久，又發生了更嚴重的事情。西門慶把一隻十幾兩重的金手鐲，拿進李瓶兒房裡給孩子玩，不想這金子不見了，一房的人都亂起來，奶媽和家僕相互推委，哭的哭，發誓的發誓，李瓶兒也覺得是個事兒。可西門慶也只是輕描淡寫地說道：「誰拿了呢？由他，慢慢兒尋吧。」（第四十三回）西門慶並不是不在乎，出了李瓶兒的房，他到吳月娘房裡，就讓放話出去：不交出金子，被查到後，將用狼筋鞭子抽打。很顯然，西門慶是不願讓李瓶兒一房讓人笑話，說三道四的。這樣的細心顧及，與李瓶兒新婚受辱相比較，西門慶真的是變了。西門慶對李瓶兒的維護，不僅是因為他最清楚李瓶兒的財富情況，更是說明西門慶自己已經對李瓶兒有了較深的感情。所以，他聽不得有人說李瓶兒的不是，說李瓶兒的不好。孩子的出世，使西門慶在不知不覺中，把對李瓶兒的性欲需求心理，上升為情愛需求心理。而這一時期，也是西門慶人生中最為風光，最為顯赫的發達時期。笑笑生似乎下意識的寫出了這種意思：成功男人的背後都有一個堅強的女性。這時的西門慶的確很成功，他已不是個清河縣城的混混，而是在整個山東省小有名氣的富家官員。由於專制社會對富人從來都是寬容的，因為這樣的社會只承認財富的價值。所以，對西門慶的貪贓枉法，稱霸一方，以權謀私，非法行商，賄賂官員，道德淪喪等惡劣行徑，在這樣的體制之內也常常是視而不見，忽略不計的。

可是，李瓶兒不是堅強的女人。就一般意義上的堅強而論，她不及吳月娘多矣。但李瓶兒一切為家中大局著想，從不計較個人的委屈，也不依仗西門慶的偏愛而打擊別人，哪怕就是明知道潘金蓮對她的故意傷害，她也儘量大事化小，小事化無，不讓西門慶知道。她要求自己房裡的奶媽、丫頭，就算有何怨氣，也不許對西門慶說。李瓶兒之所以這樣做，只為了一個理由，那就是她的孩子——官哥。她為了孩子，為了官哥能平安長大，她能忍受任何的委屈。這種忍常人之難忍的心胸，正是另一種堅強的呈現。母愛，使得李瓶兒變了。她通情達理，解人困難。當潘金蓮的母親潘姥姥來到府上，她視同長輩，以禮相待，送錢送物，把老太太給感動哭了，因為潘金蓮對潘姥姥從沒有這樣的好。李瓶兒對潘金蓮嫉恨官哥已有察覺，但還是隱忍在心，不對人說。這致使後來潘金蓮訓練的雪獅貓，能成功地抓破官哥的臉，使孩子驚嚇而死。李瓶兒作為母親，只能陪自己的兒子在這世上一年零兩個月，她的心全碎了。官哥的死，使西門慶怒火萬丈，他摔死了雪獅貓，以泄心頭之憤。李瓶兒雖也悲痛萬分，但仍然沒對西門慶講到潘金蓮一字的不是。李瓶兒其時太明白家和萬事興的道理，她愛西門慶，她要維護這個家，她不願為了她的不滿和委屈，把家鬧得雞犬不寧。李瓶兒長於忍讓的品性，使人深深感悟到，這既是女人的柔弱，也更是女人的一種堅強。

兒子官哥的死，對於李瓶兒在西門府的往後日子而言，不僅意味著情感上將背負著永遠的傷痛，更主要的是，這也同時否定了李瓶兒想要作為一個完整女人的理想追求。李瓶兒的精神垮了，傷不起的她，已然失去了在夾縫裡求生存的勇氣和力量，她的心已經太累。李瓶兒整日泡在苦澀的淚水裡，沉浸在深深的失子之痛中。雖有西門慶的勸慰與陪伴，可她已心如死灰。而住在隔壁的潘金蓮卻很是心花怒放，情緒得意。她時常抖擻精神，指桑罵槐，幸災樂禍。這些個情勢，李瓶兒本可以利用此時西門慶對她的無比柔順之情懲戒潘金蓮，亦或將事情對西門慶訴說，讓西門慶為自己撐腰，便可以治住潘金蓮。但李瓶兒卻是一副淡漠的態度。因為，這些個你死我活的爭鬥，對李瓶兒來說已沒有什麼意義。她整日裡噩夢纏身，惡鬼纏身，厄運纏身。她的身體也垮了，血崩不止，心結難開。死，已是預料中的事。西門慶儘管心裡明白，李瓶兒是救不過來了，可他仍不放棄，求醫問藥自不必說，請神求佛，除邪解禳，忙得不亦樂乎。觀整部《金瓶梅》，西門慶的一生中，如此用心地對待一個女人，唯李瓶兒一人而已。這是西門慶第一次，而且也是唯一的一次，以真摯的情感，平等的心理，尊敬的態度對待女人。在即將失去李瓶兒的時候，他才感到自己對她的愛。西門慶十分用心的守候著這份來得遲晚，走得迅疾的愛情。

李瓶兒，以一個女性真摯的深情厚誼和執著的癡愛之心，真正打動了一個流氓心底的柔軟之地。流氓，也被感動的像個君子一樣，竟然生出了對他人的真愛之情。這種逆變，這種對人性的改造，算不算是女性的一種偉大且不說，這最起碼是李瓶兒生命價值的體現。李瓶兒用自己一生的時間，終於教會了一個從不懂愛的人懂得了愛的表達。

李瓶兒與家人生死話別一章，稱得上是中國傳統章回長篇小說各類題材文本中，最為精彩的篇章之一。且看笑笑生的描寫：李瓶兒先向西門慶安排自己身後的事，「奴今日無人處，和你說些話兒。奴指望在你身邊，團圓幾年死了，也是做夫妻一場。誰知道今二十七歲，先把冤家（指官哥）死了，奴又沒造化，這般不得命，抛閃了你去了。若得再和你相逢，只除非在鬼門關上罷了。」（第六十二回）這番話說得西門慶心中悲切，他一邊要人向衙門告假，陪李瓶兒幾天，一邊對李瓶兒說些安慰的話，告訴她已派人去買棺材板，沖一沖晦氣。李瓶兒眼見西門慶為她做的一切，拉著他的手，點頭道：「也罷。你休要信著人，使那憨錢。將就使十來兩銀子，買副熟料材兒。把我埋在先頭大娘墳旁，只休把我燒化了，就是夫妻之情。早晚我就搶些漿水，也方便些。你惹多人口，往後還要過日子哩。」西門慶聽到這裡，心中已是大慟，猶「如刀剜肝膽，劍挫身心」。西門慶為何如此傷心？因為在他的生活裡，從沒有哪個女人為他的家庭生計，作過這樣細緻長遠的考慮。李瓶兒對他的關愛，直以樸實的話語道出，然款款深情包含其中。李瓶兒自嫁進西門府，對西門慶要求的少，付出的多，西門慶對此是再明白不過了。到了晚夕，李瓶兒不讓西門慶陪她，她需要時間來安排其他家人。西門慶走後，李瓶兒把箱中衣服和銀飾拿出來，預付給王道姑，作為死後為她誦經的錢。接著，叫來老家人馮媽媽，給了銀子、綾襖綾裙和銀首飾，說道：「老馮，你是個舊人，我從小兒，你跟我到如今。我如今死了去也，這一套衣服，並這件首飾兒，與你做一念兒。這銀子你收著，到明日，做個棺材本兒。你放心那房子，等我對你爹（指西門慶）說你只顧住著，只當替他看房兒，他莫不就攆你不成？」交代了馮媽媽，又叫過奶媽如意，給她綢衣綢裙和綾披襖，還有兩根金頭簪子，一件銀滿冠兒，說道：「也是你奶哥兒一場。哥兒死了……不想我又死去了。我還對你爹和你大娘說，到明日，我死了，你大娘生了哥兒，也不打發你出去了，就叫接你的奶兒罷。這些衣物，與你做一念兒，你休要抱怨。」如意本是無處可去之人，李瓶兒的安排，自是叫她感激涕零的。最後，李瓶兒對她房裡的兩個丫鬟，也做了十分周到的安排。直到吳月娘來看她時，病勢已很沉重的李瓶兒，還不忘對每個人有所交代，尤其不忘對吳月娘進忠告。她悄悄對吳月娘說道：「娘到明日好生看著養著，與他爹做個根蒂兒。休要似奴心粗，吃人暗算了。」（第六十二回）李瓶兒這話吳月娘當然是心領神會的。李瓶兒臨死前的這番忠告，是對吳月娘把無人問津的她接進府中的報答，是對吳月娘在後來的歲月裡關照她的報答。李瓶兒到死時，終於把她對潘金蓮的怨憤轉變成了吳月娘認真防範潘金蓮的警惕之心。這是埋下了潘金蓮在西門慶死後，終被吳月娘趕出家門的根源。

是夜，李瓶兒與西門慶最後的話別時間到了。笑笑生寫出了讓人不禁動容的場面：

> 那李瓶兒雙手摟抱著西門慶脖子，嗚咽道：「我的哥哥，奴承望和你並頭相守，誰知奴家今日死去也。趁奴不閉眼，我和你說幾句話兒：你家事大，孤身無靠，又沒幫手，凡事斟酌，休要那一沖性兒。大娘等，你也要少虧了她的，她身上不方便，早晚替你生下個根絆兒，庶不散了你家事。你又居著個官，今後也少要往那裡去吃酒，早些兒來家。你家事要緊，比不得有奴在，還早晚勸你。奴若死了，誰肯只顧的苦口說你？」西門慶聽了，如刀剜心肝相似，哭道：「我的姐姐，你所言我知道，你休掛慮我了。我西門慶那世裡絕緣短幸，今世裡與你夫妻不到頭？疼殺我也！天殺我也！」（第六十二回）

真是生離死別的感人一幕。李瓶兒是人之將死，其言也善。此時的她真是心有千千結，就在她彌留之際，放不下的還是西門慶和西門府的家事。當西門慶聽完李瓶兒這些體貼入微，感人肺腑的臨終叮囑，自然是忍不住要痛哭不已。正所謂男兒有淚不輕彈，只是未到傷心處。此時的西門慶已成了淚人兒，面對哭泣不已的丈夫，李瓶兒只得寬慰他，說自己不會立刻死去，勸西門慶到吳月娘房裡歇一歇。此一別後，但等西門慶再見李瓶兒時，她已永遠的離開了這個讓她愛，讓她恨的悲情世界，也留下了她說不盡恩與怨的長長故事。

這一章節中，笑笑生以細膩樸素地筆法，描畫了李瓶兒與眾家人生死離別的感人場面。活現出李瓶兒溫柔、善良、多情、重義、和順的美好品格。面臨著死神的漸漸來臨，李瓶兒更多牽掛的不是自己，而是與她一起生活過的人。李瓶兒對家僕，不僅瞭解她們此時此刻的心思，還為她們考慮到了今後的出路問題。李瓶兒對老家人馮媽媽而言，她就像女兒；對奶媽子如意兒，她像對姐妹；對小丫鬟們，她更像位母親。李瓶兒通過對這些家人在自己身後細緻周到的安排一節，可以充分說明一點，即李瓶兒在平時就很關注這些人的生活狀況，就有心地把她們的喜樂哀愁記在心裡。否則，李瓶兒在臨死前的短暫時間裡，也不可能作出如此周密而長遠的安排。李瓶兒把自己臨死前所有的一點精神、一點力氣，都無所保留地給了這些與她生活親近過的人。難怪她們哭瓶兒之死哭得如喪考妣，難怪西門慶在李瓶兒死後很久很久，還心裡陣陣作痛。

在中國小說史上，描寫生死離別場面比較精彩的，在《金瓶梅》之前有《三國演義》中的劉備白帝城托孤；在《金瓶梅》之後有《紅樓夢》中的秦可卿和林黛玉之死。但就筆墨的集中，鋪陳的盡致，描寫的細膩真切，以及從對眾多人的臨終囑託的全面看，能如此明晰地表現出人與人之間關係的親疏遠近，寫得「一筆不苟，層層描出」而言，就悲劇場面的情感張力而論，《金瓶梅》中的李瓶兒之死是寫的最好的。後來的《紅樓夢》對它的繼承也是顯而易見的。李瓶兒之死敲響了西門家族敗落的第一聲喪鐘，而《紅樓夢》寫秦可卿之死，也有異曲同工之妙。尤其是寫西門慶為李瓶兒居喪和出殯的隆重場景的描寫，與西門慶死後喪事辦得雜亂也簡陋的對比手法，在《紅樓夢》中也是有所借鑒的。如寫秦可卿喪葬場面極為奢靡和盛大，與賈母的喪事辦理得簡單又無序也是運用對比的手法。當然，《紅樓夢》畢竟還有著自己許多的創造、發展和昇華，比之《金瓶梅》是更為精緻的優秀古典長篇小說。

回顧李瓶兒短暫又可憐的一生，可知她曾經歷了兩次生死關頭。一次是因相思成疾，命在旦夕之時，被蔣竹山救活，為感救命之恩而嫁與蔣竹山，並以這次婚姻為開端，最終實現了她對西門慶的情愛表達。李瓶兒能被蔣竹山救活，那不僅是因為蔣竹山的醫術神妙，更為要緊的是因為蔣竹山還能喜歡她這樣一個沒了依靠的女人，這使她感到有活下去的希望。很顯然，李瓶兒對生命意義的認定，與潘金蓮十分的不同。李瓶兒身上表現出來的自信多於自卑，自愛多於自哀。她不僅要求表面的社會地位，她更要求女性的實質性體現。她追求的是做愛人的妻子、做孩子的母親的權利。李瓶兒做花子虛的妻子，她不愛也得不到愛；李瓶兒做蔣竹山的妻子，她不愛卻被人愛。只有西門慶，是李瓶兒的所愛。她雖為他受盡凌辱，飽嘗委屈，但她做成了西門慶的妻子，她無怨無悔。她為西門慶生下兒子，成了母親，成為一個完整的女人，一個真正意義上的女人，她就滿足，她便是個安分守己的好女人。這就是笑笑生筆下的李瓶兒——普普通通的女人心腸。在李瓶兒的生命裡，惟有情愛，惟有孩子。情愛與孩子就是她的生命線，無論失去其中的哪一個，都會戕害到她的生命，使她的生存失去意義。孩子死了，不能復活，李瓶兒也就再救不活了。愛她也罷，恨她也罷，人總該有個屬於自己的最後的歸宿啊。

李瓶兒的悲哀不只是屬於她個人的。作為愛情的化身，只要這世界上還有求之不得的愛，李瓶兒式的悲哀就會具有普遍的意義。

龐春梅睥睨裙釵的心理透視

心比天高，身為下賤。她是《金瓶梅》裡的「梅」，西門府裡的大丫鬟。是一個天生身分下賤卻不甘下賤身分的女性人物形象。

龐春梅，中國文學的人物畫廊中，又一個極富個性的、成功的婢女形象。這個人物笑笑生是「純用傲筆」[9]所塑造。在整個西門府的女人世界裡，在那個相互傾軋、互相爭鬥的女人小社會中，龐春梅活得是游刃有餘，得心應手。

龐春梅此人，本是上房吳月娘的丫頭。潘金蓮嫁入西門府後，龐春梅被西門慶從上房撥到了潘金蓮的第五房，成了這一房的大丫鬟。不久，西門慶以花子虛「收用」李瓶兒的貼身丫鬟一事，向潘金蓮暗示他想占有龐春梅。潘金蓮初進西門府，正極力的想使西門慶滿意。所以，她很大方地同意了。龐春梅自被西門慶「收用」後，潘金蓮對她也是另眼相看，「自此一力抬舉她起來，不令她上鍋抹灶，只叫她在房中，鋪床疊被，遞茶水。衣服首飾，揀心愛的與她。」（第十回）潘金蓮對龐春梅的友善態度，不僅是因為她初來乍到，需要像龐春梅這樣在府中時間長的大丫頭扶助，更因她從龐春梅被主子的占有，聯想起自己當年在張大戶家的情形，潘金蓮自然對龐春梅生出一種憐愛之情。龐春梅則因「周歲克娘」，「早年克父」（第二十九回），很少得到別人的關愛和溫情。她被賣進西門府為奴，雖是進的上房當丫頭，可吳月娘倚重的不是她，而是另一個大丫頭玉簫。所以，在上房時，儘管西門慶對龐春梅已有了覬覦之心，但吳月娘只允許西門慶「收用」玉簫，而不能收用龐春梅。當龐春梅來到潘金蓮這房不久，不僅很快得到了西門慶的「收用」，還得到這位美麗的新女主人如母似姐的關懷。龐春梅尤其看到，潘金蓮也是丫頭出身，但能言善辯，通曉音律，識文斷字，會寫詩詞，而今還當了娘子，這都使她極為佩服。

龐春梅和潘金蓮為什麼看重被西門慶「收用」一事呢？那是因為，丫鬟一旦被男主人「收用」過了，就意味著身分的改變，就不再是普通的低等級家奴，而是升格為準小妾的位置。雖不一定有名分，但待遇與一般丫頭相比，有著十分的不同。不僅吃穿用度都比一般丫頭規格高些，在家庭傭人的實際位置上，也頗有勢可依。另外，女主人如果同意男主人「收用」自己房中的某個丫頭，這就是表明，這丫頭是這房女主人的心腹。因此，龐春梅既是「性聰慧，喜謔浪，善應對，生的有幾分顏色。」（第十回）西門慶早已有心於她是肯定的，龐春梅自己也該是心知肚明。只是在吳月娘的上房侍候時，沒有吳月娘的同意，龐春梅是不可以和西門慶有越軌之舉罷了。就此一點，也可見出吳月娘是不喜歡龐春梅這丫頭的，就龐春梅不很隨和又比較自我的個性來看，她也很難得到吳月娘的認可，更不可能成為心腹之人。這種性格的倔強，使龐春梅的言行舉止也往往顯得任性和強硬。而心智的聰慧，則更使她表現出與眾不同的個性特徵。像龐春梅這一種人，往往具有認死理，重感情，守承諾，只講義氣，不講是非，敢作敢當，恩怨分明之人所突出的性格。

9　同註4。

龐春梅之所以會形成這樣特別的個性，實在是與她早孤無依的可憐身世有關。但可憐之人，必有其可恨之處。在西門慶的寵幸和潘金蓮的抬舉下，龐春梅任性而為的個性特點被極大的釋放。長期受壓抑的人，一旦得以揚眉吐氣，能夠抬頭挺胸時，其行動一定會誇張到變形。笑笑生寫龐春梅在西門府的第一次張揚行為，便是因被潘金蓮罵了幾句後，一肚子氣來到廚房，掌廚的四房娘子孫雪娥見她「槌台拍盤，悶狠狠的模樣」，便逗她說：「怪行貨子，想漢子便別處去想。怎的在這裡硬氣？」（第十一回）孫雪娥的話或許正說在龐春梅的疼處，她或許正認為潘金蓮不滿西門慶對她的寵倖，是故意找茬兒罵她。所以，她才聽完孫雪娥的話，竟然暴跳如雷，孫雪娥便一聲不響了。孫雪娥對龐春梅的性格脾氣應該是早就知道的，雖說龐春梅進西門府比孫雪娥晚得多，但這種磕磕碰碰的事也不會少的。且從孫雪娥對吳月娘說：「這丫頭在娘房裡著緊不聽手，俺們曾在灶上，把刀背打她娘（指吳月娘）尚且不言語，可可今日輪她（指潘金蓮）手裡，便驕貴的這等的了」的話中便可想而知，龐春梅在上房時，孫雪娥只當她是個小丫頭，不時是會以姨娘的身分給予教訓的。而以龐春梅桀驁不馴的性格看，也難保就從那時起，便對孫雪娥已經積下了怨氣。更何況懵懂的孫雪娥還搞不清楚新的五房娘子，現在龐春梅的直接主子潘金蓮，可不是上房那個息事寧人的吳月娘。潘金蓮自打進門後就喜歡無事生非，生性又很多疑，時時刻刻最怕的就是被人看不起。潘金蓮很是張揚外露的行為，總是把她的心理活動暴露無遺。而聰慧的龐春梅怎會不懂自己主子的這點顧忌？這次在廚房被孫雪娥說她，她龐春梅就不能讓人白說，她要讓新主子潘金蓮為她撐腰，為她出一出這口久憋在心裡的惡氣。於是，她回到房裡，小題大做地向潘金蓮進行彙報：「他還說娘叫爹收了我，俏一幫兒哄漢子。」（第十一回）這一來，心窄量小的潘金蓮與孫雪娥由此結下了梁子，而孫雪娥自己還不知道潘金蓮為何那般的恨她。

潘金蓮一定要報復孫雪娥，她不能讓她房裡的丫頭，被其他房的人欺負，哪怕是有位分的娘子也不行。因為，誰敢欺負五房的人，哪怕是欺負五房的丫頭，那就是等同於欺負她潘金蓮。她雖排行第五房，但誰欺負她以及她所代表的五房都不行。潘金蓮必要從孫雪娥開始，殺一儆百，使西門府中其他房的人不敢小看第五房的人。為此，潘金蓮是絕不可能放過孫雪娥的。而這揚威立萬的機會很快便來到了。第二天一早，西門慶忽然想吃荷花餅和銀絲鮓湯，便派龐春梅去吩咐掌廚的孫雪娥做。可龐春梅就是不動身，西門慶問緣由，潘金蓮便乘機告了孫雪娥一狀。西門慶又叫做粗活的丫頭秋菊去取，等了半天也沒來，西門慶心裡更是來氣，再讓龐春梅去催要。這位已是鳥槍換炮的五房大丫鬟，一來到廚下，就沒句好聽話。明罵秋菊，實罵孫雪娥。孫雪娥再不濟，好歹也是個姨娘的身分，怎耐被一個她曾用刀背打過的丫頭罵，還嘴自是難免的。龐春梅要的就是孫雪娥開口，她一邊與孫雪娥對罵，一邊扯著秋菊的耳朵回到前院房中，添油加醋地說了一遍事由。潘金蓮則旁敲側擊，進一步挑唆。性格本好衝動的西門慶不聽便罷，聽了這五房主僕的一番挑唆之語後，便火從心頭起，怒向膽邊生。只見這西門慶疾步沖進廚房，不由分說，給了孫雪娥一頓拳腳，打得她疼痛難忍，放聲大哭。這潘金蓮和龐春梅主僕二人聽著這哭聲，心中都不由得暗暗得意。潘金蓮得意於西門慶偏寵著她，偏向著五房。而龐春梅得意於自己也能有出氣的時候，整治了這個也是丫頭出身，還敢用刀背教訓於她的四姨娘。

龐春梅個性直露，對人的態度愛恨分明。她愛潘金蓮，因為潘金蓮對她好。她敬潘金蓮，因為潘金蓮不管到哪裡，就一定是最引人注目的美女。在愛與敬的情感作用下，龐春梅在不知不覺中模仿著潘金蓮的言行，學著潘金蓮的風騷，適應著潘金蓮的思維，實踐著潘金蓮的做派。孫雪娥挨打，龐春梅更把潘金蓮視為自己可依賴的人。可是不久，龐春梅就發現，就算是女主人，可命運有時反倒是不能夠掌握在自己的手上，做丫頭的往往能幫襯主子，扭轉那乾坤的。

在西門慶包住妓院期間，潘金蓮把小廝琴童勾上了床。這事被秋菊傳到了上房丫頭小玉那裡，小玉又讓孫雪娥與二房的姨娘李嬌兒知道了。這孫雪娥和李嬌兒二人都與潘金蓮有隙，這樣一個勁爆的材料，完全可以狠狠地報復那個時時想踩住她們的潘金蓮，這樣的機會，她們是不會放過的。既然家主與家奴私通是死罪，這二人怎能不置潘金蓮於死地而後快呢？她倆不顧吳月娘的告誡，決定無論如何也一定要與潘金蓮鬥一鬥。終於有一天，她們等到了西門慶回來，她倆連袂告了潘金蓮一狀。大怒的西門慶，一進房就打了潘金蓮幾個大耳光，喝令她脫光衣服跪在地上。潘金蓮為自己做辯解，惹得西門慶手提馬鞭「向她白馥馥香肌上，颼的一馬鞭子」（第十二回），就抽打了過去。潘金蓮哭了，但仍咬緊牙，不鬆口，堅決不承認與小廝有私。潘金蓮的堅不鬆口，不僅是因為她知道事態的嚴重，更因為龐春梅已跟琴童串了供詞。西門慶見潘金蓮不認，供詞又相符，心下有點不忍，為了給自己一個台階下，便把龐春梅摟在懷中問道：「淫婦果然與小廝有首尾沒有？你說饒了淫婦，我就饒了罷。」龐春梅其時心裡很明白，西門慶說這話便就是已經饒了潘金蓮。西門慶問話的用意有兩個：一是給他自己下個不後悔的決心；二是向潘金蓮表示，龐春梅是我放在你這房裡的耳目，你的事瞞不了我。可西門慶懵然不知的一點，「性聰慧」的龐春梅，可不是「為人濁蠢」的秋菊。龐春梅長年當丫鬟，她深知遇到一個能一力抬舉丫頭的女主子，並不是件容易且隨時都會發生的事，潘金蓮對她有知遇之恩。此外，龐春梅還很清楚，如果沒有潘金蓮，這一房就不存在，她就不可能是大丫頭。她很懂得「皮之不存，毛將焉附」的道理。此時，便是她報答潘金蓮的時候了。只見她一副嬌癡模樣，說道：「這個爹你好沒的說，和娘成日唇不離腮，娘肯與那奴才？這個都是人家氣不忿俺娘兒們，作出這樣事來。爹你也要個主張，好把醜名兒頂在頭上，傳出去好聽？」（第十二回）這番話包含了三層意思：其一，西門慶你既然寵愛潘金蓮，就該相信她不會再看上別人，況且還是個家奴；其二，讓西門慶知道府中女人們的爭鬥，孫雪娥、李嬌兒二人告狀是有意陷害她們這一房；其三，向西門慶表明，那些告狀的人根本不顧及你的家聲，這種事就算是真的，你查出來對你的聲名也有害無益。西門慶聽懂了這些話的意思，所以聽了這番話很是高興。龐春梅既能忠心為主，又懂得息事寧人的態度，很得西門慶的心。此後，西門慶對她更是另眼相看。而潘金蓮經此一事，與龐春梅結下了姐妹般的情誼。在以後的日子裡，兩個人是情意相通，心心相連，名為主奴，實是戰友。在西門府裡，她倆沆瀣一氣，同聲同氣，幾乎是打遍全府無對手，占盡了風光，出盡了風頭，弄得許多家奴，包括西門慶在外頭的朋友，只要關係稍親近的，都要奉承這位五娘子，對龐春梅也十分討好。

隨著潘金蓮這房勢力的增長，龐春梅在西門慶那裡也更加得勢，潘金蓮也把她當成和西門慶周旋用計時的砝碼。西門慶與宋惠蓮有姦，為避人耳目，本想到潘金蓮住的前院宿一晚。西門慶去跟潘金蓮商量商量，潘金蓮得了西門慶的好，自是不好拒絕，但心裡又不願意，她便把龐春梅抬了出來：「你春梅賊小肉兒，她也不容她，這裡你不信，叫了春梅小肉兒，問了她來她若肯了，我就容你容她在這屋裡。」（第二十三回）這一說，西門慶也無可奈何，只好讓潘金蓮派人去把花園山洞打理一番，點了些火禦寒，和宋惠蓮一起過了一個哆哆嗦嗦的偷情之夜。

西門慶究竟畏懼龐春梅什麼？究其原因，應當是龐春梅那種直露的個性，倔強的脾氣和尖刻的話語。當然，如果西門慶對龐春梅不喜歡，不看重，西門慶自然就可以無視她的存在，也無須對她畏懼。而西門慶看中龐春梅的顯然不僅是她的姿色，更是欣賞她對事物的感悟力，也就是通常所說的懂事。龐春梅的懂事，最能體現在她的審時度勢上，知道什麼時候開口，什麼時候閉口，這一點是潘金蓮無論如何比不上的。加之，龐春梅是西門府的舊人，西門慶對她的瞭解也多過潘金蓮。西門慶深感，這龐春梅是個忠心主子的好丫鬟。所以，西門慶鞭打李瓶兒時，他只把龐春梅留在院裡使喚，其他人都給趕在外頭。等西門慶與李瓶兒和好後，龐春梅並不對此事多嘴，可見是個心中頗有主張的人。

不過龐春梅也有對西門慶多嘴的時候，且她一旦開口，就讓西門慶不知如何是好。她敢說敢講，見不慣的事，喜歡當面就說，言辭也很是尖銳。在那個女人成堆，無事生非的西門府裡，龐春梅的個性使她顯得頗有些男子氣。也正是在這女人成堆的環境裡，這種帶點中性的個性特點，令西門慶始終對龐春梅會生出一種新穎感。所以，西門慶往往面對龐春梅的衝撞，不僅不加以責備，還有點故意放縱的意思。一次，潘金蓮讓龐春梅來找西門慶，龐春梅找到書房外，西門慶在房裡聽到她的聲音，急忙把正在與之曖昧的傭人書童推開，躺到床上裝睡。龐春梅一步跨進去，見西門慶在炕上躺著，敏感到有什麼見不得人的事，張口便道：「你們悄悄在屋裡，把門關著，敢守親哩？娘請你說話。」（第三十五回）邊說邊把不肯動身的西門慶硬拉進潘金蓮的房，對潘金蓮說：「他和小廝兩個在書房裡把門扛插著，捏殺蠅子兒是的，赤道幹的什麼繭兒，恰似守親的一般。」聽著這番數落，西門慶也不生氣，而龐春梅的大大咧咧，西門慶也竟然接受。那是因為西門慶一貫認為，龐春梅就是個藏不住事的人。潑辣的個性，爽直的行為，隱約也透著一點正形兒。雖說西門府裡正不壓邪，但對龐春梅的較真勁兒，西門慶仍有些畏懼。西門慶與書童間的變態性行為，府中的許多下人都知道，看大門的小廝平安兒曾把這事告訴潘金蓮，西門慶知道了，把平安打得皮開肉綻，不省人事。誰也不敢說西門慶好美童這事，唯龐春梅能說他。那是由於西門慶認為，龐春梅是很正經的，也很自愛的人，故而面對龐春梅的數落，西門慶也就不會見怪了。

其實，龐春梅在觀念和行為上，與她的主子潘金蓮有著許多的共同點。但西門慶為什麼會認為她很正經、很自愛呢？這要從龐春梅另一次誇張到變形的表演說起：

西門慶像天底下所有的爆發戶一樣，喜歡附庸風雅。他從府裡各房中指派一個丫鬟，學習彈唱，為這學彈唱的四大丫鬟請來青樓出身的二房李嬌兒的兄弟，樂工李銘做教習。一天，西門慶不在家，孟玉樓、潘金蓮、李瓶兒和宋惠蓮都在吳月娘的房裡下棋。學彈唱的玉簫、迎春、和蘭香與李銘說笑了一陣，就都到了西門府的大小姐西門大姐房裡去了，只有龐春梅和李銘在西廂房學琵琶。其間，龐春梅因衣袖寬了，兜住了手，李銘在拉她的手時略微重了點，龐春梅一聲怪叫，隨口便罵了李銘七、八個「王八」，（第二十二回）罵得那李銘連申辯的勇氣也沒了，拿起衣服就沒命的跑，他知道這龐春梅是個惹不起的主兒。龐春梅一路罵進上房，在各房女主子面前表白：「我不是那不三不四的邪皮行貨，叫你這王八在我手裡弄鬼，我把王八臉打綠了！」這罵聲用意明顯，既是能借此事抬高自己的身分，順便把其他的丫鬟們貶了一番，也是對那些有「邪皮行貨」嫌疑的娘子們，顯示出自己的清高尤勝於她們。尤其是可以借此對二房姨娘李嬌兒狠狠地踹上一腳，這也是對李嬌兒參與孫雪娥告發潘金蓮與小廝有姦，挑唆西門慶鞭打潘金蓮一事，順便進行了一個宛轉的報復。龐春梅此舉可謂一箭雙雕，既羞辱了李嬌兒，又讓自己「聲價竟天高」，使她從此在西門府贏得了一個潔身自好的好名聲。與此同時，龐春梅也為自己掙來了一個可以對他人的行為舉動，進行隨意的道德評判的特權。龐春梅一舉成了西門府中的貞潔女子，成為西門府的一張面子。所以，當西門慶請吳神仙為各房娘子看相時，也不忘把這位特殊的丫頭叫出來讓神仙給相面。出乎主子們的意料，吳神仙竟看出龐春梅有貴人相，說她「五官端正，骨骼清奇」，說她「山根不斷，必得貴夫而生子」，還說她「早年必戴珠冠」，而且「三九定然封贈」，並「一生受夫敬愛」。

（第二十九回）主子們聽了不以為然，可龐春梅聽了卻是句句在心。事後和西門慶議論起來，她擲地有聲地說道：

> 那道士平白說戴珠冠，叫大娘說「有珠冠只怕掄不到她頭上。」常言道：「凡人不可貌相，海水不可斗量」，從來旋的不圓砍的圓。各人裙帶上衣食，怎麼料得定？莫不長遠只在你家做奴才罷！（第二十九回）

西門慶喜歡的就是她這帶刺的性兒。龐春梅這番話西門慶聽了不僅不惱，還把她摟在懷裡許諾道：「你若到明日有了娃兒，就替你上了頭。」西門慶看重的，就是龐春梅對西門家的那份忠誠之心。的確，西門慶活著時，龐春梅是不敢也不會有何越軌行為的。

愈來愈得寵的龐春梅，也越來越有了潘金蓮的做派。她對房中幹粗活的丫頭秋菊，也常常是又打又罵。還夥同主子潘金蓮，對秋菊極盡虐待之能事，儼然一個二主子的樣子。其所作所為，真是令人髮指。在西門府中，龐春梅自認為自己不是個普通的丫頭，而是比同小妾了。龐春梅從不屑與玉簫、蘭香、迎春等大丫鬟為伍，她自視比她們高一個檔次。一次，富商喬大戶的娘子，邀請西門府上的全部女眷去做客。為了顯示西門府家的氣派，西門慶為他的六個妻妾，每人製作了幾套富麗堂皇的衣服。又讓四個大丫鬟打扮成一個樣，隨同一起往客前去遞酒。龐春梅卻對西門慶表示不去，西門慶問其緣由，她竟然說：「娘每都新裁了衣裳，陪侍眾官戶娘子，便好看。俺每一個一個隻像燒糊了卷子一般，平白出去，惹人家笑話。」當時西門慶就爽快地答應道：「連大姐帶你們四個每人都替你裁三件，一套緞子衣裳，一件遍地錦比甲。」可龐春梅卻強調：「我不比與他，我還問你要件白綾襖兒，搭襯著大紅遍地金比甲兒穿。」這裡的「他」，指的是西門慶的女兒西門大姐。試想，一個丫鬟，要與小姐相比照，這本就是一種僭越，也是龐春梅的一種囂張。可西門慶對龐春梅這樣的囂張態度並不在意，答應了龐春梅的要求，且還向龐春梅說明一下：「你要不打緊，少不得也與你大姐裁一件。」這已然是把龐春梅在西門府的地位等同於大小姐了，可龐春梅並不樂意，道：「大姑娘有一件罷了，我卻沒有，他也說不得。」（第四十一回）那意思她龐春梅應等同於那些妾們的待遇，而不是小姐。對還沒有名分的房裡丫頭而言，龐春梅要求的衣服數量，超過了身為四房姨娘的孫雪娥。面對龐春梅極為過分的要求，西門慶卻滿不在乎。

> 西門慶於是拿鑰匙開樓門，揀了五套段子衣服，兩套遍地金比甲兒，一匹白綾裁了兩件白綾對衿襖兒。惟大姐和春梅是大紅遍地錦比甲兒，迎春、玉簫、蘭香都是藍綠顏色；衣服都是大紅段子織金對衿襖，翠蘭邊拖裙；共十七件。（第四十一回）

此處可見，在西門慶的心裡，龐春梅是有著一份位置的人。這同時能也說明一個重要的問題，西門慶治家不正有偏，勢必要造成家中的矛盾重重，也進一步鼓勵了龐春梅睥睨裙釵的高傲心理的惡性膨脹。

當龐春梅有了西門慶的偏寵之後，她就更加的自抬身分，有時連主子的示好也不領情。一天，西門慶與李瓶兒在房中飲酒，見龐春梅進來，邀她一起喝。別的丫頭求之不得，她卻推辭。李瓶兒聽西門慶誇龐春梅十分善飲，以為她推辭是怕潘金蓮知道不高興，便誠意勸道：「左右今日你娘不在，你吃上一盅兒怕怎的？」誰知這話傷了她的自尊心，只見她臉頓時繃得緊緊的，似照了一層寒霜，張口回道：「六娘，你老人家自飲，……有俺娘在家不在家便怎的？就是娘在家遇著我不耐煩，她讓我，我也不吃。」（第三十四回）幾句不陰不陽的話，噎得李瓶兒說不出句話來。西門慶一看李瓶兒下不了台，立即把手中的香茶遞給龐春梅喝，「那春梅似有若無，接在手裡只呷了一口，就放下了。」這已經算是給西門慶面子。

隨著時間的推移，龐春梅那時時想自比娘子的心理，終於膨脹到與正房吳月娘分庭抗禮的地步。春節過年期間，西門慶的姘頭王六兒，推薦了一個唱小曲的盲女申二姐到西門府唱曲，西門慶把她安排在上房，專為吳月娘以及往來的內眷親戚歌唱。正月二十八，吳月娘和眾位妻妾都出門去做客了，只有吳月娘的嫂子和小姐西門大姐在上房聽曲兒。而另一個常在西門府唱曲的郁大姐，則在六房李瓶兒的房裡專門唱給下人們聽。龐春梅來到李瓶兒房中，拿出一副大姐大的架勢，不僅對其他人指東喚西，還讓小廝春鴻把申姐叫來，為她唱曲兒。這春鴻到了上房，掀簾子進屋就叫道：「申二姐，你來，俺大姑娘前邊叫你唱個兒與他聽去哩。」申二姐不知就裡，說：「你大姑娘在這裡，又有個大姑娘出來了！」（第七十五回）申二姐只知府中就西門大姐一位被稱為「大姑娘」的小姐，根本不知還有個特殊地位的龐春梅。當知道是個丫鬟要想聽她唱時，這申二姐便說道：「你春梅姑娘他稀罕？怎的也來叫的我？有郁大姐在那裡，也是一般。這裡唱與大妗子奶奶聽哩。」龐春梅得知申二姐不給她賞臉，不來唱給她聽，便「一陣風走到上房」，指著申姐一頓大罵，口口聲聲「我家」長，「我家」短，完全是一副主子的口吻，根本就不把上房吳月娘的親戚和上房的其他客人、包括西門府上的大小姐放在眼裡。可憐那盲人歌女申二姐，被龐春梅罵得連轎子也等不得，哭哭啼啼走了。吳月娘回家來得知此事後，心裡自然十分的不快。吳月娘要潘金蓮管束好龐春梅，不想反被潘金蓮搶白：「莫不為瞎淫婦，打她幾棍兒？」吳月娘氣紅了臉，只好對西門慶抱怨：「你家使的好規矩的大姐。」可西門慶卻對此不以為然，還笑道：「誰叫他不唱與他聽來。也不打緊處，到明日，使小斯送一兩銀子補伏他，也是一般。」吳月娘見西門慶也不管束龐春梅，只好以孟玉樓過生日為由，不許西門慶到潘金蓮房裡過夜，以此出口心裡的悶氣。後來，王六兒在枕邊向西門慶再提此事，想為她推薦的人找點理，西門慶卻有一段形象的說辭：「你不知這小油嘴，他好不兜膽的性兒，著緊把我也擦杠的眼直直的。」龐春梅的「性兒」，讓西門慶如對帶刺玫瑰，捨不得香氣又近不得手觸。

隨著西門慶的猝死，潘金蓮一房的舒心日子也到了頭。欲火難禁的潘金蓮，與西門大姐的丈夫、女婿身分的陳經濟有了姦情。龐春梅在無意間撞見這事，在潘金蓮的苦逼之下，又半推半就地與她的主子共用了情人。這就更進一步地改變了龐春梅與潘金蓮的主僕關係，她們名符其實地成了一根繩上的兩隻螞蚱，可謂是真正意義上的榮辱與共。當東窗事發後，吳月娘叫來當年買她進府的媒人，要把龐春梅領出去賣了，只要買進時的十六兩銀價。龐春梅被帶走時，吳月娘叮囑不讓她帶走一件衣服，要龐春梅「磐身兒出去」，可見吳月娘對她的恨有多深。這位曾在西門府中要風得風、要雨得雨的龐大姐，在得知她要被吳月娘打發離開西門府時，「一點眼淚也沒有」，反過來安慰哭得傷心的主子潘金蓮：「娘，你哭怎的？奴去了，你耐心而過，休要思慮壞了。你思慮出病來，沒人知你疼熱的。等奴出去，不與衣裳也罷，自古好男不吃分時飯，好女不穿嫁時衣。」（第八十五回）話說得擲地有聲，人也走得乾脆俐落。只見她「頭也不回，揚長決裂，出大門去了。」這個裝滿了她整個少女時代的西門府，對龐春梅而言，已是無可留念。龐春梅這毅然決然地離開，本是不可回轉了。誰能想到這一去，龐春梅的命運被徹底改變，她進入了自己生命的燦爛時期，真可謂換了人間。

龐春梅再次被賣，不是當丫頭，而是做了小妾。買她的是守備周秀，為的是要有個生養，能傳宗接代。守備是一省的要職，地位和權力均在西門慶的千戶官位之上。年輕俊俏的龐春梅很快就贏得了周秀的歡心，在府裡撥了西廂三間房給她住，還讓她掌管各處的鑰匙，衣服穿戴更不用說，並且給她買了個服侍的丫頭。龐春梅的娘娘夢終於實現了。幸福，如能與人分享就會成倍增長。龐春梅首先想到能與之分享的人，當然是曾與她朝夕相處的舊主子潘金蓮。在得知潘金蓮也被趕出西門府後，龐春梅這種想和舊主子相聚的心情更為迫切。誰知陰差陽錯，潘金蓮命喪武松手，龐春梅唯一能做的，只是收埋被曝屍街頭的潘金蓮了。龐春梅與潘金蓮竟是如此慘烈的再見方式，這成了龐春梅一生的遺憾，也是她心中永遠的痛。雖然，龐春梅失去了與她分享幸福的人，但機遇仍給了她顯示幸福的機會。兩年後的清明，吳月娘到永福寺為西門慶上墳，龐春梅也到這裡為潘金蓮上墳。此時的龐春梅，已經因為給守備老爺周秀生下了兒子，被封為守備夫人了。曾經的主僕，當年的舊人首次重逢，可地位和待遇已是今非昔比。龐春梅是被前呼後擁的守備小夫人，吳月娘則是個寂寥的寡婦。但龐春梅見了吳月娘，仍以家奴之禮拜見，定要磕下四個頭去。她向吳月娘的嫂子說：「奴不是那樣人，尊卑上下，自然之理。」沒有絲毫中山狼式的得志倡狂態。吳月娘見她如此，也忙說：「姐姐，你自從出了家門，在府中一向，奴多缺禮，沒曾看你，你休怪。」（第八十九回）龐春梅聽說道：「好奶奶，奴那裡出身，豈敢說怪？」這表面話聽起來是龐春梅不忘自己的卑賤出身，似乎奴性未脫，可當龐春梅見到在奶媽懷裡抱著的是吳月娘生的孝哥，便立即從頭上拔下一對金頭銀簪，插在孩子的帽子上。此舉一出，再回味剛才的那番不忘出身的話時，話裡那頗含譏諷之意的鋒利處便顯露無疑。笑笑生寫人之個性，真是一以貫之。機敏與智慧的快捷思維，尖刻與得體的用語說辭，這些正是龐春梅能屹立富家和宦門皆不倒的憑藉。這位守備小夫人的龐春梅，此時此刻話說的言辭謙恭，她的舉動大大方方，禮數很是周到。龐春梅把夫人做得是那樣的從容風度，反倒襯出了當年西門府正頭娘子的吳月娘，那副小官紳人家女子的局促和巴結。龐春梅對吳月娘講禮數，不忘記自己的出身的謙卑舉動，表面看是對吳月娘不計前嫌，為人大方。可此時在吳月娘的眼裡，這都叫她感到自形慚穢，無地自容。當初她要潘金蓮、西門慶管束龐春梅，認為龐春梅不懂禮數，可如今她被龐春梅禮數周到的對待，自己倒要說自己「缺禮」；當初她要龐春梅「罄身兒出去」，可如今她的兒子得到了龐春梅的貴重贈禮。龐春梅在精神上得到了極大的滿足，在心理上產生出十分的快感，在情感上報復了曾踐踏她尊嚴的人。龐春梅對吳月娘並非不計前嫌，而是一種高水準的全面報復。

往往人生有著十分成功感覺的人，才會對他人坦言自己的卑微和失意身世。只有手握權柄者，才有權表示對他人的寬恕。尤其對自己的敵人表示寬恕時，更能說明他權柄的穩固性和包容量。龐春梅不費吹灰之力，便成功地使她的舊時對頭吳月娘，乖乖臣服於她的石榴裙下。特別是在她幫吳月娘打贏了一場官司後，吳月娘對這位昔日的使喚丫頭，更只有敬畏的份兒了。這場官司是因西門家小廝平安偷盜一事而引起：平安從自家開的當鋪中，偷了一副金頭面，被做巡檢的吳典恩抓獲。這位吳典恩曾是由於有西門慶的一手提拔，才能做到巡檢。沒想他不念舊恩，還恩將仇報，借題發揮，逼迫平安誣告吳月娘與小廝玳安有姦，要提吳月娘到公堂見官。這是讓吳月娘感到極其丟臉的事，這一上堂就是無姦情也變成有了嫌疑。吳月娘為免於出堂，萬般無奈，只好求龐春梅幫忙。龐春梅把事對丈夫一說，那周守備便狠狠教訓了吳典恩，不僅吳月娘不用進公堂，還為西門家討回了金頭面。為此，吳月娘對龐春梅真是感激不盡，她派出西門慶生前最喜愛的小廝玳安，恭請龐春梅回舊府做客，以示友善和感謝之意。

已是誥命夫人的龐春梅回來了。她盛裝打扮，漫步在她曾為人端茶送水，被人打罵支使的走廊甬道。龐春梅不斷給孝哥送禮，不斷給府裡的僕人們賞賜，也不斷接受著吳月娘的感激之辭，以及受賞者一次次的磕頭謝恩。衣錦歸來的榮耀，祭奠的是她少女時代的屈辱歲月，是她不能忘懷的恩恩怨怨。正因為如此，她才不顧吳月娘的勸阻，一定要去看看當年的第五房，要重游離別三年的舊園子。那些舊地是她龐春梅脫穎而出的地方，是她第一次感受男女情事的愉悅之床，是她由少女成為女人的人生驛站。就是在這裡，她遇見了第一個教她做女人，教她會生活，真心對待她，一力幫助她，處處抬舉她的美麗女人潘金蓮。龐春梅的這段流金歲月，與潘金蓮的喜怒哀樂，愛恨情仇難分難解，她們曾如此的相依相靠。龐春梅此番回來，也是為了對這段生活舉行一次憑弔。可當年那生氣快然的遊玩之地，如今出現在她眼前的僅是「滿地花磚生碧草」，「兩邊畫壁長青苔」，「垣牆欹損，台榭歪斜」。（第九十六回）當年龐春梅，以及西門府的女人們下棋玩耍的臥雲亭，現成狐狸窩；西門慶與宋惠蓮偷情的藏春塢，如今能見黃鼠狼奔突往竄；西門慶曾摟抱著她，觀看潘金蓮大展春情的葡萄架，此時已坍塌在一片蒿草叢中。面對人去樓空的廂房，面對滿目荒涼的院子，龐春梅該是怎樣的感慨萬千？這時，那驕人的榮耀，那喧囂的爭鬥，都已被蒼涼淹沒得無影無蹤了。

龐春梅重游舊家池館，激起了她濃烈無比的懷舊情感，帶給她的是對生活現世的把握，是人生苦短，要及時行樂的迫切感。從此，懷舊和感官的享受追求，成為了龐春梅生命的主旋律。她懷著對死去的潘金蓮的深情，她發瘋似的要尋找到陳經濟。因為，陳經濟是她與潘金蓮的共同情人，是龐春梅最富活力的那段生活的見證人。只有找到陳經濟，她才能平靜，她才能把西門府的歲月再續入現在的守備府中，才能重溫她與潘金蓮曾經共有的溫馨。天可憐見，她終於找到了陳經濟，並把他接進了守備府。從此，她不需要也不屑再對吳月娘展現寬恕或炫耀幸福。此後，龐春梅再也沒回過西門府。龐春梅與西門家，永遠地告別了。

笑笑生筆下的龐春梅是個具有矛盾和複雜心理的人物。她的個性行為十分對立卻又很是統一。重情和寬容，並不是龐春梅個性的全部。她對潘金蓮重情重義，對西門慶忠心不二，對陳經濟情深意切，顯得是一個性情中人。雖有過於率直與激烈，但不乏古道熱腸，癡心一片。然而，進了守備府後，她卻是剛愎自用，待人苛刻。對她的丈夫周秀，外熱內冷，表裡不一，少見有夫妻的情感，常有的是對周秀的利用。周秀是愛她的，但她對周秀的態度，給人以曾經滄海難為水的感覺。她理智上明白，自己是守備府的內當家，所以，她在外表現出守備夫人的雍容與風度，衣飾華麗，行動莊重。對吳月娘也表現得寬宏大量，頗為大度。但在情感上，她無法擺脫潘金蓮、西門慶乃至整個西門府留在她心靈深處的濃重陰影。她把犯案被官賣的孫雪娥買來當自己的丫頭，並以主子的身分，挑剔這個曾是四娘子的女人，以回敬孫雪娥當年對她的責罵。為接陳經濟進府，龐春梅尋了個事由，對孫雪娥又打又罵，百般凌辱，最後把孫雪娥趕出去，還一定不給她過乾淨日子。她銀牙緊咬，叮囑領賣的媒人：「我只要八兩銀子，將這淫婦好歹與我賣在娼門。隨你轉多少，我不管你。你若賣在別處，被我打聽出來，只休要見我。」（第九十四回）龐春梅一心把孫雪娥賣進娼門，讓她成一個人人可夫的娼婦，方才善罷甘休，似與孫雪娥有血海深仇。龐春梅對待孫雪娥之殘酷，絲毫沒有女性的惻隱之心，也絲毫沒有一點仁厚可言，更看不到零星半點的貴婦風範。龐春梅在虐待孫雪娥時，精神近似瘋狂。她把在西門府裡有過的失意，堆積於心的怨恨和寄人籬下的悲傷，一股腦地發洩在這個女人身上。她對完全的弱者是絕不會心慈手軟的。比照對待吳月娘，龐春梅心態的另一面則是極為陰暗，甚至是變態的。可就是如此對立的性格，在她身上又是如此的協調和統一。這是由於笑笑生在對龐春梅的行為描寫時，都是有著其合理的心理內涵作為依託，才使得她的個性不是支離的，而是協調的；不是割裂的，而是統一的。龐春梅因早孤的身世，逼得她要生存就要自立，也驅使她為生存煉就出了性格的剛硬，形成她對其他女性柔媚與世俗的蔑視心理。所以，她在西門府顯得卓爾不群，總是一副睥睨裙釵的態勢。但那只是龐春梅的行為表象。其實，在她的心靈深處，依然有著小女人的柔媚與世俗。龐春梅對別人給予她的憐愛十分看重，同時對鄙視和欺負她的人和事也十分敏感。這愛與恨的成長經歷，隨同她的生活記憶，從有意識漸變為無意識，從而影響到她的行為舉止。因此，在故事情節中，就出現了她對潘金蓮真誠的情感，對孫雪娥變態的施暴；她對西門慶的忠實可信，對周秀不貞不節。吳月娘曾以家長的態度對待她，所以在她的潛意識裡，尚存有一絲敬畏，這也是她寬待吳月娘的心理基因。龐春梅之所以要苦尋陳經濟，並把陳經濟留在身邊，也是因為在陳經濟身上，她能感到潘金蓮的氣息，能看到西門慶的影子。每當她與陳經濟發生性關係，或者與陳經濟一起喝酒下棋時，龐春梅仿佛又回到她與西門慶、潘金蓮在一起的生活。龐春梅對陳經濟，頗似李瓶兒對西門慶。她拿出五百兩銀子給陳經濟開酒店，又為了陳經濟的前途，一力給陳經濟操辦婚事。但龐春梅更似潘金蓮，她不能放棄感官的享受，仍與陳經濟保持密切的性關係。然而，好景不長。守備府的衛士張勝包占了孫雪娥，因怕被龐春梅整治，便想殺人滅口。龐春梅僥倖躲過了這一劫，可陳經濟卻身首異處。

陳經濟的死，結束了龐春梅在現實生活中，對西門府舊時情感延續的可行性。周秀也就成了她唯一的生活依靠者。可是，周秀也戰死了。龐春梅剩下的生活只能是空虛與無聊，只能是沒有前途的時光打發。她只有在情欲放縱時，心裡才獲得充實和安全感。這醉生夢死的生活也沒能過多久，龐春梅死在一個年輕小夥子身上，欲海終於淹沒了她。

龐春梅因所具有的多重性格心理特徵，使得該人物成為我國古典小說中少有的立體形象，從而成功地反映出了人性的複雜性和多極性。這一人物形象，為我國文學人物的創作，特別是個性突出的婢女形象的刻畫，提供了一個可資借鑒的精彩雛形。

吳月娘兩難心理談

常言道：家無夫不立，家無婦不興。一部《金瓶梅》，一部家庭史。西門慶孤獨隻身創下偌大產業，家中也少不得要有掌內之人。此人便是出身官家的吳月娘。

吳月娘嫁給西門慶是做填房，又叫續弦。西門慶的原配陳氏死後，西門慶娶了吳月娘補正房之缺，所以，吳月娘也不是原配。用潘金蓮的話說，不過「後生老婆罷了」。

在我國專制傳統社會，等級森嚴是其社會特徵之一。這本也是儒家倫理道統的表徵之一。家庭，作為社會的縮影，同樣複製著等級嚴明的規範。原配和填房的級差，少說也是一個等級。像吳月娘這樣，具有著官家小姐的身分，又是個尚未婚配過的女兒家，如沒有什麼難言之隱，那西門慶也不敢高攀這門親，吳家也不會把女兒下嫁給一個已結過婚，又是個沒有功名的市井商人。

吳月娘出身於一個千戶官員家。以明代官職論，雖是武官，不及文官受重視，但也是個五品官，吳月娘也算得上是個有頭有臉的千金小姐。從相貌論，吳月娘姿色不差，「生的面若銀盆，眼如杏子，舉止溫柔，持重寡言。」（第九回）不僅五官端正，且「模樣不肥不瘦，身材不短不長」，雖不妖嬈，但富態可觀。這諸般不差的吳家大小姐，竟然年方二十三，才出嫁做了個填房。在當時，以這樣的年齡出嫁，已經是個老姑娘了。若再不能出嫁，就會成為嫁不出去的女子，就會被當成一樁家庭醜聞了。吳家為什麼有女難嫁？究其原因，其實很簡單，那是因為吳家少的是個「錢」字，多的是個「窮」字。在城鎮經濟很是發達的晚明社會，財富的多寡，就是人的一種社會價值衡量，且不論男女，均以財論價。所謂的人窮志不短一說，這只是一種做人的理想境界罷了。在當時的現實生活中，人窮志必短才是在情在理的。窮，可能可以說明吳千戶是個為官清廉者。可這份清廉，並不能使女兒找到個好婆家。西門慶其人在清河縣雖聲名不夠清白，但家境寬裕，小有財富，此其一也；西門慶其人雖身無功名，但有他的女兒與京城大官人家訂了婚約，也算結了官親。況只要有錢，那官是可以買來做的，此其二也；西門慶雖娶吳月娘做的是填房，稱謂不甚好聽，但吳家的女兒嫁過去是正經八百的大娘子，掌有實權的內當家，此其三也。故而，西門慶敢於向吳家提親，吳家也願意嫁女，這三點是雙方都看得很明白的地方。

吳月娘嫁給西門慶，表面是下嫁，其實是難得的一門好親事。如以家財論，吳月娘才是真正的高攀了。當然，窮有窮的好處，窮人的孩子早當家。西門慶要的就是會當家、能為他守住錢的女人。另外，對當時的男性而言，正房就是一個家的正臉面子。因此，不僅談婚論嫁十分正式，而且在建立婚姻關係時，男性對家庭利益的考慮更多於感情和感官。這樣的婚姻觀，幾乎成為中國那個傳統專制社會裡，人們的一種集體無意識。女方出身的高低，也自然成了擇偶的先決條件。西門慶也不例外，他選擇吳月娘入主正房，這既能正一正自己不太好的家聲，能有利於自己今後在社會上立足，又可以不妨礙自己尋花問柳的生活。既然吳家已沒有了官勢，不時還要依靠西門慶的財勢，吳月娘就不可能對西門慶的奢靡生活有所干涉。所以，吳月娘進西門府時，家中「也有了四五個丫鬟婦女。」（第二回）吳月娘必須適應這樣種馬結構家庭的生活，才能做裙釵之首。她如要吃醋鬧事，難免會被年紀尚輕、性格衝動的西門慶一紙休書給休掉。

吳月娘對她與西門慶之間維繫關係的根本是什麼十分的清楚，他們的婚姻與情感無關。吳月娘只有順從西門慶習慣的生活，才能贏得西門慶對她的好感，才能在西門府中站穩腳跟，立於不敗。所以，在吳月娘進門後，西門慶又娶了一妓一娼。妓女李嬌兒排在二房，娼婦卓丟兒排在三房。吳月娘對此局面是坦然接受，並不因自己與娼妓為伍而氣惱。對吳月娘而言，只要家中的財務管理在自己的手，西門慶娶再多的姨娘，只會增加她的威勢，而動搖不了她的地位。再多的女人進來西門府裡，也要聽從她一人的管教和約束。吳月娘很明白，西門慶把娼妓招進家來，很顯然不是為了家業。正如同娶她吳月娘，也不是為了她的風月一樣。吳月娘對與娼妓為伍，自然沒什麼好生氣的。之後，西門慶又勾搭上了風情萬種的潘金蓮。就在他們倆情熱如火時，三房卓丟兒病死了。潘金蓮因武大死還不滿百日，不能嫁進西門家。這時，西門慶從媒婆那裡聽說了富有的寡婦孟玉樓要改嫁，便很快就又把孟玉樓娶進了家，頂了卓丟兒的位置，排在第三房。緊隨其後被排在第四的是孫雪娥，西門慶原配陳氏的貼身丫鬟。然後，就是潘金蓮進門之後的第五房。而這些個所有婚嫁、排位等等的家庭大事，西門慶似乎都沒有與吳月娘打個商量。因此，吳月娘對西門府中一切發生的事情，也只有接受的份兒。西門慶不論把什麼樣的女人帶進家門，吳月娘就只能做到與之和睦相處。這就是吳月娘能表現的賢良與淑德，也是西門慶對她敬重的一個原因。可個中滋味，惟吳月娘自己知道這賢良淑德的不得已。而這份懂事，正是基於吳月娘對自己所處家庭位置理解的表現。

吳月娘對她的婚姻現實，如果僅只是客觀上的被動接受，相信她也有一天會心有不甘，她的容忍也會是有限的。因為，在吳月娘的心裡也時常會含酸的。可正是在主觀上，吳月娘自身並不認為西門慶的行為與道德規範有悖。相反，吳月娘認為，家中的小妾多，就是家財興旺，就是她做大娘子特別能容人的一種表示。這樣的包容，不僅可贏得賢良之名，更重要的是還能贏得夫君西門慶之心。在家中感受一呼百應的優越地位，那也是要依靠人多才能勢眾的。更何況，這本是傳統社會舊式家庭主婦的「婦德」所必須具備的內容之一。這樣的認知的形成，與吳月娘生長的環境，與她所接受的道統教育的十分片面性有關，這使得她只具有做家庭主婦的基本概念。吳月娘生長的家庭環境，基本是一個完全恪守著儒家的正統理念，尤其是在對女兒的教育中，所灌輸的幾乎都是「在家從父，出嫁從夫，夫死從子」的三從原則，以及「婦德、婦言、婦容、婦功」四德的行為標準。由於聖人有言「女子無才便是德」，所以吳月娘目不識丁。但這並不影響她接受諸如《論語》《女誡》等大書中的「女卑」思想。而在《女誡》中就有明言：「禮，夫有再娶之義，婦無二適之文，故曰夫者天也。」[10]這種「夫者天也」的思想觀念，不僅吳月娘有，幾乎是那個舊時代所有的女人都有。如果說有何分別的話，只在於這些女人們所遵從的道統原則的多寡而已。就算是潘金蓮這樣的人，至多也只是在心裡發發牢騷：「什麼人造出這個缺德法兒，幾個女人共一個男人，女人豈不是活守寡、死受罪？為什麼不讓一個女人有幾個男人呢？日日嘗新，那該多快活！」這種對男女不平等現實的不滿情緒，以及感官愉悅得不到滿足的困惑提問，吳月娘是壓根兒不會有的。在吳月娘的意識域中，根本不存在對一夫多妻的家庭婚姻現象是否合理的類似疑問。吳月娘是個既不懂得詩詞，也不懂得歌賦，音律樂器也一竅不通的人。對凡是能啟動人心靈深處情感文化的遠離，加之習以為常的狹窄的生活空間，使得吳月娘的道德行為操守與人情事理的認知，都只是從父兄們的口中聽到的隻言片語。吳月娘只知道，正妻有容妾的義務，丈夫有娶妾的權利。吳月娘能容得下西門慶有許許多多的女人，正是與她這種認知有所關聯。

然而，吳月娘畢竟是一個具有著七情六欲的平常女人。作為正頭娘子的吳月娘，在西門府裡，她曾經有過兩次認認真真的傷心。一次傷心，是吳月娘得知西門慶與李瓶兒有了私情的事。這事吳月娘其實早有所聞，她並不驚訝。對吳月娘而言，這李瓶兒大不了又是個將來進西門府的小姨娘罷了，吳月娘起初並不在意。在花子虛吃官司時，李瓶兒要想把家中的財寶轉移到西門府裡，西門慶便與吳月娘商量，如何做到悄悄地把如此多的財寶運進府裡，又能遮人耳目，不被街坊鄰居等閒雜人知曉？一聽有飛來的橫財，這個平時有點憨直，反應遲鈍的吳大娘子，此時的思維反應卻極其敏捷。只見她對著不知所措的西門慶，不慌不忙地說道：「銀子便用食盒叫小廝抬來，那箱籠東西，若從大門裡來，叫兩邊街坊看著不惹眼？必須如此如此，夜晚打牆上過來方隱密些。」（第十四回）這次從花家搞到西門家的財物大轉移的行動，吳月娘自己都親自出馬了。在月明星稀的夜晚，這位西門府的財務總管，率領著潘金蓮和龐春梅，把一個個的箱子接過來，全都搬進了她住的上房裡。從此後，這些貴重物品，銀錢東西的出出進進，全要打吳月娘的手裡走，真是過手的財主也威風啊！但吳月娘怎麼也沒想到，為這個送財的李瓶兒，她竟與西門慶發生了他們結婚以來的首次大衝突，以至於兩人還翻了臉。

西門慶與李瓶兒商議好了嫁娶事宜，因房子一時建不起來，李瓶兒提出先與潘金蓮

10 〔漢〕戴聖《禮記》，南寧：廣西師範大學出版社，2006 年。

借兩間房，西門慶便和潘金蓮進行商議。潘金蓮心裡自然一百個不願意，但看西門慶十分想娶這女人，她又不想使西門慶對她不滿，她便使了個順水推舟計：「可知好哩！奴巴不得騰兩間房與她住，只怕別人。你還是問聲大姐姐去，我落得河水不礙船。看大姐姐怎麼說？」（第十六回）這事推給了吳月娘。而吳月娘的表態大出西門慶的預料：

> 這西門慶一直走到月娘房裡來。月娘正梳頭，西門慶把李瓶兒要嫁一節，從頭至尾說一遍。月娘道：「你不好娶他的體。他頭一件，孝服不滿；第二件，你當初和他男子漢相交；第三件，你又和他老婆有聯手，買了他房子，收著他寄放的許多東西。常言：機兒不快梭兒快。我聞得人說，他家房族中花大，是個刁徒潑皮的人，倘或一時有些聲口，倒沒的惹蝨子頭上撓。奴說的是好話，趙錢孫李，你依不依隨你。」（第十六回）

吳月娘這番不緊不慢，有理有據、話中帶骨的說辭，使西門慶雖心下不快，但也啞口無言。當潘金蓮得知吳月娘反對西門慶娶李瓶兒時，心裡真是快活極了。潘金蓮眼見西門慶不知該如何給李瓶兒回話時的窘態時，她主動擔當起了責任，幫西門慶找了個藉口。她讓西門慶對李瓶兒說，她潘金蓮的房一時空不出來，使得西門慶得以解脫窘境。而就在西門慶加緊建房，為娶李瓶兒做準備時，在京城發生了京官楊戩被彈劾一案。本被牽連在內的西門慶，如驚弓之鳥，恐慌萬狀，緊閉門戶，不敢妄動。等到風聲過後，西門慶也用錢打點得一切平靜了，可那個白皙柔媚的李瓶兒也已成了別人的妻子。西門慶心裡那個鬱悶，他已經弄到手上的女人，尤其是那麼富有的女人，竟跟了別人，成了別人的老婆！怎不叫人氣不打一處來？性格衝動的西門慶很難以咽下這口氣，他不由對潘金蓮要發發牢騷，吐吐不滿。這沒事都愛挑事的潘金蓮便乘機挑撥：「虧你有臉兒還說哩！奴當初怎麼說來？先下米的先吃飯。你不聽只顧求他，問姐姐，常信人調丟了瓢。——你做差了！你抱怨那個？」（第十八回）這西門慶哪裡會記得，當初是潘金蓮讓他去問吳月娘的。他只記得潘金蓮不反對他娶李瓶兒，而吳月娘不同意。因此，西門慶對吳月娘是「沖得心頭一點火起，雲山半壁通紅」，不由得罵道：「你由他，教那不賢良的淫婦說去，到明日休想我這裡理他！」由此，便再也不和吳月娘講話了。吳月娘對此十分傷心，她與西門慶之間的矛盾，導致整個家庭處於「冷戰」狀態。這也令她治家為難，顏面掃盡。儘管後來李瓶兒還是嫁入了西門府，且在進門時，西門慶故意的刁難於李瓶兒，不讓人把李瓶兒接進門。可為了家庭的面子，吳月娘還是不得不忍了氣性，把被西門慶晾在大門口的李瓶兒接進了門。但吳月娘對因李瓶兒再嫁的事情，造成了她與西門慶之間的芥蒂一事，仍是心存不滿。

那麼，一向娶妾不打招呼的西門慶，為什麼會聽潘金蓮的指使，要去徵求吳月娘的意見？而一向不過問此類事情的吳月娘，又為什麼要提出反對意見呢？究其原因，都在那個錢字上。西門慶在房子一時建不起來的情形下，便提出是否讓潘金蓮搬動一下，騰出兩間空房，這就可以讓李瓶兒暫住。對李瓶兒暫住的房間所選用的房內家用物品、還有必須要有所陳設的物品等項，均需要有所開支。且西門慶以及府中的人都知李瓶兒十分富有，那她住房內的物品花費價值也必須要與之相稱才行。面對這不菲的一筆開銷，要拿家裡的錢用，上房的吳月娘那是不能繞過去的，西門慶自然要把事情原委告訴她，還應問她的意見。若吳月娘同意李瓶兒進門，在花錢上也方便取用。更何況西門慶只覺得，他因把李瓶兒許多的財寶都交到了吳月娘處管著，而吳月娘對娶小妾這樣的事情從不在意，所以西門慶以為，吳月娘是不會不同意的。西門慶沒想到，吳月娘可真的就是不同意。在吳月娘講出的幾條理由中，最能治住西門慶的，就是被花大扯進官司裡去。因為楊戩被彈劾一案尚未完全了結，這使西門慶對上公堂應對官司仍心有餘悸。所以，西門慶對潘金蓮說到李瓶兒嫁蔣竹山一事時，不由罵道：「那蔣太醫賊矮王八，那花大怎不咬下他下截來？他有什麼起解，招他進去，與他本錢，教他在我眼面前開鋪子，大剌剌做買賣！」（第十八回）李瓶兒的改嫁，證實了她曾對西門慶反復講的，花家人管不了她的事。西門慶真是很懊惱，沒把這個有錢又到了手中的女人給早娶進門。而吳月娘這次違拗西門慶的意願，表面說是為了這個家，為了西門慶不背上「謀財娶婦」的惡名。其實，要真是為了名聲，她當初就不應讓丈夫占有別人的家財。更不要說還幫著出主意，幫著把來歷不明的財寶搬到自己的屋裡去。於吳月娘而言，所謂的名聲，那只是一個幌子而已。吳月娘不願意李瓶兒進門的原因有二：第一，李瓶兒如此闊綽，一旦進了門，一旦以財買勢，財大氣粗，就有可能不服她吳月娘的管束，甚至凌駕於她之上。倘若發生這種事，她一個窮官女兒，又無娘家的什麼勢力，將在府中依靠什麼作為立足的本錢？第二，見識不多的吳月娘，想到那大筆的不明財物在她的房裡，心裡很不坦然。她也知道花家的財產官司一事，這更使她心中忐忑。吳月娘考慮的是，萬一李瓶兒嫁進來，引來了什麼官司的麻煩，說不定就會人財兩失。對這事情的琢磨，吳月娘都不知想過了多少遍。因此，當西門慶才向她提起娶李瓶兒過門一事，才一問她她的意見，這位口齒並不伶俐的吳月娘，竟能一口氣講出三條不能娶李瓶兒的理由，還說得頭頭是道，便可見其思慮之深。

吳月娘與西門慶的矛盾在家中公開後，除了潘金蓮高興，其他的人都覺得很是為難，家裡的氣氛也總是陰沉沉的。吳月娘自認為，她都是為著西門慶和西門府考慮的，沒做錯什麼。所以，她不願意和西門慶主動和解，她只是感覺自己很是傷心。吳月娘覺得自己為的是這個家，可丈夫西門慶卻這樣誤會於她，讓她在家裡威信全無。吳月娘苦心積慮找的理由，差不多把自己都說服了。她也以為當初真是出於公心，西門慶不該怪罪於她。這反映出吳月娘在性格中所具有的那種執拗、認真的一面，她並不只是一味地柔順。吳月娘其實是個對她所認定的原則，從不輕易放棄的人。但吳月娘在心理上又有著比較幼稚、憨拙的一面，什麼樣美麗的謊話，都會使她堅信不疑。這樣的人就算是幹起壞事來，其破壞的程度也就有限得很。吳月娘現在除了家，除了她的正頭娘子的權威性，已沒有可以再牽掛的事情了。她焚香祈禱，希望對上蒼的祈求能使她更堅信，自己的作為都是為西門家業。三個來月的時間，吳月娘夜夜對天焚香。終於有一天，西門慶聽到了她感人的祝禱詞：「妾身吳氏，作配西門，奈因夫主流戀煙花，中年無子，妾等妻妾六人俱無所出，缺少墳前拜掃之人。妾夙夜憂心，恐無所托，是以瞞著兒夫，發心每逢夜於星月之下，祝贊三光，要祈保佑兒夫，早早回心，棄卻繁華，齊心家事。不拘妾等六人之中，早見嗣息，以為終身之計，乃妾素願也。」（第二十一回）西門慶因在外受了妓家的騙，正滿心委屈，又聽到了吳月娘這番話，好不心存感激，羞愧赧顏。西門慶主動向吳月娘道歉，還跪地討饒，這更加使吳月娘相信自己是一心為他，自然就不易輕饒。西門慶只得死纏不放，最終演了個佳期重會、鸞鳳和鳴。打這以後，西門慶真心視吳月娘為家中柱梁，吳月娘也坐穩了正房這把交椅。從此後不論大事小情，兩人也喜歡一起商量。儘管吳月娘和西門慶兩人在思想和情感上並非到了親密無間的程度，但經過了這次事件以後的吳月娘，在西門府的分量大增，她對姨娘們的態度和評價，也開始影響到了西門慶的態度和對待的分寸上。也是由此為始，西門慶開始較多的注意在眾婦人面前樹立吳月娘的地位，眾婦人自然也視她為首了。吳月娘從此也不用再為西門慶的採花惹草行為，而背負著有可能被取代的危機感。這一來，西門家的日子，因有了以吳月娘為首的「正經夫妻」們的把握，開始有所發達。婚姻的雙槳，把西門府之船引入了正航。

吳月娘既然已成了家庭的首腦，自然不希望家裡有不安定的動亂因素產生。她總是反復的告戒各位姨娘，要警惕出現「家反宅亂」。而致力於西門府安定和睦的吳月娘，漸漸發現，潘金蓮就是家中的一個動亂分子。從四房孫雪娥、二房李嬌兒、六房李瓶兒，到她這正房娘子，都與潘金蓮有著多多少少的矛盾糾葛。尤其看到潘金蓮對宋惠蓮、來旺兩口子的事情上使用的手段，更是巴不得把事情鬧得越大才越高興的勁頭，尤其是潘金蓮做事心狠手辣的作風，使得吳月娘對潘金蓮也就越來越不滿起來。不過，她卻對女婿陳經濟疏於防範，忘了要對女婿也存些戒心，更不懂要以禮數來進行家人的約束。吳月娘只知女婿如半子，她讓這位生性本也風流的大小夥，在各房隨意地出入。由此，在西門府中埋下了更大的不安定因素，種下了潘金蓮偷女婿、陳經濟反出西門家、西門大姐慘死的一系列禍根。

李瓶兒生子，是吳月娘治家有方的最大成績，是她約束了西門慶少往妓家濫情後所取得的明顯成效。不久，西門慶因給朝廷重臣蔡京行賄，被封了官職。這對吳月娘而言，真可謂是雙喜臨門。於吳月娘來說，不論那房的妾有了孩子，她都是理所當然的大娘。而丈夫得了官職，將來朝廷一所有誥封，也只是她正房有份。這真是名利雙收、錦上添花的好事情。這一段日子，也是西門府走得最順的時光。吳月娘對孩子官哥的關懷，尤勝於做母親的李瓶兒。當孩子一滿月，吳月娘就張羅在家中擺酒請客。這一連幾天下來，她身子累，可心裡甜。當吳月娘看到潘金蓮有意把才滿月的孩子高舉驚嚇時，便警惕地立即加以制止，還意味深長地提醒李瓶兒不要大意。這孩子剛過了半歲，吳月娘又熱心地為孩子定了親。在她的一手安排下，西門府與喬大戶家的定親喜宴，場面堂皇又熱鬧。那排場，在當時的清河縣城都是很少見的。每當孩子生病，吳月娘便寢食不安，請醫問藥，殷勤看視。的確，西門慶這兒子，如若沒有了吳月娘的疼愛和保護，那個居心叵測的潘金蓮會更有機可乘；如若沒有吳月娘的關照，李瓶兒母子的日子會更加地難過。李瓶兒就曾對她的乾女兒吳銀兒說：「若不是你爹和你大娘看覷，這孩子也活不到如今。」（第四十四回）吳月娘對官哥如此的情感投資，就是因為這孩子是西門家的未來，是吳月娘以後的一個希望。吳月娘有一次對奶媽如意兒說道：「我又不得養，我家的人種便是這點點兒。休得輕覷著他，著緊用心才好。」（第五十三回）正是這種女人共有的母性，吳月娘和李瓶兒終於釋盡前嫌，相互關照。

吳月娘對李瓶兒母子無微不至地照顧，畢竟有違大戶人家，正房處事要一碗水端平的治家原則，這自然會引起他人的不滿。一天清晨，吳月娘到李瓶兒房中，探視被潘金蓮養的貓嚇病的孩子。從房中一出來，吳月娘就聽到潘金蓮對孟玉樓說：「姐姐，好沒正經。自家又沒得養，別人養的兒子，又去纔遭魂的。掗相知，呵卵脬。我想窮有窮氣，傑有傑氣，奉承她做甚的？他自長成了，只認自家的娘。那個認你？」（第五十三回）潘金蓮自是市儈之人，所以認為吳月娘對孩子好，只是為了日後能得到點依靠。而吳月娘聽了這話，當然是怒不可遏。但這終究是背後偷聽到的，若是要發作起來，「反傷體面」，落下個偷聽他人說話的名兒。以吳月娘的見識和思維，她也只能自己氣惱一番，然後對李瓶兒那房有所疏遠，以避人言。吳月娘是不會懂得，她這樣做正是潘金蓮所希望的。吳月娘此時想的，就是自己也能揣上個孩子，氣一氣那些喜歡撥弄是非之人。由此可見，吳月娘氣度和胸襟都是很有限的。

為了懷上孩子，吳月娘通過王姑子，得到了一個薛姓道姑配的一種靈丹妙藥。為此，西門府請進了一段與佛有緣的故事。吳月娘如願以償了，在服用了薛道姑的安胎藥後，終於也懷孕了。但這個家卻距離她所期盼的安定、和睦已是越來越遠。隨著李瓶兒母子的先後死去，西門府的家內也漸漸透出了隱隱的頹敗之象。西門慶雖官升一級，可身體卻日見衰弱。而吳月娘對西門慶的關心，從來就不及李瓶兒。家中的生意雖做得紅火，經營的內容雖多樣豐富，但吳月娘對這些生意的瞭解，還不如潘金蓮那樣多。這時候方顯出在這個家裡，吳月娘與西門慶之間，心與心的距離有多麼遠。雖說家裡的內務還在吳月娘手裡，但她也管理得力不從心。潘金蓮這一房，就根本不服她的管束。這首先，有西門慶把李瓶兒的皮襖給潘金蓮，沒有讓讓吳月娘經手，也根本不與她商量一下。這使吳月娘的掌管家中事務之權，形同虛設。潘金蓮此頭一開，家中小妾下人等，人人都只和西門慶要東拿西，而吳月娘管家的實權已不存，這家就自然就沒法管了。因此，吳月娘對潘金蓮的越級行為當然不滿，尤其是西門慶對吳月娘不滿情緒的無視，更使吳月娘生氣。其後，有龐春梅毀罵申二姐一事的發生，這簡直就沒把這個大娘子、這個內當家的吳月娘放在眼裡。西門慶的偏袒，使得吳月娘在家裡的權威大打折扣。作為洩憤，吳月娘除了在上房裡發牢騷，與潘金蓮鬥嘴：「俺每在這屋裡放小鴨兒？就是孤老院裡，也有個甲頭。」（第七十五回）之外，就使了個不讓西門慶去潘金蓮房裡過夜的招，使得潘金蓮在服用了薛道姑配的藥後，卻錯失了為西門慶懷孩子的時機。吳月娘的所為，進一步激化了她與潘金蓮之間的矛盾。吳月娘和潘金蓮終於爆發了正面衝突。這次衝突的結果是吳月娘躺倒了，這使西門慶終於對「家反宅亂」有了一個感性的認識。為給吳月娘看大夫，家裡的頭面人物都出來表現，大丫頭玉簫掌鏡，孟玉樓抿鬢，孫雪娥拿衣，李嬌兒勒鈿，好一番驚動。這時的吳月娘雖在心理上又找回了掌家大娘子的顏面，但也和潘金蓮結下了不解的心結。就在大房與五房間的衝突爆發不久，西門慶也最終病倒了。看到病勢沉重的西門慶，吳月娘大概覺得該是讓潘金蓮盡點妻子義務的時候了，所以，她此時安排西門慶住在潘金蓮的房裡。是吳月娘以為潘金蓮會像李瓶兒似的照顧西門慶？還是因自己身懷六甲，懶於服侍？不管是基於何種原因，西門慶在潘金蓮房中，被潘金蓮搞得「死而復甦者數次」，病勢已沉重到了難以挽回，才被扶到上房去。但西門慶死前還忘不了叮囑吳月娘，要她「躭待」潘金蓮，西門慶對吳月娘說他的最後心願是：「一妻四妾攜帶著住，彼此光輝光輝。我死在九泉之下口眼皆閉。」（第七十九回）

西門慶死了，吳月娘的兒子孝哥出世了。生者，得不到新生的吉祥祝福和喜慶歡樂；死者，帶來的震盪，使這個家，猶如大廈傾覆。西門家裡連個棺木也沒有準備下，西門慶的喪事辦得不倫不類，而做為半子的女婿陳經濟辦事毫無章法，家中真是一片混亂。此時此刻，世態的炎涼，人情的淡漠，都立即顯現出來。李嬌兒乘機盜財；孟玉樓聽見吳月娘直言不諱地責罵丫頭玉簫，人不在房裡竟大開著錢箱，心中不快；吳月娘給產婆的銀兩，比李瓶兒生孩子時少了半數，過早露出衰象；潘金蓮與陳經濟置家事於不顧，只管明調情、暗偷香。更叫吳月娘難堪的是，她的兩個哥哥，大哥以公務忙為托詞，儘量避事。二哥是明知李嬌兒盜財，但因是李嬌兒的舊客，也不對自己的妹妹吳月娘說。吳月娘的兩個哥哥，面對著妹妹家庭這樣的變故，都很少出手幫她一幫。面對這樣的世態人情，吳月娘也只有歎氣的份兒。更叫吳月娘感到主婦難為的是，西門慶死了才過五七，二房李嬌兒就以吳月娘請三房的孟玉樓喝茶不請她為由，跟吳月娘大鬧一場，且第一個離了西門府。這使吳月娘想要成全西門慶最後願望的心意，也成了一個虛妄之想。儘管吳月娘以麗春院李家想「買良為娼」的嚴詞，禁住了李嬌兒想把元宵、繡春兩個丫頭帶走的企圖，成功把這兩個小丫頭留在了府中。但李嬌兒離開西門府後，吳月娘還是「大哭了一場」。她不是捨不得李嬌兒這人走了，吳月娘所悲痛的是西門慶與李嬌兒也算夫妻一場，可這人剛走茶就涼了。李嬌兒對西門家竟然如此的無情無義，這也確是西門慶始料不及的。李嬌兒這一走，便是西門府要散家的一種預示。吳月娘今後的日子該有多難呢？

西門家中的內府難管，皆因人心四散。西門府外的生意往來，吳月娘更是不知邊際，找不著北。西門慶生前讓夥計來保和韓道國到揚州一帶，辦了兩千兩銀子的貨。這兩夥計在返回清河縣城的途中，聽說了西門慶的死訊，韓道國立即拐帶了一千兩銀子的貨物跑路了。而西門府中的老夥計來保，則私扣了八百兩的貨，只給府裡交出一百兩的貨。吳月娘要陳經濟參與發售，來保竟欺負陳經濟不懂買賣，而懦弱無能的陳經濟也就乘機甩手不管。等貨物發售完了，來保交回給吳月娘的錢，還不到本金的十分之一。完全不懂行的吳月娘接到來保交回的銀子，便按家規給他二、三十兩的賞錢，這來保不僅托大不收，還用話語調戲吳月娘。這位曾經是西門府的內務女總管，所有家人都要聽命於她的正房大娘，此刻面對一個夥計的調戲，「一聲兒沒言語」，她只有忍了。可這還沒完，京城大員蔡京府上的總管大人，原來幫西門慶行賄買官的翟謙，在得知西門慶死了，今後再也得不到西門慶作為「孝敬」的禮物後，便變相索要西門府中會彈唱的四個大丫鬟。面對這樣的軟性勒索，吳月娘完全不知該如何對付，又只好叫了來保一起商議。因為這來保是過去常為西門慶在京裡走動的夥計。然而，這個過去的家奴，現在的外聯夥計來保，那裡還把吳月娘放眼裡，當面就數落他主子的種種不是。無奈之間，吳月娘經過一番權衡，只得把原李瓶兒房裡的迎春和自己房裡的玉簫放出去，還得忍氣吞聲，讓來保送她們上京。這可真是應了「蜀中無大將，廖化做先鋒」的景了。吳月娘在西門府的家中，竟找不到什麼可用之人，怎不悲從中來。可憐迎春和玉簫，這兩個被西門慶收用過的丫鬟，按當時的規矩，她倆的身分已高過夥計來保。可恨這來保，還是在她們送往京城的路上把她們給「姦了」。這個背主忘恩，大膽妄為的來保，回來後還悄悄開了個雜貨鋪。為了改變家奴的身分，獨立出去做買賣，來保採取再次調戲吳月娘的手段。萬般無奈的吳月娘，只好還來保一個自由身，讓來保帶著全家人離開了西門府。

由於女婿陳經濟的無能，吳月娘只得收縮生意規模。西門府已大有坐吃山空的態勢，人心已是很不安定了。為了能維持住妻妾一堂的局面，吳月娘絞盡腦汁，嚴管家中門戶，杜絕家母私通女婿的醜事發生。可吳月娘的防範也難免百密一疏，正所謂要發生的事是擋不住的。吳月娘在歷經了千辛萬苦，從泰山還願回來後，遇到的是家中的問題層出不窮。潘金蓮與陳經濟私通打胎，傳揚得人人皆知；西門大姐與陳經濟破臉對罵，雙方都冷了心；在府外守店鋪的夥計，因陳經濟無臉進府內吃飯，府裡也不拿出來，便常常沒有中午飯吃。吳月娘沒有了對西門慶的仰仗，也沒有了以往對自己必須的限制，便漸漸露出了窮官女兒管財理家的本事。然而，吳月娘這種唯有緊縮開支的小家子氣的做法，實是自絕門戶。與西門慶生前對夥計的待遇比，真是大不如前，夥計們都心要散了。可吳月娘依舊只懂得緊縮開支，夥計們也就只能告假的告假，辭工的辭工，也都作鳥獸散。西門府家曾有過令人羨慕的興隆生意，便已成了昨日黃花的一種記憶了。既是無力挽回頹勢，吳月娘拿出了她的鐵腕本色治家。先把敗壞家聲的潘金蓮一房趕出府，再把挾私憤詆毀她清白的女婿陳經濟打出了府。家中的不安定因素終於消滅了。吳月娘感到她可以重振家聲，她能與其他的小妾們團結一致，同心協力，使西門府家勢不墜，再現輝煌。但那種冷硬本性的流露，使吳月娘已很難再留住人心。她執意打發西門大姐回陳氏夫家，眼看西門大姐被陳經濟打得傷痕遍體，吳月娘也不讓她待在娘家。一貫顧及自己賢良聲名的吳月娘，竟不怕被人說她不憐惜西門大姐，是因大姐不是她親生親養的？顯然，與薄待養女的議論相比，吳月娘更怕的是陳經濟要是真休了西門大姐，那就是西門家的真正的恥辱了。陳經濟要追回當年為避難帶進西門府來的財物，吳月娘也定是不肯給的。不久，家裡又發生了四房孫雪娥為嫁被趕出去的西門府舊夥計來旺，帶了一包金銀首飾和幾件衣物，從府裡偷跑私奔，被官府抓住的事情。吳月娘畏懼去官府提供供證，人財她都不願意領回。吳月娘的畏懼心理，導致因西門府不領回家人孫雪娥，那孫雪娥就只有被官府拍賣了。這一賣就賣進了守備府，成了被龐春梅虐待的下人。陳經濟又以打官司為要脅，逼吳月娘拿出西門大姐的陪嫁，還把丫頭元宵硬給要走，才算是善罷甘休歇了手。之後，因西門大姐的死，給了吳月娘一個報仇雪恨的機會。吳月娘親自出馬，率家中眾婦痛打了陳經濟，並將這個昔日的女婿告進了官府。這一告，使得陳經濟傾家蕩產，只撿了條命。可吳月娘也費了不少精神，真是兩敗俱傷。當然，這場官司，使吳月娘擺脫了陳經濟給西門家帶來的不名譽的陰影，不論從家聲還是從利益，那個方面來講，吳月娘的所為都是利大於弊。為此，吳月娘也只能犧牲掉西門大姐。

冷眼旁觀吳月娘所做所為的孟玉樓，感到「月娘自有了孝哥兒，心腸兒都改變，不似往時」，（第九十一回）不由得要為自己的今後作一些打算。西門慶死後一年多，孟玉樓改嫁了。吳月娘把她熱熱鬧鬧地送出了西門府的大門，風風光光地吃了孟玉樓三天的喜酒，可回到家來感到的是一片寂靜。不由想起從前孟玉樓也是熱熱鬧鬧進的西門府，西門府當時也風風光光地迎來送往、車水馬龍的景象。再回憶起她曾有過的一夫六婦，呼奴喚婢，花團錦簇的生活，吳月娘終於難忍心中的哀傷，撲在西門慶的靈床前放聲大哭了一場。這是吳月娘在西門家的再一次極度傷心。已是孤掌難鳴的吳月娘，只有以淚洗面，對著亡夫的靈位傾訴她的哀怨。她哭繁華似錦已不再，她哭寂寥淒清度餘生。在哭聲裡，吳月娘掩上了西門府的大門，帶著孩子遠走他鄉躲避戰亂；在哭聲裡，吳月娘目睹了自己的兒子，西門府唯一的繼承人孝哥成了和尚。心中滿是傷痕的西門府大娘子，在戰亂後倖存的吳月娘，終於又重返了家園。

吳月娘經歷了喪夫失子之痛，嘗盡了顛沛流離之苦。她的人生也猶如那天朝時代的江山一般，進入了晚境。吳月娘仍懷著西門慶對她的那份囑託，把一直帶在身邊的小丫頭小玉，配給了西門慶原來的心腹小廝玳安。又讓玳安改姓承繼了西門，並承受了西門慶尚存的家業。但改過頭、換過面的西門家，主婦也易人了。丫頭小玉已是真正的女主人。吳月娘在接受著這兩個當年的奴才的奉養時，已是事實上的客居身分。這才真可謂是造化弄人。

吳月娘活到了古稀之年，無疾而終。

吳月娘的一生，在西門慶活著的時候，她為人主婦，總是在為人與人為間糾纏。她為了別人而不得不以人為的方式來對待那份複雜的生活。她只是半個主子，可府內上上下下矛盾的斡旋、各種勾心鬥角關係的平衡，吳月娘都要參與其間，有時也難免自陷其中的尷尬。府外大大小小的應酬、各種禮節性的往來，都在要求她能進退有度，不差禮數。真是主婦難為。吳月娘要使自己的言行合乎各方面的要求，任何事情都不能做得過分。於吳月娘而言，唯一可行的就是壓抑自己的真實情感和本性流露。她的日子過得很累，很累。西門慶死後，吳月娘是個寡婦，在偌大的西門府中，她總在恩怨與利害中掙扎。她讓媒人把龐春梅和潘金蓮領出府賣了，龐春梅有幸成了守備夫人，潘金蓮不幸成了刀下怨鬼。就吳月娘快刀斬亂麻的處理上，只不過是西門府裡舊人之間的恩怨罷了。從面上說，是為西門家的名聲。就本心講，是怕兒子孝哥有什麼吃了暗算的地方。更怕的是壞了吳月娘自己的名頭，以後影響孩子。為了孩子，當母親的是能心狠手辣的。就算明知西門大姐與陳經濟夫妻之間的關係極為惡化，吳月娘還是讓西門大姐住回去陳家。其鐵面無情的決斷做法，就是出於利害關係的考量。吳月娘怕陳經濟翻歷史的舊賬，扯出行賄脫罪的天大干係。另外，吳月娘也不願把占為西門府家財的東西再如數拿出去。說到底，西門大姐是女不是男，嫁出去的女兒潑出去的水，吳月娘對她是難管死活了。再說，西門大姐的確不是親生女啊！難怪清人張竹坡評道：「吳月娘是奸險好人。」[11]儘管奸險，但還終歸是好人呀！

吳月娘的一生，在情感生活中她是很可憐的。吳月娘一方面要為傳統對女人的社會

11 同註4。

道德的價值認定付出身心都只能忍辱負重的代價，而另一方面，吳月娘壓抑著真情實感流露的結果，就是心底對別人真情的渴望。西門慶活著時，她希望西門慶對自己多點關心。她不時地鬧鬧脾氣，發發嗲，或是生點小毛病什麼的。在這些假做真來真亦假的事情上，吳月娘也不失為具有女人的小心眼、小手段的一個小女人。正因如此，西門慶也會被她吸引，而不僅僅是出於禮貌才和她在一起。作為女人，作為母親，吳月娘可稱得上完整。可是，西門慶的確不愛她。一個沒有愛情體驗的女人，她的情感生活只能是一片空白，最多還有一點蒼老而已。

在西門府的女人中，如果說潘金蓮是一個對感官愉悅不停追求，且不會為任何事情放棄性的快樂，因此是性欲的象徵；李瓶兒不計名分，不計錢財，只為能和西門慶一起生活。婚後，更是一事當前，先替西門慶打算，可認為是情愛的象徵的話，那麼，吳月娘就是笑笑生所刻畫的一個家庭婚姻的象徵。傳統專制社會的婚姻，對女性而言，只有義務和責任，沒有權利和平等。潘金蓮為自己奪得了有限的追求權利；李瓶兒為自己贏得了相對平等的愛情；吳月娘就只有盡妻子的義務，滿足丈夫的需要，並為他生兒育女。吳月娘只負有主婦的責任，相夫教子，主持好內務，為丈夫守好他的財富。如用現代的話語來對這三個女人的生活作一概括性的評論，那麼潘金蓮可謂浪漫，李瓶兒可謂溫馨，吳月娘可謂平淡。也許婚姻本就該是平淡的，也惟其平淡，方才能持久。

但是，又有誰真能夠說得清楚生活的本真是什麼呢？

孟玉樓的婚嫁觀與處世謀略

俗話說：人難做，做人難，做人比吃屎還難。躋身於一個妻妾成群的大家庭，而做一個人人說好的小女人，那是難得不能再難的事了。

人既生於濁世，更要活得明白。可這何以為明？何以為白呢？

在西門府裡生活的女人們，不是陷入利弊得失的算計，就是加入到猶如戰場的情場廝殺。或以利得情，或以情得利。有的人機關算盡，反算了卿卿性命，可謂不明；有的人攀權附勢，終落得水月鏡花，可謂不白。在這些滾滾紅塵裡的紛紛擾擾中，在這個渾渾噩噩的生存空間裡，要想保護自己不受傷害，要有作為人的獨立和明白，更何其難哉！而孟玉樓便是超然於各種紛擾之上，在渾噩世俗中保持明白的唯一「乖人」（張竹坡語）。

孟玉樓一出場，就給人一種與眾不同的感覺。這不僅因她有「長挑身材，粉妝玉琢。模樣兒不肥不瘦，身段兒不短不長。面上稀稀有幾點微麻，生得天然俏麗；裙下映一對金蓮小腳」（第七回）的美妙身姿；也不僅由於孟玉樓的「手裡有一分好錢。南京拔步床也有兩張。四季衣服，妝花袍兒，插不下手去，也有四五隻箱子。珠子箍兒，胡珠環子，金寶石頭面，金鐲銀釧不消說。手裡現銀子，他也有上千兩。」（第七回）的富裕家財，孟玉樓的與眾不同，還在於她在丈夫死後一年多，竟然正經八百地明媒改嫁。這是在那個「好女不嫁二夫」「餓死事極小，失節事極大」等道統思想，還是一個非常普遍的社會道德觀念意識的時代，孟玉樓的舉措，無疑具有驚世駭俗的震撼力。所以，孟玉樓改嫁，也不可能是一帆風順的。不過，孟玉樓在改嫁過程中所遇到的難題，倒不是她應不應該改嫁的問題。這其中的矛盾焦點，並不是有人反對孟玉樓改嫁，而是她的婆家舅舅和姑媽，為孟玉樓這個侄兒媳婦改嫁給誰的問題上，產生了嚴重的意見分歧。這從一個側面反映出，當時社會的市民階層，他們對傳統道德價值觀的輕視，甚至是忽略。

孟玉樓的丈夫是清河縣的一個姓楊的買布商人，孟玉樓的哥哥孟二舅搞的是長途販運商品的買人。由此可知，這位在家排行第三的孟三姐，也是個出身於商賈之家的女兒。這樣的成長和生活環境，使孟玉樓養成了善解人意，長於察言觀色，精於平衡各種關係，言行舉止頗具分寸，又很懂得保護自己的個性性格特色。孟玉樓嫁入楊家後，也是幫助丈夫的生意照料。她在楊家是正頭娘子，丈夫又常年出外經商，孟玉樓便是長嫂為母。她把年幼的小叔子一直帶在身邊，還把楊家的生意和內宅都管理得井井有條，可見孟玉樓有相當不錯的理家才能。而丈夫的死，使這位能幹的孟玉樓成了寡婦。無兒無女的她，與一個十幾歲的小叔子一起生活，且不說生活中的寂寞單調，就是今後楊家的家事也將會變得很是複雜。況且古已有云：寡婦門前是非多。對孟玉樓握在手裡的財權，楊家的族人們也早有人覬覦。留在楊家，日後待小叔子長大成人，有了妻室，孟玉樓難免會落得個孤老一生的下場。這留在楊家，很可能出現的是最終出力卻不一定討好的境況，還說不定無人為她養老送終。精明世故，通透明理的孟玉樓自然是要提出改嫁的。孟玉樓正是因為對自己前途的深遠考慮，她對於選擇改嫁的對象，更是思慮縝密。這也反映出孟玉樓善於審時度勢，具有獨立思考問題的能力。

面對孟玉樓改嫁一事，楊家的娘舅和楊家的姑媽，站在各自立場上，從各自的利益出發，向這個前侄媳婦推出了各自的人選。楊老姑媽對楊家的財產沒有野心，老太太只要侄媳婦能嫁個有財的人家，能給她這個孤老婆子養老送終就成。而娘舅張四，則想的是只要把孟玉樓嫁出去了，便可以依仗著有小侄兒要撫養，方可以多要些家產。為得終養，楊家姑媽許了孟玉樓嫁給富商西門慶；為得家產，楊家娘舅以舉人身價來打動孟玉樓。而孟玉樓對他們各自的用心，當然是心知肚明，十分的了然。因此，孟玉樓考慮的結果，便是更願意聽從楊家姑媽的意見，決定嫁給西門慶。楊家娘舅張四，聽說孟玉樓已收了西門慶的定禮，已沒自己什麼事兒了。張四舅既做不了保親一方，也就無從參與家財的交接，更無從知道孟玉樓的陪嫁價值多少。這位舅爺在情急之下，便來對孟玉樓進行勸說：

> 娘子不該接西門慶插定，還依我嫁尚推官兒子尚舉人。他又是斯文詩禮人家，又有莊田地土，頗過得日子。強如嫁西門慶。那廝積年把持官府，刁徒潑皮。他家見有正頭娘子，乃是吳千戶家女兒。過去做大是，做小卻不難為你了！況他房裡，又有三、四個老婆，併沒上頭的丫頭。到他家，人歹口多，你惹氣也！（第七回）

張四舅這番話真可謂動之以情，曉之以理，句句是實在話。但孟玉樓平時已太瞭解張四的用心，所以，就算知道西門慶娶她做正房是假話，她也不會同意嫁給尚舉人。再說，西門慶給孟玉樓的第一印象不錯，孟玉樓也才會收西門慶的定禮。孟玉樓懷著已有的成見，對這位娘舅的規勸巧妙地進行回擊：「自古船多不礙路。若他家有大娘子，我情願讓她做姐姐，奴做妹子。雖然房裡人多，漢子喜歡，那時難道你阻他？漢子若不喜歡，那時難道你去扯他？不怕一百人單擺著。休說他富貴人家，那家沒四五個。著緊街上乞食的，攜男抱女，也掣扯著三四個妻小。你老人家忒多慮了！奴過去，自有個道理，不妨事。」孟玉樓此番話說得是清清楚楚，充滿自信。而且，不難看出，孟玉樓面對在西門府的大家庭生活中，有可能發生的種種事由，她都有過十分慎密的考慮，並已有了對應之策。可見，孟玉樓是個很注重實際，也很現實的人。然而，張四還是不肯善罷甘休，他仍對孟玉樓絮叨：「娘子，我聞得此人，單管挑販人口，慣打婦熬妻，稍不中意，就令媒人賣了。你願受他的這氣麼？」可這些話孟玉樓聽在耳裡，也就只當是張四舅的道聽途說罷了，都是不足為憑的。況且，對這樣的家庭矛盾和糾紛，孟玉樓自有她的看法，她對著張四說：「四舅，你老人家差矣！男子漢雖利害，不打那勤謹省事之妻。我在他家把得家定，裡言不出，外言不入，他敢怎的？為女婦人家，好吃懶做，嘴大舌長，招是惹非。不打他，打狗不成？」孟玉樓這話中儼然是主家娘子的口吻，也表現出對張四的那份熱心已有些不耐煩。可懷有他圖的這位娘舅，見難用常情之事說服孟玉樓，就又說了西門慶家有待嫁之女，西門慶還喜在外眠花宿柳，而這正是改嫁女子最感頭痛的兩件事了。按一般常理說，以孟玉樓的精明，她應該對這些事情有所考慮，起碼要對嫁給西門慶一事再做些考量。可孟玉樓當時就只是認定了張四是別有用心，所以，張四講的越是真實、詳細，孟玉樓就越是不相信，越是要反駁。孟玉樓針對西門慶家有女兒的問題，她對張四說的是：「四舅說的是那裡話！奴到他家，大是大，小是小，凡事從上流看，待得孩兒們好，不怕男子漢不歡喜，不怕女兒們不孝順。休說一個，就是十個也不妨事。」說到西門慶在外行為不端的問題，孟玉樓說的是：「四舅，你老人家又差矣！他就外邊胡行亂走，奴婦人家只管得三層門內，管不得那許多三層門外的事。莫不成日跟著他走不成？常言道：世上錢財倘來物，那是長貧久富家？緊著起來，朝廷爺一時沒錢使，還問太僕寺借馬價銀子支來使。休說買賣的人家，誰肯把錢放在家裡！各人裙帶上衣食，老人家到不消這樣費心。」從這些話語中可知，孟玉樓對自己選擇嫁給西門慶是如此之堅定，這主要基於三個方面的心理原因：首先，孟玉樓反感張四的為人，只要是他提議或是贊成的，孟玉樓就本能地就反對。其次，西門慶是坐商行賈人家，孟玉樓嫁過去理家主內，商家管理都是她輕車熟路的事，孟玉樓容易發揮自己的長處。比之嫁給舉人為妻、打理那些個詩書禮儀，為舉人操持家務要更容易上手些。再有，就是孟玉樓過於相信自己的直覺。因為，西門慶的外表，總是給女人產生好的感覺和印象。

就在孟玉樓出嫁時，楊家的娘舅張四和姑媽楊老太太，爆發了一場唇槍舌戰。在他們互不相讓的一片叫罵聲中，孟玉樓的妝奩抬進了西門府，孟玉樓終於風風光光地嫁進了西門家。從此，孟玉樓的生命之船，駛進了新的航道，不論順利還是曲折，這都是孟玉樓自己的選擇。曾經有一位西方哲學家認為：人只有在對生活做出選擇時，才體現出人的存在價值。而具有選擇的可能性越多時，人的存在價值才越有體現的意義。孟玉樓能對婚姻做出她力所能及的自主選擇，這選擇的行為本身，就已經體現出當時社會能夠給予女性的最大生活空間了。同時，這不僅是孟玉樓對婚姻的選擇，這同時還反映了孟玉樓對生活理念的價值選擇。在孟玉樓看來，人世間的生活理念，未必只有「萬般皆下品，唯有讀書高」的一種價值觀存在。然而，孟玉樓對待生活的各方各面，也包括夫妻間的性生活，都基本是持中規中矩的態度，這完全不適於合西門慶的生活方式，當然更不可能滿足西門慶對男女間情事的興趣要求。所以，儘管在新婚時，西門慶一連在孟玉樓房裡歇了三個晚上，可不到三個月，隨著潘金蓮的進門，孟玉樓在西門府的情形，就有點像款式過時的精製服裝一般，被西門慶放置於西院裡，很少問津了。

孟玉樓在西門府的六房妻妾中，年齡是最長的。可孟玉樓的排位卻是居於中間的第三房，這的確使她的處境很是有些不尷不尬，處世為人也頗有些艱難。孟玉樓既不會像潘金蓮那般刁蠻耍橫，明目張膽的擠兌眾人，以一身的好風月來抓住西門慶，甚至為滿足西門慶，不惜作踐自己。孟玉樓又不可能像李嬌兒和孫雪娥那樣，與他人較一日之短長，爭風吃醋，庸俗不堪。孟玉樓沒有李瓶兒對西門慶的一片癡情，又沒有吳月娘的正房之位。她不願以下流的姿態迎合他人，也沒有不凡的能力位居人上。孟玉樓的經商理家才能無處發揮，而她不俗的氣質，就只有在自己的衣飾打扮上得以充分表現出來。但很遺憾，孟玉樓的氣質風度，根本吸引不了本就世俗下作的西門慶。孟玉樓每天的精心打扮，只有從小在招宣府養成品位的潘金蓮才懂得欣賞。潘金蓮自進西門府後，總是學著孟玉樓的穿衣樣式，學著孟玉樓做高跟鞋穿。漸漸形成在西門府女人的穿著打扮上，孟玉樓和潘金蓮總是十分相似。以至於李瓶兒初見時，感歎「只像一個娘兒生的一般」。既然，孟玉樓在闔府的人中只有潘金蓮會欣賞她，那她自然也與潘金蓮的關係要好過其他人。所以，當聽到潘金蓮因私通小廝，被西門慶暴打一事後，孟玉樓第一個就去看望潘金蓮。那時，孟玉樓真還不太瞭解潘金蓮為人的德行。所以，孟玉樓真以為是李嬌兒、孫雪娥與潘金蓮過不去，故意告潘金蓮的黑狀，還連帶自己陪嫁過來的小廝被趕出了府。因此，她讓潘金蓮講真相：「六姐，你端的怎麼緣故，告我說則個？」（第十二回）孟玉樓以如此真摯的口吻與人對話，而不是順著他人的意思爬，在西門府裡，孟玉樓僅此一次而已。當孟玉樓聽完潘金蓮的哭訴後，她真誠地安慰道：「六姐，你休煩惱，莫不漢子就不聽俺每說句話兒？若明日他不進我房裡來便罷，但到我房裡來，等我慢慢勸他。」此時的孟玉樓還很自信，她相信自己對西門慶是具有著一定的影響力的。孟玉樓沒有失言，當天晚上，西門慶正好到孟玉樓房裡歇息，孟玉樓既為潘金蓮，也為她自己的小廝向西門慶進言：「你休枉了六姐心，六姐並無此事。都是日前和李嬌兒、孫雪娥兩個有言語，平白把我的小廝紥罰子。你不問了青紅皂白，就把他屈了。你休怪六姐。卻不難為六姐了。我就替他賭了大誓。若果有此事，大姐姐有個不先說的？」（第十二回）孟玉樓如此認真對待這事，只因這是她進府以來，與她這一房有所關連的一件事。孟玉樓的乖覺，使她即為潘金蓮說了情，也為自己一房撇清了這主僕偷情的干係。同時也奠定了孟玉樓的三房與潘金蓮的五房良好關係基礎。此後，她們兩人在西門府的人際關係中，與其他人就很是不同了。的確，孟玉樓與潘金蓮在表面上，一直都保持著親切的關係，但這只是孟玉樓做人做得很「真」的一個方面的表現。而與這種「真」相對，她也有不少做的很假的另一方面的表現。這可正是真作假來假亦真，在這真真假假之中，體現出了孟玉樓的會做人。可悲的是人的「真」要靠做出來，那還能有什麼真可言呢？

孟玉樓在西門府中，得到潘金蓮的友善對待。孟玉樓巧妙地把這個家裡一個最具攻擊性的力量，變成了她自己最可依仗的勢力。孟玉樓以做得真，來換取真的回報。投資不大，卻獲利豐厚。潘金蓮過生日，李瓶兒前來祝賀。這是花子虛死後，李瓶兒首次到西門府。李瓶兒與眾妻妾一見面，就向吳月娘磕了四個頭，和潘金蓮平磕了頭，這時還是花家二娘子身分的李瓶兒，竟以小妾對正房的禮節對吳月娘行拜見禮，大大錯了禮數。可笑的是李瓶兒對此渾然不覺，還要請西門慶出來一拜，可惜西門慶不在家。作為西門慶的情人，李瓶兒此番來西門府祝壽，最想要見的人當然是西門慶。不知李瓶兒是否把沒見到西門慶的失望，寫在了她的臉上？在眾人都只注意李瓶兒的好酒量時，孟玉樓竟提出留她在府裡：「二娘今日與俺姐妹相伴一夜兒啊，不往家去罷了。」（第十四回）李瓶兒心裡願意，但畢竟還在服孝期裡，不便答應，就推說「家中無人」，可又說有個叫老馮的老家人「來與奴做伴」。心活嘴快的潘金蓮馬上接口道：「卻又來，既有老馮在家裡看家，二娘在這過一夜兒也罷了。左右那花爹沒了，有誰管著你？」潘金蓮把李瓶兒的推辭一下給說白了。孟玉樓緊接著說：「二娘只依我，叫老馮回了轎子不去罷。」孟玉樓和潘金蓮都知道，西門慶與李瓶兒有一腿。所以，她倆一唱一和，配合默契，意在看吳月娘的態度。李瓶兒知道她們的言下之意，此時難免羞澀，只能笑而不答。而吳月娘只是讓酒說話，並不表態。天色已晚，愛打扮的潘金蓮，又回房重勻粉臉去了。吳月娘托大地說潘金蓮：「我倒也沒見你倒是個主人家，把客人丟下，三不知往房裡去了。俺姐兒一日臉不知勻多少遭數，要便走的勻臉去了。諸般都好，只是有些孩子氣。」此話顯然是對李瓶兒說的，既明說了李瓶兒是客，客就沒有自己留下來的道理。等潘金蓮勻完粉臉，再進上房時，孟玉樓把吳月娘的話，以開玩笑的方式傳給了潘金蓮：「五丫頭，你好人兒！今日是你個『驢馬畜』，把客人丟在這裡，你躲房裡去了，你可成人養的？」吳月娘的話對潘金蓮並無惡意，孟玉樓傳話是一種友好的表示，潘金蓮聽言後與孟玉樓嬉笑打鬧，說明領了孟玉樓的情。潘金蓮換的一身衣裙，與孟玉樓的一模一樣。潘金蓮頭上插著的壽字金簪，卻引起了吳月娘的注意。當李瓶兒聽說吳月娘要照這款式打一副時，立即表示每位娘子送一對，還說這簪子是宮裡的樣式，外邊打不出來。李瓶兒大方的送禮，使吳月娘很是開心，這位大娘子終於鬆了口，對李瓶兒表示挽留：「二娘不去罷？叫老馮回了轎子家去罷？」有意思的是，這挽留客人的話用的是訊問的句式，自然表明，西門府的掌家娘子留客的意思十分很勉強。李瓶兒酒雖喝的不少，但也聽得出這勉強的味道，她便再次推辭。孟玉樓見吳月娘有些不願，就巧妙的把西門慶抬出來：「二娘好執古，俺眾人就沒些分上兒？如今不打發轎子，等住回他爹來，少不的也要留二娘。」在這裡孟玉樓的熱心，並不是為討好西門慶。孟玉樓若是為西門慶挽留李瓶兒，很可能一個不留神，就會得罪了吳月娘。再說，這也顯不出孟玉樓的什麼特別。那麼，孟玉樓所為何來呢？她為的是印象，是李瓶兒對她的一個好印象。因為，西門慶對李瓶兒的曖昧態度，就算瞎子也看出來了。吳月娘對圍在西門慶身邊的所有女人，就李瓶兒是她最在意的一個。孟玉樓明知不久的將來，李瓶兒就要成為西門府的一房女人，且或許是最有實力、最能與潘金蓮相抗衡的一房勢力。孟玉樓給李瓶兒一個熱心人的印象，又何樂而不為呢？更況且，孟玉樓對李瓶兒的憨直勁兒，也存有好感。否則，孟玉樓也不會極力成全，讓她和西門慶見一面，以慰他們彼此的相思。孟玉樓善解人意，由此可見一斑。這一夜，西門慶進了孟玉樓的房，這是巧合。李瓶兒事後對西門慶說，這孟三娘待她親熱，這是回報。

孟玉樓雖不是正頭娘子，可在她初進西門府時，仍以「家和萬事興」的態度作為她對待人和事的一個原則。西門慶記恨李瓶兒嫁蔣竹山一事，娶李瓶兒過門時，不僅場面冷清，還不給用花轎。一頂小轎抬來大門口，卻又不讓家裡人去招呼，使李瓶兒一直坐在轎子裡無人迎接。這善解人意的孟玉樓便去勸正在與西門慶慪氣的吳月娘接人：「姐姐，你是家主，如今他已是在門首，你不去迎接迎接兒，惹的他爹不怪。他爺在捲棚內坐著，轎子在門首這一日了，沒個人出去，怎麼好進來的？」（第十九回）這話使吳月娘聽起來，覺得孟玉樓真是挺為自己著想的，孟玉樓這意思就是讓她吳月娘不要擴大與西門慶之間的矛盾了。左思右想之後，吳月娘真把李瓶兒迎進了門。而西門慶並不省事，還是三日不進新房，又故意冷落李瓶兒。羞憤難當的李瓶兒自盡未遂，孟玉樓對仍在喝酒的西門慶加以勸說：「你娶將他來，一連三日不往他房裡去，惹他心中不歹麼？恰似俺每把這莊事放在頭裡一般，頭上末下，就讓不得這一夜兒。」這話分明是對西門慶表示，不要給新娘子誤會，以為家裡的女人都想爭奪她的新婚之夜。孟玉樓為使吳月娘與西門慶和好，她借西門慶使喚的小廝被吳月娘派出去幹活一事，對吳月娘說：「姐姐在上，不該我說。你是個一家之主，不爭你與他爹兩個不說話，就是俺每不好張主的，下邊孩子們也沒投奔。他爹這兩日，隔二騙三的，也甚是沒意思。看姐姐恁的依俺每一句話兒，與他爹笑開了罷。」（第二十回）儘管吳月娘一頓搶白，把孟玉樓說的「訕訕的」，很是沒趣。但後來，西門慶感動於吳月娘的雪夜祝禱，自己主動與吳月娘和解，兩人還來了個佳期重會。這孟玉樓第二天一早就把此事告訴了潘金蓮。惟恐天下不亂的潘金蓮，聽了孟玉樓笑學吳月娘對西門慶親熱時的話，張嘴就說吳月娘是「假撇清」。孟玉樓對吳月娘與西門慶重歸於好一事，則是客觀地看待：

> 他不是假撇清，他有心也要和，只是不好說出來的。他說他是風老婆不下氣，倒教俺每做分上。怕俺每久後玷言玷語說他，敢說你兩口子話差也，虧俺每說和。那個因院裡著了氣來家，這個正燒夜香，湊了這個巧兒，正是：我親不用媒和證，暗把同心帶結成。如今你我這等較論，休教她買了乖兒去了。你快梳了頭，自過去和李瓶兒說去：咱兩個人，每人出五錢銀子，教李瓶兒拿出一兩來，原為他廢事起來。今日安排一席酒，一者與他兩個把一杯，二者當家兒只當賞雪，耍戲一日，有何不可？（第二十一回）

孟玉樓的所作所為，不愧是世事通明，人情練達，還確有長者風範，表現了她的通情達理，為人大氣，心性機敏，情趣不俗的個性特徵。

孟玉樓做人雖然隨和，但卻很有自己做事的原則。孟玉樓從不與風塵中人沾親，也不與下人交友。吳月娘和李瓶兒都各有一個妓家女子為乾女兒，可孟玉樓對她們極少有所應酬。孟玉樓對待妓家出身，被西門慶贖了身的二房李嬌兒，採取的是不近不遠，保持距離的態度；她對待上灶丫頭出身，後被西門慶扶成妾的四房孫雪娥，就打心眼兒裡看不起。但孟玉樓在西門府裡，從不挑起說是道非的什麼話頭。就算她孟玉樓對誰有微詞，也都是搭借著別人的話說出來。且看，潘金蓮激西門慶打了孫雪娥後，西門慶過了一年多才進了一次孫雪娥的房。潘金蓮聽說孫雪娥讓來府裡唱曲兒的藝妓叫她四娘，張口就數落開了：「沒廉恥的小婦人，別人稱道你便好，誰家自己稱是四娘來。這一家大小，誰興你，誰數你，誰叫你是四娘？漢子在屋裡睡了一夜兒，得了些顏色兒，就開起染房來了。」孟玉樓借機搭腔道：「你還沒曾見哩，今日早晨起來，打發他爹往前邊去了，在院子裡呼張喚李的，便那等花哨起來。」（第五十八回）雖說孟玉樓和潘金蓮都厭惡著四房的孫雪娥，但厭惡的原因各有不同。就孟玉樓而言，純粹就是看不起而產生的厭惡心理。所以，只要孫雪娥有一絲一毫的得意張揚出來，孟玉樓就會心生厭惡，她就是看不慣孫雪娥小人得勢的輕狂樣。再看，家奴媳婦身分的宋惠蓮，因依仗著和西門慶的曖昧關係，被西門慶所抬舉的因由，便常與婕娘們一起下棋、擲骰子玩耍。一次，宋惠蓮看眾妻妾玩牌，故意高聲評論，想表示自己的牌技高明。她一會說吳月娘：「娘把長么搭在純六，卻不是天地分，不贏了五娘？」一會又說李瓶兒：「你這六娘骰子是個錦屏風對兒。我看三娘這么三配純五，只是十四點兒，輸了。」孟玉樓見她如此沒有分寸，沒大沒小的張揚，便教訓道：「你這媳婦子，俺在這裡擲骰兒，插嘴插舌，有你什麼說處！」（第二十三回）幾句話，說得宋惠蓮飛紅了臉，回下房去了。在孟玉樓的心裡，人就應有個高低貴賤的等級分別。對待身分低微的，孟玉樓從來就是待以正色，對自己房裡的貼身丫鬟，即使是西門慶收用過的，她也不會像潘金蓮對龐春梅那樣的放縱。孟玉樓對龐春梅和對潘金蓮就有尊卑之別。哪怕是龐春梅後來成了守備夫人，在孟玉樓眼裡，不過是個出身卑微的丫頭而已，孟玉樓始終也不與龐春梅產生深度的交往。根深蒂固的等級觀念，使孟玉樓對待不同等級的人，採用不同的態度。孟玉樓這種處世的原則，使得她在接人待物上，不會亂了章法，失了分寸，惹出像吳月娘把西門慶所嫖過的妓女認做乾女兒，使夫妻間亂了輩分的笑話。

隨著孟玉樓對西門府裡情形的瞭解，她漸漸以一種淡漠的態度，去面對那些紛紜複雜的爭鬥。孟玉樓把自己的真心盡數收藏，把自己的面目盡力掩飾，更加用心的是在人前去真正的「做」，目的就一個，即盡力不與人結怨。孟玉樓的具體方法就是給他人一種一切事物她都是置身事外、十分超然的誤識。孟玉樓知道，這是保護她自己的最好方式。潘金蓮偷聽宋惠蓮與西門慶偷情，正好聽到宋惠蓮說她的不是之處。為此，潘金蓮對宋惠蓮很是不滿。隨後，便把西門慶與宋惠蓮的事讓孟玉樓知道了。孟玉樓本就不喜宋惠蓮的攀附作勢，再說，這西門府裡自打有了潘金蓮和李瓶兒，孟玉樓過得就夠像活守寡了。要是再進個宋惠蓮，她就更是被打入另冊了。一個家奴媳婦比自己一個出身富商的婕娘還得勢，這是孟玉樓不能容忍的。潘金蓮的不滿，正好可以被孟玉樓利用來整治這個不知高低的家奴媳婦。所以，當聽說宋惠蓮的丈夫來旺，喝醉酒後狂言要殺西門慶和潘金蓮，孟玉樓便煞有介事地對潘金蓮說道：「這椿事，咱對他爹說好，不對他爹說好？大姐姐又不管，倘忽那廝真個安心，咱們不言語，他爹又不知道，一時遭了他手怎的？正是有心算無心，不備怎提備？六姐，你還該說。正是為了驢扭棍，傷了紫金樹。」

（第二十五回）這話說得巧，使潘金蓮以為孟玉樓遇事都和她商量，自然要表現出自己相當的有主張。潘金蓮果然對西門慶添枝加葉地說了一番，西門慶給來旺栽了個「非奸即偷」的罪名，抓進牢裡，打了個半死。這宋惠蓮雖說與西門慶有私情，可又不忍看丈夫被冤枉，於是，向西門慶討人情，肯求放了來旺。這西門慶正對宋惠蓮著迷，便答應了。孟玉樓的信息來得可真快，她立即去對潘金蓮說，西門慶要放了來旺，要把宋惠蓮調到新買的對面喬家大院，要把宋惠蓮扶成「就和你我等輩一般。甚麼張致？大姐姐也就不管管兒。」（第二十六回）這話中不難看出，孟玉樓自然是對吳月娘治家無方，只求不與西門慶再發生矛盾，一味地息事求安的不滿。但孟玉樓的種種不滿只要對潘金蓮說就夠了，因為孟玉樓很清楚，潘金蓮是個沒事還能生出事的主兒，這有事她不得鬧翻天？果然，潘金蓮聽了此言，面色變得紅上加紅，咬牙切齒道：「真個由他，我就不信了。今日與你說的話，我若叫賊奴才淫婦，與與西門慶做了第七個老婆，我不是喇嘴說，就把潘字吊過來哩！」聽了這話，孟玉樓則說：「漢子沒正條，大的又不管，咱每能走不能飛，到的那些兒？」這分明是說，小妾地位低下，遇事無能為力。這可是進一步刺激到了潘金蓮最敏感的神經，就見那喜歡爭強好勝的潘金蓮真是十分的激動了：「你也忒不長俊，要這命做甚麼？活一百歲殺肉吃！他若不依，我拼著這命，擯兌在他手裡，也不差甚麼。」孟玉樓看著被她說動了肝火的潘金蓮，臉上露著笑，以退為進地說：「我是小膽兒，不敢惹他，看你有本事和他纏。」這叫請將不如激將，潘金蓮的確有本事，西門慶沒娶成第七個老婆，宋惠蓮則丟了性命。全府上下懼怕懷恨的是潘金蓮，吳月娘厭惡警惕的是潘金蓮。就此，潘金蓮成了眾目睽睽的目標，一旦有什麼不牢靠，便是牆倒眾人推的目標。然而，把潘金蓮當成了槍使的孟玉樓，卻置身事外，看了一場自己一手導演的悲劇。這種在心理上對他人極度的冷漠，對有礙於自己的人不擇手段地除掉的手法，其實才使人真的害怕。由此可知，孟玉樓做人外熱內冷冰箱式的性情，以及心裡不易被人覺察到的陰暗。這「乖」人，也會令人不寒而慄。

孟玉樓雖城府極深，但她不是陰謀家。對於不危害到她利益的人，她就會顯得很是隨和，也容易相處。孟玉樓處世的主要方法，不過是現今也很常見的那種隨機應變式。即見人說人話，見鬼說鬼話，真正遇事不說話而已。李瓶兒生子後，潘金蓮心裡十分的妒忌，可又不能對其他人表示出來。潘金蓮的憋屈，只能對她認為在西門府最好的朋友孟玉樓發洩一通。當聽到潘金蓮說，孩子官哥不見得是西門慶親生的時，孟玉樓「只低著弄裙子，並不做聲答應他。」（第三十回）裝做沒聽見，巧妙避開了這西門府的最大的一個是非。西門慶為孩子做滿月酒席，潘金蓮借不見了一把酒壺，在孟玉樓跟前，罵了吳月娘又詛咒西門慶。孟玉樓只聽著，卻「一聲兒沒言語」。潘金蓮與陳經濟調情，孟玉樓只是冷眼觀看，從不對潘金蓮提及。孟玉樓很明白，這是件遲早會露餡的危險事，但孟玉樓不僅不規勸潘金蓮，甚至連閨密間應有提醒一下，她都不去做。這也可見出，孟玉樓對潘金蓮，心中也是蔑視的。觀整部《金瓶梅》，只要是西門府裡有關人情世故，情場是非的事，孟玉樓都是十分的謹言慎語，從不輕易表態。而一旦孟玉樓開了口，也往往只是點到為止，顯得意味深長。妓女李桂姐吃了官司，跑到乾娘吳月娘處躲避。這李桂姐進西門府來時，哭哭啼啼，神情狼狽。才一聽說吳月娘要西門慶幫她說人情，立刻笑臉吟吟，有說有笑又唱曲。孟玉樓見此說道：「李桂姐倒還是院中人家娃娃，做臉兒快。頭裡一來時，把眉頭仡惙著，焦的茶兒也吃不下去。這回說也有，笑也有。」（第五十一回）真是一語道出妓家女，慣於逢場作戲的特點。當潘金蓮對著孟玉樓大談如何限制西門慶與奶媽如意兒偷情，孟玉樓笑言：「你這六丫頭，倒是有權屬。」這話明褒實貶。在孟玉樓的心裡，潘金蓮只是打擊和平衡其他各房勢力的合夥人罷了，並非是朋友。一遭有必要時，孟玉樓也會拆潘金蓮的台：就在潘金蓮與西門慶醉鬧葡萄架後，丟了一隻睡鞋。這本是件丟面子的事，潘金蓮就生怕這睡鞋被外人撿走。後來，潘金蓮這鞋從女婿陳經濟的手裡得到。原來是家奴的小孩子拾到，陳經濟見是潘金蓮的鞋，有心要戲她，便從小孩子手裡要來給了潘金蓮。這個潘金蓮為了遮掩其醜，便向西門慶編了一套說辭，西門慶竟打了這孩子。那時，西門府裡才剛剛發生過宋惠蓮自殺一事，這時候又發生了打家奴的小孩子的事情。吳月娘一知這事，便對西門慶一味地袒護著潘金蓮，使家中鬧得不得安寧很是不滿。孟玉樓則以規勸論事的樣子，把吳月娘的話講給了潘金蓮聽：「你還說哩，大姐姐好不說你哩。說：『如今這一家子亂世為王，九條尾狐狸精出世了，把昏君禍亂的貶子休妻。想著去了的來旺兒小廝，好好的從南邊來了，東一帳，西一帳，說他老婆養著主子，又說他怎的拿刀弄杖，成日做賊哩，養漢哩，生生兒禍弄的打發他出去了，把個媳婦又逼臨的吊死了。如今為一隻鞋子，又這等驚天動地反亂。你的鞋好好穿在腳上，怎的叫小廝拾了？想必吃醉了，在那花園裡和漢子不知怎的餳成一塊，才吊了鞋。如今沒的摭羞，拿小廝頂缸，打他這一頓，又不曾為什麼大事。』」（第二十九回）潘金蓮一聽扯出宋惠蓮的事，便氣塞於胸，於是口無好言。孟玉樓見潘金蓮來了脾氣，又是勸道：「六姐，你我姊妹都是一個人。我聽見的話兒有個不對你說。說了，只放在你心裡，休要使出來。」乖巧的孟玉樓知道，潘金蓮是有仇必報的，根本不會聽她的勸說的。果然，那時的潘金蓮，雖不敢與吳月娘正面交鋒，但她是不會咽下這口氣的。當夜，潘金蓮一番挑唆，便使西門慶在第二天就把小孩一家，趕到西門府外去看守空房去了。吳月娘吃了個悶頭虧，在眾婦人面前失了權威，心中對潘金蓮自然是極為惱怒。而潘金蓮哪裡知道，孟玉樓這番好意的傳話，正是使自己與吳月娘積下了深深的怨恨。吳月娘因潘金蓮和西門慶寵龐春梅有氣，便叫西門慶到孟玉樓房裡過夜。孟玉樓則因過生日時西門慶沒來，而是跑到潘金蓮那裡過夜，這不僅有違家規，也掃了她孟玉樓的臉面。所以，孟玉樓因心裡有怨氣，犯了胃痛病。西門慶知道了，便來到三房，給孟玉樓問病拿藥。可孟玉樓並不領情。她含酸說道：「今日日頭打西出來，稀罕往俺這屋裡來走一走兒。」（第七十五回）這西門慶知道自己理虧，直是陪著笑臉。孟玉樓卻隱著說：「可知你心不得閒，可不了一了，心愛的扯落著你哩！把俺每這僻時的貨兒，都打到揣字號聽題去了，後十年掛在你那心裡。」這是隱著說潘金蓮把攔漢子的。孟玉樓的含酸，並沒能使西門慶有所表示，她見西門慶不搭她的話，便又提出不管家裡的流水帳了，提出把賬交給潘金蓮管。西門慶可是很瞭解潘金蓮的能耐的，他知道這不是潘金蓮的強項。可西門慶也想要順水推舟，以此來表示對潘金蓮的寵愛，就讓孟玉樓在擺完請官員的酒席後，再交帳給潘金蓮。孟玉樓通過這一着手段，也看出了西門慶其實並不疼她，對她沒有真的感情。本就知道潘金蓮在錢上非常的摳門兒，孟玉樓卻提出讓潘金蓮管賬，這一來是試探西門慶的心，二來也讓府裡下人們作個對比，使大家都知「在三娘手裡使錢好」，讓潘金蓮管家，其實是讓潘金蓮在西門府裡，更加成了眾矢之的。

交賬後不久，潘金蓮與吳月娘的正面衝突終於爆發。家裡上下人等因畏懼潘金蓮，在西門慶回家來後就沒人敢說此事。而孟玉樓卻把這事「具說一遍」，西門慶因惦記著吳月娘懷著孩子，只能先討好吳月娘。此時的孟玉樓則施展出她的口才，先說潘金蓮是個有口無心的人：「這六姐，不是我說他，要的不知好歹，行事兒有些勉強，恰似咬群出尖兒的一般，一個大有口沒心的行貨子。大娘，你若惱他，可是惱錯了。」（第七十六回）這話明著說要吳月娘不與潘金蓮計較，這話裡話外其實就說的是潘金蓮是個挑事「咬群」的瘋狗人物。這一來，吳月娘把孟玉樓對比潘金蓮道：「她是比你沒心，她一團兒心哩！」還真認為家裡數孟玉樓好。孟玉樓也就順水推舟地奉承起了吳月娘：「娘你是個當家人，惡水缸兒，不恁大量些罷了，卻怎樣兒的。常言一個君子待了十個小人。你手放高些，他敢過去了，你若與他一般見識起來，他敢過不去。」孟玉樓捧吳月娘是「君子」，又說讓潘金蓮磕頭賠禮。等到了潘金蓮的跟前，孟玉樓的話就盡是同情：「你去到後邊把惡氣兒揣在懷裡，將出好氣兒來看怎的。與她下個禮，陪了不是兒罷。你我既在簷底下，怎敢不低頭。」聽著潘金蓮向她發了紛紛的牢騷，孟玉樓則以更多的不滿來使潘金蓮住了口。孟玉樓拉著潘金蓮來到吳月娘面前，以插科打諢的口吻說：「我兒還不過來與你娘磕頭？」接著口口聲聲叫吳月娘「親家」，以潘金蓮老娘的身分說話，眾人都被她逗笑了。待這件事情完結後，不磕頭的孟玉樓，比磕頭的潘金蓮更得人心。表面上潘金蓮與吳月娘是一笑泯了恩仇，其實，兩人的隔閡依舊，孟玉樓則是雙向得分，人人都認為她是個好好人、和事佬。孟玉樓常常能把看似嚴肅、重要、正經的事情，以一種詼諧、輕鬆、玩笑的方式來解決。對此方法的運用，她是十分的擅長，這也是孟玉樓處世為人的一個重要謀略。笑笑生借卜龜兒卦的婆子的口，對孟玉樓作了這樣的概括：

「你為人溫柔和氣，好個性兒。你惱那個人也不知，喜歡那個人也不知，顯不出來。一生上人見喜下欽敬，為夫主寵愛。」（第四十六回）孟玉樓這一人物的個性特點，在後來的《紅樓夢》人物中，薛寶釵形象的刻畫上多有相似之處。

西門慶死後一年，西門府裡的日子已是大不如前。清明時節，僅有孟玉樓一妾，陪著吳月娘來祭掃西門慶的墳塋。可孟玉樓也沒想到這一掃，便是把孟玉樓自己也「掃」出了西門府。就在距離西門慶的墳塚不遠處，這位身材出眾的孟玉樓，引起了縣府通判的兒子李衙內的注意。而李衙內熱切灼人的目光，也引得孟玉樓注目。就在這四目相對的一瞬間，彼此都產生了某種特別的感覺。在吳月娘還沒來得及做出反應，孟玉樓就已經決定再次改嫁，離開這個孤寂多過溫馨、眼淚多過歡笑的西門府。當吳月娘帶著李衙內請的官媒，來到孟玉樓房中問嫁，孟玉樓一句「奴也吃人哄怕了」的說辭，便是對她嫁進西門府七年生活的總結。在這西門府的七年光陰裡，孟玉樓忍怨含酸，她處處防範，她小心謹慎，她察勢觀風。在人前調笑打鬧，沒人處冷淚淒顏。這七年的歲月，孟玉樓過得孤寂，活得也辛苦。李衙內的提親，結束了孟玉樓心無所依的日子。孟玉樓又一次風風光光地出嫁了，她成了衙內的正頭娘子，掌家的主婦，而吳月娘成了她的娘家人。

永別了西門府的孟玉樓，是否會感慨命運真很弄人？她曾以為在西門府能讓她發揮理財的能力，誰知讓她真正有所發揮的地方，正是她原不願嫁的官家。她曾以貌取人，以為西門慶會給她幸福。可直到七年後，孟玉樓才真正找到了她所需要的幸福。就是憑藉著對這種幸福生活的價值認定，孟玉樓把仗著被李衙內收用過，不服她管教的大丫頭趕出了府。也因為對這種價值的認定，使孟玉樓能冷靜地面對陳經濟的威嚇引誘，能與丈夫齊心合力，收拾了這個日益墮落的宦門子弟，使陳經濟傾家蕩產，吃盡苦頭。雖因為此人的事，孟玉樓和丈夫被趕回了老家，可小日子過得是開開心心。

實實在在的婚姻，實實在在的人生。始終以實在的態度對待生活，這就是務實的孟玉樓想要的幸福，也是孟玉樓對幸福的詮釋。的確，每個人對幸福都有自己的理解。而幸福對每個人來說，只是一種感覺。幸福，向來是沒有一定之規的。

孫雪娥悲劇人生談

俄國偉大的作家托爾斯泰曾寫過一句名言：「幸福的家庭都是相似的。不幸的家庭，各有各的不幸。」[12]其實，不僅家庭如此，人生也是如此。

在西門府裡的女人中，第四房的姨娘孫雪娥能用雙手配製精美的菜肴，卻配製不出

12 〔俄〕列夫·托爾斯泰《安娜·卡列寧娜》，北京：人民文學出版社，1989 年。

自己一個像樣的生活。不諳世事，使她在這個弱肉強食的世界，成為被人主宰和欺凌的對象。

西門慶原配老婆陳氏死後，陳氏的陪嫁丫鬟孫雪娥，已經是被西門慶收用過的通房丫頭，她便自然成了西門慶夜裡的床上陪伴。以資格論，孫雪娥可謂是西門府裡的元老，她對府中的人際關係也是最為熟悉的。不說這天時地勢，就是人氣而論，孫雪娥也應該是占盡了優勢的。然而，在吳月娘嫁進西門府做了填房後，孫雪娥並沒有一個名分，她仍屬於丫鬟與小妾之間，依舊是個通房丫頭那一類。孫雪娥是原配陳氏的舊人，為人拙笨的她，自然不會討人喜歡，更何況孫雪娥本就很缺少阿諛奉承的手段，新來的女主人吳月娘當然是不會抬舉她的。孫雪娥在西門慶心裡，只不過是個吃飯所需，睡覺備用的家裡丫頭罷了。在西門府的時間越長，西門慶對她就越是忽略。因此，當西門慶把李嬌兒、卓丟兒娶進門，做了二房、三房姨娘時，孫雪娥仍然還是沒有得到名分，還是個「單管率領家人媳婦在廚中上灶，打發各房飲食」（第十一回）的婦人。在先前西門府的女人中，若以出身論，李嬌兒和卓丟兒兩人都很低，李嬌兒是妓家女，卓丟兒是娼門婦。孫雪娥不論怎樣，也是正房娘子的貼身丫頭，無論任何時代的社會觀念看，孫雪娥的出身也是高過李嬌兒和卓丟兒的。可是，直到卓丟兒病死，孟玉樓進了西門府，頂了三房姨太的缺，隨後潘金蓮又嫁進府來，西門慶才把孫雪娥扶成第四房的姨娘，算是給了她一個名分。雖然，孫雪娥還是上灶打理一日三餐，「譬如西門慶在那房裡歇息，或吃酒吃飯，造甚湯水，俱經雪娥手中整理。」但她終於有了按姨娘位分穿戴打扮的資格，有了屬於自己的房間，有了每月的脂粉銀子。更重要的是，家中來的新人舊客、西門慶應酬的各類人等的家屬女眷，孫雪娥也都有了能參與見面受禮的資格。潘金蓮新婚的第二天一早，她來在吳月娘的上房，與眾妻妾見面。孫雪娥第一次有名有分地來到上房，見了新姨娘。在潘金蓮第一眼中看到的孫雪娥是個「乃房裡出身。五短身材，輕盈體態，能造五鮮湯水，善舞翠盤之妙。」（第九回）的女子，以此描寫看，就姿色論孫雪娥也不算差，且還有著一手精湛的廚藝，是一個能以美味抓住男人胃口的能幹的女人。

在西門府裡，能見人待客，這是作為有名分的女人們的一種待遇。見客待客，這是西門府女人的個人身分和家庭地位的標誌，也是在那種特定的生活環境裡，女性能接觸外界社會，提高女人社會知名度的極少的途徑之一。

孫雪娥因是「房裡出身」的一個丫鬟，一個服侍小姐的人，一個小姐身邊的陪襯。這使得孫雪娥打小就是活在一個生存空間十分有限、人際關係結構很是簡單的環境裡。因而，孫雪娥不懂得什麼叫「識時務者為俊傑」，也不知道「見人且說三分話，未可全拋一片心」的必要與重要。一句話，就是她是不知道該如何為人處世，不懂得世俗社會的人情事理的複雜和凶險。孫雪娥在西門府裡一向說話口無遮攔，稍有得意便性喜張揚。

她既不知道如何保護自己，也不知道怎樣審時度勢。她遇事總是率性而為，對人也從不分好歹。由於長期在狹隘的生活圈行走，使孫雪娥眼淺視短，不通情理。由於缺乏理性的教養，孫雪娥的言行粗鄙，心態庸俗。正所謂無知便無識，自然行起事來必然很是愚蠢。潘金蓮進門後，便「每日清晨起來，就來房裡與月娘做針指，做鞋腳。凡事不拿強拿，不動強動。指著丫頭，趕著叫月娘一口一聲只叫『大娘』。快把小意兒貼戀。」（第九回）吳月娘很是喜歡這新來的潘金蓮，不僅叫她「六姐」，還把「衣服首飾，揀心愛的與她。吃飯吃茶，和她同桌兒一處吃。」家中其他女人都知道，這是潘金蓮有意討好吳月娘，可心智簡單的孫雪娥卻看不出這是潘金蓮得勢的重要步驟。孫雪娥既不會像孟玉樓那樣，友好地與潘金蓮相處，哪怕是表面的友好，更不知道要怎樣打壓潘金蓮？只是會逢人就說：「俺們是舊人，到不理論。她來了多少時，就這等慣了她？大姐姐好沒分寸。」這樣的話傳到潘金蓮的耳朵裡，正好是與她過不去的一種表示。潘金蓮懂得人善被人欺的道理，她不僅要交好有實力的吳月娘，她還要找個無勢可依的人，作為她展示實力，殺一儆百的犧牲品。在眾位妻妾中，二房李嬌兒有當紅妓館麗春院的娘家做依靠，手裡還掌管著西門府家中的日常開支的支付權利，潘金蓮不能和她有正面衝突，只能和李嬌兒玩陰的；三房孟玉樓是她潘金蓮的盟友，也是她在西門府中看得比較順眼的一個女人；這四房的孫雪娥卻是個舅舅不愛，姥姥不疼的人，勢單力薄。拿孫雪娥小試牛刀，真是再合適不過的。而這些情形的觀察分析，力量對比的利弊得失等等，這孫雪娥是永遠看不出來的。孫雪娥只以為潘金蓮在府中的排位第五房，排在她孫雪娥之後，她便可以對潘金蓮不以為然。孫雪娥對龐春梅被西門慶撥進五房，當了五房的大丫頭一事也還是不以為意，竟然還是像過去對小丫頭的那樣的態度，去對待龐春梅。孫雪娥不明白，她是在為他人提供口實，把自己變成了與西門府的兩個新寵相對抗的對象。所以，當孫雪娥因一句玩笑，引得龐春梅一頓臭罵後，她居然也沒有特別的小心。第二天早晨，在潘金蓮房中歇了一夜的西門慶，想換換口味，要廚房做荷花餅和銀絲鮓湯。這種高手藝的精緻食品，只能由廚藝精湛的孫雪娥親自動手。既然是功夫菜，當然就要花工夫，做出來的也就慢了些。這西門慶等不得的讓龐春梅去催要，而潘金蓮便乘機說了孫雪娥一堆的不是。已經是五房大丫頭的龐春梅來到廚房，指著五房做粗使活的丫鬟秋菊就罵。這本來龐春梅罵她們本房裡的人，根本也就不干你孫雪娥的事，一個明白事理的人當是充耳不聞才對啊。可這個性直的廚娘孫雪娥，從言辭中聽出有些指桑罵槐的意思，便湊過去搭腔：「怪小淫婦兒，馬回子拜節，來到的就是！鍋兒是鐵打的，也等慢慢的來。預備下熬的粥兒，又不吃，忽剌八新梁興出來，要烙餅做湯，那個是肚裡蛔蟲？」（第十一回）孫雪娥這話說得是夾纏不清。她本想對龐春梅說飯做得慢的原由，可一張嘴，就把對西門慶的埋怨統統流露了出來。話把兒給人拿著了，龐春梅回房去一統連說帶叫的告狀，這西門慶一聽，一肚子的火氣，便三步兩步沖進了廚房，踢了孫雪娥幾腳，罵道：「賊歪刺骨,我使她來要餅,你如何罵她？你罵她奴才,你如何不溺泡尿,把你自家照照？」西門慶的罵，正是說明了孫雪娥在西門府裡少得人緣的原因。孫雪娥為人處世所缺乏的重要一點，就是人貴有自知之明。孫雪娥只知自己已是姨娘了，她就不知道在西門慶眼裡，依然只是個家奴罷了。以孫雪娥在西門慶心中的分量，她還及不上龐春梅叫西門慶可意和掛心。此番挨踢，別人看到的是家裡的男主子為個丫鬟打了個姨娘。知事者，只有忍氣吞聲。孫雪娥本就是一個家奴，就算不平又能如何？人在屋簷下，怎敢不低頭？可孫雪娥不會理解退後一步天地寬，更無君子報仇十年不晚的胸襟和涵養。孫雪娥只會想到自己的委屈，只想在哪裡丟了面子，就一定要在那裡找回來。當西門慶這才一轉身，孫雪娥就把滿腔的羞憤發洩出來。她對著在廚房做工的另一個家奴媳婦訴說：「你看我今日晦氣，早是你在旁聽，我又沒曾說什麼。他走將來凶神也一般，大嗄小喝，把丫頭采的去了，反對主子面前輕事重報，惹的走來平白把恁一場兒。我洗著眼兒看著主子、奴才，長遠恁硬氣著，只要休錯了腳兒！」孫雪娥這番話的言外之意很是明白，等你們這些做奴才的失了勢的一天，看我怎麼整治。孫雪娥一方面不敢承認對西門慶的埋怨，另一方面又想在下人面前發點狠,給自己找一個心理平衡。尚未走遠的西門慶聽見此話，返身進來，又給了孫雪娥幾拳，打得她疼痛難忍，不由得「兩淚悲啼，放聲大哭。」西門慶根本就不當她是個姨娘，自然也就不會給她留點做姨娘的面子。孫雪娥一個早上，兩遭被打，她當然是氣憤不過了。孫雪娥跑到吳月娘的房中，想要訴說這心中的怨氣，她也知道只能是出出氣而已。孫雪娥其實也很明白，吳月娘是個一心只想著家中事務都息事寧人的人，也不會給她擺平什麼的。但孫雪娥去傾訴委屈，不是就事論事。而是揭人最怕的瘡疤：「娘，你不知淫婦，說起來比養漢老婆還浪，一夜沒漢子也成不得，背地幹的那繭兒，人幹不出，他幹出來。當初在家把親漢子用毒藥擺死了，跟了來，如今把俺每也吃她活埋了。弄的漢子烏眼雞一般，見了俺每便不待見。」要知道，這潘金蓮毒死武大一事，可是西門府的大忌。別人說有這事，家裡人還得否認。可孫雪娥反拿這事當新聞，理直氣壯的講給吳月娘聽，以示自己的消息靈通。不料這些話，被慣愛在窗下偷聽的潘金蓮聽了個清清楚楚。這一來，孫雪娥與潘金蓮的矛盾衝突也就不可避免。衝突的結果是，孫雪娥再次遭到西門慶的痛打。就在一天之中，孫雪娥三次挨西門慶打，可卻沒有任何一房妻妾們對她表示過同情。這位第四房的姨娘，只能自悲自憐。一個命運被他人掌握的人，要想以率真立身，以任性而為，那絕對是一個極大的錯誤，至少也是一個對自己的誤會。孫雪娥不能清醒地知道西門府環境的變化，不能理智地對待人情事理，便很難有生存的空間。所謂適者生存，不能適，也難以存。

經此一事的孫雪娥，卻並沒有學乖點兒，她只想著如何報復欺辱了她的第五房，找事、找機會，把失去的面子找回來。潘金蓮私通三房的小廝，孫雪娥與李嬌兒一同去告訴了吳月娘。而吳月娘只認為，她們兩個都是與潘金蓮有矛盾，所以故意生事。吳月娘不僅不信，還說：「不爭你們和他合氣，惹的孟三姐不怪，只說你們擠撮他的小廝。」（第十二回）既然內當家的執意不理，這事本也就可以不了了之。可是急於報一箭之仇的孫雪娥，並不願意善罷甘休。她與李嬌兒一道，在西門慶面前，把潘金蓮與小斯通姦的事兒說了。西門慶雖用鞭子打了潘金蓮一頓，可有龐春梅與小廝的串供證明在前，又有孟玉樓的勸說調解於後。潘金蓮就哭鬧了一場，終於使這天大的事也就這麼完了。孫雪娥和李嬌兒原是想看著潘金蓮出大醜的，誰知她經此一事後更得西門慶的寵愛。這對孫雪娥來說，她不僅沒有報成什麼仇，反使潘金蓮更加有恃無恐。孫雪娥雖說是個一直理不清人際事理間錯綜複雜的關係演變的愚人，但潘金蓮是不會因為她的愚蠢而寬宥於她的，潘金蓮勢必要報復這個愚蠢的四房姨娘孫雪娥。

孫雪娥雖有了妾的身分，但她一直到私自逃出西門府，也沒有進入為人妾的心理狀態中來。西門慶扶孫雪娥為一房姨娘，對此她沒有表示出對西門慶多大的感激，甚至看得是若有若無。在孫雪娥心裡，她和西門慶的關係不全是夫婦，也不全是主子與家奴，而是兩者皆有。所以，當西門慶進孫雪娥的房裡過夜時，他們是夫婦。此時的孫雪娥，可以對西門慶提出衣服首飾、零碎銀子、甚至要個粗使丫頭等物質的要求，西門慶也會很大方的答應。但要西門慶兌現這些承諾，卻不知是何年何月的事兒了。孫雪娥也明白，她對西門慶在性方面的吸引力，遠遠比不上她的推拿按摩術更能得到的西門慶的認可。孫雪娥也常對人說：「我是個沒時運的人，漢子再不進我屋裡來，我哪兒討銀子？」（第二十一回）孫雪娥的確是西門府家所有妻妾中最窮的一房。西門慶出了她的房之後，她就只是個家奴，家中飲食的一切事項，各房都能支使她。孫雪娥雖為一房姨娘，可她的房中一直就沒有一個供使喚的丫頭，孫雪娥也常常是自己的事情自己幹，西門慶來過夜，也只能是她自己一手侍候。孫雪娥這種身分僅僅是稱謂形式上的升級，因而沒有實質上的任何改變和物質的方面名符其實的充實，這使得孫雪娥很少會意識到自己的名分已經有所升級。所以，孫雪娥始終也改不了的她丫頭習性，這也使她更習慣和家中的丫頭、小廝、女傭等相處，而與各房的女主子少有什麼共同語言。孫雪娥與其他妻妾在一起時，總顯得和她們格格不入。有一年的正月間，西門慶因每天應酬的酒席不斷，妻妾們在家裡便湊份子，每天輪流做東請客，為的是圖個熱鬧好玩。可「問著孫雪娥，孫雪娥半日不言語。」吳月娘只好說：「她罷，你每不要纏她了。」輪到李瓶兒做東時，孫雪娥嘴上說來，可「只顧不來」。她這樣一來，就把自己變成了眾妻妾議論的中心。果然，孟玉樓對眾人說道：「我就說她不來。李大姐，只顧強去請她。可是她對著人說的『你每有錢的，都吃十輪酒，沒的那俺每去赤腳絆驢蹄。』似她這等說，俺每罷了，把大姐姐都當驢蹄了看成。」（第二十三回）孟玉樓說的這話，既表明孫雪娥說話沒個輕重，出口就嗆人，心性是不與人為善之外，也說明孫雪娥這人不分上下尊卑，沒有分寸感，不值得與她為伍。吳月娘對孟玉樓的話很是贊同：「她是恁不是才料出窩行貨子，都不消理他了。」吳月娘的話，不僅會影響眾妾婦對孫雪娥的態度，也會影響到眾丫鬟女傭的態度。此後，闔府上下不再有人會把這個四姨娘當回事兒了。孫雪娥使的小氣性子，把自己孤立於眾妻妾之外，使自己仍舊回歸到了丫頭的陣線中來。因此，孫雪娥在情感上對家奴來旺的傾注，對來旺的看重，更勝於對西門慶。這來旺自然也是把孫雪娥放在了心裡，從杭州辦貨回來，不忘帶些東西給孫雪娥。這孫雪娥在廚房裡給來旺倒茶，給來旺講他的老婆宋惠蓮如何與西門慶有姦。孫雪娥對來旺講此事，並不是為了讓自己與來旺的感情有什麼結果。因為孫雪娥知道，她自己的姨娘身分，絕對不被容許下嫁一個家奴。將來來旺即便休了宋惠蓮，她孫雪娥也不能與來旺一起生活。那麼，孫雪娥之所以告訴來旺他老婆宋惠蓮與西門慶有姦情的事，一是因為他們是老情人，彼此之間說話隨便，凡事知無不言，言無不盡；二是反映出孫雪娥那種心直口快，說話做事不思後果的性格。可是，對妻子宋惠蓮有著感情的來旺，還是相信了宋惠蓮哭著說有人挑唆的朦騙謊言。來旺把孫雪娥對他的情況彙報，只當做是女人間的吃醋所為。孫雪娥對宋惠蓮來在廚房的一片海罵，也就只能裝聾作啞了。可上房吳月娘房裡的丫頭小玉，發現了孫雪娥與來旺間的私情，還很快就傳到了潘金蓮的耳朵裡。這潘金蓮當然以更快地速度，告訴了西門慶。西門慶在得知孫雪娥與來旺有私，又暴打了孫雪娥一頓。在吳月娘家醜不可外揚之類的勸說下，孫雪娥被西門慶「拘了她頭面衣服，只叫她伴著家人媳婦上灶，不許她見人。」（第二十五回）這從待遇上，徹底結束了孫雪娥在西門府做姨娘的資格。在這事上，孫雪娥本只想對來旺表示點關心，到頭來沒得到什麼好，反給自己惹了一身騷。

孫雪娥重被打回原形。頂著姨娘的名，過著家奴丫頭的日子。可這樣悲催的事情還並沒有就此完結。來旺酒醉吐狂言要殺了西門慶和潘金蓮，西門慶防後患，而採用了栽贓陷害之計，把來旺抓進了大牢，隨後又是遞解回原籍。宋惠蓮為丈夫說情，被西門慶連哄帶騙的欺瞞，後來宋惠蓮在得知實情後，心中滿是憤怨。這潘金蓮為了進一步刺激宋惠蓮，便行兩頭挑唆之事。潘金蓮去對孫雪娥說，她與來旺有私通的事是宋惠蓮告訴西門慶的。然後，潘金蓮又去對宋惠蓮說，孫雪娥罵宋惠蓮養主子，使得宋惠蓮把自己的漢子搞得離了西門府。缺心眼兒的孫雪娥，竟忘了潘金蓮的對她的欺辱，竟會相信潘金蓮的為人和說辭。孫雪娥這不懂得忍耐的個性，就只想著趕快把吃的虧找回來。孫雪娥尋著一個事由，對著不願搭理她的宋惠蓮嚷嚷：「嫂子，你思想你家旺官兒哩，早思想好來。不得你他也不得死，還在西門慶家裡。」（第二十六回）其實，這孫雪娥要比宋惠蓮還更希望來旺能留在西門慶家裡。已經是滿肚子怨氣的宋惠蓮，聽著這孫雪娥自己找上門來的不痛快，她也正可以發洩一下這心中的憤怨。只見宋惠蓮一躍而起，對著孫雪娥說道：「你沒的走來浪聲顙氣。他便因我弄出去了，你為甚麼來打你一頓，攆的不容上前？得人不說出來，大家將就些便罷了，何必撐著頭兒來尋趁人。」（第二十六回）這話說到了孫雪娥的疼處。惱羞成怒的孫雪娥便罵：「好賊奴才，養漢淫婦，如何大膽罵我？」罵人奴才、淫婦，孫雪娥無疑是自己罵自己。這宋惠蓮便反唇相譏：「我是奴才淫婦，你是奴才小婦。我養漢養主子，強如你養奴才。你倒背地偷漢子，你還來倒自家掀騰。」宋惠蓮靈牙利齒，分明是罵孫雪娥自賤身分，一個姨娘私通家奴。氣急敗壞的孫雪娥，走上前去，給了宋惠蓮一大耳光子，兩人扭打在一處。吳月娘走了來，說她們「都這等家反宅亂」。孫雪娥更沒想到的事情是，她這一耳光，使宋惠蓮一腔的怨氣，化成了一腔的委屈。宋惠蓮氣恨難消，尋了短見，上吊自盡了。孫雪娥的不諳世事，使自己充當了潘金蓮的槍手，更招來西門慶和眾妻妾，以及闔府下人們對她的嫌惡。

宋惠蓮的死，對孫雪娥的內心產生了巨大的震撼。孫雪娥在驚駭之餘，她才慢慢想清楚了、看明白了內府中人與人之間，那猙獰可怕的明爭暗鬥。孫雪娥這時才開始睜開了眼睛看事物，也就這血的代價，才使她長出了一點心智。孫雪娥此時雖被打入了另冊，但也讓她學會了忍耐，學會了冷眼觀察人與事。這種被動的向生活學習，使孫雪娥也能漸漸地分辨出西門府中人的善與惡。六房姨娘李瓶兒的孩子被潘金蓮害死後，孫雪娥前去看望，見李瓶兒傷心不已，止不住地哭泣，便對李瓶兒勸慰道：「你又年少青春，愁到明日養不出來也怎的！這裡牆有縫，壁有眼，俺每不好說的：他使心用心，反累己身。誰不知他氣不忿你養這孩子。若果是他害了，當當來世，教他一還一報，問他要命。不知你我也被他活理了幾遭哩！只要漢子常守著他便好，到人屋裡睡一夜兒，他就氣生氣死。早時前者，你每都知道，漢子等閒不到我後邊，到了一遭兒，你看背地亂都囔唧喳成一塊。對著他姐兒每，說我長，道我短，那個紙包兒裡也看哩！俺每也不言語，每日洗著眼兒看著他。這個淫婦，到明日還不知怎麼死哩！」（第五十九回）這番勸慰的話裡，更多宣洩的是孫雪娥自己心頭的憤恨，是孫雪娥對潘金蓮的詛咒。而李瓶兒心裡也正有著深深的憤恨和更多的詛咒，可李瓶兒是不善表達這些情感的。這孫雪娥的話，的確使李瓶兒停止了哭泣，也感到氣平了些。此時的孫雪娥，與從前那喜歡使小性子，為湊不出份子錢而不來吃李瓶兒酒的孫雪娥比，已經學會了一些理解他人的機敏，可謂真是成熟了不少。孫雪娥懂得了要與強手爭鬥，就不可正面力攻，只可側面智取，同時還要尋找同盟。李瓶兒不傻，孫雪娥對她說的一番心裡話，就是希望李瓶兒也和潘金蓮鬥一鬥。但失去了孩子的李瓶兒已是哀大心死，李瓶兒對孫雪娥的回答是：「罷了，我也惹了一身病在這裡，不知在今日明日死也。和他也爭執不得了，隨他罷。」孫雪娥聽了李瓶兒這話後，也知道她們兩人都彼此理解了對方。不久，李瓶兒死了。潘金蓮又因窗下偷聽，與吳月娘吵鬧了起來。事後丫頭小玉對吳月娘說，潘金蓮進屋偷聽，竟沒聽見她腳步聲。孫雪娥乘機說道：「他單為行鬼路兒，腳上只穿氈底鞋，你可知聽不見他腳步兒響。想著起頭兒一來時，該和我合了多少氣，背地打夥兒嚼說我，叫爹打我那兩頓，娘還說我和他偏生好鬥的。」（第七十五回）孫雪娥終於等來了讓她吐露心中積怨的時機，吳月娘順著孫雪娥的話說潘金蓮：「她活埋慣了人，今日還要活埋我哩！」這話使得孫雪娥感到今後的西門府中，她有了支持的人，這幾年來積在孫雪娥心裡的種種不平也消釋了。等西門慶回到家，知道了這事兒，慌忙來看身懷六甲的吳月娘，又請來太醫做檢查，孫雪娥在一旁為吳月娘起床備衣，暗自高興——她潘金蓮也有了倒勢的一天。

又是一個新年到來，西門府裡又是一派花團錦簇，酒席不斷，繁華熱鬧的景象。眾妻妾們也都是「施朱付粉，插花插翠，錦裙繡襖，羅襪弓鞋。裝點妖嬈，打扮可喜。」（第七十八回）忙著迎來送往，應酬頻繁。「眾夥計主管，門下底人，伺候見節者，不計其數。」這時作為廚房統領的孫雪娥，自然也是忙得不亦樂乎。所以，當眾婦人出去做客，她就只能留在家裡。而西門慶因身子不適，「只害這邊腰腿疼」，也進孫雪娥的房裡，要孫雪娥給他「打腿捏身」。誰能想到，西門府最繁華時，也到了最淒涼境。正月還沒過完，西門慶就死了。吳月娘所擔心的「家反宅亂」，終於開始了。李嬌兒拐財重歸了妓館麗春院；潘金蓮與龐春梅串通一氣，與女婿陳經濟偷情一事，傳得府裡府外是沸沸揚揚，滿城皆知；陳經濟與西門大姐吵鬧之後，與內院斷了走動，各處的買賣也亂了章法；吳月娘為平息事態，發賣了龐春梅；陳經濟借酒撒瘋，當眾指說吳月娘的孩子：「這孩子倒相我養的。」吳月娘聽聞此話，氣得暈倒在地，不省人事，慌得眾人搶救不迭。行事不再鹵莽的孫雪娥，等眾人走後，給面對亂局的吳月娘，悄悄說出一個主意：

> 娘也不消生氣，氣的你有些好歹，越發不好了。這小廝因賣了春梅，不得與潘家那淫婦弄手腳，才發出話來。如今一不做，二不休。大姐已是嫁出女，如同賣出田一般，咱顧不得她這許多。常言養蝦蟆得水蠱兒病，只顧教那這小廝在家裡做甚麼！明日哄賺進後院，老實打與他一頓，即時趕了離門，教他家去，然後叫將王媽媽子，來是是非人，去是是非者，把那淫婦教他領了去，變賣嫁人，如同狗屎臭尿，掠將出去，一天事都沒了。平空留著他在屋裡做甚麼？到明日，沒的把咱們也扯下水去了。（第八十六回）

孫雪娥這些話，雖說處處是為報積怨舊恨的，可說來卻似處處為吳月娘著想。不但句句入情入理，且方法步驟切實可行。尤其這最後一句，正說中吳月娘的心事，吳月娘也不由得說道：「你說的也是。」第二天，吳月娘果真帶領孫雪娥和家奴媳婦、房裡丫頭等，七八個女人給了陳經濟一頓結結實實的好打。孫雪娥的出謀劃策，使吳月娘出了口惡氣，也給西門大姐的婚姻生活結下了不可解的死結。

孫雪娥又能過上坐穩了奴才的安心日子了。走了惹是生非的第五房，此時西門府的一群寡婦人家，無須再攀勢爭寵。大家自然樂得是相安無事，打發著寂寞的時光歲月，等待著生命的終結。可是命運不依人願，總給人帶來無法抗拒的欲望和誘惑。被遞解回原籍的來旺，學了一手做銀器的手藝之後，重又回到了清河縣，還去了有怨有恩的西門府，去看望那些過去的各位女主人。其實，來旺的懷舊，懷的只是孫雪娥一人而已。孫雪娥對此當然是心知肚明。孫雪娥力邀來旺常來走走，對吳月娘能款待來旺也大為高興，還特地為自己的情人煮了一大碗肉。來旺的出現，挑起了孫雪娥多年以來對來旺揮之不去的深情厚意。這一對老情人相見，親熱的動作代替了所有的語言，這充分表達出了他們內心的激動和熱烈。一次次悄悄的幽會，也在所難免。但來旺和孫雪娥兩人都知道，幽會不是長久之計。要想真正擁有自己想要的生活，要想做個一輩子的夫妻，他們只有離開西門府才行，他們必須走得遠遠的。孫雪娥與來旺已是心有靈犀，在第一次幽會之後，孫雪娥就給了來旺「一包金銀首飾，幾兩碎銀子，兩件緞子衣服。」分別時還吩咐來旺：「明日晚夕你再來，我還有些細軟與你，你外邊尋下安身去處。往後家中過不出好來，不如我和你悄悄出去，外邊尋下房兒，成其夫婦，你又會銀行手藝，愁過不得日子。」（第九十回）一向被他人主宰命運的孫雪娥，面對西門府沒有了前途的生活，又在領受了來旺的愛情之後，她終於有了對自己命運作個安排的打算。孫雪娥想得很仔細，她對今後與來旺一起過日子充滿了信心。孫雪娥與來旺二人的幽會在繼續，孫雪娥也在為她的未來籌備資金，即「金銀器皿，衣服之類。」以孫雪娥在西門府裡所付出的相比，這點東西也是她應得的。經過一陣子的準備，孫雪娥終於偷偷離開了西門府，與她的情人來旺私奔了。

可憐的孫雪娥，她還來不及安頓一下自己與來旺的新生活，幸福還在對未來的期盼中，厄運已降臨到了他們的頭上。孫雪娥與來旺暫在城外的細米巷躲避，這是來旺姨娘的家。這對折騰奔波了一夜一天的人，來到僻靜的小巷裡，以為可以鬆口氣了。就在他倆沉沉睡去的時候，這個姨娘的兒子，「夜晚見財起意，掘開房門」，偷了孫雪娥的金銀首飾去賭錢，「致被捉獲」，供出了這些東西的來路，致使來旺與孫雪娥被抓進了衙門。有過案底的來旺被問成了「死罪」，且「准徙五年」。孫雪娥被「拶了一拶」，讓西門府去領人。心性硬冷的吳月娘，卻沒再讓孫雪娥進入西門府。孫雪娥被官賣給了守備府，開始了她更加淒慘的生活。

孫雪娥進到守備府，被昔日西門府的大丫頭，如今守備府的小夫人的龐春梅除去了頭飾，剝去了豔服，直接打進了廚房，不許叫孫雪娥姓名，只能以「淫婦奴才」呼之。可就是這樣忍辱偷生的日子，龐春梅也沒能讓孫雪娥過下去。為把陳經濟接進守備府裡，龐春梅生了個事由，她推說身體不舒服，一連打了她房裡的兩個丫頭。過了良久，這位揪著闔府上下人心的小夫人，終於開了金口，吩咐丫頭道：「我心內想些雞尖湯兒吃，你去廚房內，對著淫婦奴才，教她洗手，做碗好雞尖湯兒與我吃口兒。教他多有些酸筍，做的酸酸辣辣的我吃。」（第九十四回）這碗湯使得守備府的一府人那都提著的心得以放下。孫雪娥當然知道，這湯關係著一府人的安寧與否。孫雪娥仔細地「洗手剔甲，旋宰了兩隻小雞，退刷乾淨，剔選翅尖，用快刀碎切成絲，加上椒料、蔥花、芫荽、酸筍、醬油之類，揭成清湯。」可這碗精心製作的雞湯，到了龐春梅嘴裡，成了「精水寡淡」，難以下嚥之物了。孫雪娥只能忍氣吞聲，重做了一碗「香噴噴」的湯。龐春梅一拿起湯就「照地下只一潑」，嫌這湯鹹了，還讓「教她討分曉哩！」這孫雪娥哪裡知道，即便她的湯做得再怎麼精心，味道再怎麼香濃可口，她還是要被龐春梅賣出府的。性本率直的孫雪娥，心有不滿，口中就出。孫雪娥一句「姐姐幾時這般大了，就抖擻起人來」的嘟囔，招來了龐春梅一場大鬧。龐春梅以自己的孩子和自己的性命做要脅，逼孫雪娥當眾脫光衣服，叫守備府役打得她皮開肉綻。又叫來媒人，立即把孫雪娥領出府賣了，並在暗地吩咐媒人：「我只要八兩銀子，將這淫婦奴才，好歹與我賣在娼門，隨你轉多少，我不管你。你若賣在別處，我打聽出來，只休要見我。」為要孫雪娥進娼門，龐春梅以生意飯碗威脅媒人。這個為孟玉樓保過媒的媒人，好心把孫雪娥賣給了一個自稱是棉商的人販子。這人帶著孫雪娥到了臨清縣城後，露出了真面目，原來是個專門做娼家買賣的。經過一次次的苦打，三十五歲的孫雪娥學會了彈唱，可以倚門賣笑了。就在孫雪娥出來做娼時，守備府裡的主管張勝認出了她，經過一番交往後，「這張勝就把雪娥來愛了」。被張勝包占了的孫雪娥，不用接客，只待張勝來辦差事，陪他過夜，生活還算安寧。孫雪娥又有了一份屬於兩個人的日子，又有了一份心有所屬的感情等待。可惜好景不長，張勝的小舅子因喝酒鬧事，得罪了陳經濟。陳經濟又得知了張勝包占著孫雪娥，便懷恨在心。一次，龐春梅和陳經濟在房裡做愛，陳經濟乘機說了張勝許多的不是，尤其是包占孫雪娥的事。龐春梅聽罷便說：「等他爺來家，交他定結果了這廝。」（第九十九回）正在巡府的張勝，一聽龐春梅和陳經濟要借周守備的手，置他於死地，便來了個先下手為強。只見張勝手持大刀，走進陳經濟的房，兩刀結果了他的性命。隨後，提著陳經濟的頭去殺龐春梅，被另一個叫李安的府役看見，把張勝抓了起來，後被守備周秀一頓亂棍打死。孫雪娥在知道了張勝的死訊後，她又一次為自己的命運作出了選擇，這也是孫雪娥一生中最具決斷性的選擇——上吊自盡了。孫雪娥用一條繩子結束了她被侮辱、被損害的一生。沒有人為她流淚，沒有人為她哀傷。孫雪娥活得艱辛，死得輕飄。

孫雪娥的悲慘人生，並沒有給人以強烈的震撼，甚至也沒有帶來多少的感動。這是因為孫雪娥的悲劇命運，實在是太普通了，這普通到幾乎人人都能在自己的生活中見到、感到，甚至就有人身臨其境。一言以蔽之，就是普通小市民的慘澹人生，是一個小女人的一己悲苦罷了。可恰恰是這種普通與平常的慘澹悲苦人生，才能有力地寫照出凡塵俗世中的芸芸眾生像，也才能折射這些小人物面對命運的不公、面對欲望的誘惑，面對社會的壓迫等等的無法抗拒。孫雪娥悲慘的一生，抹掉了人們生活中習以為常的、以為可以用來哄騙自己的夢幻色彩。笑笑生通過孫雪娥這一人物，揭示出了無情的社會現實，展示出了人生的血色歷程。

孫雪娥任性而為、率直少思、極易衝動的性格，世人可以視為愚；孫雪娥氣量狹小，遇事不肯忍讓，難以和人相處的言行，世人可以目為蠢。可是，孫雪娥的人生悲劇，並不完全是性格悲劇。在孫雪娥的一生中，被人規範的生活多，自己想要生活的少。孫雪娥一生被人設置的時候多，安於這種設置的時候也多。在孫雪娥不算長的生命歷程裡，她對命運作出過兩次選擇：一次是與來旺私奔，一次就是上吊自殺。由此來看，孫雪娥一生的選擇機會真是有限得很。尤其讓人覺得可悲的是，這兩次對命運的自主，得到的是一次比一次悲慘的結局。然而，孫雪娥也不完全是命運悲劇。

孫雪娥只是一個想過普通生活的弱女子，可那個社會的體制剝奪了她，以及與她同時代的許多人，特別是女人，她們對命運自主的權利。這暗無天日的社會制度，才是孫雪娥人生悲劇的根源所在。

宋惠蓮的自尊意識

宋惠蓮，西門府中一個俏麗的小媳婦。原名金蓮，吳月娘為把她和潘金蓮相區別，將她改名叫惠蓮。

宋惠蓮，在整部《金瓶梅》中，從出場到死去，僅占了五回的篇幅，卻給人很多的感動。

笑笑生本是把宋惠蓮作為潘金蓮的一影，作為一個陪襯人物來刻畫的。這兩個曾有著同名金蓮的女人，也被賦予了很多的相似之處：宋惠蓮也有出眾的容貌，「生的黃白淨面，身子兒不肥不瘦，模樣兒不短不長。」（第二十六回）尤其是那雙在當時社會，被視為女人品牌的小腳，比潘金蓮「還小些兒」。宋惠蓮也是出生於小市民家庭，她的父親是開棺材鋪的。宋惠蓮也曾是個大戶人家裡的丫頭，「當先賣在蔡通判家房裡使喚」。宋惠蓮也是個性情風流，「斜倚門兒立，人來到目隨。托腮並咬指，無故整衣裳。坐立隨搖腿，無人曲低唱。開窗推戶牖，停針不語時。未言先欲笑，必定與人私。」（第二十二回）這個風流靈巧的宋惠蓮，雖也是出身卑微，但與潘金蓮相比，最大不同的就在於，宋惠蓮具有著一顆真誠和善良的心。宋惠蓮因是房裡丫頭幹活，便不像潘金蓮那樣，受到過專業培養，能識文斷字，撫琴唱詞。在宋惠蓮的心裡，少有著對生活的浪漫幻想，也就只能接受著命運的安排。宋惠蓮的情感欲望雖說有著潘金蓮那樣的渴望，但還是屬於比較單純的。因此宋惠蓮與潘金蓮相較，也就少有對喜、怒、好、惡的掩飾之心。宋惠蓮除了天生麗質外，她對取悅於男性的手腕和技巧，也都遠遠不及潘金蓮。

宋惠蓮「因壞了事」（第二十六回）從蔡通判家出來後，嫁給了做廚役的蔣聰為妻。宋惠蓮對這個婚姻，是一種隨緣隨分的態度，沒有表示十分不滿。而西門府裡的家奴，也是主管的來旺，因時常叫蔣聰到西門府裡做廚，便與生性好動、活潑熱情的宋惠蓮相互熟識起來，這也本不足為怪。可家奴出身的來旺，能在西門府裡做到主管，這也與他辦事的認真、幹練、精明，以及能獨當一面的能力有著極大的關係。來旺身上的才幹，漸漸在宋惠蓮心裡留下了很好的印象。宋惠蓮越來越覺得，這來旺就比舞勺弄鍋的蔣聰強。隨著交往的增加，宋惠蓮對來旺便產生了好感，進而兩人的關係也更加親密。宋惠蓮與來旺的曖昧關係形成，這既是市井社會的風氣使然，也是人往高處走的本能體現。但宋惠蓮與來旺之間的打情罵俏，只不過是反映出了宋惠蓮為人的輕浮，甚或還有點風騷罷了。笑笑生並沒有寫他們有什麼十分不堪的行為。當然，從正統社會對女性的行為規範要求看，宋惠蓮這種待人的輕狂或放蕩，無疑是她人格品行上的缺點，但這並不是一種罪惡。而後，蔣聰因為與人分財不均，在打鬥中丟了性命。在那「衙門八字兩邊開，有理無錢莫進來」的時代，成了寡婦的宋惠蓮，要為死去的丈夫討個理，要個說法，也就只好肯求在西門府做主管的來旺幫忙。這來旺不負宋惠蓮所托，「對西門慶說了，替她拿帖兒，縣裡和縣丞說，差人捉住正犯，問成死罪，抵了蔣聰命。」（第二十二回）作為人妻的宋惠蓮，也算是對死了的丈夫有了交代，她對蔣聰已經盡了自己的力。在這樁人命關天的大事上，來旺是有恩於宋惠蓮的。此時身單影隻的宋惠蓮，嫁給沒有家室的來旺，自是順理成章的事，並不悖理。來旺雖說與西門府中的四房姨娘孫雪娥有私情，但來旺和孫雪娥也知道，他們是不能名正言順地成個家，他們的感情是沒有什麼結果的。而想過正常家庭生活的來旺，對娶年輕貌美的宋惠蓮為妻，當然也是他的心中所願。就這樣，宋惠蓮心甘情願地嫁了來旺，成了西門府中的一個小媳婦，並做著府裡廚役女傭的事，也算是有了一個立身之所。

宋惠蓮剛進到西門府時，與其他上灶的家奴媳婦沒什麼兩樣，且言行舉止上也沒什麼特別之處。過了一個多月後，這個「性明敏，善機變，會裝飾」（第二十六回）的小少婦，便把三房孟玉樓、五房潘金蓮等，這些個能在外出頭露面的姨娘們的那些個時髦打扮，都看在了眼裡，自己也隨之效仿起來：「他把鬏髻墊的高高的，梳的虛籠籠的頭髮，把水鬢描的長長的，在上邊遞茶遞水。」（第二十二回）稍加修飾後的宋惠蓮，立刻顯出了不同於其他小媳婦的妖嬈。再因宋惠蓮常常出入在上房，端茶送水，很快便引起了好色的男主人，這位西門大官人的注意，且有了「安心早晚要調戲他這老婆」，要想設計占有宋惠蓮的心。

宋惠蓮喜歡效仿姨娘們的時髦穿戴的舉動，其實無可厚非。愛美，這本就是女人的天性。追求時尚，也是人之常情。時至今日，適應社會審美，追求時尚風格的心理，有幾人不跟從呢？更何況是小戶人家出身、小吏府中長成的宋惠蓮，又怎能免俗？又該如何免俗呢？

宋惠蓮精心打扮自己，這是年輕女人的本能，未必就是為了去勾引誰。宋惠蓮也沒有想到西門慶會對她有了占有的心，更不知為了她，西門慶把來旺派往杭州辦貨，讓來旺一去半年的出差。西門慶有心於宋惠蓮，就在孟玉樓過生日那天，特別注意地提到宋惠蓮的衣裙不協調。西門慶故意在酒席上對大丫鬟玉簫說：「這媳婦子怎的紅襖配著紫裙子，怪模怪樣的，到明日對你娘說，另與她一條別的顏色裙子配著穿。」（第二十二回）西門慶對看在眼裡的女人，當然會表現出他的特別關注。從這話中倒能發現，西門慶對女性服裝的色彩搭配，有著很不低的欣賞水準。當聽玉簫說：「這紫裙子，還是問我借的裙子。」西門慶對宋惠蓮的喜好，已心中有數。這同時，也不免產生出一點憐香惜玉之情。

宋惠蓮並沒有在意男主子西門慶，有一次，酒喝得有些醉的西門慶走進內府，與正往外走的宋惠蓮撞了個滿懷，西門慶乘勢「一手摟過脖子來，就親了個嘴。」酒壯色膽，西門慶口中喃喃：「我的兒，你若依了我，頭面衣服隨你揀著用。」帶點醉意的西門慶還不糊塗，他對宋惠蓮是否會答應他的性要求，並沒有把握。但西門慶抓住宋惠蓮喜愛打扮，卻苦於少衣缺飾的心理弱點，想用「頭面衣服」來打動她。而宋惠蓮對西門慶突如其來的示愛，做出了相應的反應。她「一聲兒沒言語，推開西門慶手，一直往前走了。」連個頭也沒回，這給了西門慶一個冷處理。宋惠蓮來在西門府裡一月有餘，她對西門慶的德行嗜好，絕對不會不略知一二的。西門慶的那番示意，於宋惠蓮而言，她只當是西門慶酒醉後的胡言亂語，或是一時看花了眼的誤會。所以，宋惠蓮無話可說，也不可能答應西門慶什麼事情。宋惠蓮唯一能做的，就是推開西門慶那隻攔路的手，悄然離去。很顯然，如果宋惠蓮早就懷有要勾引西門慶的心，那個風月老手的西門慶不會不察覺而早做安排，宋惠蓮也不會對西門慶的親熱示意不作出迎合的反應。宋惠蓮對西門慶的冷淡態度，恰恰進一步刺激了占有欲很強烈的西門慶。這麼一個府裡的小媳婦，竟然不把他西門慶的親熱示意當一回事兒，還竟然對他西門慶甩手而去。這大大增加了西門慶要征服、要占有這個有個性的小女子的欲望。

大丫鬟玉簫帶著西門慶的旨意，給宋惠蓮送來了「一疋翠藍四季團花兼喜相逢緞子」，並轉告宋惠蓮：「你若依了這件事，隨你要甚麼，爹與你買。今日趕娘不在家要和你會會兒，你心下如何？」宋惠蓮笑而不答。此時的宋惠蓮有所感悟，原來西門慶帶著醉意的親熱舉動不是表錯了情，也不是一時的心血來潮，而是真看上了自己。宋惠蓮沒想到，這西門慶的身邊美女環繞，而自己竟能進到西門慶的視野裡。不僅如此，這西門慶竟然還讓人轉告想和她宋惠蓮幽會。宋惠蓮的心裡，自有一種難以言表的滿足，也蕩漾起了一種暖洋洋的感覺。所以，宋惠蓮笑了。這突如其來的幽會要求，使宋惠蓮不知如何作答。面對玉簫，宋惠蓮這個被滿足了虛榮感的女人，能做出的舉動就只能是笑而不答。笑笑生真是個善解女人心的高手。西門慶對宋惠蓮，就像對所有喜歡被他奉承的女人一樣。西門慶要在府中的花園山洞藏春塢，與宋惠蓮幽會見面的提議，便是對宋惠蓮最好的奉承。一個做主子的男人，向一個家奴媳婦，如此曲折地表達對她的需要，這對愛慕虛榮的宋惠蓮來說，意味著她一下就比其他的小媳婦高出了一大節，這一步要是邁出去了，說不定就是她宋惠蓮在西門府中可以攀升的一個重要台階。所以，那份榮耀感加之混合著將與人私會的心理激動感，使宋惠蓮不會，也不可能拒絕西門慶的要求。而「惠蓮自從和西門慶私通之後，背地不算，與她衣服汗巾、首飾香茶之類。只銀子成兩家帶在身邊。」這個本就「會妝飾」的宋惠蓮，在有了足夠支配的錢後，自然「漸漸顯露打扮的比往日不同。」而西門慶不加掩飾的對宋惠蓮的滿意和喜愛之態，不僅表現在給錢的大方，而且還表現在調整宋惠蓮在府中的勞動崗位上。西門慶親自對吳月娘說，宋惠蓮會一手好湯水，「不教她上大灶，只教她和玉簫兩個，在月娘房裡後邊小灶上，專頓茶水，整理菜蔬，打發月娘房裡吃飯，與月娘做針指。」很顯然，西門慶是已經把宋惠蓮當小妾來對待了，可見西門慶對她的用心的確不少。

西門慶對宋惠蓮的特別慷慨，以及對她家庭勞作崗位安置的關心，並不是表明西門慶對宋惠蓮這小媳婦動了真感情，西門慶的一系列作為，只能認為是宋惠蓮對西門慶感官欲望的滿足度，大大超出了西門慶的期望值。行商坐賈的西門慶，不僅信守了當初他對宋惠蓮物質方面的一番承諾，而且對宋惠蓮還有了更進一步的想法，西門慶想長期地占有這個可人意的小女子，且已經不願意有別人與他分享宋惠蓮，哪怕這分享之人是宋惠蓮的丈夫。如果，宋惠蓮在丈夫外出的半年中，與西門慶的私通行為就僅僅是限於他們的地下行動，那麼，宋惠蓮的人生過程很可能就只是一種風流，而非一個悲劇了。但笑笑生要塑造這一人物形象，並非要寫輕薄女子的風流韻事，而是有其更深刻的意味。拿著青春的容顏做本錢，在情海欲洋中嬉戲的宋惠蓮，真是懵懂無知。宋惠蓮與西門慶的風流快活，實在是把自己推向了一條十分危險的人生之路。在那充分感受著與西門慶之間感官愉悅的宋惠蓮，並沒有想，這感情遊戲要是玩不好，是會讓自己傷不起的。

宋惠蓮與西門慶的第一次幽會結束後，潘金蓮便立刻發現了。機靈的宋惠蓮知道，落了把柄在這個長於在西門府中興風作浪的五房姨娘手上，心中自是惶恐不安。宋惠蓮此後便揣著小心，時時「常賊乖趨附金蓮」。而潘金蓮認為，這事是她與西門慶之間的一個秘密，別人不知情，便顯出了西門慶和她潘金蓮的關係特別親密。再說，潘金蓮看宋惠蓮對她如此之殷勤，也心下認為，這宋惠蓮難保不是第二個龐春梅。潘金蓮也看得出，這西門慶對宋惠蓮已有些情濃意迷，她何不放任他們所為，使西門慶身邊又多了一個為自己說好話的人？所以，潘金蓮給宋惠蓮好臉色看，也能「圖漢子喜歡」。宋惠蓮至此在西門府中，便與西門慶和潘金蓮之間，形成了一種暫時穩定的線性關係。宋惠蓮也漸漸習慣了這種處境，她和西門慶便保持著這樣一種似婢如妾的曖昧生活。宋惠蓮對自己所處身分定位的混亂，致使她時常與潘金蓮、孟玉樓、李瓶兒等姨娘們混在一起。宋惠蓮陪著這些西門慶喜歡的女人們喝酒、下棋、玩賭博的遊戲，她還拿出自己的拿手絕活，只用一根柴禾兒，把個圓滾滾的豬頭「燒的皮脫肉化，香噴噴五味俱全。」（第二十三回）製作出了讓後人驚羨不已的一道名菜——「宋惠蓮豬頭肉」。就宋惠蓮這烹飪的手段，只怕是「能造五鮮湯水，善舞翠盤之妙」的孫雪娥也力所不及。而在西門府的女人堆裡，宋惠蓮極少與孫雪娥和李嬌兒來往。很明顯，在宋惠蓮的心裡，這二房姨娘李嬌兒和四房姨娘孫雪娥，她們都是不得勢的。此時，正與西門慶打得火熱的宋惠蓮，自然不屑與這兩個房的姨娘打交道。古語有云：物與類聚，人與群分。宋惠蓮自認是西門府的得勢派，她與西門慶能放肆到在吳月娘的上房裡，也竟然做出「親嘴咂舌頭」的舉動。性本輕狂的宋惠蓮，壓根兒就不懂得什麼是得意需防失意時。

西門慶想與宋惠蓮有一個完整一些，不受環境限制的春宵一度，這宋惠蓮本以為潘金蓮會成全他們。不想潘金蓮抬出龐春梅來，拒絕了西門慶的提議。西門慶只好把與宋惠蓮的相會，安排在府中花園的藏春塢山洞裡，這是西門慶與宋惠蓮他們很難得的一次私下幽會。宋惠蓮來到這山洞時，西門慶已在等待。冬日的山洞裡，「但覺冷氣侵人，塵囂滿榻。」潘金蓮讓丫頭「雖故地下籠著一盆碳火兒，還冷的打兢。」（第二十三回）可見，若西門慶不是對宋惠蓮有著一腔的激情，怎願來受這罪？而在宋惠蓮心裡，對這次的幽會心存期待。見西門慶對她如此之用心，宋惠蓮也很是受用領情。就這樣，宋惠蓮與西門慶哆哆嗦嗦地親熱著。那個慣愛偷聽他人私事的潘金蓮，此時也來到了藏春塢外，宋惠蓮與西門慶的打情罵俏，接著向跟西門慶要鞋面，又說潘金蓮的腳比她大，還說潘金蓮「原來也是個意中人兒，露水夫妻」等等，這些說辭都是潘金蓮最敏感、也最深惡痛絕的話題，結果是一句不漏，全被潘金蓮聽在了耳裡，記在了心裡。宋惠蓮大有可能是說者無意，而潘金蓮卻是聽者有心。此後，潘金蓮不再認為宋惠蓮會是第二個龐春梅。潘金蓮明白知道了，宋惠蓮與她交好，只是因畏她，而不是真心敬她。潘金蓮不會饒恕背叛她的人，她要讓宋惠蓮知道自己的厲害。宋惠蓮還如同往常一樣，來到了潘金蓮的房裡「殷勤侍奉」，而潘金蓮則一反常態，十分冷淡。隨後，對宋惠蓮連諷帶刺，把宋惠蓮夜裡與西門慶說的話都抖露出來。宋惠蓮很是知道這個女人的狠辣手段，當即跪地言道：「娘是小的一個主兒，娘不高抬貴手，小的一時兒存站不的。當初不因娘寬恩，小的也不肯依隨爹。就是後邊大娘，無過只是個大綱兒。小的還是娘抬舉多，莫不敢在娘面前欺心？隨娘查訪，小的但有一字欺心，到明日不逢好死，一個毛孔兒裡生下一個疔瘡。」宋惠蓮知道壞了事兒，只有做一番狠狠的表白，表示對潘金蓮的感恩，再進行一番發誓賭咒，否認自己說過的話，以挽救與潘金蓮的關係。可潘金蓮不僅不理會宋惠蓮的表白賭咒，還對宋惠蓮進行嚴厲的警告：「不是這等說，我眼子裡放不下砂子的人。漢子既要了你，俺每莫不與你爭？不許你在漢子根前弄鬼，輕言輕語的。你說把俺每踩下去了，你要在中間踢跳。我的姐姐，對你說，把這等想心兒且吐了些兒罷！」潘金蓮的話，簡直就沒有給宋惠蓮有緩和的餘地。宋惠蓮便想到是潘金蓮偷聽了她對西門慶說的話，於是，宋惠蓮採取了當面否認的辦法。可潘金蓮立刻打消了宋惠蓮的猜疑：「傻嫂子，我閑的慌，聽你怎的？我對你說了罷，十個老婆買不住一個男子漢的心。你爹雖故家裡有幾個老婆，或是外邊請人家的粉頭，來家通不瞞我一些兒，一五一十就告我說。你六娘當時和他一個鼻眼兒裡出氣，甚麼事兒來家不告訴我。你比他差些兒！」（第二十三回）潘金蓮的這些話，分明是說她才是西門慶最貼心的女人。潘金蓮把李瓶兒當年的事情作為佐證，向宋惠蓮證明一點，那就是西門府裡，只有她潘金蓮一個女人才是西門慶的最愛。這對正自認自己與西門慶處於情感峰巔的宋惠蓮而言，真是兜頭潑了一大瓢冷水。這是宋惠蓮第一次感到，自己被西門慶給出賣了。宋惠蓮從潘金蓮屋裡一出來，迎頭便遇見了西門慶。靈牙利齒的宋惠蓮，自然有一大堆的埋怨，她說西門慶：「你好人兒，原來你是個大滑答子貨！昨日人對你說的話兒，你就告訴與人，今日教人下落了我恁一頓。我和你說的話兒，只放你心裡，放爛了才好。想起甚麼來對人說？乾淨你這嘴頭子，就是個走水的槽，有話到明日不告你說了。」這西門慶被宋惠蓮說的是丈二金剛摸不著頭腦，而宋惠蓮並不相信西門慶的無辜，所以她對西門慶「瞅了一眼」，也不加以任何說明和解釋便走了，這倒顯得宋惠蓮尚有些心性高傲。

宋惠蓮在潘金蓮面前折了風頭，便對潘金蓮表面上就更加小心地逢迎侍候，可暗地裡也處處與她較著勁兒。宋惠蓮在其他小廝、媳婦面前，根本不知道有所收斂，性喜張揚的宋惠蓮總是大把地花錢，大方地請客。她的行動做派，就好似個姨娘，甚至就是一個正在得意的姨娘所為。正所謂風流靈巧招人怨，宋惠蓮如此大肆地表現自己的得意，是必要招惹得人人不滿的。元宵之夜，西門府觀燈擺宴，下人們都忙得團團轉。可還是家奴小媳婦身分的宋惠蓮，卻搬把椅子，坐在廊簷下磕著瓜子。酒席上要什麼東西，她就只是吆喝一聲，讓別人去送、去拿、去遞，形同一個總管。小廝畫童看見自己剛剛才掃乾淨的地上，被宋惠蓮磕一地的瓜子皮，便說了她幾句：「這地上乾乾淨淨的，嫂子嗑下恁一地瓜子皮，爹看見又罵了。」宋惠蓮聽了，不但沒住口，反搶白了小廝一頓：「賊囚根子，六月債兒熱，還得快就是。甚麼打緊，叫你雕佛眼兒。便當你不掃，丟著，另叫個小廝掃。等他問我，只說得一聲。」（第二十四回）就這話裡話外，顯見得宋惠蓮不僅口齒伶俐，很會吵架，且她對男主子西門慶連個敬稱都不用，直接以「他」呼之，已顯出與西門慶的撚熟和親近，實在是很疏於檢點。宋惠蓮後來看見陳經濟與潘金蓮調情，這可是宋惠蓮得到的一個意想不到的意外收穫，她心想：「尋常時在俺每根前，到且提精細撇清，誰想暗地，卻和這小夥子兒勾搭。今日被我看出破綻，到明日在搜求我，是有話說。」這有了潘金蓮的把柄在手，宋惠蓮便不再畏懼。就在放花炮，外出觀燈市時，宋惠蓮故意與陳經濟打牙犯嘴，任意調笑，這明明就是故意往潘金蓮的眼裡吹砂子。可這一來，也弄得西門大姐心裡氣惱，回房便罵了陳經濟。

宋惠蓮此時的生活，過得多少有些輕飄。西門慶對她的關照，如同給她注射了興奮劑一般，使她變得驕傲又自負。上房灶頭上的活計本屬宋惠蓮分內的事，可她也常常推給別的媳婦去幹，還對別人發號施令。這個年輕的小少婦，真是不知天高，不識地厚。這宋惠蓮以為有了西門慶的撐腰，就可以「把家中大小，都看不到眼裡，逐日與玉樓、金蓮、李瓶兒、西門大姐、春梅，在一處頑耍。」這諸般靈巧的宋惠蓮，和府裡的妻妾們一塊兒打秋千時，又大大出了一次風頭。只見「這惠蓮手挽彩繩，身子站的直屢屢的，腳跐定下邊畫板，也不用人推送，那秋千飛起在半天雲裡，然後抱地飛將下來。端的卻是飛仙一般，甚可人愛。」連吳月娘也贊道：「你看著媳婦子，她到會打。」這時的宋惠蓮，既有著潘金蓮的風騷，又有著龐春梅的高傲。可是這樣的得勢便倡狂的個性，倒可見出宋惠蓮是個乏於掩飾，個性直白而見識淺薄的女人。

宋惠蓮正打著輕鬆又刺激的秋千時，丈夫來旺卻從杭州回來了。宋惠蓮發現丈夫胖了、黑了，丈夫的歸來，宋惠蓮並不覺得有何不妥。她依樣給丈夫打點，仍然是「替他替換了衣服安排飯食與他吃」，這個家庭一切如此平靜，如此常態。這不是宋惠蓮的城府很深之故，而是在宋惠蓮的心裡，丈夫依舊是自家人，而西門慶與她的曖昧關係，不過是主子與奴才間的一場身體遊戲而已。所以，當夜晚來旺詰問她衣料、首飾的來路時，她伶俐地編了謊。來旺一聽，怒氣填胸，揮起老拳，「險不打了一交兒」。宋惠蓮以大哭來遮掩，不去分說與人有私的事，而採取對付潘金蓮的辦法，發誓賭咒不認帳：

> 賊不逢好死的囚根子，你做甚麼來家打我？我幹壞了你甚麼事來？你恁是言不是語，丟塊磚瓦兒也要個下落。是那個嚼舌根的，沒空生有，枉口拔舌，調唆你來欺負老娘？老娘不是那沒根基的貨，教人就欺負死，也揀個乾淨地方。誰說我？就不信，你問聲兒，宋家的丫頭若把腳略翹兒，把宋字兒倒過來。我也還呲著嘴

兒說人哩，賊淫婦王八，你要來嚼說我！你這賊囚根子，得不的個風兒就雨兒，萬物也要個實才好。人教你殺那個人，你就殺那個人？（第二十五回）

這一撒潑，倒頗有些潘金蓮的風範。宋惠蓮的堅決態度，使本來自己也心虛的來旺，真誤以為是孫雪娥的醋意使然。便只好給宋惠蓮一番解釋說：「不是我打你，一時被那廝局騙了……」這宋惠蓮反正也查不出是誰弄的舌，挑撥的是非，還以為這事已經能不了了之了。她心想，來旺只要拿不出證據，就算是搞定了，將來該過的日子一樣過就是了。宋惠蓮根本沒意識到，那孫雪娥是不可能讓老情人來旺戴綠帽子，或者讓來旺覺得是受了她孫雪娥的騙的。之後不久，來旺終於相信了孫雪娥說的事情是真的，並不是為了醋意的編造。來旺的心中，自然是充滿了不忿：想我來旺在外，忠心為主子辦差，可主子卻把我來旺留在家中的妻子給姦了。這來旺無論如何忍不下這口氣，可是又不知怎樣能出了這口氣。他便只有「何以解憂，惟有杜康」了。三杯兩盞下肚，這來旺對著諸多家奴，又是講事實，又是發大誓，直乘嘴頭子的痛快。來旺不知，此番痛快淋漓的發洩，卻給他帶來了殺身之禍。本就對來旺妒忌的另一個小廝，把來旺的沖天怨言和豪言壯語，捅給了善能整治人的潘金蓮知道了。隨之一場在西門府上演的生死爭鬥便拉開了大幕。宋惠蓮在西門慶跟前力保自己的丈夫，不僅為來旺發誓沒有欺主之心，而且還為來旺要了一個上京的差事。在宋惠蓮看來，男歡女愛的情感嬉戲，與婚姻關係的家庭維繫不是一回事。所以，不論是來旺有情人，還是她與西門慶的私通，都不能割斷他們建立起來的婚姻關係。宋惠蓮與西門慶偷情，於宋惠蓮而言，只是一種實惠的生活享樂。而宋惠蓮實際上更需要的是有屬於她的家，更看重的是需要有一個完全屬於她的男人來支撐這個家。家，對宋惠蓮是如此之重要。宋惠蓮甚至認為，她的所作所為，都是為了幫助丈夫來興旺這個家。宋惠蓮希望擁有一個完整獨立的家，希望她和丈夫對主子的逢迎能最終贏得主子的歡心，讓做家奴的來旺有遭一日可以獨立門戶。這是宋惠蓮心底的一個願望，她不願來旺永遠是個家奴，而她也永遠是個小媳婦。宋惠蓮希望通過與西門慶的性關係，來使自己或來旺的生活地位有所改變。

西門慶真打算派了來旺上京幹事情，可臨出發前，又被別的人把來旺給頂換了。宋惠蓮感到西門慶又一次在耍弄她，但又不能理解這西門慶怎會如此的不給她面子。宋惠蓮把西門慶叫到僻靜處，那怨言似洪水般一沖而出，她說西門慶：「你乾淨是個球子心腸，滾下滾上。燈草拐棒兒，原拄不定。把你到明日蓋個廟兒，立起個旗杆來，就是個謊神爺。你謊乾淨順屁股喇叭，我再不信你說話了。我那等和你說了一場，就沒些情分兒？」（第二十六回）宋惠蓮真個是西門府第一口齒伶俐人，她罵人也罵得相當有水準。這話既形象地說西門慶言而無信，又暗示彼此的情分。難怪西門慶被她罵了還忍不住笑了。當宋惠蓮聽西門慶說，留下來旺是為派他開酒店時，她才又覺得是錯怪了西門慶，其實西門慶是悉心的關照他們小倆口的。既是派來旺管理酒店，就說明西門慶有心讓來旺將來獨立門戶，讓來旺從家奴身分變成上鋪子的夥計。宋惠蓮沒想到，她的希望竟能如此之快地就要實現了。她「滿心歡喜，走到屋裡，一五一十，對來旺兒說了，單等西門慶示下。」宋惠蓮自認，她對得起來旺。

西門慶交了三百兩銀子的本錢給來旺，看著這白花花的銀子，來旺與宋惠蓮都覺得，這個家的希望成為現實，僅有一步之遙了。宋惠蓮得意地對丈夫說：「怪賊黑囚，你還嗔老娘說，一鍬就撅了井？也等慢慢來，如何今日也做上買賣了。你安分守己，休再吃了酒，口裡六說白道。」這話裡有些對來旺的親熱，有些對自己的自得，還透著點嬌憨的神情。面對事實，來旺當然無話可說，他只是趕緊讓宋惠蓮把銀子收好。宋惠蓮全然想不到，這三百兩銀子，是西門慶設下的「拖刀計」，為的是對來旺栽贓陷害。當夜，一片「趕賊」的叫喊聲，把來旺從睡夢中驚醒，為感主人的重用之恩，來旺毫不猶豫地沖出家門，持刀捉賊去了。當宋惠蓮再見來旺時，他已成了盜財殺主的「賊」。西門慶要送來旺進大牢。而此時的宋惠蓮才明白意識到，她與西門慶的歡愛遊戲真的並不浪漫，也更不實惠。事態已是十分的嚴重，這直接關係到丈夫的清白和性命。於是，宋惠蓮跪地直言：「爹此是你幹的營生。他好意進來趕賊，把他當賊拿了。你的六包銀子，我收著原封兒不動，平白怎的抵換了？恁活埋人，也要天理。他為甚麼，你只因他甚麼，打與他一頓。如今拉剌剌著送他那裡去。」西門慶一聽銀子是宋惠蓮收著的，便立即安慰說「媳婦兒不關你事」，還讓小廝扶宋惠蓮回房，並叮囑「休要慌嚇她」。回過神來了的宋惠蓮，對此事是知根知底。她看到西門慶為占有她而陷害來旺，事做得十分狠毒，宋惠蓮的良心使她難以容忍西門慶的所為。宋惠蓮置西門慶的關懷不顧，跪在地上不起，說道：「爹好狠心處。你不看僧面看佛面，我恁說著，你就不依依兒。他雖故他吃酒，並無此事。」宋惠蓮這表態，這簡直就是要捅破窗戶紙，直亮出西門慶與她私通，想霸婦殺漢的事了。西門慶當然「急了」，讓小廝把宋惠蓮連拉帶勸地弄回房去了。

原來宋惠蓮不知道，這整個事情都是潘金蓮一手所策劃的。潘金蓮是整個事件的幕後主使，而西門慶不過是台前出演的角色。可宋惠蓮只知道，西門慶對她一次次的欺騙，不僅傷害的是來旺，更是大大傷害了她宋惠蓮的自尊心。宋惠蓮曾在丈夫面前那樣的得意又自負，她曾以為，憑著她與西門慶的這層特殊關係，就能幫助丈夫自立門戶，進而就能脫離西門府。宋惠蓮曾自信地看見了自己一手繪製的美妙的前程，卻不想是一個天大的騙局。宋惠蓮以為西門慶會因她的請求，表現出一點情人的遷就。可事與願違，西門慶仍是我行我素。宋惠蓮此時才發現，自己在西門慶心裡的分量之輕，還不足以扭轉當前的危機局面。宋惠蓮對西門慶不再相信，不再寄予任何的希望，她轉而乞求於吳月娘的幫助。但上房的吳月娘對此事也無能為力，而孟玉樓則叫她耐心等待，等到西門慶消了氣再說。

宋惠蓮第一次嘗到被人玩弄的滋味。而玩弄她的人，正是這個和她有肌膚之親的西門慶。宋惠蓮真是十分傷心，對於這件事情的原委，宋惠蓮覺得自己全盤被與西門慶欺騙了。西門慶的欺騙行為，至少有兩點是讓宋惠蓮感覺到難以容忍的：其一，西門慶竟用如此可惡的手段，使她的家支離破碎；其二，西門慶竟如此輕視她的當眾求情，使她在西門府的眾人面前丟盡了面子。宋惠蓮在男女情事上，從未受到過如此的挫折。當宋惠蓮從通判府出來，嫁給了平民身分的蔣聰時，家中雖不富裕，但人身倒還自由。後因與來旺有染，但來旺也沒有對不起她。不管來旺與孫雪娥有怎樣的私情，但來旺還是和她組成了一個完整的家，使她有了一份安定的生活。況且，在西門府裡，與西門慶有著性關係的小媳婦不止宋惠蓮一個。但從西門慶作為交換的物質待遇方面，無論是衣服妝飾，還是銀錢的消費待遇，宋惠蓮可算冒尖兒了。宋惠蓮有理由當眾張揚，以顯示西門慶對她的滿足和依順，也可以證明她自己的與眾不同。宋惠蓮甚至也想到過，只要西門慶願意對她有所安排，她可以離開來旺。但宋惠蓮要的是堂堂正正、明明白白地與來旺分手，而不是用會讓人戳脊樑的詭計。對這一人物形象，人們認為她虛榮也好，認為她自私也罷，宋惠蓮絕不願意背上與人私通，陷害親夫的罪名這一點是肯定的。這與潘金蓮為滿足一己欲望而不擇手段相比，宋惠蓮尚存有禮義廉恥之心，還具有人性。以宋惠蓮的良知尚存，來襯寫潘金蓮的廉恥全無，這也是笑笑生創作刻畫這一人物的用意所在。所以，這宋惠蓮是一定要為來旺求情一節的情境設計的考量所在。

宋惠蓮求情，而西門慶卻是拒絕了她的求情。這使宋惠蓮看到，她與西門府裡其他與西門慶有染的小媳婦們，並沒有什麼不同，都不過是西門慶一時高興的玩偶。這是一種殘酷的清醒，這一醒悟，使宋惠蓮一時無法面對。她整日「頭也不梳，臉也不洗，黃著臉兒，裙腰不整，倒靸鞋，只是關閉房門哭泣，茶飯不吃。」西門慶只因怕鬧出人命，讓家裡的小廝、媳婦輪著勸說。這宋惠蓮聽說來旺在牢裡沒挨一下打，西門慶不久就會放來旺出來，這心裡又生出了朦朧的希望。她停止了哭泣，恢復了生氣，繼續向西門慶求情。宋惠蓮對西門慶表示，只要放出來旺，把來旺的生活安排妥了，她願意長留在西門慶身邊。宋惠蓮想表明的，是她對西門慶的態度，已從一種輕飄的嬉戲行為轉變為某種鄭重的承諾態度。宋惠蓮希望西門慶也能以相應的鄭重態度和有分量的措施給予回報，她害怕自己只是個玩偶。西門慶果然答應了：「我的心肝，你話是了。」西門慶做出的毫不猶豫地應承，再次激起了宋惠蓮的自信心——她仍是西門府與眾不同的小媳婦。宋惠蓮再次運用床笫的魅力，想要以此釘牢西門慶的諾言。然而，西門慶再一次背信棄義，宋惠蓮第三次受騙，來旺被遞解回了原籍，永遠背負著囚犯的身分。

來旺臨走時，按規矩要與主子和家人辭別。可西門慶不讓來旺見宋惠蓮，怕宋惠蓮看見來旺渾身的傷痕，知道了西門慶對她的欺瞞。可憐身無分文、渾身是傷的來旺，只好向岳父宋仁要了一點盤纏，那情形很是悲慘。而西門慶要家中知情的人守口如瓶，不許有人走露風聲。宋惠蓮被瞞得緊緊的，毫不知情，還相信西門慶是一定會兌現給自己的諾言的。然而，這世間就沒有不透風的牆。當宋惠蓮從一個小廝口裡得知實情後，她心裡受到了猶如山崩地裂般的震撼。宋惠蓮第三次品嘗了被欺騙的酸苦。她原以為，只要對西門慶表示長相守，西門慶就會珍視她的付出，就會讓她過上沒有良心愧疚的舒心愉快的日子，就會給她一份錦衣美食、呼奴喚婢的生活。可這一切，只是一個假象，是西門慶給宋惠蓮製作出的一副海市蜃樓美景。宋惠蓮依舊是西門府裡眾多玩偶中的一個罷了。西門慶的欺瞞行為，對宋惠蓮而言，是一種極大的精神侮辱。宋惠蓮沒想到，她以體貌的趨奉迎合為代價，換來的卻是心靈的踐踏傷害。西門慶顯然低看了宋惠蓮的人格精神，只把她當作一個可以隨便哄哄拍拍的奴才。可平民出身的宋惠蓮，身上的奴氣還不太重。加之她那外柔內剛的個性，使宋惠蓮不易坐穩奴才的位置。而且，不論是婚姻的形式，還是情人的形式，宋惠蓮在兩性生活方面，就極少受到過挫折，這使她在這個層面上具有著相當的自信和自尊。而西門慶的數次欺騙，讓宋惠蓮在心理上又經歷了從失望——希望——失望的大幅度震盪，這也狠狠地傷害了宋惠蓮的自尊心，她實在難以承受如此巨大的折騰。宋惠蓮惟有一死，以生命的終結，才能使西門慶再不能傷害她。宋惠蓮大哭一場之後，懸樑上了吊。

宋惠蓮因被及時搶救，死神與她擦肩而過。這一來是驚動了西門府裡的上上下下，除了潘金蓮和孫雪娥外，吳月娘與各房的姨娘們都來看視宋惠蓮。上房的大丫頭、府裡的小媳婦們也來相陪。宋惠蓮在吳月娘的勸慰中，終於哭出了聲，眾婦人也緩了口氣。可無論人們怎樣勸，宋惠蓮一直坐在冷地上不起身。她的倔強，讓吳月娘也無計可施。西門慶聽說了，也來到她房裡安撫。可宋惠蓮並不領情，西門慶嘗到了這「辣菜根子」的辣味：「爹你好人兒，你瞞著我幹的好勾當兒。還說什麼孩子不孩子，你原來就是個弄人的劊子手，把人活埋慣了，害死人還看出殯的。你成日間只哄著我，……你就信著人，幹下這等絕戶計，把圈套兒做的成。」這簡直就是蹬鼻子上臉，毫不留情的痛罵了。難怪不知內情的賁四嫂會覺得宋惠蓮「和他大爹，白搽白折的平上，誰家媳婦兒有這道理？」而知情的惠祥則說：「這個媳婦兒，比別的媳婦兒不同。好些從公公身上，拉下來的媳婦兒，這一家大小誰如她？」宋惠蓮的硬性子，使西門慶也開始對她另眼相看。西門慶沒想到，這個曾經在他懷裡柔情似水，嬌媚如花的宋惠蓮，竟有如此大的氣性，這倒有點像帶刺玫瑰的龐春梅。這種感覺，讓西門慶倍感新鮮、刺激。西門慶叫潘金蓮去勸宋惠蓮，這簡直就等於叫潘金蓮去向一個家奴認錯，潘金蓮當然不會去；無計可施的西門慶又要責打向宋惠蓮透露實情的小廝，結果被潘金蓮搶白了一頓：「沒廉恥的貨兒，你臉做個主了！那奴才淫婦想他漢子上吊，羞急，拿小廝來煞氣。關小廝另腳兒事！」（第二十六回）潘金蓮因「幾次見西門慶，留意在宋惠蓮身上」，便使了一招借刀殺人計。

潘金蓮與宋惠蓮曾很有來往，對宋惠蓮的個性，也比其他人瞭解得多。潘金蓮很清楚，宋惠蓮已是處於心理承受的極限，是經不起任何輕微的刺激的。所以，潘金蓮故意挑撥缺心眼兒的孫雪娥，使孫雪娥與宋惠蓮大大吵鬧了一番。滿腔悲淒的宋惠蓮，回到形單影隻的家中，再憶這件事情發生的前前後後，她真是悔恨莫名。為著一己的風流快活，把這好端端的一個家給弄散了。宋惠蓮恨自己像個孩子似的，在奉承的遊戲中，一個不小心，砸碎了一件十分寶貴的東西，而那一地的碎片已是無法修補。宋惠蓮恨自己如此輕信，受人欺騙，被人辱罵，卻全都是自作自受，難以向人前去哭訴。百感交集的宋惠蓮，在那曾是遮風擋雨的家的房裡「哭泣不止」。然而，再多的眼淚，也難洗淨她心中的悔恨。當宋惠蓮想到在將來的日子裡，要背負著這種沉重的悔恨，她便感到生活已沒有了意義。了無生趣的宋惠蓮，隨著黃昏的臨近，走進了她生命的零點時刻。滿腔悔恨的宋惠蓮再次擁抱了死神，終於懸樑自盡了。為了給女兒的死找個說法，宋惠蓮的父親要與西門慶打官司，卻反被西門慶誣告。宋老漢氣塞於心，也隨女兒宋惠蓮去了。

宋惠蓮以十分年輕的一生，講述了在中國傳統專制社會裡，一個女性生命中不能承受之輕。中國曾有一句古話：「紅顏女子多薄命」。這話的意思似乎是說，美麗的容顏使女人的命運不濟。可女人美麗，就一定會把人生演繹成悲劇性的嗎？誰都不會相信這樣的話。美麗，不是罪過。美麗，仍是每個女子心中的企望。只有當美麗女人把人格的獨立、人性的尊嚴交給權勢和金錢來支配，把人生變成沒有責任感的隨波逐流，變成生命之輕時，才會使美麗成為人生的悲劇，為出賣者的替罪羊。

宋惠蓮之死，就表面看，是因為她愛慕虛榮的心理和過於自尊的個性造成的。出身低賤的宋惠蓮，把姣好的容顏，當成了向男人索取金錢和地位的武器，以及她對女人趨炎附勢的資本。一旦這兩方面如願時，她就四處張揚；一旦都不如願，甚至事與願違了，她就一心要死。宋惠蓮甚至不為年邁的老父親想想，她的死似乎多少顯得有些自私。但從內在本質上看，宋惠蓮之死，正是對自己那段荒唐人生的徹底否定。當初，在她答應了西門慶的性要求時，宋惠蓮就已經開始把人格和尊嚴出賣給了權勢與金錢。受騙於西門慶，使宋惠蓮下意識地想要找回自尊，想要收回被她賤賣的人格和尊嚴。可在男性為中心的社會，女人要想和有權勢的男人對抗，只有死路一條。所以，宋惠蓮選擇了死，因為，不死不足以否定這種出賣。在整部《金瓶梅》中，宋惠蓮這帶有濃重抗爭意味的死，是最具悲劇審美意義的一幕。人們在心靈震撼的同時，也對宋惠蓮產生了敬意。

一個人寧願失去生命，也要得到尊嚴。在這得與失之間的價值權衡後的選擇，不也是很耐人尋味的嗎？

李嬌兒：環境造就的煙花嬌子

曾有人把女性比喻成種子，如若被撒進沃土，就能茁壯地成長、開出花朵、結出碩果。如若被撒入瘠壤，就會早衰、凋零、甚至夭折。姑且不論這樣的比喻是否準確，就這比喻的本身，可說是形象地道出了人之於社會，確實存在著一個定位的問題。

李嬌兒，這個西門府裡的二房姨娘。她在成為西門慶的二房之前，是妓館麗春院裡的俏嬌娘。雖說當時的社會，妓館因是一種公開的社會交際場所，故要求為妓者要色藝雙全。但此行業，仍是與娼門相提並論的一個賤業。

這個曾經在清河縣紅極一時的麗春院頭牌，曾經歌喉婉轉的李嬌兒，嫁給了西門慶，用當時的話說，叫做「從良」。這「從良」之意，即由壞變好的意思。這位二十七歲的煙花女，算是脫離了被社會唾棄的賤業，回歸到了一種常態的正當社會生活中來。李嬌兒該有多麼幸運啊！不說比那些無法從良的妓家女，就是與李嬌兒同時代的另一個名妓，馮夢龍小說〈杜十娘怒沉百寶箱〉裡的杜十娘的從良過程相比，李嬌兒也比杜十娘順利得多。雖說李嬌兒與杜十娘她倆的贖身費相同，都是三百兩銀子，可杜十娘從良時正置雙十芳齡，而李嬌兒已是褪色的年紀了。以市價算，李嬌兒得到西門慶這筆贖身費，真可算是為她開麗春院的老姐賺了大一筆錢。李嬌兒一進西門府，就掌管了西門府裡日常開銷的流水帳。西門慶甚至還想過：「若得他會當家時，自冊正了他。」（第三回）這樣的地位，這樣的待遇，這是杜十娘想都不敢想的，也是那個時代多少從良的妓家女可望而不可得的歸宿。

以一種常態的社會價值觀作為衡量的話，李嬌兒不僅是幸運，簡直就是幸福。她要用千百倍地感激來對西門慶，是西門慶使她從地獄回到了人間，過上了一個正常女人的生活。可是，從整部《金瓶梅》中看，自從李嬌兒在西門府的家庭生活開始，真看不出她有對幸運或是幸福感受的表示。在西門慶重病彌留期間，吳月娘和孟玉樓都向天神許願，祈求天神保佑西門慶能度過生死大關，而李嬌兒和潘金蓮卻是無動於衷的。由此一節可見，李嬌兒對西門慶，非但沒有一點感激之情，甚至連一般夫婦間的人之常情都不具備。難怪張竹坡先生說她是「死人」[13]，真是一個無比確切的評說。

李嬌兒本就來自非常態的社會層面，她對常態社會的倫理道德、價值觀念等的不予認同，也是很正常的事。妓，是人類文明形成過程中的畸形產物，是男權社會成熟的標

13 同註4。

誌之一。在中國傳統專制社會裡，妓女不僅要有幾分姿色，還要有些歌、舞、樂器之長。而能成為名妓者，還要懂得琴、棋、書、畫，詩、詞、歌、賦等。妓家女子，在文學和藝術方面所受到的教養，要高出其時社會一般家庭的女子多矣。那時代的妓者須有一技之長，要有一技之能，方可從事此社會交際功能的行業。這也是與純粹操皮肉生意的娼門，仍還是有所區別的地方。由於這一行業的特殊性，妓家女大多具備有察言觀色，善於應對；談吐言辭，不失分寸；遇人遇事，知道進退等立身處世的素質。當然，所有這些方面的良好培養，都是一種基本投資，目的就是為了得到更多的物質性回報，即是能夠更多地操縱在男人手中的錢與權。錢，使妓家的生活過得富足；權，可以保護妓家的錢，還可以賺更多的錢。一個女子一旦成了妓女，人情中的愛與恨，人性裡的真善美，便都成了金錢可購買的對象。那些個把品格、情操視為無價之寶而絕不出賣的風塵烈女，不過是妓家世界裡的鳳毛麟角。而像李嬌兒這類的普通妓女，在她們的眼中，這人也罷，人情也罷，人性也罷，統統都是能夠出售的東西，關鍵是看價格是否到位，錢是否能出多賺點罷了。男人們既然能通過購買，就可得到想要的各種身心的滿足，又不用負擔任何形式的道義責任，那麼，對這些在妓館有姿色、有教養，又貌美、又青春的女孩子，勢必趨之若鶩，且流連往返，也就不足為怪了。李嬌兒作為麗春院的一塊牌子，「乃是院中唱的」，大概也不會太平庸。否則，常在花街柳巷度日，行商頭腦精明的西門慶，也是絕不會因與某妓一時的「打熱」，而不惜重金，把個行院中的半老徐娘娶進家門，還讓她理財管家的。

剛進西門府時的李嬌兒，面對那個小家碧玉、見識不多，為人平庸的正妻吳月娘，以及只識床笫工夫，體質又弱到「近來得了個細疾，白不得好」（第三回）的娼女卓丟兒，自然能把西門慶的寵愛都集於一身了。後來，卓丟兒病死了。一個富有而端莊的寡婦孟玉樓，嫁入了西門府，成了西門府的第三房姨娘。這孟玉樓嫁進門來，西門慶就「一連在她房中，歇了三夜。」（第七回）李嬌兒眼見這新進門的三姨娘孟玉樓的氣質風度，不同凡俗。西門慶又與她，「如膠似漆」一般的親密。也不知從何時起，西門府家裡的日常帳目管理，也從李嬌兒手裡轉到了孟玉樓一房管著。再以後，隨著潘金蓮、李瓶兒的一一進府，以及孫雪娥扶了四房小妾，以及西門慶身邊女人的迅速增加，這位二房姨娘的李嬌兒，便也成了西門府中一個應景式的人物，只是西門慶家勢大旺的一個人證而已，也是吳月娘治家包容的一個點綴品罷了。然而，這樣的情景處所，應是李嬌兒從良時就在意料之中的事。從良的妓女，對在家庭生活中會遭受到的冷遇，甚至侮辱，既不能去憤憤不平，也沒有淒涼閨怨的權利。因為，從了良的妓女還是妓女，就算是家中的人們，也不會因為這妓女的從良而寬容她的身分和曾經的齷齪經歷。幹過這種賤業的女人，也會自覺或不自覺地視自己為下賤的壞女人。再有，從良的女子在常態的社會裡，在妻妾成群的家庭生活中，她們是沒有勇氣，也沒有資格像普通的女人那樣，與家庭中的其他女人去爭風吃醋的，此其一；而閱人無數，迎新送舊，唯錢是論，人皆可夫的妓家生活，養成了她們情感冷漠。習慣於對他人虛情假意，也習慣被虛情假意的對待，此其二。所以，李嬌兒在西門府裡，真可謂寵辱不驚，冷眼世情。西門慶進了她的二房，李嬌兒不會像孫雪娥那樣欣喜若狂，得意張揚。西門慶不進她的二房，李嬌兒也不會像潘金蓮那樣心中生怨，像孟玉樓那般言語含酸。在李嬌兒的眼裡，西門慶於她只是個固定的嫖客罷了。既然是客，來不來嫖，嫖的又是誰，這與她本就無關。進了她李嬌兒的房，她理所當然的接客，不進她的房，她也少不了吃穿用度。所以，她對西門慶進不進二房來，表現得十分淡然。以李嬌兒特有的妓家性格和心態，她看西門府裡的女人們，圍繞著西門慶展開的紛紛擾擾的拼死爭鬥，一定會暗自感到好笑。所謂曾經滄海難為水，李嬌兒對男女情事是不會很在意了。因此，李嬌兒在西門府裡與西門慶關係的種種表現，當然會顯得與眾妻妾相當的不同，她是那樣的漫不經心。以致不明就裡的正房吳月娘，面對李嬌兒的超然，比照潘金蓮的仗勢奪人，不由贊道：「你在俺家這幾年，雖是個院中人，不像她久慣牢頭。」（第七十五回）或許正是這分心情的幽閒，使得潘金蓮對李嬌兒的第一印象是：「生的肌膚豐肥，身體沉重」，（第九回）正所謂心寬體胖是也。但是，李嬌兒對西門府裡的生活，是肯定不會有那種別人視為幸福的感受出現的。

李嬌兒置身在西門府爭寵奪愛的混戰之外，西門慶對她也少有關照。李瓶兒房裡失了一隻金鐲子，府中內院的上上下下都感到極其不安。按說，事發時在場的下人，都要受罰。後來發現，偷金子的人是李嬌兒房裡的丫頭。這事兒被西門慶知道了，他連個招呼都不和李嬌兒打，便當著李嬌兒的面，就把那丫頭「拶的殺豬也是叫。」又叫李嬌兒第二天讓媒人來，把這丫頭拉出去賣了。對此，當眾丟了二房顏面的事，李嬌兒只能「沒的話兒說」，不輕不重地罵了那丫頭幾句：「恁賊奴才，誰叫你往前頭去來？養在家裡，也問我一聲兒，三不知就出去了。你就拾了她屋裡金子，也對我說一聲兒。」（第四十四回）很顯然，這不關痛癢的話，只是李嬌兒給自己找一個推脫之詞。待事情結束，李嬌兒回房後，她的侄女兒，麗春院的新頭牌紅妓李桂姐，對李嬌兒在西門府的低調姿態直是埋怨：「你也忒不長俊。要著是我，怎教他把我房裡丫頭對眾拶忍一頓拶子！又不是拉到房裡來，等我打。前邊幾房裡丫頭怎的不拶，只拶你房裡丫頭？你是好欺負的，就鼻子口裡沒些氣兒。等不到明日，真個教他拉出這丫頭去罷，你也就沒句話兒說？」李桂姐的一通煽動，並沒使李嬌兒生出一點激動之情。李嬌兒的麻木，讓她的侄女李桂姐也無可奈何：「你不說，等我說。休叫他領出去，教別人好笑話。你看看孟家的和潘家的，兩家一似狐狸一般，你原鬥的過他了！」與人鬥狠爭風，李嬌兒對此的熱衷，絕對不及花名正炙手可熱的侄女李桂姐。李嬌兒以沉默來對待西門慶對二房的輕視，對李桂姐的不忿仍以沉默不語作答。在這沉默中，使人感到了李嬌兒那一種心如死灰的悲哀。李嬌兒在西門府活著，不過是一具行屍走肉罷了。喪失了人的喜怒哀樂情感的表達欲望，這是為人的另一種形式的恐怖生活。

李嬌兒雖然可以用冷漠來對待西門慶的冷淡，雖然可以不同府裡的那些妻妾們較一日之恩寵，但妓家的生存本能，使李嬌兒對兩件事是非常重視，並嚴肅對待的。這第一件，就是名頭。李嬌兒和所有的從良妓女一樣，最忌諱有人提及與妓相關的詞語。這種悖反心理，造成了李嬌兒近似病態的敏感。潘金蓮剛進府不久，西門慶因包占李桂姐而長住麗春院，潘金蓮便口口聲聲「淫婦」長，「淫婦」短，罵不絕口。李嬌兒對此當然是記恨於心，所以她夥同孫雪娥，把潘金蓮私通孟玉樓小廝的事兒，一狀告到了西門慶面前。雖然，潘金蓮在龐春梅和孟玉樓的維護下，逃過了這一劫，但仍被西門慶鞭打了一頓。潘金蓮被打，在西門府中丟了臉面，也讓潘金蓮稍稍減了些勢頭。對此，李嬌兒的心裡是暗自高興，她可不在乎吳月娘強調的什麼安定。由此，李嬌兒與潘金蓮結下了很深的梁子。為人尖刻挑剔的潘金蓮，當然不會輕易放過妓家出身的李嬌兒。這潘金蓮時時把「淫婦」「粉頭」掛在嘴邊罵人，在言語上常常有意無意地刺激李嬌兒。只要一有機會，潘金蓮就要揭李嬌兒妓女出身的疤。一次，西門慶從外面回來，進門見潘金蓮和孟玉樓打扮得十分俏麗，便戲言：「好似一對兒粉頭，也值百十銀子。」這潘金蓮立即回嘴：「俺們才不是粉頭，你家自有粉頭在後頭哩。」（第十一回）不僅潘金蓮如此，就是龐春梅也對李嬌兒言語上有所擠兌。西門慶讓李嬌兒的兄弟李銘，到府裡教龐春梅彈琵琶，因按重了一點手背，被龐春梅說成是調戲她，西門慶為此，很有一段不短的時間，不讓李銘進西門府大門。李嬌兒自然是大大的吃了個啞巴虧，也丟失了在西門府做姨娘的面子，這委屈還無處申辯。李嬌兒當然也不是吃素的主兒，只要一有機會，她就一定給潘金蓮使暗箭。李嬌兒讓潘金蓮挨西門慶的鞭打，那只是小施手段的一次。至此，潘金蓮的五房與李嬌兒的二房之間也結怨難解了。可是，李嬌兒要想堵住這西門府裡的悠悠眾口，又談何容易。別人不說，就上房的吳月娘也是動輒把「煙花」「淫婦」等詞掛在嘴上說的。李嬌兒能認真得了一個，卻認真不了另一個，她也只有忍氣吞聲的份兒。這第二件事，就是斂財。因為，在妓家的行業原則裡，一切都是假的，惟有錢財是真的。從業妓家，首要的就是斂財，這錢財得到的多寡，那是衡量一個妓家女名氣高低的重要標誌。在李嬌兒身上，笑笑生把這一特性刻劃得入骨三分。寫眾妻妾不時湊份子喝酒，李嬌兒從來拿出的幾錢碎花銀子，就沒有一次是夠數的。由是不難推想，李嬌兒在掌管府中日常開銷的錢賬時，斷斷少不了給自己落下銀兩的。看來，西門慶把賬轉給孟玉樓管，倒還不僅僅是寵愛與否的問題。

對妓女而言，唯有錢財的聚斂，才是自身存在的意義和價值的唯一認定標準。妓女對錢財的計較，猶如社會中的普通或一般的人對自己的社會身分和地位的注重一樣。錢財是妓女身價的標誌，也是妓女在那個風月場所裡地位高低的標識。見錢心動，已成為李嬌兒的一種無意識，成了她的本能。與孫雪娥相比，李嬌兒並不缺錢。可李嬌兒不僅平時顯得吝嗇摳門兒，而且一遇到有機會，她可以順手牽羊地拿錢時，她是絕不會手軟，且也絕不會錯過這樣的時機。西門慶剛咽氣時，「孟玉樓、潘金蓮、孫雪娥都在那邊屋裡，七手八腳替西門慶戴唐巾，裝柳穿衣服。」（第七十九回）臨近生產的吳月娘忙著開箱拿銀元寶，讓她的二哥吳二舅去置辦棺材。就在這時，吳月娘臨產了，孟玉樓讓李嬌兒守著有點昏迷的吳月娘，趕緊去叫小廝請產婆。李嬌兒見錢箱大開著，便把大丫頭玉簫支走，偷偷拿走了五大錠元寶，這少說也是三百兩銀子。這個李嬌兒已經為離開西門府，提前給自己拿了贖身錢了。孟玉樓回到上房，才見李嬌兒「手中拿將一搭紙見了玉樓」，這樣快速的動作，方可見李嬌兒並非是個「死人」，在錢上的心計，李嬌兒比誰都更活絡、更細緻，更敏捷。然而，李嬌兒在名頭與錢財之外，真的心如止水嗎？非也。

李嬌兒的風月手段雖不及潘金蓮，但也是個曾經閱人無數的頭牌紅妓。李嬌兒在西門府裡做出的超然姿態，只是為使自己顯得低調，不引人注意罷了。其實，她的私生活並不寂寞。因為，吳月娘的二哥，西門慶的二舅，西門慶十分信任的店鋪主管，被人稱之為吳二舅的人，就是李嬌兒的舊嫖客。在西門府，這吳二舅與李嬌兒二人是老鴇兒遇熟客，方便時也暗有溝通的。這李嬌兒與吳二舅是老相識的關係，十分的隱蔽。直到西門慶死後，他們才被潘金蓮看見。潘金蓮對孫雪娥說，在西門慶出殯時，她見李嬌兒與吳二舅「在花園小房內，兩個說話來。」李嬌兒竟然是在西門慶死後，才被鑽頭覓縫、尋人隱私的潘金蓮發現她的私情，這掩人耳目的手段不可謂不高明。潘金蓮之所以要對孫雪娥說李嬌兒的事，分明是想利用孫雪娥嘴快的個性，加之又身居廚房，這一西門府裡的信息聚散地的優勢，想讓吳月娘知道，她的哥哥與她老公的女人有私。再加上龐春梅在孝堂中「又親眼看見李嬌兒帳子後，遞了一包東西與李銘，塞在腰裡，轉回家去。」（第八十回）的事也被嚷嚷了出來。此刻，已是以鐵腕兒治家的吳月娘怎會不曉？吳月娘把吳二舅臭罵了一頓，並不許這位哥哥再進後院來，又吩咐不許李嬌兒的兄弟李銘再進門。

李嬌兒與吳月娘的矛盾公開之日，也是她離開西門府之時。李嬌兒被潘金蓮發現她的私情，並不是李嬌兒的一時大意，而是李嬌兒故意所為。西門慶一死，麗春院的鴇娘，就叫李嬌兒的兩個侄女以送喪祭祀為名，進西門府把他們李家為李嬌兒「鋪謀定計」的內容，悄悄告訴了李嬌兒：「俺媽說，人已是死了，你我院中人，守不的這樣貞節！自古千里長棚，沒個不散的筵席。教你手裡有東西，悄悄教李銘捎了家去防後。你還恁傻！常言道：揚州雖好，不是久戀之家。不拘多少時，也少不得離他家門。」李家姐妹的這番話語，表達的是地道的妓家心態和妓家的觀念，是妓家特有的生存法則和價值判斷。但李嬌兒十分明白，真要「防後」，西門府絕對好過麗春院。如果再進妓門，她李嬌兒已是今非昔比，麗春院不是她的久留之地。所以，李嬌兒沒有做出什麼表態。西門慶出殯時，兩個侄女又向她傳來消息：「媽說你沒量，你手中沒甚細軟東西，不消只顧在他家了。你又沒兒女，守甚麼？教你一場嚷亂，登開了罷。昨日應二哥來說，如今大街坊張二官府，要破五百兩金銀，娶你做二房娘子，當家理紀。你那裡便圖出身，你在這裡守到死也不怎麼。你我院中人家，棄舊迎新為本，趨炎附勢為強，不可錯過了時光。」（第八十回）侄女們的話中，只有做張家二奶奶的前程安排，才能深深打動李嬌兒的心。她開始有計劃地挑起和吳月娘的矛盾，這才有了潘金蓮的驚人發現；也才會讓龐春梅看見李銘拐帶財物。可見，李嬌兒把一切變數都盡在她的掌控之中，按她的節奏，來支配著所有與她有關的事情的發生和發展。此時此刻，李嬌兒哪裡是「死人」呢？

李嬌兒終於走了，她把預感到人走家散的悲傷留給了吳月娘。李嬌兒如願以償，又一次以三百兩銀子的身價，從麗春院走進了張二官的府邸，做了張家的二奶奶。當聽說張二官人想娶潘金蓮時，李嬌兒便對丈夫說，潘金蓮如何勾引小廝，如何私通女婿，使張二官人打消了娶潘金蓮的念頭，這也是促成潘金蓮後來死無葬身之地的原因之一。李嬌兒最終戰勝了潘金蓮，報了她在西門府做姨娘時被潘金蓮一房羞辱的刻骨之仇。

李嬌兒如何走完她一生的路？《金瓶梅》沒有交代。但從吳神仙的相面評說：「額尖鼻小非側室，必三嫁其夫；肉重身肥，廣有衣食而榮華安享。肩聳聲泣，不賤則孤；鼻樑若低，非貧即夭。」（第二十九回）可知，李嬌兒有貧夭之虞，只是不知李嬌兒的鼻樑高低如何，但她不能與張二官人終老，還有一嫁之命，且晚景孤單無依，已經是命中的定數。從西門府到張門府，李嬌兒不過是張二官人用來向他人炫耀勢力，表示他是西門慶勢力的全盤接收者的明證而已。

李嬌兒，這個社會畸形的產物，這個煙花世界的佼佼者。她雖有一付婉轉的歌喉，卻沒有唱出美妙的生命旋律；她既無法安於妓女的生活狀態，又不能回歸到常態的社會生活之中。李嬌兒的一生，只有在社會的夾縫裡苟且，在世理人情的膠著中蹉跎。

如意兒求安心理分析

如意，一個美妙吉祥的名字。人活一世，誰都想要事事如意。可生活中卻往往是「不如意處常八九，可與人言無二三。」[14]現實，總是把人的希望打個粉碎，使人不由得發

14 溫端政主編《中國諺語大辭典》，上海：上海辭書出版社，2011 年。

出歎息：這人生真是難得如意！

如意，原名章四兒。她的丈夫從軍走了，她的孩子出生還不到一月又死了。無依無靠的章四兒，生活正沒著落的時候，恰好遇上西門府的六姨娘李瓶兒生了個兒子，正要找個奶媽。這章四兒便被媒人領到了西門府。吳月娘「見他生的乾淨」（第三十回），便讓西門慶花了六兩銀子把她買下，又給她取了個如意兒的名字。這名字的確表明了在李瓶兒生了兒子後，西門慶和吳月娘那時的心境。中年得子，又官運亨通的西門慶，以及升格當了大娘，又可以得到誥封的吳月娘，真是感到事事稱心，事事如意。要說那日子過得真是錦上添花，烈火烹油，也一點都不是誇張。就在西門府最紅火鼎盛、最花團錦簇的時候，如意兒進到了府裡最得勢的女人，六姨娘李瓶兒的房裡，做了西門慶最寶貝的兒子官哥的奶娘。由於如意兒的特殊功用，西門府但有的美衣美食，各種應酬往來的場面之上，如意與官哥都幾乎從不缺少，這如意奶娘要比做小妾的孫雪娥還要風光無數倍。這對於一個在貧寒中求生存的女人來說，真是做夢都不敢想的。這種吃得好、穿得美，又十分安寧的生活，這如意兒心裡的驚喜和慶幸真是難以言表。因此，如意兒十分珍視這個位置，也很盡心於這份工作。

如意兒隨著對西門府裡各種人際關係的逐漸瞭解，她開始明白了自己肩負的責任之重大。這孩子官哥，那是西門慶的掌上明珠，身繫闔府上下的明日希望之所在，那是出不得半點的差錯的。如意懷抱著官哥，卻如同懷抱著一個價值連城的無價寶物。西門慶對這孩子，可謂是頂在頭上怕曬著，含在嘴裡怕化了，簡直不知道要怎樣愛才好。這孩子稍有不適，如意兒就會被西門慶一頓惡罵。如果僅僅是應付這來自父母的疼愛，做奶娘的如意還覺得不是一件很難的事兒。可如意要對付的，那是來自五房潘金蓮發了瘋似的妒忌。這官哥滿月不久，有一次，能外出走動的李瓶兒去了吳月娘的上房。官哥找親娘便不停啼哭，被潘金蓮聽見了，進房就要抱官哥去找李瓶兒。如意兒連忙阻止：「五娘休抱哥哥，只怕一時撒了尿在五娘身上。」可這藉口擋不住別有用心的潘金蓮，官哥還是被潘金蓮抱走了。毫無戒備心的如意，竟然沒有跟著。這潘金蓮抱著孩子，「走到儀門首，一逕把那孩兒，舉得高高的。」（第三十二回）這舉動被吳月娘看見了，訓斥了潘金蓮：「五姐，你說什麼話？早是他媽媽沒在跟前，這咱晚平白抱出來他做什麼？舉的恁高，只怕唬著他。他媽媽是在屋裡忙著手哩。」又叫李瓶兒「好好抱進房裡去，休要唬他！」可官哥兒經此一嚇，回屋裡睡下不多時，「就有些睡夢中驚哭，半夜發寒潮熱起來。」如意兒給孩子餵奶，這孩子也不吃，李瓶兒見狀，嚇得發慌。這西門慶見孩子只哭不吃，橫眉就罵如意：「不好生看哥兒，管何事，唬了他！」這如意兒可真是百口莫辯。李瓶兒、吳月娘都不對西門慶說起潘金蓮嚇了孩子的事，如意還能為自己辯解什麼呢？從此，這官哥得了個驚恐症。這事發生後，如意竟然還沒有意識到什麼，可接下來發生的事，就真叫如意兒提心吊膽了。那一日，李瓶兒抱著孩子到花園遊玩，遇見了潘金蓮。李瓶兒讓如意回房，去告訴丫鬟迎春辦點事，自己和潘金蓮玩牌，把官哥放在了一旁。吳月娘和孟玉樓在花園的高處，看見李瓶兒，孟玉樓就叫李瓶兒上去高處。粗心的李瓶兒，竟然把孩子交給潘金蓮看著。這潘金蓮卻任由孩子躺在涼席上，自己跑進山洞裡，與陳經濟調情嬉鬧。吳月娘見李瓶兒沒抱孩子上來，立馬要孟玉樓去把孩子上來。孟玉樓來到這孩子身邊時，哪裡有潘金蓮的影子，只見到一隻大黑貓，把官哥嚇得「怪哭」。官哥再經此一驚嚇，可是非同小可。如意兒一直把孩子抱得緊緊的，連吃飯都沒敢下炕。官哥伏在她身上睡著後，如意連一動也不敢動。如意兒的盡心竭力，並沒換來官哥的好轉。幾天之後，官哥竟「兩眼不住反看起來，口裡卷些白沫出來。」（第五十三回）這西門慶不問青紅皂白，指著如意的鼻子便罵：「奶子不看好他，以至今日。若萬一差池起來，就搗爛你做肉泥，也不當稀罕！」可憐的如意兒，不敢有任何的辯解，只有「兩淚齊下」。此後，如意兒是再也不敢大意了，她時時都把個孩子看護得嚴嚴實實的。如意兒到現在心裡已經很清楚了，只要官哥好，她的日子就差不了。如若是官哥不好了，她就不要說過日子，就連飯碗也難保。但是，官哥動不動就受驚抽搐，她和李瓶兒也常常被嚇得魂飛魄散。儘管如意兒眼不離、身不離地看護著孩子，一心都用在官哥身上，官哥的身體也雖漸漸有了起色，可這老虎也有打盹兒的時候。如意兒的小心防範，怎敵得過潘金蓮的十分用心！官哥，終於被潘金蓮精心訓練的雪獅貓嚇死了。如意兒真的是十分傷心，這一年多來，她與官哥朝夕相處，面面與對。人非草木，孰能無情？如意對官哥的感情，形同半個母親。孩子的死，她當然不忍。如意對李瓶兒的失子之痛，在當時西門府的女人中，她是最能理解的一個人。而更為現實的是，沒有了孩子，奶娘就成了家中多餘的東西。如意兒是不想就此離開富裕的西門府的，她不想被人再次領賣。可要想如願以償，長期留駐在西門府，她唯一的依靠，就只有主子李瓶兒了。

官哥出殯的那天，李瓶兒哭得昏天黑地，不防一頭撞到了門底下，頭都撞破了。好容易在孫雪娥勸說下，停了哭泣。如意似乎有了某種不祥的預感，她跪在李瓶兒面前，哭聲問道：「小媳婦，有句話不敢對娘說。今日哥兒死了，乃是小媳婦沒造化，只怕往後爹與大娘打發小媳婦出去，小媳婦男子漢又沒了，那裡投奔？」（第五十九回）如意兒的此番話，正觸及了李瓶兒心中的傷痛。李瓶兒雖能體諒她的心情，但感到孩子才死，如意就只想她的後路，又不由得有些生氣：「怪老婆，你放心，孩子便沒了，我還沒死哩。縱然我到明日死了，你恁在我手下一場，我也不叫你出門。往後你大娘身子若是生下哥兒小姐來，你就接著奶，就是一般了。你慌亂的是此甚麼！」李瓶兒的話說得雖是有些情緒，但話中並不少有看顧如意兒的意思。李瓶兒的應承，使得如意心中感激不已。如意兒的內心一直很希望李瓶兒能成為她在風險浪惡的西門府府裡的一個靠山，一把大傘。可這一切，都隨著孩子官哥的死去，成為了泡影。如意兒眼見死了孩子的李瓶兒，又患上了血崩之症。之後不久，亦病入膏肓。而那個第五房的潘金蓮卻是得寸進尺，隨時惡語相向。而心如死灰的李瓶兒，卻只是一味地忍氣吞聲，背人時便向隅偷泣。如意兒是看在眼裡，難過在心裡。

在跟隨著李瓶兒身邊生活的一年多時間裡，如意兒於李瓶兒對自己的善待，於李瓶兒待人的寬厚和容忍等，其心裡是多有感受的。如意對李瓶兒的報答，就惟有盡心盡力地服侍。同時，如意對潘金蓮的霸道和險惡，心裡自然很是不滿。一天，常到西門府走動的王道姑來探視李瓶兒，當看見香肌消減，病容滿面的李瓶兒時，不禁驚問：「我的奶奶，我去時你好些了，如何又不好了，就瘦得恁樣的了？」（第六十二回）如意這下總算有了替主子發個牢騷的機會：「可知好了哩。娘原是氣惱上起的病，爹請了太醫來看，每日服藥，已是好到七、八分了。只因八月內，哥兒著了驚唬，不好，娘晝夜憂戚，那樣劳碌，連睡也不得睡，實指望哥兒好了，不想沒了。成日著了那哭，又著了那暗氣暗惱在心裡，就是鐵石人也禁不的，怎的不把病又犯了！是人家有些氣惱兒，對人前分解分解，也還好。娘又不出語，著緊問還不說哩。」王道姑一直以為李瓶兒是西門府中很得寵的一位姨娘，當聽到了如意兒此話後，很是吃驚。王姑子怎麼也想不到李瓶兒還會受別人的氣，她便好奇地追問：「那討氣來？你爹又疼他，你大娘又敬他，左右是五六位娘，端的誰氣著他？」如意兒便一五一十地對王姑子講了潘金蓮的所作所為。如意講的時候真可謂小心翼翼，因為她生怕被潘金蓮偷聽。

> 因使繡春：「外邊瞧瞧，看關門不曾。路上說話，草裡有人不備。——俺娘都因為著了那邊五娘一口氣。他那邊貓撾了哥兒手，生生的唬出風來。爹來家，那等問著娘，只是不說。落後大娘說了，才把那貓來摔殺了。他還不承認，拿俺們煞氣。八月裡哥兒死了，他每日那邊指桑樹，罵槐樹，百般稱快。俺娘這屋裡，分明聽見，有個不惱的？左右背地裡氣，只是出眼淚。因此這樣暗氣暗惱，才致了這一場病。天知道罷了！娘可是好性兒，好也在心裡，歹也在心裡，姊妹之間，自來沒有個面紅面赤。有件稱心的衣裳，不等的別人有了，他還不穿出來。這一家子，那個不叨貼他娘些兒。可是說的，饒叨貼了娘的，還背地不道是。」王姑子道：「怎的不道是？」如意兒道：「相五娘那邊，潘姥姥來一遭，遇著爹在那邊歇，就過來這屋裡和娘做伴兒，臨去娘與他鞋面、衣服、銀子，甚麼不與他！五娘還不道是。」（第六十二回）

李瓶兒在如意說完後制止了她：「你這老婆，平白只顧說他怎的！我已是死去的人了，隨他罷了。天不言而自高，地不言而自卑。」然而，如意所說的這些話，正是李瓶兒沒處去說的話。李瓶兒在如意說完後才制止她，顯然是出於一種禮貌和修養的表現而已。可這以後，如意兒真正成了李瓶兒的貼心人。李瓶兒在臨死之前，「又叫過奶子如意兒，與了他一襲紫綢子襖兒、藍綢裙，一件舊綾披襖兒，兩根金頭簪子，一件銀滿冠兒，說道：『也是你奶哥兒一場。哥兒死了，我原說的叫你休撇上奶去，是指望我在一日，占用你一日，不想我又死去了。我還對你爹和你大娘說，到明日我死了，你大娘生了哥兒，也不打發你出去了，就教接你的奶兒罷。這些衣物與你做一念兒，你休要抱怨。』」這李瓶兒簡直就是把如意兒等同於那些多年服侍她的其他家人一般對待。李瓶兒一番真摯的話語，使得如意兒感動得泣不成聲，她跪在主子的面前，邊磕著頭，邊說道：「小媳婦實指望伏侍娘到頭，娘自來沒曾大氣兒呵著小媳婦。還是小媳婦沒造化，哥兒死了，娘又這般病的不得命。好歹對大娘說，小媳婦男子漢又沒了，死活只在爹娘這裡答應了，出去又投奔那裡？」言畢淚如雨下。這如意的話確實發自肺腑，她對李瓶兒確是心存感激，但終究自己的出路問題，才是第一要緊的事，這就是做奴才的真實心態的反映。所謂大廈既傾，奴才們的退路要緊。李瓶兒信守了她對如意兒的諾言，如意終於留在了西門府內。李瓶兒死了，如意兒哭得是如喪考妣。如意兒很明白，李瓶兒死後，這偌大的西門府裡，將沒有哪個主子會再似李瓶兒那樣待她了。如意也很清楚地意識到，她勢必就要努力地再找尋新的靠山。

李瓶兒雖然死了，可西門慶依然把李瓶兒房裡的一切，從陳設到僕從都保持著原樣，未改分毫。臥房內安放著靈床，掛著猶似活人一般的李瓶兒的半身畫像。如意兒和房裡的丫頭們也都一如既往，一日三餐地為李瓶兒供奉著茶飯，一如李瓶兒生時一樣。西門慶也是每晚以李瓶兒的畫像伴宿，為李瓶兒守靈，以此來寄託西門慶自己的哀思。在李瓶兒死後近一個月的時間裡，西門慶就一直獨宿在這靈床的對面。這個夜夜離不開女人相陪的男人，竟然以孤宿獨眠的方式，來表達著他對李瓶兒的一番深情。如意兒此時，倒是少不了要端茶送水，拿東拿西的，而與西門慶的直接接觸也增加了許多，漸漸對西門慶的性情也有些許的瞭解。李瓶兒下葬的那天晚上，西門慶坐在李瓶兒的畫像對面，讓丫鬟們擺了飯，邊吃邊對畫中人說：「你請些飯兒。」猶如李瓶兒還活著一樣。西門慶的癡情，叫在場的所有「丫鬟養娘」，當然也包括如意兒「都忍不住掩淚而哭。」（第六十五回）如意看到了西門慶身上那充滿人性深情重義的一面。以往那個性情暴躁，讓她動輒得咎的男主人，其實也不乏人的真性情，也有著叫女人們動心不已的一顆溫柔的心。如意兒既感動於西門慶表現出來的男性溫情，也出於奴才對主子的本能趨奉意識，便開始對西門慶「挨挨搶搶，掐掐捏捏插話兒應答」。一天夜裡，西門慶陪人喝酒醉了，睡到半夜要喝茶，這本來是大丫頭迎春幹的事。可這如意兒聽見後，也不叫醒迎春，自己就起身來，為西門慶遞茶，又為西門慶掖了掖掉在地上的被子角。如意此番舉動是太具有女性的溫柔了，西門慶不由一把摟過如意，對這個以往從未留意的女人，狠勁兒地親了一口。這一夜的雲雨巫山，面對著李瓶兒的畫像，如意兒再次得到了西門慶的親口保證，她終於可以永久性地留在西門府了。如意兒使西門慶提前結束了苦行僧似的守靈，而西門慶把如意則是當成了繼李瓶兒之後，他在六房之中還能滿足肉欲的一種延伸。如意對西門慶「極盡殷勤」，她頭上插著西門慶賞的四根金簪，心裡感到「腳跟已牢，無復求告於人。」她的臉上寫滿幸福，在人前有說有笑。可如意忘了，潘金蓮是不會讓她如此舒心快活的。

如意兒給了西門慶意外的感官快樂，竟使得西門慶有點愛不釋手了。按說，如意與圍在西門慶身邊的眾多女人相比，並非特別出色的一個。如意既不會彈琴唱曲，又不善描眉畫臉。論風騷，她不如宋惠蓮迷人；論性格，她不及龐春梅有味兒；論穿戴，她沒有賁四娘子懂得。以西門慶對女人的見識和品位，如意是很難引起西門慶的興趣。的確，李瓶兒生前，西門慶在房裡出出進進，正眼也沒瞧過她一眼。可一夜歡娛之後，西門慶為何對如意如此難捨？這不是因為如意有什麼了不起的床第工夫，而是由於西門慶把如意當成了自己的情感補償物。

李瓶兒的死，給西門慶造成了情感上極大的創傷。所謂人死不能復生。西門慶的獨宿守靈，雖在精神上算是能尋得一點慰藉，但並不能獲得感知心理上的實有滿足。當西門慶對著李瓶兒的畫像自言自語時，如意的插話、應答等行為，或多或少是起到了填補西門慶一天獨語的心理空白之功效，這就使得西門慶不再感到孤單。在西門慶那些獨眠的夜晚，他所能得到的只有回憶。但或，有可能也有著與李瓶兒在夢中的重敘溫柔，可醒來後，這種鴛夢重溫的感覺，只會使西門慶倍覺淒涼，也更加孤單。如意兒的陪宿，使西門慶的精神和肉體都有了依託。如意比年輕的迎春更有女人味，也更理解西門慶對李瓶兒的生死戀情。尤其讓西門慶心不能捨的是，如意的肉體與李瓶兒竟十分相像。西門慶見如意「身上如綿瓜子相似」，情不自禁道：「我兒，你原來身體皮肉，也和你娘一般白淨。我摟著你，就如同和她睡一般。你須用心伏侍我，我看顧你。」（第六十七回）西門慶愛屋及烏，「瞞著月娘，背地銀錢、衣服、首飾，甚麼不與他。」很顯然，西門慶借的是如意兒的身體，重溫的是與李瓶兒的過去。西門慶不僅想要延續李瓶兒的六房的環境空間，他也想要把自己以往在李瓶兒房中的夜生活，依然不變地延續下去。此外，西門慶對如意的另眼相看，還因為她那少有的順從。僅此一點，就十分可西門慶的意。如意成了繼潘金蓮之後，又一個能滿足西門慶變態性要求的女人。尤其是如意在日常生活上，帶給西門慶的舒適感，以及周到的照顧，這些是西門府中其他的女人都比不上的。如意，既是西門慶床上的性夥伴，又是對西門慶最殷勤的貼身使女。西門慶睡覺前，如意會遞茶送水，鋪床展被，暖好冷被，寬衣解帶；西門慶起床時，如意會「先起來伏侍拿鞋襪，打發梳洗，極盡殷勤。」不用叫丫鬟侍候，省去了許多的麻煩。如意，真的使西門慶感到稱心如意。可儘管這樣，如意兒充其量也只是個頂李瓶兒窩的人，她無論如何也代替不了李瓶兒在西門慶心裡的位置。如意的付出，就像市場上的物品，西門慶既是瞞著吳月娘，在背地裡給如意兒銀錢、衣服、首飾等等物品。那麼，西門慶便是以有價的物質形式，對如意兒進行肉體要求的交換手段。西門慶於如意兒，不過是他們兩人之間，各自利益和需求的交易罷了。由此可知，他們二人間的兩性關係，也是與情感問題毫不搭界的。既然如此，可知西門慶與如意兒的私通，並不是西門慶對李瓶兒的無情，而是相反。西門慶屬於對李瓶兒情意綿延，以至於到了找替身的程度。西門慶不捨李瓶兒這房，如意能在生理上滿足他，也就延長了西門慶在心理上的一種依戀。因此，如意只是西門慶情有所依的一個變相存在，而非是愛情轉移。

然而，如意兒的點滴變化，盡被收在潘金蓮銳利的目光之中。如意兒的金頭簪才一戴，潘金蓮就感到又有戲了。西門慶與如意間的兩性之事，很快就被潘金蓮知曉了。這好不容易才擺佈死了李瓶兒，居然讓個奶娘輕易就頂下了六房的窩子，這可不是潘金蓮能容忍的事情。西門慶前腳離開了如意，潘金蓮後腳進了上房，對著吳月娘道：「大姐姐，你不說他幾句？賊沒廉恥貨，昨日悄悄鑽到那邊房裡，與老婆歇了一夜。餓眼見瓜皮，甚麼行貨子，好的歹的攬搭下。不明不暗，到明日弄出個孩子來算誰的？又相來旺兒媳婦子，往後教他上頭上臉，甚麼張致？」（第六十七回）顯然，潘金蓮是想借吳月娘在西門府的話語權力，來阻止西門慶對如意兒有可能的用心太過。潘金蓮以為別房的女人有西門慶的孩子，以及之前發生的宋惠蓮自縊的事兒，一定是吳月娘的心病。只要是為了家聲和後嗣的問題，吳月娘是很易於被利用的。只要能借了吳月娘的口提出這件事，那她潘金蓮既能達到擠兌如意兒的目的，又不至於得罪了西門慶。這一招便一如當年對付娶李瓶兒的事一樣，西門慶好感的是潘金蓮，不理睬的是吳月娘。長於使用借刀殺人的潘金蓮，小看了貌似木訥的吳月娘。人吃一塹，還會長一智呢。何況宋惠蓮的死，吳月娘本就認為是潘金蓮一手造成的。至於孩子，吳月娘已有了身孕，家裡的女人，不論誰生了西門慶的孩子，都威脅不了吳月娘的正妻長子的地位。再說了，李瓶兒死前的叮囑，吳月娘還依然記憶猶新，如在耳旁。吳月娘明白知道，自己要警惕的人是潘金蓮，而不是卑微的奶娘如意兒。只見吳月娘毫不客氣地直言道：「你每只要栽派教我說，他要了死了的媳婦子，你每背地多做好人兒，只把我合在缸底下一般。我如今又做傻子哩！你每說，只顧和他說，我是不管你這閑帳。」吳月娘的話裡，直接就說了當初潘金蓮與宋惠蓮結成一氣，其後潘金蓮又暗中把宋惠蓮給整治致死了。知道的人不說了，不知道的人還以為是吳月娘不容人。話說得如此透亮，這等於指著鼻子說潘金蓮是在利用人。吳月娘的這番話，把個潘金蓮說得是「一聲兒不言語，走回房去了。」碰了一臉灰的潘金蓮，依然不肯甘休。西門慶上京城後，吳月娘開始整肅家風，這使得潘金蓮與陳經濟兩人，沒有了打情罵俏的機會，如意兒就更加成了潘金蓮的出氣筒。而如意認為自己有勢可依，對潘金蓮不做退讓，她們之間的矛盾衝突只是遲早的事兒。

一天，吳月娘找出了西門慶許多的衣服汗衫，叫如意等女僕去漿洗。龐春梅正好也要洗衣服，讓秋菊問如意兒借棒槌使，如意兒沒給秋菊。潘金蓮聽說了這事後，正好是個鬧事的藉口，便挑唆龐春梅和如意大吵。如意一看龐春梅來勢洶洶，趕緊給她解釋。那知道潘金蓮緊跟著就來，對如意一頓臭罵：「你這個老婆不要說嘴，死了你家主子，如今這屋裡就是你。你爹身上衣服不著你恁個人兒拴束，誰應的上他那心？俺這些老婆死絕了，叫你替他漿洗衣服。你死拿這個法兒降服俺每，我好耐驚耐怕兒。」如意聽了潘金蓮話便解釋說：「五娘怎的這說話？大娘不分付俺們，好意掉攬替爹整理也怎的？」如意想要強調這是吳月娘派的差事，可那潘金蓮哪裡聽她的解釋，直是罵道：「賊歪刺骨，雌漢的淫婦，還強說什麼嘴！半夜替爹遞茶兒、扶被兒是誰來？討披襖兒穿是誰來？你背地幹的那繭兒，你說我不知道？偷就偷出肚子來，我也不怕。」（第七十二回）潘金蓮是借題發揮，意在使如意明白，這西門府沒有她不知道的事，也沒有哪個女人能排擠她潘金蓮。因為，西門慶最相信的人是她潘金蓮。而如意可不像李瓶兒那樣，對潘金蓮忍氣吞聲的。她反唇相譏道：「正景有孩子還死了哩，俺每到的那些兒！」這話戳著了潘金蓮的心病，只見她「粉面通紅，走向前一把手」，把如意的頭髮扯住，另一隻手去摳如意的肚子，好像如意已有了西門慶的孩子，她要把這孩子摳出來似的。這動作正反映出潘金蓮的恐懼心態——她是真的怕如意有了孩子。

西門慶從京城回來了，潘金蓮又重施對付宋惠蓮的故技。可這次西門慶並沒聽從潘金蓮的挑唆，反說道：「罷麼，我的兒，她隨問怎的，只是個手下人，她哪裡有七個頭八個膽，頂撞你？你高高手她過去了，低低手兒她過不去。」潘金蓮進一步試探，看西門慶是否要把如意扶成六姨娘。西門慶當即表示「你休胡亂猜疑我，那裡有些話。你寬恕她，我教她明日與你磕頭陪不是罷。」西門慶的話，顯見出潘金蓮太過心虛，竟然與一個成不了氣候的下人這般的計較，也太缺少風度。潘金蓮也意識到了這一點，但對西門慶袒護如意仍是不滿，她強硬地表示道：「我不要他陪不是，我也不許你到那屋裡睡。」西門慶對潘金蓮的強硬作出了回應，那就是施以更強硬的性懲罰。他一面用力造成潘金蓮的痛苦，一面逼問：「你怕我不怕？再敢管著兒？」潘金蓮既已知曉如意兒不可能成為第二個李瓶兒，所以放她一馬，也未嘗不可。西門慶為使這兩個女人不再鬧下去，他讓如意給潘金蓮送去李瓶兒的皮襖，還要她給潘金蓮賠禮。如意兒此番算是明白了，她是不能與潘金蓮相對抗的。她如意要想在西門府立足，只靠西門慶的袒護是不夠的，她必須依附最得勢的潘金蓮，才能過安寧的日子。正所謂「縣官不如現管」。女主子的抬舉，要比男主子的賞賜更為現實些。如意恭敬地送去了皮襖，又跪在地上給潘金蓮磕了四個頭，行完奴才對主子的禮節後，如意說：「俺娘已是沒了，雖是後邊大娘承攬，娘在前邊還是主兒，早晚望娘抬舉。小媳婦敢欺心，那裡是落葉歸根之處？」（第七十四回）如意的示好，潘金蓮當然心知是西門慶的意思，當然就順水推舟，向如意說了一大堆冠冕堂皇的話。如意心不甘情不願地臣服於潘金蓮；潘金蓮在附加了許多條件後，勉強同意了西門慶和如意一起過夜。這場西門府裡的局部爭鬥，到此告一段落。而如意的奴才日子，也總算過得稍稍舒坦了一些。

西門慶死後，如意成了吳月娘的孩子——孝哥的奶娘。如意也終於可以不再受制於潘金蓮了。如意在西門府最紅火時做奶娘，又在西門府行將沒落時做奶娘。短短幾年的時間，她看到了這世間的最繁華，也看盡了這人間的最悲涼。麻木不仁的李嬌兒，是熱熱鬧鬧地抬出了西門府；那般聲高氣粗的龐春梅，是冷冷清清地離開了西門府；曾是橫行霸道的潘金蓮，是淒淒楚楚地告別了西門府；身為小姐的西門大姐，是傷傷心心地走出了西門府；心性梗直的孫雪娥，是偷偷摸摸地逃離了西門府；風韻不俗的孟玉樓，則是風風光光地嫁出了西門府。這些曾給西門府帶來了多少喜、怒、哀、樂的女人們，也在西門府演出了她們生命中一幕幕的悲、歡、離、合。如意從廁身其中，到漸漸成了觀眾。人生的過程裡，做一個看別人演戲的觀眾，當然是比自己置身舞台的演戲要輕鬆得多。

如意兒仍舊不想離開西門府。這並不是出於她忠誠，而是出於她的畏懼。如意目睹曾經走進她生命時空隧道的女人們，很多人的生活都有所改變。而所有涉及到的每一個人，對於這種或主動或被動的生命軌跡的改變，都表現出了不同的態度。但這些女人命運的悲也好，喜也好，已與如意毫不相干了。如意只求能留在西門府裡，當好一個奴才，當穩一個奴才。要達到這一目標，光是做個奶娘還是不牢靠的，她一定要有個歸宿。如意最終做了西門府裡的家奴小廝來興的填房，留在了西門府。一直到被吳月娘打發出門，與其他的家奴小廝一樣，自立了門戶。

綜觀如意兒其人，她是一個習慣了被別人設置生活的人。這種人根本不會有著要去改變生活的想法，也不會有改變生活的勇氣。如意兒的心理態勢，就是求得能有人賞口飯吃，而並不在乎失去人的價值。這樣的人，把現實利益的得到，看得高於虛無縹緲的尊嚴和意志（如果還有意志的話）。像如意兒這類對被設置生活仍能安之若素的人，現實中並不少見。他們大多生活得毫無色彩，也缺乏對生活的興趣。因為貧困，已經使得他們喪失了對生活的想像力、激情、好奇和愛。對於在溫飽線掙扎的人們，去談論人的尊嚴、個人的意志等，無疑過於奢侈了。人窮大多志短，如意只求能有一個吃飽穿暖的生活，日子過得安寧些，她就會感到很是稱心，很是如意了。

的確，對於只求溫飽的人們而言，還怎麼能要求他們去思考什麼生命的長度與品質間的比率關係呢？

王六兒惟錢財為尊的生存方式

若要問人的尊嚴最易被什麼擊碎？尊嚴被擊碎了的人，會無所畏懼地告訴你答案：貧窮！

若再問人的靈魂會在怎樣的情形下被出賣？靈魂被出賣了的人，會麻木不仁地向你宣稱：貧窮！！

貧窮，精神的與物質的，抑或物質的與精神的。兩者中單一的或雙重的貧窮，都會叫人不寒而慄，都會使人生成為悲劇。大而論之於世界，貧窮是人類發展文明，使社會向著繁榮富強理想的進程邁進時，必須對付的強大天敵。貧窮，也是成為獨裁專制社會裡，統治者實施愚民政策，用以敲剝民髓、征服民眾的慣用工具。小而論之於個人，貧窮，會逼迫無力與它抗爭的人把有形的肉體，把無形的情感，把高貴的尊嚴，把無價的靈魂……把人生一切有意義的東西，都最終出賣發售，而換取的往往是在心裡越來越填不滿的欲望，正所謂欲壑難填。那麼，這些不論是被迫還是主動出售尊嚴、靈魂的出賣者，他們能擁有真正的富裕嗎？《金瓶梅》中，西門慶的外室——王六兒一生的展示，或許是一個經典的回答。

王六兒是西門慶鋪子裡一個夥計韓道國的妻子。王六兒雙親早逝，她是由做屠宰買賣的哥哥一手撫養長大。成人後嫁給了破落戶韓光頭的大兒子，一個街頭的混混，後進到西門慶新開的絨線鋪裡做夥計的韓道國為妻。以那個時代的婚姻觀而論，這男女雙方成婚，講究的是門當戶對。就王六兒的出身背景，家世地位而論，她是無論如何，也不可能與官宦、財主等這樣階層的人家攀附上任何關係的。更何況，這王六兒是一個姿色平平的女人，實在也難發生類似於潘金蓮奇遇西門慶的那一類驚豔的浪漫事情。王六兒和市井中絕大多數的女人一樣，整天都在為生養衣食而操心。過的也是今日吃畢想明日，上頓吃完想下頓的日子。王六兒雖還不至於是衣不遮體，食不果腹的赤貧人家，但也是算得上清貧之家了。王六兒一家的生活與西門府那樣的家庭生活之間的差距，實在是不可以道里計的。在這樣一個貧富如此懸殊的社會裡，逼迫人們必然要窮則思變。王六兒的丈夫是個「本性虛飄，言過其實，巧於辭色，善於言談」的人，可就這能使慣用的好口才，也只用來「詐人錢，如捉影捕風；騙人財，如探囊取物。」（第三十三回）這韓道國本就是一個地地道道，行走在街頭「說謊順口」的小騙子。王六兒要靠這樣的一個丈夫養家糊口，要把女兒愛姐撫養成人，真是談何容易！而韓道國的弟弟，王六兒的小叔子則「是個耍手的搗子」，以賭為生，想來對哥嫂的生活也時有接濟，王六兒與這小叔子也是不清不白的。以王六兒這樣的生活境況而言，這叔嫂有姦情，本不是什麼罕見的事兒。可住在「房裡兩邊，都是鄰舍」的小小牛皮巷，擁擠嘈雜的環境，有這麼個「搽脂抹粉，打扮喬模喬樣，常在門首站立睃人」的女人，自然會叫那些「浮浪子弟」的荷爾蒙有所興奮。但這個誘人的婦人，並不好勾搭，「人略鬥一鬥她兒，又臭又硬，就張致罵人。」因此，這些市井潑皮們，對王六兒這樣只能看不能動的女人，很是心有不甘，但也有些無可奈何。

韓道國由於搭上了西門府主管的關係，做了西門慶新開的絨線鋪裡的夥計。有了固定收入後，王六兒一家的衣食溫飽，總算不再成為一件操心的大事。這韓道國也能「手裡財帛從容」，便把自己打扮得衣帽光鮮，在街上招搖過市。那街坊們也都知道，他韓道國為西門大官人打點買賣，還知道他何時離家，何時在家等等，韓道國的家庭生活，便成為了那個小小牛皮巷子的關注熱點，成為那個小巷子裡人們茶餘飯後的話題中心，這一家人的生活也成為那個環境裡的聚焦對象。那些曾被王六兒罵過的潑皮們，心中本就不忿，對王六兒家更是細緻地注意各種動靜。不久，他們便知道了王六兒與小叔子的姦情。這幫人十分興奮，謀劃著如何讓這個難以得手的女人，出上一個大大的醜。機會終於被潑皮們等到了，王六兒和她的小叔子，被突如其來的一幫人進來家裡，把她和小叔子「都一條繩子栓出來」示眾。而這時的韓道國，還正在大街上向人吹著牛皮，口沫橫飛地說著西門慶如何把他當心腹之人。令人好笑的是，這牛皮正吹得起勁，便被人告知他的家裡出了醜事，還有可能驚動官府。這個牛皮大王的韓道國「大驚失色，口中只咂嘴，下邊頓足。」眼看這牛皮就快被吹破了，韓道國只好硬著頭皮，求了主子西門慶出面。西門慶果然把這件事消弭得一乾二淨，韓道國也因此走入了西門慶的飯局圈兒。這個市儈小人韓道國，是一個只要有利可圖，只要有錢好得，他是不會在乎什麼廉恥、名聲，老婆偷不偷人的。要是有朝一日沒了飯吃，就是賣女兒賣老婆，他韓道國都會在所不惜的。更何況老婆只是背地與自己弟弟有點那個，再說那酒和吃的還是弟弟掏錢買的，他不虧！尤其是韓道國還因了王六兒生出此事，使自己得以巴結上了主子西門慶，這韓道國真是高興還來不及。王六兒有這樣一個無恥之尤的丈夫，她沒有去做個暗娼，倒也有些難得了。

王六兒經此一事，嘗到了有權勢者做保護的甜頭。她對西門慶既心存感激，又十分仰慕。所以，當李瓶兒的養娘馮媽媽替西門慶向王六兒說媒，想讓王六兒十五歲的女兒韓愛姐去到京城，做丞相蔡京的大管家翟謙的小妾時，王六兒馬上答應了。而後，馮媽媽又說，西門慶想來家看看她的女兒時，這王六兒簡直就不敢相信自己的耳朵。她驚問：「真個？媽媽子休要說謊。」（第三十七回）王六兒仰慕的大恩人西門慶竟然就要來家裡了，這可是機不可失啊！這個晚上，王六兒與丈夫「商議已定」，韓道國一定不會不告訴妻子，他的主人對女色有特別濃厚的興趣。這一對多年的夫妻，早就互有默契，同聲共氣。第二天，韓道國「丟下老婆在家，豔妝濃抹，打扮的喬模喬樣，」等候著西門慶的到來。對目不識丁、毫無才能的王六兒來說，她唯一能使西門慶看一看的，就只有她的身體。儘管王六兒相貌平常，但還有一副「長挑身材」，皮膚雖是「紫膛色」，不很白淨，可臉形是個「瓜子面皮」，也還受看。西門慶真的來了，他原打算看一眼韓愛姐就離開的，可是王六兒母女一出場，就吸引住了西門慶。尤其是王六兒「上穿著紫綾襖兒，玄色段紅比甲；玉色裙子下邊，顯著趫趫的兩隻腳兒，穿著老鴉段子羊皮金雲頭鞋兒。」這一身得體的衣著打扮，更加襯托她「生的長跳身材，紫膛色瓜子臉，描的水鬢長長的。」看得西門慶是目搖心蕩，難以自持。還內心暗自說道：「原來韓道國有這一個婦人在家，怪不得前日那些人鬼混他！」既如此，他西門慶也自然有「鬼混他」的可能性了。這西門慶拿出了銀子、戒指做了賞賜，又對王六兒詳細地說了給她女兒韓愛姐嫁妝的安排。王六兒是「連忙又磕下頭去。謝道：『俺每頭頂腳踏都是大爹的，孩子的事又教大爹費心，俺兩口兒就殺身也難報。虧了大爹。又多謝爹的插帶厚禮。』」王六兒的口中心中自是十分的感激不盡，且這話也說得是既得體又甜蜜，西門慶當然的「就把心來惑動了」。

不久，王六兒的女兒韓愛姐起程遠嫁京城，給翟大管家為妾，那韓道國送女上京離開了家。王六兒面對一時變得冷冷清清的屋子，想著女兒如花的年紀，卻嫁給一個四十來歲的男人做妾，怎不悲從中來？她「整哭了兩三日」。這西門慶則乘著王六兒感情處於脆弱時期的大好機會，要馮媽媽做說客，希望王六兒能答應他「如此這般」幽會半日的要求。這馮媽媽是李瓶兒的舊家人，一聽西門慶此話，不由冷笑道：「你老人家，坐家的女兒偷皮匠，逢著的就上。一鍬撅了個銀娃娃，還要尋她娘母兒哩！」這個「銀娃娃」指的就是韓愛姐。馮媽媽話雖這樣說，可仍擋不住西門慶給跑腿費的誘惑，同意為其說項。但馮媽媽對王六兒能否答應西門慶的要求，把握並不很大。所以這馮媽媽也不敢給西門慶什麼肯定的答覆，她只對西門慶這樣介紹王六兒：「屬蛇的，二十九歲了。雖是打扮的喬樣，倒沒見她輸身。」王六兒畢竟不是娼女，馮媽媽當然不能確定，這王六兒是否會「輸身」來出售自己。

然而，王六兒出售了。西門慶是王六兒「輸身」賣淫的第一個對象。西門慶對王六兒出手十分大方，一送就是個丫鬟，銀價四兩。自開了這個頭，西門慶走動得很是勤快，而每一次來，都給王六兒一、二兩銀子，這個價碼可是不低。對西門府的家裡，西門慶可是「瞞的家中，鐵桶相似」，李瓶兒想使喚馮媽媽都難。王六兒變態的性交愛好，正投了西門慶的喜歡。可牛皮巷的嘈雜煩亂的環境，以及王六兒家裡的口味實在一般的酒菜，都令西門慶感到美中不足。為了王六兒的「好風月」，西門慶計畫把她做自己的外室包養起來。這王六兒一聽西門慶願拿出銀子來，為她家買下房子，心中真是喜出望外。立即應聲說道：「爹說的是。看你老人家怎的可憐見，離了這塊兒也好。就是你老人家行走，也免了許多小人口嘴。咱行的正，也不怕他。爹心裡要處自情處，他在家和不在家一個樣兒，也少不得打這條路兒來。」（第三十八回）王六兒真是會說話，這話裡話外的意思不過是要表示：其一，以你西門慶的身分，來這樣糟糕的地方尋歡，真是委屈了。這是狠狠抬舉了西門慶；其二，指出離開此處多事之地，以免有礙西門慶官聲的緋聞傳出；其三，是對西門慶暗示，她不怕人說，這是她心甘情願的，有來有往的事，主要為西門慶著想；最後，再給西門慶暗示，讓西門慶不用考慮她丈夫韓道國的態度。因為，王六兒對韓道國的為人是心知肚明的，她能搞定自己的丈夫。以西門慶的精明和情場慣戰的感受力，他對王六兒的話當然是全聽明白了。所以，等韓道國從京城送親一回來，西門慶就給了他五十兩銀子的高額獎金。韓道國回到家中，把五十兩銀子交給了王六兒。王六兒則把西門慶「勾搭之事」如數家珍般，詳盡告訴了丈夫，還說：「這不是有了五十兩銀子？他到明日，一定與咱多添幾兩銀子，看所好房兒。也是我輸了身一場，且落他些好供給穿戴。」王六兒的話中，即是向丈夫表明她「輸身」的目的就是為了錢財，其中也能感覺到這話中含著的幾絲酸楚。而韓道國對於王六兒的辛酸還來不及理會，卻是厚顏無恥道：「等我明日往鋪子裡去了，他若來時，你只推我不知道，休要怠慢了他，凡事奉他些兒。如今好容易撰錢，怎麼趕的這個道路！」韓道國對妻子能以色謀財的由衷歎謂，那一副十分欣慰的樣子，令王六兒都覺得好笑：「賊強人，倒路死的！你倒會吃自在飯兒，你還不知老娘怎樣受苦哩！」王六兒的訴苦，韓道國並不當真，只管與王六兒說笑。像韓道國這樣的男人，實在是無恥之極。而在王六兒的笑語中，反倒不乏有那麼點黑色幽默的味道。

王六兒的算計並沒有落空，西門慶真的在清河縣的富人區，這獅子街上「使了一百廿兩銀子，買了一所門面兩間到底，四層房屋居住。」（第三十九回）這一來，王六兒和她的丈夫韓道國都搖身一變，成了有身分的買賣人家。並依仗著與西門慶的特殊關係，受到了鄰居街坊的恭維。王六兒在精神上、心理上所得到的極大滿足，何止是百十兩的白銀所能衡量的。元宵節來臨之際，西門慶在獅子街大放煙火，引得四處的人都來觀看。這是西門慶向縣城的人們，炫耀財勢的一種方式。在眾目睽睽之下，西門慶讓王六兒陪他觀看煙火，使得周圍的人們都明白了他倆不同一般的曖昧關係。而這種事情在獅子街上，只會使王六兒更有面子。王六兒那時的得意之情，不弱於當今傍大款的妙齡女郎。一個年近三十的女人，相貌又如此一般，居然能傍上西門慶這樣一個有權有錢，一表人才的情郎，王六兒很是以此為榮。街坊裡那些也想攀附權勢之徒，自然會對這個特殊的王六兒另眼相看。西門慶家的煙火還在放，西門慶卻借機和王六兒進行交合，可還是對家裡瞞得緊緊的。

當然，大凡男人的外室，都是要養的。既然是身體買賣，都明白與情感無關，自然懂得破費錢財，屬情理之中的事。西門慶不惜破費銀鈔為王六兒購房，就是為了好養而已。有錢無德的男人，養外室就只為消遣對方，而每一次的消遣都是收回感官愉悅成本的一種方式。西門慶為能多一些消遣王六兒的機會，就算付出再大的花銷，他也無怨無悔。有人可能會認為，這便是成功男人的瀟灑。但憑藉最原始的本能，從男人手裡換取有價格的物質獲得，這不能不說是王六兒們，作為女人的別一種悲哀。王六兒感受著生活的巨大變化，與此同時，也對權勢的能量認識更加具體。因為，這西門慶就是權勢的化身。王六兒樂於逢迎西門慶，韓道國拱手獻妻給西門慶，其目的對象十分明顯，他們都是為了討好西門慶所代表的權勢，而並非真是討好西門慶這個人。王六兒不僅自己以出賣肉體和人格來親近權勢，她也利用對權勢的靠近，為自己索取利益和好處。王六兒在獅子街的新鄰居樂三是一個經紀人，他有個叫苗青的客戶，因犯了謀主錢財、害人性命的案子，在他家躲避。當聽說清河縣提刑夏大人正差人訪拿正凶歸案，樂三娘子找到了王六兒，「封下五十兩銀子，兩套妝花段子衣服。」（第四十七回）請王六兒向西門慶說個情。這個王六兒壓根兒不知什麼叫律法尊嚴，更不知什麼案情輕重。心中只有錢財的王六兒，眼見憑自己說句話就能得如此多的好處，「喜歡的要不的，把衣服和銀子並說貼都收下」，滿口答應為苗青說情。可王六兒沒把西門慶等來，只好托西門慶的心腹小廝玳安辦這件事兒。玳安把西門慶請到了王六兒那裡，西門慶看了苗青的說帖後，張口就問：「他拿甚物謝你？」當看到王六兒拿出樂三娘子送來的五十兩銀子，又說：「明日事成，還許兩套衣裳。」（第四十七回）時，西門慶也不由覺得好笑起來：「這些東西兒，平白你要他做甚麼？你不知道，這苗青乃揚州苗員外家人，因為在船上與兩個船家商議，殺害家主，攛在河裡，圖財謀命。如今見打撈不著屍首，又當官兩個船家招認他，原跟來的一個小廝安童，又當官三口執證著要他。這一拿去，穩定是個凌遲罪名。那兩個，都是真犯斬罪。兩個船家見供他有二千兩銀貨在身上，拿這些銀子來做甚麼，還不快送與他去！」西門慶一席話，才使得王六兒恍然大悟。的確，兩千銀子和一條人命的買賣，區區五十兩銀和兩套衣服，怎能就了結？這豈不太便宜了！王六兒把銀錢和說帖原封退還給樂三娘子，這苗青便慌了手腳。趕緊托樂三娘子來說：「老爹就要貨物，發一千兩銀子貨與老爹。如不要，伏望老爹再寬限兩三日，等我倒下價錢，將貨物賣了，親往老爹宅裡進禮去。」西門慶這才答應了幫忙：「既是恁般，我分付原解，且寬限他幾日拿他。教他即便進禮來。」這苗青發售完貨物，用酒罈裝了千兩白銀，又宰了頭豬，送到西門府上。還給了西門府中知情的小廝們，每人十兩銀子的打點。西門慶的心腹玳安還多得了王六兒給的十兩跑腿費。當然，王六兒得的也不少。苗青給了王六兒一百兩銀子和「四套上色衣服」，這是當初的一倍禮物。王六兒該有多麼興奮，她又一次看到了權勢帶來的無比優越性。與眼前真金白銀的實惠獲得相比，那勞什子的什麼天理王法，的確是算不得什麼的。可是，貪官污吏們怎會料到，天下還有為主人枉死討個說法的忠僕。那安童一狀告到了巡案御史曾孝序座前，西門慶受到了彈劾。消息傳來，西門慶立即打點起珠寶、白銀，到京城找王六兒的女婿，丞相蔡京的大管家翟謙，讓他在蔡京面前代為自己說項，擺平此事。翟謙果然有辦法，找了關係把彈劾的奏章留中不發。這謀財害命、貪贓枉法的一樁大案，便如此輕易地不了了之。王六兒拿著這百兩的銀子，想到的只是打些什麼樣式的首飾，把自己裝扮得富麗一點。王六兒永遠也不會想到，她給西門慶攬的這件事，給了西門慶一個貪贓枉法的機會。而西門慶通過王六兒的女婿翟謙的說情活動，則是廢弛了朝綱政紀。所有這些參與了苗青一案的人，他們的所作所為，正是對明王朝治國大業的蛀蝕和摧毀。

當然，這苗青一案於王六兒而言，只是個順手牽羊的謀財事件。王六兒不過是個市井間的女人，她是管不了那麼多的經國大業的。王六兒只管惦記著生日來到了，她讓自己年輕的弟弟去請西門慶來「上壽」。而這一天，正是西門慶有了奇遇的日子。一個頗有道行的「胡僧」，給了西門慶一種奇妙的壯陽藥。這使西門慶顧不得這天也是李嬌兒的生日，他急急忙忙地到潘金蓮房裡拿了淫器包，來到外室王六兒處。西門慶給王六兒的生日禮物是「一對金壽字簪兒」（第五十回），又給了辦酒席的銀子，好不細心周到。真是外室好過內室，野花香過家花。西門慶的殷勤周到裡，也包含了對王六兒給他發了一筆小財的獎賞。不過這還不夠，吃了藥又拿了淫具的西門慶，為的就是和王六兒恣肆縱欲一番。王六兒也是極力迎合西門慶，西門慶便動了長久占住這女人的心思，他想把韓道國長留在南方做採購，好多和王六兒消遣他們的情欲。韓道國被西門慶打發去揚州進貨，嘴皮子利索的韓夥計，為西門慶運回了十車價值一萬兩的緞料。過關驗稅時，精明的韓道國小動手腳，為西門慶少繳了許多的稅錢，西門慶對他很是欣賞。韓道國也給自己撈了不少的銀兩，以及值一二百兩銀子的貨物。王六兒見丈夫如此生財有道，高興之餘，也提醒丈夫，不要忘了要感謝主子一下。再說，西門慶又死了兒子，作為外室怎能不有所表示？她和韓道國商議道：「你我被他照顧，此遭掙了恁些錢，就不擺席酒兒請他來坐坐兒？休說他又丟了孩兒，只當與他釋悶，也請他坐半日。他能吃多少，彼此好看些。就是後生小郎看著，到明日就到南邊去，也知財主和你我親厚，與別人不同。」（第六十一回）原來王六兒要韓道國請西門慶的客，一是因為西門慶食量不大，花不了多少錢；二是為了韓道國在新來的夥計面前顯實力。王六兒真不愧是個精於算計的小市民，韓道國自然是對她言聽計從的。這是韓道國第一次以男主人的身分，在自己的家裡招待西門慶。酒足飯飽，聽罷小曲後，韓道國知趣地到鋪子裡過夜，讓妻子和西門慶嘲風弄月，促使西門慶敲定給他長期在南邊做買賣的事。這兩口子是早有男主外、女主內，兩頭都吃錢的默契了。因此，王六兒與西門慶的此番枕席之歡，又與往次不同。王六兒忍了常人難忍的痛苦，滿足了西門慶的嗜好，兩人免不了一番山盟海誓。西門慶道：「你既是一心在我身上，到明日等賣下銀子，這遭打發他和來保起身，亦發留他長遠在南邊立莊，做個買手。」這話正中王六兒下懷，只見她撒嬌撒癡，半是當真半是談笑地說：「等走過兩遭兒回來，卻教他去，省的閑著在家，做甚麼！他說道倒是在外邊走慣了，一心只要外邊去。他江湖從小兒走過，甚麼買賣客貨中事兒不知道。你若下顧他，可知好哩。等他回來，我房裡替他尋下一個，我也不要他，一心撲在你身上，隨你把我安插在那裡就是了。我若說一句假話，把淫婦不值錢身子就爛化了。」王六兒這是一邊對西門慶誇丈夫是老江湖，十分地會做買賣，以此打動西門慶，為有些經商之才的丈夫謀個機會；一邊又以信誓旦旦的盟誓，試探西門慶的誠意有多大。王六兒這是醉翁之意不在酒，並不是真把西門慶的話當回事。王六兒只是為了使韓道國的希望能實現，能到南方去做一個獨當一面的買賣莊家，這才如此地逢迎，讓西門慶也能一時高興的說辭。本來，王六兒與西門慶就是相互利用的交易關係。一個是以色謀財，一個以財謀色，一旦無財無色時，彼此也就利盡情絕了。不過那是後話，就眼前來說。王六兒和西門慶兩人之間還有利可圖。不久，西門慶真把韓道國派到南方做買手去了。王六兒送走了韓道國，並沒在意自己是做西門慶的外室，但還是覺得西門慶似乎是對她動了真格了，王六兒覺得，自己很有可能成為西門府裡的一個姨娘。

王六兒原以為支走了丈夫，她和西門慶的關係會更加親密。哪知李瓶兒病重，接著又死了。西門慶此時是一心撲在李瓶兒身上，他辦完了李瓶兒的喪事，又是沒完沒了的哭吊和酒宴。接著，西門慶和妓女鄭愛月又打得十分火熱，並通過鄭愛月的指點，搭上了招宣府裡的官家娘子、寡婦林太太。再之後，西門慶又是上京城，接受官位升遷的謝恩。這四面八方的各種應酬，讓西門慶這時大有家事國事天下事，事事掛心的那種忙碌狀態。早把王六兒這個外室，丟到了九霄雲外去了。這一拋閃，就是近大半年的時間。王六兒依舊耐心地等著西門慶，這種等待，與潘金蓮當年急著嫁給西門慶，生怕西門慶不娶她的那種焦灼等待還不一樣。王六兒怕的是失去了這個一方的霸主，使自己苦心建造的權利保護屏障消失掉。隨著時光的流逝，王六兒越發感到，西門慶離自己漸漸遠了。王六兒不能就這樣不明就裡的把一個碩大的勢力給弄沒了。王六兒讓在西門慶身邊做貼身小廝的弟弟王經，向西門慶轉交了一包東西。西門慶打開一看，那裡面「卻是老婆剪下一柳黑臻臻光油油的青絲，用五色絨纏就的一個同心結托兒，用兩根錦帶兒栓著[15]，做的十分細巧工夫；那一件是兩個口的鴛鴦紫遍地金順袋兒，都緝著回紋錦繡，裡邊盛著瓜穰兒。」（第七十九回）真是一件好精緻的手工藝品。一個從來在內心情不為所動的女人，對一個風月老手做出個深情款款的樣範兒，這難免讓人生出作嘔的生理反應。不過，這招對西門慶很是靈光，他終於想起這個有些遺忘了的外室。西門慶拿著代表思念的信物，看了一陣子，才「滿心歡喜」起來。西門慶並不相信王六兒對他有什麼深情厚誼，看著手中的物件，西門慶能想到的是某種感覺。王六兒的這些東西特別是那個「柄」狀勾起了西門慶對王六兒的感官衝動，這是他很久沒有想起的感覺了。西門慶把淫器包「褪與袖中」，可又「凝思」起來。此時的西門慶，已是自知體力不支、精神都有些不濟的帶病之人了，是否還能再如舊一般一振雄風，再展手段，西門慶的心裡也沒底。但如果不去，不就等於說是自己無情無義，或是承認對女人的無能？而這兩者都是西門慶所不能接受的。這時的西門慶，明明就是個薄情少義、即將燈枯油盡之軀，卻不願也不敢正視這一事實。還相反仍自以為很多情，很有征服力。僅此一點，西門慶就把人性的悖論，體現得淋漓盡致。西門慶強打起精神，依仗著壯陽藥，又在王六兒身上體會著做為強者的快樂。然而，正所謂是：樂極生悲！竭盡全力施展性能力的西門慶，帶著那一腦門子的酒，拖著疲憊不堪的身子，被小廝們送進了潘金蓮的房裡。這一進去，便步上了漫漫黃泉路，一去就再沒有機會回首人間道。

當王六兒聽說西門慶死了，想必她心中也會有些哀痛的。因為，她做了個有權勢人的外室，謀求的是錢財。她甚至有過做西門慶小妾的夢想，可這一切都由於西門慶的死而隨之完結了。所以，在哀傷之餘，王六兒「亦備了張祭桌，喬素打扮，坐轎子來，與西門慶燒紙。」（第八十回）王六兒哪裡知道，這吳月娘已從小廝口中得知，西門慶發病的當晚，就是與她在一起「吃酒」的。吳月娘對這個王六兒自是恨之入骨，視為寇仇。在西門慶死後的首七裡，就把她弟弟王經給打發出府了。王六兒這次來祭奠西門慶，「在靈前擺下祭祀」，站了很久，這西門府裡也沒一個出來接待她的人。搞的這王六兒走也不是，留也不是，好不尷尬。而吳月娘聽小廝報：「韓大嬸來與爹上紙，在前邊站了一日了，大舅使我來對娘說。」恨聲便罵：「怪賊奴才，不與我走！還來甚麼韓大嬸，毬大嬸，賊狗攮的養漢的淫婦，把人家弄的家敗人亡，父南子北，夫逃妻散的，還來上甚麼毬紙！」吳月娘也不管是吳大舅讓小廝傳的話，只是一頓沒頭沒腦、滾滾而出的難聽話，直罵得小廝安童不知所措。可這吳大舅心裡是十分的清楚，現在可是不能得罪韓道

15　〔明〕蘭陵笑笑生《金瓶梅詞話》的人民文學出版社，1989 年版本中此處被刪 7 字。香港太平書局，1992 年版本原文為「安放在塵柄根下」。

國和王六兒的。因為，那個韓道國是在南邊給西門慶做購貨的。所以，吳大舅急忙進屋對吳月娘說：「姐姐，你怎麼這等的，快休要舒口！自古人惡禮不惡。他男子漢領著咱偌多的本錢，你如何這等待人？好名兒難得，快休如此。你就不出去，教人說你不是。」聽了吳大舅說明有關錢財和名聲之兩大利弊後，吳月娘才勉強讓孟玉樓出面陪祭。這王六兒心中自知沒趣，便在杯茶之後，離開了她曾以為有可能進去的西門府。

帶著被冷遇後的羞憤，懷著一腔的失望。王六兒感到，自己對西門慶的付出與得到相比，很是不合算。因此，當韓道國從揚州運貨回來的途中，聽說西門慶死了，趕緊發買了一千兩銀子，首先回到家裡，與妻子商議：「咱留下些，把一半與他如何？」王六兒道：「呸！你這傻才，這遭再休要傻了。如今他已是死了，這裡無人，咱和他有甚瓜葛？不爭你送與他一半，叫他招韶道兒，問你下落。不如一狠二狠，把他這一千兩，咱顧了頭口，拐了上東京，投奔咱孩兒那裡，愁咱親家太師爺府中，招放不下你我？」（第八十一回）韓道國一聽王六兒這話，倒畏懼起王六兒為人的狠毒勁兒。韓道國找了個「丟下這房子，急切打發不出去，怎了？」的藉口，韓道國實在不想把西門家的錢全拐走。但王六兒輕易地把這藉口堵了回去：「你看沒才料！何不叫將第二個來，留幾兩銀子與他，就交他看守便了。等西門慶家人來尋你，只說東京咱孩兒叫了兩口去了。莫不他七個頭八個膽，敢往太師府中尋咱們去？就尋去，你我也不怕他。」說不過王六兒的韓道國只好和盤托出心中的想法：「爭奈我受大官人好處，怎好變心的，沒天理了。」可王六兒看問題卻更為實際：「自古有天理倒沒飯吃哩！他占用著老娘，使他這幾兩銀子不差甚麼！想著他孝堂，我倒好意，備了一張插桌三牲，往他家燒紙。他家大老婆，那不賢良的淫婦，半日不出來，在屋裡罵得我好訕的。我出又出不來，坐又坐不住。落後他第三個老婆出來陪我坐。我不去坐，坐轎子來家。想著他這個情兒，我也該使他這幾兩銀子。」韓道國聽完這些事，同意了王六兒的拐財計畫，也再不提「天理」二字。

韓道國與王六兒這對夫妻，可稱得上是絕配。從笑笑生對韓道國這個人形象的刻畫看，這一人物的言行舉止處處表現出，他是一個大惡不敢為，小惡從不斷，有點歪才，頭腦精明的市井宵小。而韓道國與王六兒夫婦間，則是很有感情的。自從王六兒與西門慶有了「輸身」的關係以來，韓道國常問起的王六兒的就是西門慶對她怎樣？韓道國一方面放任妻子用身體去換取錢權，另一方面對妻子是更加的溫情體貼。如以一般社會上通行的倫理道德看，韓道國是個極其無恥的男人，依裙帶為生而不以為恥的主兒。可如果細看看王六兒和韓道國的家庭生活，卻不無溫情脈脈，滿是溫馨的感覺。他們夫婦二人是無話不談，且事事有個商量，彼此常常問候，相互有著關懷。他們雖各自有著自己的性夥伴，但這從來都不影響他們夫妻二人獨處時的那種溫存和體貼。因為，韓道國與王六兒二人，都不會把傳統的社會道德理念，當做他們自己的行為規範的。而是以現實利益的獲取，以及物質實惠的得到，作為他們自身行為的目標。他們都沒有受過什麼良好的教育，這使他們的價值判斷必是以功利為基準，而不是，也不能可是以理性為圭臬。然而，中國傳統的家庭觀念，又使得他們二人都很具有家庭的責任感，也很重視夫妻關係的維繫。這在傳統的專制時代，尤其是東方社會體系中，他們的家庭亦是屬於很罕見的，並且是充滿了人性極為矛盾，而又能完全統一的一種家庭結構類型。韓道國那番關於「天理」的話，其實並不是說明他具有良知，而是因他一到家就問王六兒：「我去後，家中他先前看顧你不曾？」王六兒回答說西門慶對她還可以的話的回應。韓道國的是非標準就是王六兒的好惡感。所以，當韓道國再聽到後來王六兒說，吳月娘對她是如何的羞辱時，韓道國心裡更多想到的，便是王六兒做西門慶外室的利益已經不再。故而，那一瞬間的理性思維也就蕩然無存，而妻子王六兒的話卻當然是要言聽計從的。

常言道：人算不如天算。王六兒原以為有了千兩銀子做後盾，又有了比西門慶的權勢更大的女婿做靠山，他們一家人的日子，會比與西門慶往來時過得更好。可誰知天子腳下變故多，太師老爺的蔡京被科道參倒了台，兒子也被處斬，所有的家產被抄沒入官。太師府裡大管家翟謙的親家，當然是有所牽連的人。在《金瓶梅》中，當王六兒一家再度出現時，已是投靠無門，只得暫借臨清謝家大酒樓棲身的漂泊浪人了。所謂無巧不成書，此時謝家大酒樓的老闆不是別人，正是被龐春梅收容在了守備府裡，曾是西門慶女婿的陳經濟。故人相逢，都有些恍若隔世之感。陳經濟見韓道國「已是摻百鬚鬢」，當年遠嫁的韓愛姐卻出落得「白淨標緻」，「延瞪瞪秋波一雙眼」，（第九十八回）這使陳經濟對韓愛姐是一見鍾情。此時的韓愛姐已和母親王六兒同墜風塵之中，都是暗中為娼，換得生存。這韓愛姐利用與陳經濟的第一次交會，換取了五兩銀子，交給了王六兒。原以為把女兒嫁進豪門，就能擺脫貧寒生活的王六兒，現在竟眼看女兒做娼家賤業，而自己形同鴇娘，坐收女兒的賣身錢，這心裡該有多麼的悲涼。而更為可悲的事，則是當王六兒一家以為能得到陳經濟的關照時，沒想到這位陳大老闆一回家，就是七、八天都不打個照面。想要求取每日生存的開銷，銀子就是他們一家每天都必須面對的問題。王六兒此時已是「年約四十五六，年紀雖半，風韻猶存。」的時光了。為了生存，為了女兒，王六兒只好重操皮肉生涯。這難道不是社會的暗無天日，帶給了女人們的悲哀生活嗎？韓家此時當然是顧不得什麼哀與悲的。作為一家之主的韓道國，大概還為家裡有兩個可以接客的女人而暗自慶幸呢！韓道國憑藉這老婆和女兒的身體出賣，「如今索性大做了」，在酒樓幹起了私娼的買賣。可王六兒畢竟是人老珠黃了，當韓家接進來的一個嫖客，是一個販絲、綿的何官人，看中了年輕貌美的韓愛姐。可是這韓愛姐卻因被陳經濟不明就裡的冷落，正心中不痛快，不願接客，這一來「急的韓道國要不得」，王六兒只好出場救急了。這何官人但見王六兒那副「面皮搯眉鋪鬢，大長水鬢。涎鄧鄧一雙星眼，眼光如醉，抹的鮮紅嘴唇」的扮相時，便憑多年做嫖客的經驗，認定王六兒「此婦人一定好風情」，也肯拿出了一兩銀子，買了與王六兒的一夜風流。這以後，何官人與王六兒「打她一似火炭般熱」，成了韓家的老主顧，也是韓家主要的經濟來源。而韓愛姐在得到陳經濟讓人捎來的五兩銀子後，也就不再接客了，她一心只想著陳經濟，在這污濁的世間，為自己的心留下了一絲真情的表白。然而，韓愛姐的堅守，把王六兒變成了維持家庭生計的唯一主力。王六兒對韓愛姐的任性十分遷就，對女兒冷落客人的態度也從不計較。因為，王六兒覺得，惟有這樣，才能表達她對女兒的愛。在王六兒的心裡，深藏著一個做母親的愧疚。所以，只要自己還有生意，還能保住衣食，她就絕不會讓女兒做不願意的事。王六兒究竟不是鴇娘呀！

不過，私下裡幹私娼的營生並不是容易的事。就在韓家以為結束了浪跡的生活，以為可以在酒樓安定一段日子，悄悄地做些迎新送舊的事情，以此混個溫飽時，坐收傭銀的地保流氓，卻很快覺察到了韓家的勾當。一個外號叫坐地虎的劉二，仗著姐夫張勝是守備府的主管，便對膽敢不給他交保護費的韓家，來了個下馬威。何官人被一頓拳腳，打得再不敢上門。王六兒也被踹了兩腳，還挨了一番臭罵。此時正在韓家的陳經濟得知此事，便存了一個要報復的心。陳經濟知道了劉二的姐夫張勝包占了孫雪娥一事，他便向時為守備夫人的龐春梅告發了。陳經濟與龐春梅便二人合謀，欲置張勝於死地。那知張勝偷聽了一切，先下手殺了陳經濟，再想殺龐春梅時，被拿下，張勝也丟了性命。後來這劉二也被殺了。韓愛姐給陳經濟哭墳，且發誓要為陳經濟守孝終生，要跟著龐春梅回守備府去。這一突變，使王六兒十分傷心，她哭道：「我承望你養活俺兩口兒到老，才從虎穴龍潭中，奪得你來，今日倒閃賺了我。」（第九十九回）王六兒說的是養兒防老的那一套，可其實她的心裡更多的是對女兒的不忍之情。試問哪個做母親的會願意自己的女兒無端守寡到死？更何況女兒韓愛姐與那恩客陳經濟，不過是「露水夫妻」罷了。王六兒要女兒想想，回憶一下在太師府大禍來臨時，她王六兒都不知用了什麼本事，讓自己的女兒脫離了干係，避免了被沒為官奴，被官府隨意發賣，一家人離散的悲慘命運。可現在，女兒韓愛姐竟不顧一切要隨著龐春梅進守備府，使得他們一家三口再次分離，王六兒怎不傷感淚流呢？可韓愛姐堅定不移，隨龐春梅走了。王六兒「一路上悲悲切切，只是捨不得她的女兒，哭了一場又一場。」卑賤的王六兒，勢利的王六兒，自私的王六兒，無恥的王六兒，不論怎樣評判這一人物，有一點是不可否認的，那就是王六兒同樣不缺少女性應有的母愛。

王六兒與韓道國兩口子，都已是年近半百的人，生活給予他們選擇的機會幾乎為零，他們面臨的將是越來越殘酷的生存問題。萬般無奈之下，王六兒主動找了老主顧何官人。這個善良的商人，見夫婦兩個無著無落，便與韓道國商議：「你女兒愛姐，已是在府中守孝，不出來了。等我賣盡貨物討了賒帳，你兩口跟我往湖州家去罷，省得在此做這般道路。」（第一百回）王六兒此番雖是伴著丈夫和舊客同行，但也比在臨清縣待著做個暗娼要好。湖州的何官人家終究是個可以落腳的歸宿。王六兒和韓道國、何官人一起來到江南湖州，過起了一女侍兩男的畸形生活。可就這樣的日子也過不了多少年，這何官人丟下與王六兒生的六歲女兒，還有幾頃水稻田地，死了。王六兒和韓道國又生活了一年，韓道國也死了。當韓愛姐和叔叔從北方逃避戰亂之禍，來到湖州尋找到王六兒時，王六兒已是個孤苦伶仃的農婦。王六兒再次成家，「情受何官人家業田產」，與小叔子一道，撐起了一個小小的家，一個可供自己的女兒們遮風避雨的地方。王六兒這次成婚，不再為風月，她只是盡一個人母，一個主婦的責任。王六兒能這樣度過她的餘生，真真實實地做個普通農婦，簡簡單單地面對生活，這是王六兒的大造化，也是經歷過太多人生波折，有過太多欲望渴求，被命運玩弄於股掌之上的人們，在透徹了人生意義後的一種奢望的生活。因為，終歸平淡的人生晚景，對許多人來說，也是可遇而不可求的。

王六兒的一生，正是許許多多的市井女人們人生聚合的藝術折射。笑笑生正是通過對這一人物的深度刻畫，使受眾能透視出欲望追求的虛無與飄渺。與此同時，也使得有關女人的話題，成為了一個複雜又多元，且也難以輕易作出對錯、好壞、善惡的定評。從王六兒對利益得失的計較，到最後身家的一無所有；從王六兒曾經是不惜一切代價，對權勢攀附，對欲望滿足的瘋狂追求，到仍歸於平凡卑微的一介細民的落實。王六兒的生存軌跡，反證出的不正是人與社會，人與政治，人與生命的終極關懷等形而上的核心問題的討論，必須從對人生的最基本問題，即油、鹽、柴、米、醬、醋、茶等形而下的實際關注開始的重要性嗎？王六兒這一形象，把人生中諸多玄妙的，或者被認為是極富哲理性思考的冗長話題，變得簡單明瞭，又如此的具體可感。王六兒的生存理念，其實印證了這樣一句簡單的話：人的生活其實並不複雜，只是十分艱難罷了！而關於王六兒與韓道國建構的這種家庭關係的樣本，似乎還是一個可以繼續探討的有趣問題。

林太太尋找失去的貴夫人心理

能成為一個貴夫人，這在任何時代和社會形態中，都是被視為做女人的一種幸運。特別是在一個等級森嚴的社會，在一個女性只是所謂「第二性」的東西，是男性的「胸肋」產物的世界裡，女人對命運的依賴，遠遠大過對於命運的把握。

招宣府的林太太是幸運的，她有幸出身高門，有幸容顏美麗，有幸嫁進官家，有幸成了豪門裡的主家女人，還更有幸的是生了一個兒子。男人視她，尊貴可敬。女人眼裡，她完美無缺。

在一個女性的社會價值和生命意義，完全由男性來進行判定和賦予的時代，女人能歸屬於怎樣的社會地位的家庭，以及在這個家庭中的地位如何？也就成為女人本身的社會地位及自身價值的顯著標誌。而錦衣美食的現世理想，以及能呼奴喚婢的家庭權利運作等，這些都是女人對生存意義的世俗理解和利益追求。在林太太身上，這一切她都無需費勁，她幾乎是命中就擁有了一切。可正如源自《聖經》一段話的總結所言：上帝在這裡關上門，就會在那裡打開窗。這位與生俱來的好命的林太太，正置青春少婦的時候死了丈夫，在女人最美妙的黃金時期，卻是這位林太太必須要持家撫子的守寡歲月。當初，潘金蓮在招宣府學藝時，身為女主人的林太太，就曾有過那曼妙歌舞，肉絲竹發的優雅又輕鬆的生活。可而今已成了夢一般的記憶。富貴的家世，沒有使這位林太太感到過生命的充實，以至於當她年近不惑時，還在孜孜以求感官的愉悅滿足。或許是生活從未有過冷暖之虞，或許是幽閉的深宅大院太過孤單寂寞的原因，林太太讓自己成為了一個花娘，把與男人的幽會當成了消遣生命時光的東西，把與男性偷情作為給生活中的每一日增加味道的調料。最有諷刺意味的，就是身為一方掌刑官員，又是本地最有名的攀花老手的西門慶，竟然是在一個叫鄭愛月的妓女的口中，第一次聽說了這個「王三官娘林太太，今年不上四十歲，生的好不喬樣，描眉畫眼，打扮狐狸也似。」（第六十八回）的風流寡婦的名頭。此外，還從鄭愛月口中聽說了，這王三官就是林太太那個愛嫖妓的兒子，嫖的還是被西門慶包占的李桂姐；而這「王三官兒娘子兒，今才十九歲，是東京六黃太尉侄女兒，上畫般標緻，雙陸棋子都會。」但曾因為丈夫嫖妓，使「她如同守寡一般，好不氣生氣死，為他也上了兩三遭吊，救下來了。」官宦人家的家中醜事，被一個妓女如數家珍般的歷數出來，並當作籠絡西門慶，與麗春院爭鬥妓家風月的一個秘密武器。官家生活之糜爛，世風日下之可怕，綱紀廢弛之迅速，末世心態之明顯，這一切的一切，都在這招宣府的逸聞趣事中，可見一斑了。當然，西門慶深知，要想進入林太太這個檔次的貴婦視野裡，可不是拿著銀子就能得逞的事。為此，西門慶派出了心腹小廝玳安，找到了專在官宦人家走動，暗中做拉皮條生意的媒人文嫂，為西門慶尋找一條可行的路。文嫂在得了西門慶五兩銀子作介紹費之後，很是為西門慶能知道如此隱秘的官家醜事行徑而感到好奇：「是誰對爹說來？你老人家怎的曉得來？」（第六十九回）當看到西門慶很神秘的說：「常言道人的名兒，樹的影兒，我怎不得知道！」這個心計活絡的媒婆，便亮出她的底牌：「若說起我這太太來，今年屬豬，三十五歲。端的上等婦人，百伶百俐，只好三十歲的。他雖幹這營生，好不幹的最密。就是往那裡去，許多伴當跟著，喝著路走，徑路兒來，徑路兒去。三老爹在外為人做人，他原是在人家落腳？這個人說的訛了。倒只是他家裡深宅大院，一時三老爹不在，藏掖個兒去，人不知鬼不覺，倒還許說。若是小媳婦那裡，窄門窄戶，敢招惹這個事？說在頭上，就是爹賞的這銀子，小媳婦也不敢領去，寧可領了爹言語，對太太說就是了。」雖說文嫂的一番話，使西門慶想照著當年勾搭潘金蓮的方式，借王婆的茶樓成就好事的想法落空了，但是，這文嫂還是想到了一條可以使西門慶進入招宣府裡，去幽會那位秘密接客的林太太的路子。

林太太的兒子王三官，這位招宣府衣缽的繼承人，是他母親林太太的一塊心病。王三官富貴人家生，溫柔鄉裡長，養成了一身的紈絝氣息。為了兒子的成長，林太太壓抑著自己的欲望需求，苦苦熬著守寡的歲月，好容易盼到了兒子成家，卻不想有了獨立處事權的兒子王三官，竟是個不成器的東西。他不僅承繼不了家業，還整天與一幫街頭痞子混在一起，幹的是嫖妓宿院的事兒。林太太的兒媳婦雖利用娘家的關係，以官府肅風為由，出面進行干預。可這王三官待風頭一過，又故態萌發。林太太眼見養兒不成才，家事也還要靠自己料理，這心裡的苦，總得找個人說說。就這樣，常在招宣府走動，做事利索，老於世故，專為林太太物色性夥伴的高級媒婆文嫂，自然成了傾訴的對象。一天，文嫂帶著西門慶託付的事兒來到了招宣府中，和林太太拉開了家常。文嫂有意識地把話題引到了王三官的身上：「三爹不在家了？」林太太不無煩心地回答：「他有兩夜沒回家，只在裡邊歇哩。逐日搭著這夥喬人，只眠花臥柳，把花枝般媳婦兒丟在房裡，通不顧，如何是好？」林太太的話裡不僅有對兒子的不滿，更有對兒媳婦的真切同情。女人守寡的滋味，林太太是深有體會的。況且這兒媳婦守的還是活寡。面對無法約束自己丈夫的兒媳婦藍氏，林太太在同情之餘，真不知內心該有著怎樣的感慨。機靈的文嫂乘機進言：「不打緊，太太寬心，小媳婦有個門路兒，管就打散了這干人，三爹收心，也再不進院去了。太太容小媳婦便敢說，不容定不敢說。」顯然，文嫂是在賣關子，要表明自己只是一心為主，絕不是搗糨糊糊弄人的騙錢之流的人。長年生活於高牆深宅裡的林太太，並沒有什麼可以信賴的朋友。她本就視文嫂為知己，更何況講的是使自己兒子能浪子回頭的大事。看著文嫂賣關子，林太太就像個年青女子一樣，甜口說道：「你說的話兒，那遭兒我不依你來？你有話只顧說，不妨。」且看這文嫂是怎樣推出西門慶的：

> 這文嫂方說道「縣門前西門大老爹，如今見在提刑院做掌刑千戶，家中放官吏債，開四五處鋪面：緞子鋪、生藥鋪、綢絹鋪、絨線鋪，外邊江湖又走標船，揚州興販鹽引，東平府上納香蠟，夥計主管約有數十。東京蔡太師是他乾爺，朱太尉是他衛主，翟管家是他親家。巡撫、巡按多與他相交，知府、知縣是不消說。家中田連阡陌，米爛成倉，赤的是金，白的是銀，圓的是珠，光的是寶。身邊除了大娘子，——乃是清河左衛吳千戶之女，填房與他為繼室。——只成房頭、穿袍兒的也有五六個，以下歌兒舞女，得寵侍妾，不下數十。端的朝朝寒食，夜夜元宵。

> 今老爹不上三十四五年紀，正是當年漢子，大身材，一表人物，也曾吃藥養龜，慣調風情；雙陸象棋，無所不通；蹴踘打毬，無所不曉；諸子百家，拆白道字，眼見就會。端的擊玉敲金，百伶百俐。聞知咱家乃世代簪纓人家，根基非淺，又三爹在武學肄業，也要來相交。只是不曾會過，不好來的。昨日聞知太太貴旦在邇，又四海納賢，也一心要來與太太拜壽。小媳婦便道：初會怎好驟然請見的，待小的達知老太太，討個示下，來請老爹相見。今老太太不但結識他來往相交，只央浼他把這干人斷開了，須玷辱不了咱家門戶。」（第六十九回）

文嫂這番真多假少、稍帶著誇張的長篇大論，傳達的信息卻是真的不少。這些言辭中既是說明了西門慶現有的權勢、財勢，家世等方面都配得上林太太的身分，又暗示了西門慶床笫間風月卓然的身體與技巧資本。尤為主要的是有一個更為堂而皇之的理由，那就是西門慶能幫助林太太的兒子王三官改邪歸正。在這番話裡，還能隱約聽出，文嫂自認為她所見識的人，都是一些個門徑不低，頗通官家，並且有實力，有能耐的人。所以，凡是我文嫂為你林太太找來的恩客，都是既能帶給你林太太身心的愉悅，又能為你林太太高貴的招宣府辦大事的人。這樣滴水不漏的說辭，這種光明正大的交往理由，這樣體貼周到的安排，林太太雖有些客氣的推辭，但仍給文嫂的這番長篇大論打動了心，同意了與西門慶的幽會。

在文嫂嚴密精細的安排下，西門慶悄然地走入了聲名顯赫的王招宣府。從後門的夾道往裡走，「轉過了一層群房」，這才來到林太太住的五間正房。不過，西門慶並不能直接進入，而要從便門進去。還要在文嫂的「導引」下，西門慶才進到了後堂。這可真是顯出了侯門深似海。這陣勢，也給了西門慶一種新奇的刺激感。終於登堂人室的西門慶，在「燈燭熒煌」的後堂，環視著四周，但見正面供養著的是王家功勳卓著的「祖爺太原節度邠陽郡王王景崇的影身圖，穿著大紅團袖蟒衣玉帶，虎皮校椅坐著觀看兵書，有若關王之像，只是髯鬚短些。傍邊列著槍刀弓矢，迎門朱紅匾上『節義堂』三字；兩壁書畫丹青，琴書瀟灑；左右泥金隸書一聯：『傳家節操同松竹；報國勳功並斗山。』」這些陳設在西門慶的眼裡，顯現出的是一個整齊莊嚴的廳堂，充滿了以軍功立家的大將軍氣度和正義。因此，在這樣一個環境裡，西門慶似乎有些局促不安了。那文嫂才拿了一盞茶出來，西門慶就要「請老太太出來拜見。」文嫂卻告知西門慶：「請老爹且吃過茶著。剛才稟過，太太知道了。」帶著嫖客的心理，面對貴婦的接待陣勢，西門慶當是很不自信，也很不自在的。這貴夫人見客的大規矩，西門慶也是首次領略。就在此時，招宣府的女主人林太太也沒閑著，她悄悄站在門簾後，觀察著這個前來與她幽會的人。而映入林太太眼簾的這個「西門慶身材凜凜，語話非俗，一表人物，軒昂出眾；頭戴白段忠靖冠，貂鼠暖耳，身穿紫羊絨大氅，腳下粉底皂靴，上面綠剪絨獅坐馬，一流五道金紐子」。西門慶這一身的穿戴打扮，整齊得體，頗顯實力。而這位也很有閱歷的貴婦，透過西門慶那無可挑剔的外觀，倒也看出西門慶「就是個富而多詐奸邪輩，壓善欺良酒色徒。」但林太太還是「一見滿心歡喜」，這是為何呢？難道真像俚語所云：男人不壞，女人不愛嗎？其實不然，林太太眼裡所見的是「富」，是「色」。而書中所寫的「多詐奸邪」「壓善欺良」卻是笑笑生指給讀者看的。林太太觀察的結果，便是西門慶被請進了內房。因為，這位貴夫人覺得出來見西門慶，感到有些「羞答答」，她不好意思在廳堂見這個客。好一個知情達理的貴婦人，如此具有羞恥心。臥房裡接客，當然比在有節義，有正氣的客廳更自然些。否則，就真的是太過無恥了。林太太還算是對王家的祖宗有個忌憚。

進了內房的西門慶還是按禮數，向林太太行了跪拜大禮。而這位林太太也以一個母親的身分，向西門慶訴說了兒子的不軌之事，希望能得到幫忙。一切行為都是中規中矩，在情在理的。可是西門慶和林太太雙方都十分清楚，這些冠冕堂皇的言行，都是為行將到來的幽會主題作出的必要鋪墊罷了。所謂醉翁之意不在酒，但酒也是不可缺少的一個過程。就這樣，飯飽酒足後，該談的正經事也談了，剩下的就該是溫馨時刻了。這程序一如當下的某些交易洽談，時空雖易，可這過程倒也大同小異。西門慶是有備而來，又是淫器包，又吃壯陽藥，「當下竭平生本事，將婦人盡力盤桓了一場。」林太太對這樣賣力的「面首」，該是很滿意的吧？然而，這種你需我要的交合，究竟與兩情相悅相去太遠。這「盡力」二字，正顯出西門慶在以性能力來征服女人的生活中，遇上了一個強勁的對手。這次幽會中的兩性征戰，林太太具有優勢。西門慶還想待機再來，還想找回他的心理平衡。

商人出身的西門慶，倒也能重諾誠信。第二天，他便著手整治了王三官等一夥人。可真是辦事麻利，行動快速有效。年輕的王三官給嚇得屁滾尿流，不知所措。在西門慶的安排下，那夥糾纏林太太兒子的痞子，被狠狠收拾了一頓，而李嬌兒的娘家，名妓館的麗春院也從此被西門慶打入了冷宮，「疏淡」了往來。林太太有了幫教兒子的緣由，與西門慶的往來，也由地下轉到了地面，兩人的交往也就公開了。西門慶從此以後，便可以大搖大擺地從正門出入招宣府。升了官級的西門慶，從京城給他的新情人林太太帶了「一套遍地金時樣衣服：紫丁香色通袖緞襖，翠藍拖泥裙，放在盤內獻上。」（第七十二回）作為林太太的生日禮物。而林太太對接受這樣的禮物，已經習以為常。對這樣一套「金彩奪目」的時髦服裝，也不過「五七分喜歡」罷了。林太太對感官的滿足要求，比物質的實物贈與更為看重。就在這次生日筵席上，林太太讓兒子王三官拜西門慶為義父。這林太太的用意當然不僅是為了與地方勢力交好，更是給自己找名正言順的理由，以便能與西門慶長久的往來。這西門慶既為林太太兒子的義父，經常到招宣府看望義子，這既合乎所謂的人之常情，不會給人有說長道短的口實，又在林太太的心理上給她自己有背倫理的行為，找到了一種安慰。林太太的苦心經營，也不知能否使西門慶排除對他的義子王三官媳婦的非分之想。

新年又到了，王三官來給義父拜年。前腳才走，西門慶就叫玳安向文嫂去說，要約會林太太。到了初六，西門慶準時赴約。有了第一次幽會的經驗，西門慶在心理上的準備已是很充分。西門慶這一次要「鏖戰」林太太。這又是一次征服與被征服的爭戰，雙方都以性的索取為目標，這場床第上的征戰，最終以西門慶的性虐待宣告結束。精疲力盡的西門慶，得意地邀請林太太和她的兒媳婦，一起到他的西門府中觀燈。狡猾的林太太滿口應承，使得西門慶「滿心歡喜」。同樣是風月老手的林太太，當然清楚西門慶的用心何在。她就是要涮涮這個自以為是的登徒子。西門慶回去後，在府裡認真安排了節日觀燈、放煙火的事兒。吳月娘聽說西門慶要她邀請堂客，其中有從未見過面的王三官娘子和他的母親。這吳月娘想，王三官是西門慶的義子，請他娘子黃氏來也就罷了，怎麼連著這義子他媽都要邀請呢？吳月娘不禁奇怪地問西門慶：「那三官兒娘，咱每與她沒有大會過，人生面不熟的，怎麼好請她？只怕她也不肯來。」（第七十八回）有意思的是，到了堂客會的這天，那招宣府的婆媳倆和新任的何副千戶娘子藍氏，遲遲沒有露面。西門慶一心掛著那美貌的黃氏，可就是不見人來，急得他「使排軍、玳安琴童兒來回催邀了兩三遍，又使文嫂兒催邀。」在西門慶切切的盼望中，日頭已是正午，才見林太太的轎子來到，當西門慶不顧禮節地問道：「怎的三官娘子不來？」林太太答的很有意思：「小兒不在，家中沒人。」這明明就是推脫之詞，口氣也很冷淡。林太太對西門慶得隴望蜀的德行，一定很是瞭解。老奸巨猾的林太太，讓這個在女人身上沒失過手的大男人西門慶，顯露出了一臉的失望。林太太此時的心裡很是好笑，她讓西門慶在這天裡，把期待和失落，這感官欲望上的大起和大落都經歷了一遍，這大概也是林太太有意姍姍來遲的原因。到了晚間，上燈放煙火不久，林太太便起身告辭，走了！這次的情人相會，林太太使西門慶嘗試了一下多情反被無情惱的滋味。這位半老徐娘，把個不知天高地厚的色鬼，耍弄得一愣一愣的。西門慶目送著林太太的離去，還沒來得及想明白林太太為何沒讓他見三官娘子，還沒意識到自己被人捉弄了一番，隨後便一命嗚呼了。而剛離開花花哨哨的西門府的林太太，此時還不知在回家的路上，是怎樣的偷著樂，對文嫂講得怎樣的開心。而當這位慣能偷香竊玉的女高手一旦聽說西門慶的死訊時，倒不知她的笑容會不會僵在風韻猶存的臉上？但那畢竟是另一個後話了。

林太太對西門慶，以及其他面首們的玩弄，如同西門慶對眾多女性的玩弄一樣，都是不道德的。究其林太太這樣作為的心態而言，她生長在一個對女性壓迫十分深重的時代，她青年喪夫，卻不能再嫁；她擁有著家聲財富，卻得不到屬於自己的生活。林太太該向哪個「青青子衿」，去傾訴她的「悠悠我心」呢？成年的兒子，可以置畫中人般的妻子於不顧，整天嫖妓宿院。而已是中年的母親，卻不能找個男子改嫁。在這個對兩性的性道德評判有著雙重標準的社會裡，生存於其間又不幸是女人者，且又有幸是個富貴女人者，除了採取遊戲消遣地對待自身與他人，抑或是孤寂悲哀外，還能改變些什麼呢？林太太選擇了遊戲消遣的態度，這從某種意義上說，不也是對虛偽的道統道德的背叛？這不也揭示了那個專制社會迫使人，尤其是女人只能放棄作為人所應具有的人格和尊嚴，才能得到自己的欲望滿足嗎？林太太所追求的目標，確實不像她的身分那般高貴，但卻是她的人生命運的主題。這個主題是一個古老而久遠，生動而隱秘的東西。從這一點來看，描繪林太太這一人物形象，觸及到的是男性中心社會裡，女性生命中更深層次的悲哀情感的宣洩問題。因為，遊戲生活的人，最終會被生活所戲弄。林太太玩弄西門慶的同時，也是對自己殘酷地玩弄。

林太太實在可悲可憐，也很可鄙。

的確，在任何一個沒有尊重女性可言的時代或社會，執意於強調女性的貞操和道德，這無異會產生水月鏡花般的失望、喪氣。對衛道者而言，不是顯得無知，就是太過滑稽。

西門大姐：財勢婚姻的犧牲品

西門大姐，她是西門府裡唯一的一個大小姐，她是西門慶與原配妻子陳氏所生的獨生女兒，也是子嗣稀缺的西門府中最應該受到寵愛的女孩子。可是，她的人生竟是如此的慘澹。令人不由得一聲歎息！

西門大姐早年喪母，讓人可憐。對子息稀少、後嗣匱乏的西門慶而言，西門大姐該是他的心頭肉，該是為父者呵護有加的心肝寶貝，該是被嬌生慣養的千金小姐才對。別說是西門府這樣有財有勢的家庭，就是尋常的百姓人家，像西門大姐這樣幼年失母的孩子，也會倍受父親的寵愛。的確，西門慶曾讓西門大姐在無憂無慮中長大，西門大姐的繼母吳月娘也沒有與她有過什麼矛盾衝突。西門大姐像所有生長於那個時代的女孩子一樣，很早就被父親給定下了婚事。她的夫家，是京城裡一個姓陳的人家。這陳家可不是普通之家，主人叫陳洪，他是八十萬禁軍提督楊戩的親家。他有個兒子叫陳經濟，西門慶就是把西門大姐許配給了陳經濟為妻的。就在孟玉樓嫁進西門府不幾天，陳家便娶了西門大姐過門。西門慶就是憑藉這層關係，才巴結上了朝中的各類政要，西門慶也由一個普通商人，一躍成了五品級的副提刑千戶，掌握著一方民眾的治安和司法權。西門慶的女兒嫁進了這樣一個有權、有勢、有地位的官宦之門，還是個正房大娘子，西門慶可謂不負女兒的一生，西門大姐也沒什麼可不滿的。

可是，在西門大姐完婚還不到一年時間，陳家便因朝廷的政治風雲突變，楊戩被彈劾罷官，「聖旨下來，拿送南牢問罪。門下親族用事人等，都問擬枷號充軍。」（第十七回）這陳洪聽到了消息，趕緊連夜讓兒子陳經濟帶著西門大姐，以及「家活箱籠」，逃到遠離京城的西門府避難。

這西門大姐自打回到了娘家，便從此再沒能回到過京城了。女兒和女婿的倉皇回來，這西門慶知道發生的大事，還知道這大事不好了。因怕受到連坐，更怕走漏了風聲，西門慶猶如驚弓之鳥，連忙緊閉了西門府的大門，又悄悄派人上京城使錢活動，收買關係。這一場突發的飛來禍事，使得西門慶連娶李瓶兒的事兒都給耽誤了。在銀錢重金的幫助之下，黑名單上的西門慶一名，被改動成了賈慶。這西門慶終於脫淨了干係，又開始了風風光光的官商雙兼的生活。此後，西門大姐和丈夫陳經濟也過上了安定，富足的日子。

在西門府裡，西門大姐是唯一有主子身分和家主地位的小輩。闔府之中，除了西門慶，人人都稱她「大姑娘」，她的丈夫陳經濟也很得長輩們的喜歡。男丁闕如的西門慶，對女婿陳經濟更是視為左膀右臂，精心扶持，悉心栽培。雖說是暫時寄住在娘家，可西門慶對這小倆口真是多有疼愛。尤其是對女婿，西門慶從不見外。不論是商場中的大事小情，還是家中建房的施工督管，他都交代給陳經濟去辦理。如遇官場的逢迎接待，或是友朋的往來結交，陳經濟也常常要陪侍在西門慶左右。西門慶意在培養女婿的能力，也表現出一種父輩的信任和看重。這對陳經濟來說，更是解除他心理上寄人籬下，能儘快對新的生活環境打消顧慮，更快適應西門府的生活的最好方式。在西門慶不動聲色的關懷下，陳經濟的確很快適應了在西門府的生活，也迅速把自己融入進了這個大家庭當中。對女兒的生活，西門慶雖有點女嫁不過問的傳統姿態，可實際上也是頗多關心。每當遇上逢年過節，觀燈遊玩，親眷走動，聽戲聽曲等等熱鬧的活動，西門慶都會常常提醒吳月娘，要她帶上西門大姐一道去，就怕女兒會被冷落，西門慶可不希望讓女兒有被嫁出去了的疏離之感。在西門慶的影響下，從繼母吳月娘對西門大姐的親善和睦態度，以及其他各房的姨娘的客氣對待，闔府上下也都把西門大姐當個小輩的主子來看待，沒有與她有過任何大的矛盾衝突。這在一個妻妾成群、婢婦成群的生活空間裡，倘若沒有西門慶這慈父般的關懷和愛待，西門大姐，這樣一個已經嫁出去的女兒家，怎麼能夠跑到娘家來逃難，還能把這日子過得這樣的悠閒又自在，那可真是件難以想像的事情。

西門大姐的衣食用度和零花錢，按家禮應該是由陳經濟支給，西門慶只要給陳經濟發月例銀子就行了。但西門慶對女兒的關心，還不止於保證她的丈夫有所收入就行了。一到逢年過節，少不得的官場應酬。西門慶在自己府裡設宴飲酒，款待他的同事朋友，龐春梅要西門慶給她做新衣穿，並且要比別人多一件「白綾裙兒，搭襯著大紅遍地金比甲兒穿。」她才答應在西門慶宴客時，出去端茶送水、彈琵琶。這西門慶答應龐春梅的要求時說：「你要不打緊，少不得也與你大姐裁一件。」（第四十一回）這龐春梅本就想能夠打扮得與府中眾女子都不同，所以，一聽到西門慶說要給西門大姐也縫一件一樣的，立即說：「大姑娘有一件了罷，我卻沒有，他也不說的。」可西門慶並不理會這話，仍舊給女兒西門大姐做了這樣一套衣服。到了開席的那天，「惟有大姐和春梅，是大紅遍地金比甲兒」，由此觀之，西門慶此舉，不是把女兒西門大姐降到了婢子的地位，而是把婢女龐春梅抬高到了小姐的位置。西門慶寵婢也寵女，對丫鬟如對女兒的失了分寸，實屬治家無方，而不是相反。故而，更不能據此認為，西門慶對自己的女兒不好，西門大姐過的是和丫頭比肩的日子。

其實日子過得好不好，西門大姐自己是最知道的。在西門慶活著的時候，西門大姐在西門府的家中是頗有發言權的。丈夫陳經濟驚豔姨娘潘金蓮，且兩人之間還眉目傳情，言語調笑，被宋惠蓮發現了。愛搶風頭的宋惠蓮，也故意與陳經濟「言來語去」，「打牙犯嘴」。西門大姐知道這事後，心裡很是不高興。且不說陳經濟和西門府中別的女人「嘲戲」，顯得輕薄無行，就是以輩分論，這些個女人都是陳經濟的長輩，陳經濟無論如何也不該有此舉動的。西門大姐回房後，嚴厲地說了丈夫一頓：「不知死的囚根子！平白和來旺媳婦子打牙犯嘴，倘忽一時傳的爹知道了，淫婦便沒事，你死也沒處死！」（第二十四回）西門大姐的話，是一番既瞭解自己丈夫輕薄性情，又瞭解自己父親風流德行的大實話。這話裡並沒有表示出對丈夫陳經濟的不信任，有的只是怕丈夫觸犯家規的擔憂。此時，西門大姐小倆口並沒有什麼大的感情隔閡。陳經濟雖癡迷於潘金蓮的萬種風情，也喜歡宋惠蓮的活潑風趣，但還不敢對西門大姐有半點的輕辱。這時的西門大姐，在丈夫陳經濟的心裡還存有一定的影響力。

西門大姐的容貌實在平平，她生得是「鼻樑仰露」，還「行如雀躍」，加之「聲如破鑼」，顯然是沒有能夠遺傳到西門慶的相貌。西門大姐身處在西門府這樣一個美女如雲的環境之中，每日眼見那些個比自己年長，卻很美麗動人的女人們，西門大姐有自卑和壓抑感的產生，這是十分難免的。而陳經濟與西門大姐的婚姻，本就是聽從媒妁之言、父母之命的，根本沒有什麼感情基礎。所以，初進西門府的年輕小夥陳經濟，會在美麗的女人群中迷失了自己，會表現得輕薄好色，會對潘金蓮癡迷不已，也是必然或自然的事。實在是談不上該不該，或者對不對的問題。《詩》已有云：窈窕淑女，君子好逑。況且正是青春年少的十幾歲的英俊小夥子，又如何能鎮定的把持自己呢？西門大姐，對自己信心不足，對丈夫也有所遷就。再後來，宋惠蓮含憤自盡了，西門大姐還以為從今往後，她和丈夫便會平安無事了。

西門大姐對待父親西門慶的六個女人，自有親疏厚薄。西門大姐對吳月娘敬多於親，因為吳月娘掌著內院，是眾婦之首。她對西門大姐視如女兒，寬厚相待，所以西門大姐敬吳月娘，一如敬自己的長輩；西門大姐對李瓶兒親多於敬，因為李瓶兒為人善良，待人實在。她對西門大姐似母如友，所以西門大姐愛她，如愛朋友；就吳月娘和李瓶兒二人相較，西門大姐「平日與李瓶兒最好，常沒針線鞋面，李瓶兒不拘好綾羅緞帛就與之，好汗巾手帕兩三方背地與大姐，銀錢是不消說。」（第五十一回）這說明，西門大姐在平日裡，手中幾乎沒什麼零花錢。在陳經濟的心裡，就沒有想過給妻子零花錢，大概認為醜妻不需妝吧。吳月娘的小家子意識使她認為，給寄養在娘家的養女一家子有著飽飯吃，有著新衣服穿，就已是最有仁慈心的後娘了。再說，西門大姐的零錢也不該是她吳月娘給的。在這個女人成堆，熱鬧富足的西門府中，這西門大姐的難，這西門大姐的心，唯有做六娘的李瓶兒能看見得了，能體會得了。只有李瓶兒能像細雨滋潤一般，毫不顯露地給予西門大姐關心和愛護，實實在在地滋潤著西門大姐那顆時常被他人冷落掉的心。因此，西門大姐對六娘李瓶兒的這份情義，在心中是深深領受的。她們二人平時雖往來不多，但一旦府中有人想傷害李瓶兒，西門大姐是不會坐視不理的。潘金蓮因妒忌李瓶兒生子後的得寵，便借著李嬌兒過生日，西門慶卻跑到李瓶兒房裡過夜一事，對著吳月娘說了西門慶的幾句不是，還有意編了一套謊言來挑撥吳月娘：「李瓶兒背地好不說姐姐哩！說姐姐會那等虔婆勢，喬做衙，『別人生日，喬作家管。你漢子吃醉了進我屋裡來，我又不曾在前邊，平白對著人羞我，望著我丟臉兒。交我惱了，走到前邊，把他爹趁到後邊來。落後他怎的也不在後邊？還往我房裡來了。我兩個黑夜說了一夜梯己話兒，只有心腸五臟沒曾倒與我罷了！』」（第五十一回）吳月娘聽了這些話，肺都快氣炸了，對自己的嫂子和孟玉樓說：「果是你昨日也在根前看著，我又沒曾說他甚麼。小廝交燈籠進來，我只問了一聲：你爹怎的不進去？小廝倒說往六娘屋裡去了。我便說：你二娘這裡等著，恁沒槽道，卻不進來。論起來也不傷他，怎的說我虔婆勢，喬坐衙？我是淫婦老婆？我還把他當好人看成。原來知人知面不知心，那裡看人去。乾淨是個綿裡裹針、肉裡刺的貨，還不知背地在漢子根前架的甚麼舌哩。」這吳月娘是越說越氣，要與李瓶兒對質。潘金蓮假意勸慰，怕事情露餡兒，慌忙說道：「姐姐寬恕他罷。常言大人不責小人過。那個小人沒罪過！他在屋裡背地挑唆漢子，俺每這幾個誰沒吃他排說過。我和他緊隔著壁兒，要與他一般見識起來，倒了不成。行動只倚逞這孩子降人。他還說的好話兒哩，說他的孩兒到明日長大了，有恩報恩，有仇報仇，俺每都是餓死的數兒。你還不知道哩！」。西門大姐聽著潘金蓮對吳月娘的是非挑撥之語，心裡很是為李瓶兒不平。於是，向李瓶兒講了這事情。這李瓶兒氣得「兩隻胳臂都軟了，半日說不出話來，對著大姐吊眼淚」。後來，西門大姐對吳月娘說：「我問他來，他說沒有此話，『我對著誰說來？』且是好不賭身發咒，望著我哭哩，說娘這般看顧他，他肯說此話？」西門大姐說的話雖很直白，但也為的是要說明，李瓶兒並沒有說過罵吳月娘的那些話。吳月娘的嫂子也認為，這事是潘金蓮的有意挑撥。這樣一來，吳月娘也有些警覺：「想必兩個不知怎的有些小節不足，哄不動漢子，走來後邊戳無路兒，沒的拿我墊舌根。我這裡還多著個影兒哩！」正是因有了西門大姐的話頭，才有了吳月娘對潘金蓮想拿自己當槍使，借刀砍人之計的看破，也才使得這事沒能如潘金蓮的願，釀成李瓶兒和吳月娘之間的誤會。西門大姐為人正直義氣、知恩圖報的品性，也由此可見。

但是，西門大姐自己的家庭危機，卻已是有所隱伏了。西門大姐常常陪吳月娘聽道姑子「宣卷」、講經，而每次一聽就是一夜。這少年夫妻長不見面，丈夫陳經濟當然心有不滿。吳月娘治家無方，缺禮少數，使得陳經濟和潘金蓮常常有機可乘。這陳經濟對西門大姐就更是有當無的對待了。潘金蓮過生日，酒量不大的陳經濟，已經在外面的事務來往有所應酬，喝得是半酣了。還又進到裡院來給潘金蓮磕頭，還向西門大姐要酒敬壽主：「有鍾兒，尋個兒篩酒，與五娘遞一鍾兒。」這西門大姐眼見丈夫有些醉了，便說：「那裡尋鍾兒去，只恁與五娘磕個頭兒。到住回，等我遞罷。你看他醉腔兒！恰好今日打醮，只好了你，吃的恁憨憨的來家。」（第三十九回）西門大姐這是心疼丈夫酒多傷身，替他敬酒，也是顯出了夫妻的情分。可她哪裡知道，這陳經濟與潘金蓮早有一腿。陳經濟沒能和潘金蓮對上酒，便和潘金蓮聊天說閒話，說著說著，便扯到了李瓶兒的是與非。

> 金蓮沒見李瓶兒在根前，便道：「陳姐夫，連你也叫起花大舅來？」陳經濟道：「五娘，你老人家鄉里姐姐嫁鄭恩，睜著個眼兒，閉著個眼兒。早出兒子，不知他什麼帳，只是夥裡分錢就是了。」（第三十九回）

這話裡話外，分明是說李瓶兒的孩子非西門慶所生。西門大姐十分反感這一話題，且更敏感到丈夫陳經濟對潘金蓮是敬少浮多，便沒好氣地說陳經濟：「賊囚根子，快磕了頭，趁早與我外頭挺去！又口裡恁汗邪胡說了！」因對西門慶有所顧忌，這陳經濟向潘金蓮施完禮數，聽話地離開了。然而，陳經濟的輕狂和風流性情，在西門府這樣污穢的環境裡，只會愈加地變本加厲。西門慶讓陳經濟外出收銀子，陳經濟卻把西門慶的男寵，俊俏的小廝書童也帶了去，並在外面幹了那偷香竊玉的事兒。玳安把書童罵得狗血噴頭，西門大姐聽得風聲，當著潘金蓮和李瓶兒的面，對陳經濟就是一番訓斥：「賊囚根子，別要說嘴！你不養老婆。平白帶了書童兒去做甚麼？剛才交玳安甚麼不罵出來，想必兩個打夥兒養老婆去來。去到這咱晚才來，你討的銀子在那裡？」（第五十一回）對於缺少母愛的西門大姐而言，她的身上少有女性的溫柔和細膩，也缺少對丈夫的體諒和尊重。西門大姐對丈夫的關切之情，往往是以訓斥的口吻表達，而陳經濟的反應，也多是順從或閉口不言。很是給人有西門大姐仗著娘家的勢，欺負自己丈夫陳經濟的印象。其實，陳經濟的隨和，是因為對岳父西門慶有所敬畏。在對人對事的處理上，西門大姐不及她的父親西門慶多矣！西門大姐越是對丈夫厲害，就越是把丈夫往別的女人懷裡推。可惜，西門大姐沒有認識到這一道理。

西門慶一死，陳經濟成了西門府裡唯一的當家男人。西門慶臨死前，也是把所有的家底都告訴了陳經濟。很顯然，西門慶希望女婿陳經濟，能光大門庭，生意發達。所以，西門慶把保家守業的重任，一股腦兒地交到了陳經濟手上，把他當作自己的兒子對待。就這樣，能力不大，又缺少心理準備的陳經濟，也只能強打起精神，盡其所能，支撐起了西門府最艱難的日子。陳經濟管著西門府裡所有庫房的鑰匙，又是外邊全部夥計們的主管。除了要操心喪弔祭祀，迎來送往之外，還有要繼續打理生意，售貨收銀，帳目盤對，調貨配貨等等，漸漸也就顯出了能獨當一面的地方。這潘金蓮又怎會不利用陳經濟的愛慕之心，來滿足自己的欲望，給以後的生活尋個依傍呢？這樣一來，西門大姐只會一味地在後院陪著吳月娘，以及各種女眷，便給了陳經濟在前院和潘金蓮一房打得火熱的機會了。情已至此，西門大姐那守著緣分、一心一意的過日子的踽踽步履，自然是再也趕不上陳經濟那變心的翅膀了。家庭的悲劇，就此拉開了大幕。

常言道：若要人不知，除非己莫為。陳經濟和潘金蓮的醜事兒，被潘金蓮自己房裡的丫頭秋菊說了出來，並傳到了吳月娘的耳朵裡。吳月娘這嘴上雖痛罵秋菊，可心裡卻有些犯嘀咕。

> 雖是月娘不信秋菊說話，只恐金蓮少女嫩婦，沒了漢子，日久一時心邪，著了道兒。恐傳出去，被外人恥辱：西門慶為人一場，沒了多少時光兒，家中婦人都弄得七顛八倒。恰似我養的這孩子，也來路不明一般。香香噴噴在家裡，臭臭烘烘在外頭。又以愛女之故，不叫大姐遠出門，把李嬌兒廂房挪與大姐住，教他兩口兒搬進後邊儀門裡來。遇著傅夥計家去，教經濟輪番在鋪子裡上宿。取衣物藥材，問玳安兒出入。各處門戶都上了鎖鑰，丫鬟婦女無事不許往外邊去。凡事都嚴禁。這潘金蓮與經濟兩個熱突突恩情都間阻了。（第八十三回）

這時的西門大姐雖有了陳經濟的人，卻再也得不到陳經濟的心。而吳月娘對這事採取的掩耳盜鈴的做法，無疑使事情更難以挽回。西門大姐聽到一些風言風語後，便質問丈夫，陳經濟當然不承認。西門大姐慣性地使用權威口吻訓道：「賊囚根子，你別要說嘴！你若有風吹草動到我耳朵內，惹娘說我，你就信信脫脫去了，再也休想在這屋裡了。」這話說得頗帶威脅，完全是一副居高臨下的態度。陳經濟又是一番辯白：「是非終日有，不聽自然無。怪不的，說舌的奴才到明日的了好？大娘眼見不信他。」聽了丈夫的這番辯解，西門大姐不無譏諷地說道：「得你這般說就好了。」性格耿直的西門大姐尚不懂得，倘若丈夫對自己的出軌行為還會進行抵賴，那說明他還有對家，對妻子的一分顧及在，他們的婚姻還不算走到了盡頭。在這尚需選擇的微妙時候，往往聰明的妻子是能夠以行動，而不是語言來表明態度，挽回丈夫的心。可一味被慣著長大的西門大姐，她是完全不可能領悟到，當家庭危機出現後該怎樣採取應對的措施的。

吳月娘上泰山還願，而潘金蓮也打掉了與陳經濟有的胎兒。吳月娘回家不久，親眼目睹了潘金蓮與陳經濟在一起的醜事。吳月娘這一次雖沒拿到確鑿證據，可也不能再裝聾作啞了。西門大姐到了晚上，又痛罵陳經濟：「賊囚根子，敢說又沒真髒實犯？拿住你，你還那等嘴巴巴的？今日兩個又在樓上做甚麼？說不得了！兩個弄的好磣兒，只把我合在缸底下一般。那淫婦要了我漢子，還在我根前拿話兒栓縛人，毛司裡磚兒，又臭又硬，恰似降伏著那個一般。他便羊角蔥，靠南牆，老辣已定。——你還在這屋裡雌飯吃！」（第八十五回）西門大姐的話，就明白說陳經濟在西門府是個吃女人軟飯的，不僅吃軟飯，還如同民諺所說那樣：白色蝨子，吃人羞人。這陳經濟也自知已無解釋的餘地了，這一次他終於開始狠狠頂撞西門大姐道：「淫婦，你家收著我銀子，我雌你家飯吃？」說完竟扭頭就走，從此不進後院來。從未被丈夫頂撞過的西門大姐，大概也不想挽回這個婚姻關係。吳月娘竟也不顧鋪面工作的夥計要吃飯，為了一個陳經濟偷情，這個西門府的女主家人便「每日飯食，晌午還不拿出來，把傳夥計餓的，只拿錢街上盪麵吃。」西門大姐的家庭矛盾終於被公開了，家庭醜事的傳聞成了被證實的事實，吳月娘治家效果是適得其反。西門大姐的家庭也不可避免地要解體了。

然而，吳月娘是不會叫陳經濟休妻的。且不說家裡有個被丈夫休掉的女兒，這是一十分件丟人的事兒。只說西門大姐這兩口子，當年逃難，從陳家也帶出來許多的細軟，且全都收在了吳月娘的上房裡，若是要吳月娘拿出來還給陳經濟，這就第一個不可能。但是，要陳經濟放棄這筆家財，主動寫休書給西門大姐，那也是不可能的。隨著吳月娘叫媒人來領賣了龐春梅，陳經濟與西門府的矛盾，尤其是和吳月娘的矛盾就日趨激烈了。這陳經濟對西門大姐是「淫婦前淫婦後」的罵不絕口，又說西門大姐：「我在你家做女婿，不道的雌飯吃吃傷了！你家都收了我許多金銀箱籠，你是我老婆，不顧贍我，反說我雌你家飯吃！我白吃你家飯來？」（第八十六回）罵的西門大姐只有哭的份兒。陳經濟又對著夥計說「有爹在怎麼行來？今日等爹沒了，就改了心腸，把我來不理，都亂來擠撮我。我大丈母娘聽信奴才言語，反防範我起來，凡事托奴才，不托我。由他，我好耐驚耐怕兒！」陳經濟不僅對家裡的夥計說吳月娘的不是，還故意在外人面前逗著吳月娘的兒子孝哥說：「這孩子倒相我養的，依我說話。教他休哭，他就不哭了！」這可是故意玷污吳月娘清譽的話啊，吳月娘聽了如意兒的告狀，竟氣得昏厥了過去。這終於導致了陳經濟和吳月娘二人之間，難以化解的激烈矛盾。在孫雪娥的出謀劃策下，吳月娘帶領著府中的眾婦，把陳經濟「七手八腳，按在地下，拏棒槌短棍，打了一頓。」面對丈夫被暴打的場景，這西門大姐做出的反應是竟「走過一邊，也不來救。」至此，他們的夫妻情分已是完結，絕沒有挽回的餘地了。吳月娘要陳經濟交出帳目，陳經濟也明白在西門府已無立錐之地。陳經濟也不告辭，逕自離開了他曾經棲身於此，快活開心過的西門府。在吳月娘與陳經濟的較量中，西門大姐始終都站在大娘吳月娘的一邊。但西門大姐與陳經濟之間，並沒有能夠幸運地變成從此天涯陌路人。

陳經濟為父奔喪，也為了要得到娶潘金蓮的一百兩銀子，回了一趟京城。等陳經濟回來後，吳月娘讓西門大姐去祭奠公公陳洪，吳月娘此舉的目的，就是想借機把西門大姐送回到陳家去。陳經濟一聽是西門大姐來了，氣不打一處來，張口便罵：「趁早把淫婦抬回去。好的死了萬萬千千，我要他做甚麼？」（第八十九回）陳經濟見轎夫不抬人，又踢打轎夫，西門大姐只得被抬回了娘家西門府。吳月娘聽到了此事，氣的發昏，對西門大姐說：「孩兒，你是眼見的，丈人、丈母那些兒虧了他來？你活是他家人，死是他家鬼，我家裡也難以留你。你明日還去，休要怕他，料他挾不到你井裡。他好膽子，恒是殺不了人，難道世間沒王法管他也怎的！」吳月娘當初設計痛打陳經濟，把這女婿趕出家門的時候，可是沒對女兒身分的西門大姐打個招呼的。當時的吳月娘倒是好好地出了自己心裡的一口惡氣，卻絲毫沒有對西門大姐將來與丈夫陳經濟的關係有過什麼考慮。其實，吳月娘心裡也視陳經濟為白食者。西門大姐在丈夫被打這事上，表現出對丈夫極為冷淡無情的態度，夫妻間的裂痕有多深，吳月娘不會不知道。西門大姐在後娘與丈夫發生矛盾衝突時，一貫是全力維護著後娘的權威性。而一貫也是表現出愛養女的吳月娘，卻不和西門大姐有個商量，也不管她是否願意，就把她一頂轎子送回婆家去。西門大姐在遭到陳經濟的拒絕後，吳月娘不是考慮西門大姐的處境，而是一味替自己爭個面子，不論死活，執意要把西門大姐送進陳家去。第二天，一頂轎子又把西門大姐抬回了陳家。陳經濟去上墳了，他的母親，西門大姐的婆婆把大姐接進了家門。陳經濟一回到家裡，見西門大姐在，不禁怒火萬丈，大罵西門大姐。這西門大姐也不示弱，夫妻展開了一場對罵，陳經濟不僅動口，還狠狠打了西門大姐，並把前來勸架的母親也推倒在地，可見陳經濟有多麼痛恨西門大姐！晚上，西門大姐又被一頂轎子抬回了西門府。陳經濟提出大姐回去的條件是：「不討將寄放妝奩箱籠來家，我把你著淫婦活殺了。」此時才看得個清楚，原來這吳月娘讓西門大姐是空手回的陳家。在吳月娘心裡算的是這幾年女婿的吃飯錢。可陳經濟不吃這一套，他一定要索回當年帶進西門府的、那些屬於陳家的金銀箱籠和細軟。在吳月娘與陳經濟的拉鋸戰中，可憐的西門大姐被你推我踢，成了娘家不要，夫家不容的累贅。西門大姐此時內心的那份悲苦，真是可想而知。

在陳經濟與吳月娘爭鬥的第一個回合中，吳月娘輸了。當然，吳月娘是不會輕易認輸，放手把那些值錢的東西拿出來的。說到底，西門大姐終究是別人的女兒，她現在被夫家趕出來，吳月娘能收容她在家，已經是看在西門慶和那些東西的份兒上了。可就是這樣的苟且日子也過不了幾天。西門府發生了孫雪娥和家奴夥計來旺私奔一事，這給西門府惹來了一場官司。陳經濟趁機威脅吳月娘，要休了大姐，要告官府西門家吞了他陳家的家財。此時猶如驚弓之鳥的吳月娘，為了少一些折騰，急忙把西門大姐和「床奩箱櫥陪嫁之物」，抬到了陳家。陳經濟點驗後見少了細軟，很是不甘心。但那些都是官府要沒收的贓物，又不好明要，便提出要原來在西門大姐房裡侍候的丫鬟元宵。吳月娘本不願意，但聽說元宵已經被陳經濟「收用」過了，只好把元宵給送來了陳家。這第二個回合，陳經濟和吳月娘二人打了個平手。

西門大姐與陳經濟已是恩斷義絕，此時回到陳家，還能有好日子過嗎？陳經濟用原為買潘金蓮準備的一百兩銀子，從妓院娶了一個妓女來做小妾，還讓這個妓家女住在正房，把西門大姐趕到了小耳房住，西門大姐過的連個丫頭都不如。再後來，陳經濟帶了一千兩銀子出遠門，走前給了這個小妾一百兩銀子過生活，待陳經濟兩手空空回來時，家裡的兩個女人已是「扭南面北」。西門大姐說小妾：「他家保兒成日來，瞞藏背掖，打酒買肉，在屋裡吃。家中要的沒有，睡到晌午，諸事兒不買，只熬俺每。」（第九十二回）小妾則說大姐：「成日橫草不拈，豎草不動，偷米換燒餅吃。又把煮的醃肉，偷在房裡和元宵同吃。」可憐的西門府大小姐，現下已經淪落到偷米換燒餅，還偷點醃肉與丫鬟同吃的境地，這日子過得該有多麼淒慘？所謂貧窮是道德的天敵。身無分文的人要生存，不偷不搶是不可能的。陳經濟卻不管這些，大罵西門大姐：「賊不是材料淫婦！你害饞癆饞痞了，偷米出來換燒餅吃，又和丫頭打夥兒偷肉吃。」罵完還不算，又把西門大姐和丫頭元宵踢打了一頓。性格生就剛硬的西門大姐，怎麼也忍不下這委屈，她一頭撞向小妾，罵道：「好養漢子的淫婦！你抵盜的東西與鴇子不值了，倒學舌與漢子，說我偷米偷肉，犯夜的倒拿住巡更的了！教漢子踢我。我和你這淫婦換兌了罷，要著命做甚麼！」西門大姐說的是真心話，這種暗無天日的活著，不知何時能夠熬出頭？西門大姐自打回陳家後，她的生活形狀與當年在西門府的差距如此之巨大，再堅強的人也會受不了的。陳經濟巴不得西門大姐死，他挖苦道：「好淫婦，你兌換他，你還不值他個腳指頭兒哩。」接著「一把手采過大姐頭髮來，用拳撞、腳踢、拐子打，打的大姐鼻口流血，半日蘇醒過來。」出完了氣後的陳經濟與小妾說笑著回房了，西門大姐只能「嗚嗚咽咽」的悲傷哭泣。

當晚，西門大姐懸樑自盡，死了！這一年她二十四歲。吳月娘一知道消息，立即率領家奴、媳婦等若干人，浩浩蕩蕩開到陳家，把陳經濟一頓「亂打」，把「房中的床帳裝奩，都還搬的去了。」因怕陳經濟將來還會要回這些東西，吳月娘一狀把陳經濟告到了官府，最終給斷了個「不許再去吳氏家纏繞。」陳經濟與吳月娘的第三次交手，吳月娘大獲全勝。西門大姐的死，使吳月娘重又奪回了陳家全部的財物，但西門大姐的生命是永遠回不來了。

西門大姐短暫的一生，付出的多，得到的少。她愛父親，可父親要愛的女人、美童、東西太多太多，實在是分不出多一些的愛給她。她愛西門家，可她最終成了這個家裡多餘的人。她順從「父母之命，媒妁之言」的古訓，嫁進了宦門，為西門家建構完成了一個以財勢利益得到為目的的婚姻關係，使西門府的家聲得以提高了幾個檔次。而她所得到的，只是一個沒有溫暖和情感的家庭。當這種財勢的家庭利益獲得性消失後，她又充當了利益衝突雙方爭鬥的犧牲品。西門大姐二十四年的生命歲月中，她沒有為自己真正地活過。因為，那個專制體制的社會裡就不允許有什麼「自己」的理念存在。西門大姐是無論如何都無從知道，人應該怎樣去贏得屬於自己的人生！很顯然，西門大姐是死於財勢婚姻的典型，是被以家庭利益的結盟為驅動的包辦婚姻所吞噬掉的又一個生靈。西門大姐式的財勢婚姻形式雖已是遙遠的過去，可是以財勢利益為驅動的婚姻悲劇並沒有完結。尤其在追名逐利的當下，金錢仍以它更為巨大的魅力和能量，在更多的領域恣肆無忌。利益的得失，成為人們考慮人情世事的本能反應。這種反應也包括了對待感情和婚姻的態度。

西門大姐的悲劇實在是警示著後人，沒有愛的婚姻不僅是可怕的，也是作為人的本質意義上的不道德。西門大姐這段悲劇婚姻，既然是以財勢利益婚姻作為開場，必然也是要以財富利益的散盡作為結局。利存則聚，利盡則散。其警示的寓意遠遠超過了人物本身一段悲情故事的演繹。

倚勢謀財的李桂姐

李桂姐，她是繼李嬌兒之後麗春院的又一個名妓。她能歌善唱，通曉音律，彈得一手好琵琶，強過姨媽李嬌兒。在《金瓶梅》中，她是最具有妓家心態的一個人物形象。

李桂姐初出茅廬、顯山露水時，是在西門慶和九個市井篾片結拜兄弟的酒宴上。李桂姐與其他兩個歌妓同台出場，西門慶見是妓院中的新人，便打聽她們的姓名。當聽說李桂姐是李嬌兒的侄女時，西門慶也感好笑：「六年不見，就出落的成人兒了。」（第十一回）西門慶是妓館行院裡的常客，攀花摘柳的風月老手，況與這麗春院有著姻親關係，竟然沒注意到這個還有些姿色的侄女。看來，李嬌兒嫁進西門府後，這西門慶已是有日子不來麗春院了。乖巧伶俐的李桂姐，利用西門慶與她的這層關係，對西門慶是「殷勤勸酒，情話盤桓」。西門慶既與她沾點親戚，當然要說點場面上的話：「你三媽、你姐姐桂卿在家做甚麼？怎的不來我家走走，看看你姑娘？」李桂姐的回答老練圓滑：「俺媽從去歲不好了一場，至今腿腳半邊通動不的，只扶著人走。俺姐姐桂卿，被淮上一個客人包了半年，常是接到店裡住，兩三日不放來家，家中好不無人。只靠著我逐日出來供唱，答應這幾個相熟的老爹，好不辛苦。也要往宅裡看看姑娘，白不得個閑。爹許久怎的也不在裡邊走走？放姑娘家去看看俺媽？」李桂姐像對相熟已久的朋友，絮絮叨叨，一番家長里短的訴說，口齒伶俐，有情有理，小小年紀，如此人情練達，倒實在有些出乎西門慶的想像。西門慶對李桂姐的「一團和氣，說話兒乖覺伶變」產生了好感，沒有驚人之豔的李桂姐，以她特有的小女兒態，引得西門慶「就有幾分留戀之意」，提出送李桂姐回家，並贈她「汗巾」，還有「連挑牙與香茶盒兒」等物件兒。酒席一散，西門慶就陪李桂姐回麗春院了。李桂姐首次重大亮相，可謂大獲成功，一下就抓住了西門慶這樣的一個財神爺。李桂姐心中知道，只要有了西門慶這個行院老手的捧場，李桂姐不怕不名震清河，豔壓群芳。

西門慶又回到了麗春院，他要李桂姐唱支曲兒給他聽，可「那桂姐坐著，只是笑，半日不動身」。別看李桂姐年紀雖小，但因從小在妓家長大，對身價把得準準的，她是不肯被任何人占了便宜去的。李桂姐並不因西門慶是她的姨父，就隨便唱歌給他聽。在李桂姐的頭腦裡，所有來到麗春院的人都是她的客人，而客人要她做的一切，都是要付出銀兩的，不管這客是什麼身分。李桂姐直到西門慶拿出了「五兩一錠銀子來」，李桂姐才肉絲相發，給西門慶表演了一曲兒。李桂姐不俗的演技，使得西門慶「喜歡的沒入腳處」，動心要按照妓家女孩子出嫁風俗，「梳籠」這個小侄女李桂姐。西門慶當晚「就在李桂卿房裡歇了一宿。」第二天，拿了五十兩銀子，四套衣裳「梳籠」李桂姐。所謂梳籠，是指嫖客長期固定占有一個妓女，妓院形同民間嫁女般，舉行一個隆重的儀式，表示該妓女不再接待別的客人。不論出錢的客人來不來，被梳籠的妓女，都能給妓院帶來一份固定的收入。西門慶對李桂姐的梳籠，西門府的二姨娘李嬌兒，當然是十分高興的。可剛進西門府，還是新娘子的五姨娘潘金蓮卻是滿心幽怨。高興者，是李嬌兒覺得她的娘家麗春院，又能夠在這個行當裡重振風騷；幽怨者，是潘金蓮才新婚月餘，丈夫西門慶竟流連妓家。李桂姐可不管這些，她也要過自己的蜜月。這個李桂姐嬌嬌媚媚，把西門慶弄得神魂顛倒。置闔府家人於不顧，半個多月不回家。這裡吳月娘要接西門慶回府裡去過生日，那邊潘金蓮又是寫詞寄相思。這李桂姐便是紅顏一怒，西門慶立即踢了小廝兩腳，撕了寄予相思的帖子，又罵小廝：「家中哪個淫婦使你來，我這一到家，都打個臭死。」（第十二回）李桂姐拿分兒，西門慶加緊奉承，好容易才「窩盤」住了嬌嬌娘，哄住了李桂姐。

可是，西門慶還是回家了。

李桂姐既是西門慶包下的，暫且就是屬於西門慶的人。李桂姐要進西門府，向西門慶拜壽的禮數那是少不了的。在李嬌兒的引見下，李桂姐拜會了吳月娘，還特意要見見會寫情詞的潘五娘。可潘金蓮卻不把這些庸脂俗粉放在眼裡，她就根本不見。這使李桂姐是「遂羞訕滿面而回。」這折辱的仇，李桂姐當然要報。李桂姐回到麗春院後，裝腔作勢，向西門慶撒嬌鬧脾氣，最終使西門慶剪了潘金蓮一束頭髮，拿給她墊了鞋底，每日踩踏，才解了她的心頭之恨。西門慶對李桂姐可謂濃情密意之時，甚是百依百順。李桂姐被西門慶梳籠後，麗春院也風光了許多，西門慶也對這家行院很是關照，幾乎所有的招待應酬地點，都放在了麗春院了。李桂姐的叔叔，李嬌兒的弟弟李銘，也被西門慶請來西門府裡教丫鬟彈唱，不僅每日三茶六飯，每月還付五兩銀子的報酬。此外，西門慶給李桂姐每月二十兩銀子的定錢，不讓她再去接客，這也使李桂姐少了些遭蹂躪的事。按理，李桂姐也該對西門慶有點感激的吧。可等到西門慶把李瓶兒娶進家門，再邀上朋友上麗春院時，迎接他的只有李桂姐的老娘和姐姐了。「怎的不見桂姐？」西門慶問。李桂姐的娘，麗春院的老鴇說：「桂姐連日在家伺候姐夫，不見姐夫來到。不想今日她五姨媽過生日，拿轎子接了，與她五姨媽做生日去了。」（第二十回）有些失望的西門慶只好先擺上酒席，等待著李桂姐回來。人有三急，酒席間去茅廁方便的西門慶，窺見受他供養的李桂姐，竟陪著另一個男人喝酒。這西門慶感到被欺騙了，可李桂姐不是他「憑媒娶的妻」，大不了是一種買賣上的不守信罷了。西門慶不能、也不願當面跟李桂姐弄翻臉，只好認了。做了冤大頭的西門慶，來到了麗春院的前院，一鼓作氣，砸了桌椅板凳、窗戶牆壁，嚷嚷著要把李桂姐和嫖她的客人一起抓來。這李桂姐一副大風大浪闖蕩過的勁頭，不慌不忙，冷靜穩沉地對嚇得亂哆嗦，口裡喊「救命」的客人道：「呸！好不好，就有媽哩。不妨事，隨他發作，怎麼叫嚷，你休要出來。」可見，李桂姐是很有主張的人，她瞭解西門慶不會拿她怎樣的。大鬧一場後，西門慶憤憤而去，除發誓不上麗春院，不進李家門，也沒對李桂姐如何。風波之後，李家讓西門慶那幫狐朋狗友代為調停。因為西門慶是一個有勢力的財主，李桂姐也是他捧紅的。既做買賣，多個人緣多條路，不必為生意上的事情把與財主的關係鬧僵了。李家是求財不求氣，西門慶心裡又不捨李桂姐的風月，兩下心裡都清楚自己要的是什麼。李家在麗春院擺下了酒席，西門慶在一幫酒肉弟兄的一番說笑調侃、插科打諢中，與李桂姐冰釋前嫌。

西門慶做官後，李桂姐更注意加強與西門府的關係。明朝律法規定，官吏不能嫖妓。如何與西門慶有緊密的關係？只靠失寵的李嬌兒是不行的。李桂姐靈機一動，想出拜正房娘子吳月娘為乾娘的招兒。就在西門慶擺慶官酒宴的第三天，李桂姐買了禮物，還為吳月娘做了雙鞋兒，來到了西門府，正式拜吳月娘為乾媽。在得到吳月娘的接受之後，李桂姐大模大樣地坐到炕上，其他的歌妓們，包括和李瓶兒關係極好的吳銀兒，都只能坐在地上。李桂姐這心裡就甭提有多得意了。只見「那桂姐一徑抖擻精神，一回叫：『玉簫姐累你，有茶倒一甌子來我吃。』一回又叫：『小玉姐，你有水盛些來我洗這手。』」吳月娘房裡的丫頭們，被她指使得團團轉。行院裡的女孩子們，都大眼瞪小眼地看著這個架勢張狂的李桂姐，不知該如何言語。陡然間漲了身分的李桂姐，沖著她曾十分妒忌的對手吳銀兒道：「銀姐，你三個拿樂器來，唱個曲兒與娘聽，我先唱過了。」（第三十二回）言下之意，我李桂姐唱的曲，是給女主人聽的，我現在讓你們唱給我與女主人同聽。吳銀兒等歌妓無奈，只得唱了。等到酒席正式開始，歌妓們都出去演唱，李桂姐擺出她與眾不同的樣子，對吳月娘說：「今日不出去，寧可在屋裡唱與娘聽罷。」

李桂姐拜乾娘這一招，不僅僅是為了與同行的勁敵吳銀兒一比高低，爭做歌舞風月場買賣的生意頭寸，更是因為西門慶的緣故。李桂姐雖然和西門慶和解了，但西門慶和她心裡都有了芥蒂，沒有了過去的親密感。現在，李桂姐有了吳月娘乾女兒的身分，便與吳月娘拉近了。這距離一家的女主人近了，距離一家的男主人西門慶也就遠不了多少。這樣一來，麗春院可以在市場上借西門府的勢力招搖，以壯大門面，也可在同行面前遮掩住西門慶對李桂姐，以及整個麗春院的疏遠。西門慶知道李桂姐成了自己的乾女兒，自然也不好意思撤銷每個月二十兩銀子的包銀，李桂姐則能夠接待其他嫖客，賺更多的錢。這可真是一箭四雕：搶了吳銀兒的勢頭；得了西門府的倚仗；掩飾了被冷淡的尷尬；做了更多些的買賣。好個精明透頂的李桂姐，西門慶的錢，買不了她的心。

李桂姐依舊操持著她前門迎新，後門送舊的營生，而西門慶也並不過問。李桂姐只要還收下包銀，不接固定的常客，西門慶也就對這個青樓紅顏睜一眼閉一眼。可這個精於算計的李桂姐，終於給自己找來了麻煩。招宣府王三官的妻子黃氏，因丈夫宿妓，長時間不歸家，把狀告到了在京城做太尉的叔叔那裡。這黃太尉大人利用官府，把這妓家和幫著王三官嫖妓的一干人等都抓了起來。這李桂姐是逃入隔壁的院內，才有幸沒被官衙的人給關起來。第二天，李桂姐一大早就來到西門府上，一把鼻涕一把淚，跪在地上求西門慶幫她脫了干係。早知內情的西門慶，面帶笑容，聽著李桂姐前言不搭後語的辯白。李桂姐見西門慶有些詭譎的笑容，心裡發虛，又讓吳月娘幫她說話。西門慶考慮到吳月娘的面子，勉強答應讓家人到京城去打點此事。李桂姐得了西門慶的應承，在西門府住下避難了。這下日子也過得暢意了，不用為官司操心，最多不時為西門慶、吳月娘應酬時彈唱曲子罷了。當然，行商出身的西門慶，也是會算帳的。為李家官司花費的錢，也不能白花。除了讓李桂姐唱曲外，西門慶還要從李桂姐的身體上找回來他的投資。李桂姐在西門慶眼裡可不是什麼乾女兒，而是他包著的「粉頭」。在嫖客眼裡，妓女就是妓女，形式是掩蓋不了本質的。西門慶在藏春塢山洞裡，把李桂姐好好玩了一把，為的是做平他的花帳。西門慶的心理實質上，他玩李桂姐，是花錢享受的結果，與什麼亂倫不亂倫的倫理綱常，那是毫不相干的。李桂姐對此也相當明白，她在這西門府的花園山洞中，一如在麗春院的床上一樣，滿足了西門慶的一切要求，只是求西門慶快點，怕被人看見。這大概算是李桂姐與西門慶在交易時，提出的唯一附加條件吧。

然而，任何做買賣的人，都喜歡花錢大方的顧客。王三官就是這樣的顧客，初向風月場中走，年輕英俊，能文能武，花錢灑脫，出身招宣府豪門。李桂姐有這樣一表人才的王三官捧場，對人近中年的老男人西門慶當然不在乎了。官司一了，李桂姐與王三官交往依舊。李桂姐的競爭對手，香濃軟豔的鄭愛月，在西門慶的面前透了風聲，又給西門慶指了勾搭招宣府女主人，王三官的母親林太太的道兒。這西門慶為了林太太，再次使麗春院挨了官司，李桂姐對西門府的利用關係才告一段落。

西門慶死後，李桂姐借到西門府送祭桌弔唁的機會，叫李嬌兒盜財歸院。後又對李嬌兒說，張二官人要想娶李嬌兒進府。這已經表明，李桂姐又攀上了新的權勢人物。李嬌兒嫁了張二官人，又做了掌刑千戶大人的二娘，李桂姐也再次成了風月場上，要風得風、要雨得雨的大姐大。所謂風水輪流轉，對唯利是圖的人而言，風水年年都到家。

在李桂姐的生活信條裡，一是錢，二是權。這本就是妓家心態，實在不值得大驚小怪。而妓女也公開表露這種心態和行為，使人一見而知，也能防範不驚。最可怕的，是在晚明社會裡，那些做正當行業的人，甚至是意識形態領域的所謂「有識之士」，也把錢和權當作了生活的唯一信條，當成一生事業的終極目標。這種彌漫於社會各個階層、各個領域、各個角落，各種角色人等的為錢、為權的人生心態，難道不也是一種十分隱蔽的妓家心態嗎？而正是這種心態不可遏止的蔓延，才會構成對社會政治體制極大的危害。正義和原則，良心和情操，官職和責任，文明和野蠻等等，一切的一切，不論是物質的還是精神的，也不論是有價的還是無價的，統統都拿將出來，成為可交易、可買賣的「東西」！歷經二百餘年的明王朝，便是在嘉靖爺、萬曆爺以來，隨著各式各樣交易的進行，在不斷升高的買賣吆喝聲裡，搖搖欲墜了。雖然，年輕氣盛的崇禎爺，也曾試圖降低、甚至消除這買賣的吆喝聲，可為時已晚。明王朝大廈即傾，頹勢難挽。在努爾哈赤子孫的陣陣馬蹄聲裡，大明朝終於滅亡了。

大明王朝的傾覆，雖不能說皆因了皇權廟堂之中，彌漫著過多的妓家心態的緣故，但與這種惟利是圖，不問廉恥的妓家心態的氾濫無忌，也不是完全沒有關係的吧？

青樓中的多智女子鄭愛月

青樓幽歌天籟音，紅粉佳人勸酒頻。舞低楊柳翩翩影，千金散盡為芳心。

中國古代社會裡，散盡千金之數，只為得一紅顏知己展笑顏的故事，在歷史故事中曾被演繹過很多很多次了。的確，博得紅顏一芳心，那是許許多多的男兒們夢寐以求的。只要是能有這樣的生活際遇，哪怕只有一次，也能終身滿足。其個中原由，不僅是因為有兩性的原欲吸引，更因青樓裡的美麗女子，在得到了詩詞歌賦，琴棋書畫的藝術薰陶後，以她們自身所具備的風雅性靈，音樂詩酒的個人形象，形成了特有的青樓環境，營造出了那種十分雅致藝術的氛圍。正因如此，在明清兩朝，青樓妓館，比之在其他朝代，更能深深地吸引著一大批有學養的風流才子，社會名流，以及一批仰慕這種文化，想要附庸風雅的財主商賈。青樓，也因此而成為中國古代社會裡，一種公私兼有的酬酢性的社會活動場所。不論是在家裡招妓待客，還是在妓院裡擺酒請客，請妓相陪，那都是對客人的一種很高檔次的禮遇。所以，古之青樓行走與今之紅燈區動輒開門拉鋪的差異甚大。古之青樓尚以風雅、性靈、音樂、詩酒為美飾，而今之紅燈區，則是人人皆知的關門拉鋪，肉帛交易之地，談不上什麼格調和情趣，最多是有無敬業精神罷了。由此，可說是同為情色交易，可古雅今俗。

鄭愛月，就是笑笑生在《金瓶梅》裡塑造的一個風雅性靈、別有情趣的青樓女子。

西門慶生日這天，請了清河縣裡四個頂尖級的歌妓來彈唱助興。掌刑大人府上有請，青樓的小女子們無不趨之若鶩，都答應來給這西門大老爺祝壽，而「止有鄭愛月兒不到。」這鄭愛月是西門慶在兩三天前就預定了的，竟以王皇親家請她去為由，不來了。一個全縣裡炙手可熱，在山東全省也大名鼎鼎的西門慶，連個妓女都請不來，實在是沒面子透了。西門慶當然是不會善罷甘休的。西門慶叫過小廝吩咐：「你多帶兩個排軍，就拿我個侍生帖兒，到王皇親家宅內，見你王二老爹，就說是我這裡請幾位人吃酒，這鄭愛月兒答應下兩三日了，好歹放了他來口。倘若推辭，連那鴇子都與我鎖了，墩在門房兒裡。這等可惡，叫不得來，就罷了！」（第五十八回）小廝走後，西門慶的朋友奉承道：「哥今日揀的這四個粉頭，都是出類拔萃的尖兒了，再無有出在他上的了。」可見鄭愛月的藝名不小。西門慶請的客人都到了，鄭愛月一行人才來。西門慶打量這鄭愛月「穿著紫紗衫兒，白紗挑線裙子，頭上鳳釵半卸，寶髻玲瓏。腰肢嫋娜，猶如楊柳輕盈；花貌娉婷，好似芙蓉豔麗。」一個嬌俏的小女子，竟不把掌刑大人的預約當會事，餘怒未消的西門慶質問她：「我叫你，如何不來？這等可惡，敢量我拿不得你來！」鄭愛月沒有對西門慶做出回答，而是「磕了頭起來，一聲兒也不言語，笑著同眾人一直往後邊去了。」鄭愛月這嫣然一笑，把西門慶心裡的種種不快，化成了一絲絲的甜意。鄭愛月的出場，也算得上是別有情調了。賓客盈門時，難免喧囂嘈雜。鄭愛月那靜若處子般的一笑，如清風一縷。只一瞬間，就給西門慶留下了抹不去的甜美印象。

到了後院上房，李桂姐拿出自己做乾女兒的架勢，詢問這四個小同行晚來的原因，她們異口同聲，都說鄭愛月耽誤了時間。鄭愛月並不聲辯只是「用扇兒遮著臉兒，只是笑，不做聲。」好一個愛笑的女孩兒，那份甜勁兒，引得吳月娘也矚目。一看之下，不由歎謂：「可倒好個身段兒。」鄭愛月出色的衣裝，使得潘金蓮「且只顧揭起他裙子，撮弄他的腳看，說道：『你每這裡邊的樣子，只是恁直尖了，不相俺外邊的樣子趫。俺外邊尖底停勻，你裡邊的後跟子大』」，一會兒「又取下他頭上金魚撇擦兒來瞧，因問『你這樣兒是那裡打的？』」，看著這鄭愛月時鮮的打扮，這潘金蓮大概也想跟上這市面上服飾打扮的流行風吧。

鄭愛月的可人，使西門慶心中念念。西門慶過了生日沒幾天，就給鄭愛月送去三兩銀子，一套紗衣作為見面的預定金。待西門慶來到鄭家時，接待西門慶的卻是鄭愛月的姐姐鄭愛香和鴇娘。西門慶在前院明間喝完了茶，才由鄭愛香領著，來到姑娘們住的後院。這裡比麗春院更為氣派。但見「門面四間，到底五層房子。轉過軟壁，就是竹槍籬。三間大院子，兩邊四間廂房，上首一明兩暗——三間正房，就是鄭愛月兒的房。」（第五十九回）這是頭牌的待遇。西門慶進到房裡，其陳設十分文氣雅致，在讓客人坐等的明間裡，「供養著一軸海潮觀音；兩旁掛四軸美人，按春夏秋冬：惜花春起早，愛月夜眠遲，掬水月在手，弄花香滿衣；上面掛著一聯：『捲簾邀月入，諧瑟待雲來』。上首列四張東坡椅，兩邊安二條琴光漆春凳。」正當面懸有楷書的「愛月軒」三字。西門慶「坐了半日」，鄭愛月才素妝出來：「不戴鬏髻，頭上挽著一窩絲杭州攢，梳的黑鬖鬖光油油的烏雲，露著四鬢；雲鬢堆縱，猶若輕煙密霧，都用飛金巧貼，帶著翠梅花鈿兒，周圍金累絲簪兒齊插，後鬢鳳釵半卸，耳邊戴著紫瑛石墜子；上著白藕絲對衿仙裳，下穿紫綃翠紋裙，腳下露一雙紅鴛鳳嘴；胸前搖珮瑲寶玉玲瓏；正面貼三顆翠面花兒，越是那芙蓉粉面。」如此細緻的描寫，顯示了鄭愛月的風姿綽約，也顯示了作為頭牌大角色的身分和姿態。婀娜素雅的鄭愛月，使西門慶感到「比初見時節兒，越發整齊。不覺心搖目蕩，不能禁止。」這一筆法正是用鄭愛月的清麗脫俗，來加倍映襯出西門慶的粗鄙和俗氣。西門慶來妓院，感官享樂是第一位的。而詩詞書畫等等，西門慶只有羨慕和敬畏的份兒。當西門慶進到鄭愛月的臥房，再次感受到了從未有過的雅致情調：

> 但見瑤窗用素紗罩，淡月半浸，繡幕以夜月懸，伴光高燦。正面黑漆鏤金床，床上帳懸繡錦，褥隱華裀；旁設褪褆紅小幾，博山小篆靄沉檀；樓鼻壁上文錦囊象窯瓶，插紫筍其中；床前設兩張繡甸矮椅，旁邊放對鮫綃錦帨。雲母屏，模寫淡濃之筆；鴛鴦榻，高閣古今之書。西門慶坐下，但覺異香襲人，極其清雅，真所謂神仙洞府，人跡不可到者也。（第五十九回）

笑笑生不惜筆墨，如此細膩的描寫了鄭愛月的臥房，這不由得使人感覺到，在如此高雅的環境之中，如何可以行那般的苟且之事？這鄭愛月所從事的營生與她身處的環境，給西門慶之流帶來的身心反差應該是巨大的吧！這一筆，也實在可見出晚明之際，市井間的妓家風月之一斑。然而，不論這環境如何的高雅，青樓的本質，依然是情色與錢財的交易之地。西門慶在與鄭愛月一番親熱後，夜過三更，才起身回家。做了官的西門慶，也是不敢夜宿妓院的。因為，妓館只能作為接待應酬的場所，留宿妓家是有違行政規定的行為。可見，晚明時期的官場，形式主義還是很猖獗的。

西門府因李瓶兒的死，闔府上下忙亂了好一陣子。到李瓶兒做「五七」前後，西門慶已是身體困乏，筋疲力盡。這天正好大雪紛飛，西門慶在家中書房賞雪散悶。鄭愛月讓弟弟鄭春給西門慶送來兩個點心盒，面上還有一個精緻的描金小方盒。西門慶問：「是甚麼？」鄭春說：「小的姐姐月姐，知道昨日爹與六娘念經辛苦了，沒什麼，送這兩盒兒茶食來，與爹賞人。」（第六十七回）真是話輕禮重，禮輕人情重。鄭愛月大雪天送點心，這西門慶心裡能不暖融融的？西門慶打開兩盒點心，一盒是果頂酥皮餅，一盒是出於西域「沃肺融心，實上方之佳味」的酥油泡螺兒，大類今日的西式奶油糕點冰激淩。這玩意兒，西門府裡只有李瓶兒會做，這點心都是西門慶平日裡愛吃的東西。西門慶怎麼也沒想到，李瓶兒死了，還能吃到這東西，而且是鄭愛月親手做的。真是心靈手巧的女子，做事又十分有心，把個西門慶感動得直說「費心」。再看那小描金盒裡，鄭愛月專門給西門慶送的，「一方回紋錦雙攔子，團撮古碌線，同心方勝結穗捶紅綾汗巾兒，裡面裹著一包親口磕的瓜子仁兒。」這更是叫西門慶體會到鄭愛月用心細膩感人。所以，當西門慶聽在場的門人食客，奉承他「尋的多是妙人兒」時，兩眼都笑得沒了縫兒，那心裡更不知有多甜。作為回報，西門慶給了鄭春五錢銀子的賞，又讓他把杭州出產的，一種用蜂蜜和藥物精煉配製的美味食品——衣梅，帶給鄭愛月吃。此後，西門慶對鄭愛月，有了更不同於其他青樓女子的親密感。

鄭愛月對西門慶如此用心，所為何來？若說為錢，有比西門慶更有來頭，做派更為大方的張二官人。這張二官人「好不有錢，騎著大白馬，四五個小廝跟隨」，（第三十二回）拿了十兩銀子到鄭家來，只要見鄭愛月一面，卻吃了閉門羹。不管牽線的中人，怎樣跪地請求鄭家收銀子，「只教月姐兒見一見，待一杯茶兒，俺們就去。」可鄭愛月就是不答應。鴇子想拿這銀子都沒轍兒。這一節很能說明，鄭愛月的在這行業裡的名頭不小，她不同於那些為錢就去接客、拉客的庸脂俗粉，更不會是那些通常見錢眼開，惟利是圖的青樓煙花粉女。鄭愛月接的客人，是她選擇的結果，她要願意接的才成，就算是鴇娘也強迫不了她。鄭愛月在業內的地位，她的自身實力，顯然與李桂姐是大不一樣的。若是為勢，夏提刑是她鄭家的常客，西門慶還是在夏提刑的酒宴上結識鄭愛月的。夏提刑在進京為官前，是西門慶的頂頭上司。若說為風月，西門慶「露陽」就讓鄭愛月心驚，而每次西門慶的霸王硬上弓，鄭愛月都表現出痛苦狀，很難說鄭愛月會愛西門慶那樣的風月。當然，更不是因鄭愛月愛上了西門慶，或是想做他的小妾。鄭愛月向西門慶示好，只是出於一種報復心理。

又是一個下雪天，西門慶踏雪看望鄭愛月，感謝她送的禮：「前日多謝你泡螺兒，你送了去，倒惹我心酸了半日。當初有過世六娘她會揀，她死了，家中再有誰會揀它？」（第六十八回）鄭愛月也謝西門慶送的衣梅：「多謝爹的衣梅。媽看見吃了一個，喜歡的要不的。他要便痰火發了，晚夕咳嗽，半夜把人聒死了，時常口乾，得恁一個在口內噙著，他倒生好些津液。我和俺姐姐吃了沒多幾個，連罐兒他老人家都收了在房內，早晚吃，誰敢動他。」他們此時就像是一對老朋友，在一起坐著互說家常。說話間，鄭愛月有意把話題轉到了李桂姐身上：「爹連日會桂姐來沒有？」西門慶說：「自從孝堂裡到如今，誰見他來！」話裡顯然是有著不滿。鄭愛月又問：「六娘五七他也送茶去來？」西門慶說：「他家使李銘送去來。」李瓶兒死後辦五七，是西門府一件大事。作為吳月娘乾女兒身分的李桂姐連面都不露一下，也太不近情理。這鄭愛月故意提及，其用意是很清楚的。鄭愛月見西門慶對此很有情緒，便說道：「我有句話兒，只放在爹心裡。」待西門慶想聽是什麼，鄭愛月故意想了想，欲言又止：「我不說罷，若說了，顯得姊妹們，恰似我背地說他一般，不好意思的。」這一來，西門慶的胃口調上來了，他摟著鄭愛月說：「怪小油嘴兒，甚麼話說與我，不顯出你來就是了。」鄭愛月不失時機，把李桂姐和王三官如何打得火熱，王三官「如今丟開齊香兒，又和秦家玉芝兒打熱：兩下裡使錢。使沒了，包了皮襖，當了三十兩銀子。拿他娘子兒一副金鐲子，放在李桂姐家，算了一個月歇錢。」統統告訴了西門慶。這西門慶一聽大為光火，對李桂姐的新怒舊怨都一塊兒上來了。西門慶為李桂姐與王三官惹來的官司一事，他曾專門派人上京城打點，大動了一次手腳，才算了了這個官司。沒想到這李桂姐根本不領他西門慶的情，又繼續與這王三官勾搭往來。西門慶遂罵道：「恁小淫婦兒，我分付休和這小廝纏，他不聽，還對著我賭身發咒，恰好只哄我。」鄭愛月見西門慶動了真怒，知道機會來了。她柔聲道：「爹也別要惱，我說與爹個門路兒，管情教王三官打了嘴，替爹出氣。」西門慶當然是想出這口鳥氣的，他不能幹這賠了夫人又折兵的事，自己包占了的妓女還被人嫖啊！鄭愛月要西門慶答應不傳六耳。然後把王三官母親林太太，如何好風月，如何在家裡「招賢納士」，媒人文嫂如何做牽線，王三官娘子如何美麗得像畫中人，卻守著活寡等等，盡說了一遍。西門慶聽著，也想好了主意。你王三官要我的粉頭，我要你的老娘和老婆。精明的西門慶對鄭愛月如此詳細知道王家的事，卻也感到奇怪，他不由問鄭愛月是如何得知的。這鄭愛月面對西門慶的追問，聰明的她很快做出反應：「教爹得知了罷，是原梳籠我的那個南人，他一年來此做買賣兩遭，正經他在裡邊歇不的一兩夜，倒只在外邊，常和人家偷貓迎狗，幹此勾當。」鄭愛月此話若真，更可知她對招宣府的王家有多恨了。其實，鄭愛月與王三官本有著親密關係，鄭愛月不僅常在王三官的招宣府中彈唱，還把王三官為她寫的條幅，掛在自己的房裡，直到西門慶看見了才趕緊拿掉。可見，王三官與鄭愛月的交情已不一般。但是後來，這王三官與李桂姐走得很近，冷落了鄭愛月。王三官拋棄了她，他的母親林太太又端走了她的衣食客人。鄭愛月定要報復王家，也就情有可原了。王三官娘子黃氏的娘家人，動用官府出面抓嫖，使得李桂姐與王三官的事更加鬧得沸沸揚揚。鄭愛月知道西門慶包占著李桂姐，也知道西門慶為李桂姐平息了那場官司，更知道西門慶的心性愛好。鄭愛月就是要借西門慶的好色，來報復同行的對手李桂姐。鄭愛月和李桂姐所爭奪的對象不是西門慶，而是比西門慶出身高貴的招宣府公子，年輕英俊、文武雙全的王三官兒。

鄭愛月聰明地利用了西門慶，意欲能不顯山不露水，便達到狠狠報復王三官和李桂姐的目的。西門慶感到鄭愛月與他利益一致，所以鄭愛月是有心向著他的，因為他們兩個都是被招宣府王家損害了的人，他們都應該要報復王家，而非鄭愛月對他西門慶有什麼別的企圖。且鄭愛月為西門慶出的報復王三官的絕妙主意，也讓西門慶覺得「合著他的板眼，亦發歡喜。」面對懷裡的鄭愛月，西門慶高興地說道：「我兒，你既貼戀我心，每月我送三十兩銀子與你媽盤纏，也不消接人了，我遇閑就來。」西門慶出人預料的慷慨大方，如此高價的包身費用，比當時梳籠李桂姐的每月二十兩銀子，多了百分之五十。西門慶以為鄭愛月當稱謝感激一番了。可是，鄭愛月的反應卻是西門慶沒有料到的。鄭愛月並不把這高額的包銀當會事：「爹，你有我心時，甚麼三十兩、二十兩，兩日間掠幾兩銀子與媽，我自恁懶待留人，只是伺候爹罷了。」真是姿態灑脫，頗具清高自持的範兒。鄭愛月的瀟灑不俗之態，使得西門慶感覺就算自己出了高價，也顯得寒磣得很。西門慶更加無怨無悔道：「甚麼話，我決然送三十兩銀子來。」這明明白白的是一樁交易，可鄭愛月卻做得不讓人嗅到其銅臭味。這西門慶花了大錢，還覺得欠了人情。鄭愛月於人無情，卻使人感到她情義無價。鄭愛月的智慧和心計，在整部《金瓶梅》的女性形象裡，可謂是超人一籌。

鄭愛月的報復計畫見了成效。西門慶私通了王三官的母親林太太，又派人到麗春院李家抓嫖。嚇得王三官不敢露面，嫖客們也不敢上這李家的門。麗春院李家的生意消停了，李桂姐也不再被請到西門府裡唱曲。儘管李桂姐又使出「負荊請罪」的一招，再向西門慶發誓賭咒，也沒有多大的效用了。西門慶占了林太太，又收了王三官做乾兒子。他得意地向鄭愛月說，林太太「委託我指教他成人。」昔日的情場敵人，今日成了受指教的兒子。西門慶與王三官經過一番較量後，西門慶是大獲全勝。西門慶這心裡甭提有多受用，多得意。同樣達到了目的的鄭愛月，不禁拍手大笑道：「還虧我指與這條路兒，到明日，連三官娘子不怕不屬於爹。」（第七十七回）一舉多得的西門慶，當然忘不了鄭愛月的好處。他給鄭愛月送點貴重的禮物，自是理所當然的。鄭愛月不費一兵一卒，不動聲色地就收拾了有負於她的王三官一家，還又得到了西門慶的眷顧。當鄭愛月把西門慶送來的禮品，一條漂亮的貂鼠皮圍脖兒，拿在手裡把玩時，鄭愛月的心裡當是十分的快意吧！不過，西門慶的死，使鄭愛月過早失去了一個風月揚中的密友、知己。可是，倒也沒看見鄭愛月有怎樣傷心難過。

在笑笑生的筆下，這位雅致靈性的鄭愛月形象，生動得叫人不得不承認，這世道確實是太過炎涼，人心也實在是險惡。或許人情紙薄是妓家的通病，但也不只為妓家所獨有的吧！

逢場作戲的賁四娘子

賁四娘子，一個圓通世故，善於做人的女人。說到做人，那可不是一般的工夫。人要靠去「做」，方能成為人，當然是一件千辛萬苦的事兒。而會做人的人，也才是會生存的能人，那這位《金瓶梅》中的賁四娘子，當然就很值得見識一下。

賁四娘子的娘家姓葉。她排行第五，小名葉五兒。她結婚生子後，因家貧而賣身到大戶人家當奶媽。其間與年輕能幹的賁四相識，一來二去產生了感情，怕事情敗露，主人家怪罪而不能成全，兩人便雙雙私奔了。這倒也有些反抗壓迫的意味。他們夫妻倆來到清河縣，投奔到西門府。賁四做了個夥計，因「生的百浪囂虛，百能百巧」，（第十六回）處理帳目精細，琵琶、簫、管都會玩兒，深得西門慶器重。起初，賁四在生藥鋪裡照管稱貨，後來西門慶為娶李瓶兒，修建玩花樓，讓賁四做監工。這是個肥差，賁四因此得了不少好處。再後來，西門慶新開了絨線鋪，賁四成了掌櫃的。一個外來人，能在西門府眾多家人夥計中，得到如此迅速的提拔，還不招人妒忌使絆子，這與賁四娘子的多得人緣，有著很大關係。

賁四娘子是個極為精明，脾氣性格又很和氣溫柔的女人。賁四娘子的家並不在西門府，因為賁四不屬於家奴，而是受雇於西門慶。所以，賁四的家就在西門府大門的對過，這在地理位置上有觀察動靜的優勢。賁四娘子也很善於利用這個地理優勢，她時常請宅裡的女主子們，以及西門府裡得意有勢的大奴才丫鬟們，到她家裡做客，她也很用心的招待。賁四娘子可不像宋惠蓮和如意兒那樣，只會一味地走上層路線，一心只想攀高枝、往上爬。賁四娘子也不是個中山狼式的人物，會一旦得勢便倡狂起來。這位賁四娘子，與西門府裡的眾女人都能和睦相處。對主子們她善於理解，對下人們熱情以待。因此，賁四娘子屬於能上下通情，八面玲瓏，勾連府裡縱橫人際關係的一個小人物。尤其是到了逢年過節時，就更是賁四娘子為人際關係忙碌的時候。整部《金瓶梅》裡，一共寫了四次元宵節。每一個元宵節，賁四一家都要為西門府紮幾個大煙花架子，為節日的西門府增添了五光十色的熱鬧，以及富麗堂皇的氣氛。賁四娘子也會乘此機會，送禮、請客，拉各種關係。在第一次元宵節裡，孟玉樓，潘金蓮、李瓶兒與陳經濟、宋惠蓮等人從街上觀燈回來，「只見賁四娘子穿著紅襖、玄色段比甲、玉色裙，勒著銷金汗巾，在門首笑嘻嘻向前道了萬福，說道『三位娘那裡走了走？請不棄到寒家獻茶。』」（第二十四回）孟玉樓說：「承嫂子厚意，天晚了，不到罷。」賁四娘子忙說：「耶嚛，三位娘上門怪人家，就笑話俺小家人茶也奉不出一杯兒來。」接著，生拉活扯，硬是把孟玉樓、潘金蓮和李瓶兒三位姨娘，給拉進了她家裡來，又讓女兒長姐給三位姨娘磕頭。這賁四娘子又是倒茶，又是連番殷勤的應答。這一來，孟玉樓和潘金蓮送了兩隻花給她，而「李瓶兒袖中取了方汗巾，又是一錢銀子與他買瓜子兒磕，喜歡的賁四娘子拜謝了又拜。」賁四娘子並非是因為得到這些個小禮物歡喜，而是因為能得到這三個姨娘的賞賜，是很有意義的一件事情。要知道，這三個姨娘，可都是西門府裡最有頭有臉的姨娘了，能把她們同時請到自己家裡，這可不是件人人能辦得到的事，賁四娘子當然感到莫大的榮耀。

第二年的元宵節，這個「賁四娘子打聽月娘不在，平昔知道春梅、玉簫、迎春、蘭香四個，是西門慶貼身答應，得寵的姐兒。大節下安排了許多菜蔬果品，使了他女孩兒長兒來，要請他四個去他家裡散心坐坐。」（第四十六回）幾經輾轉，終於得到了西門慶的允許，這四個西門府的大丫鬟，收拾打扮整齊，姍姍而來了。賁四娘子一見這些個二主子，就「如同天上落下來的一般。」從清早就請這些大丫鬟，三請四請的，總算到傍晚來到，賁四娘子也算有了面子。賁四娘子客客氣氣地把這四大丫鬟迎了進去，擺了滿滿一桌子豐盛的菜肴。她口口聲聲地「趕著春梅叫大姑，迎春叫二姑，玉簫是三姑，蘭香是四姑。」宴席上，只見賁四娘子呼前喚後，一個勁兒地奉承、一個勁兒地勸酒。真是媚氣十足，俗氣十足。這四個大丫鬟，雖是吃慣了西門府裡的美味佳餚，對賁四家的酒菜食欲並不大。不過，還是舉筷端杯，應景一番，給了賁四娘子不小的臉面。這些平日在西門府中伺候人的女孩子，今天也嘗到了被人伺候的滋味，得到了別人的尊呼，得到了別人的敬畏，感覺當然很良好的。這對她們中的多數人而言，是生平中的第一次，也是最後一次。賁四娘子在這些大丫鬟的得意表情裡，也擁有了一份自得。因為，從今往後，其他的丫頭媳婦，想把賁四家的什麼壞話捅到主子那裡，就會是件很不容易的事了。賁四娘子對丫頭們如此，對小廝們就更加的殷勤。當然，這些都是後話。

賁四娘子的苦心沒有白費，西門府裡是非最多的下人奴僕中說起，都道：「論起來，賁四娘子為人和氣，在咱門首住著，家中大小沒曾惡識了一個人。」（第七十八回）宋惠蓮尋死覓活的時候，西門慶第一個想起來能陪伴宋惠蓮的人，就是這個為人和氣，口甜心活的賁四娘子。由此可知，賁四娘子在西門府裡是頗有善名的。然而，賁四一家當然是很會打算，也十分精明的人家。他們兩口子都很清楚現實，也知道自己所需要的是什麼。他們一旦抓住目標，就不會輕易的放棄。賁四家唯一的女兒長兒，被賣給了當時西門慶的上司，正掌刑千戶夏龍溪府裡。說是學彈唱，可後被收用做了小妾。賁四家賣女，並不是因為缺少錢，而是從西門府的女人身上，學到了裙帶關係能快速得勢的招數。所以，他們也就利用機會，給自己的家，給自己的女兒找個靠山。這件事情，賁四一家處理得很是低調，事先連吳月娘也沒打個招呼，而西門慶更是一字不知。這十分有效地避免了引人忌妒的後果。長姐走的那天，賁四兩口子，打扮得整整齊齊，帶了如花般的女兒，提著幾盒點心，進府來向主子們辭行。長姐向西門慶和吳月娘行了大禮，把這兩個主子喜得合不攏嘴。立即叫擺上茶來，請賁四一家留坐，還把李嬌兒、孟玉樓、孫雪娥、潘金蓮和西門大姐等一干人都叫來，一一見禮陪坐，給了賁四家相當大的面子。臨走時，西門慶與眾妻妾都分別送了禮物。長姐得了許多的金釵銀兩作「紀念」。賁四家的手腕兒，不論是宋惠蓮、如意，還是王六兒一家，都有些相形見絀了。

夏提刑升遷京官，賁四奉西門慶之命，送夏大人的家眷進京去了。家裡只剩下賁四娘子一人，身隻影單。小廝玳安、平安主動擔起了賁四家的家務活，為賁四娘子買東西，拿物品，隔三岔五地打點酒，讓賁四娘子炒點菜吃。這一來二去，他們之間的關係也很好。這西門慶在孟玉樓生日那天，注意到自己的心腹玳安領著一個「五短身子，穿綠段襖兒，紅裙子，勒著藍金綃箍兒，不擦胭粉，兩個密縫眼兒，」（第七十四回）的女人，似曾相識，有點像鄭愛月。大概是兩個女人都愛笑，所以眼都眯縫得相像？還是西門慶思想鄭愛月太過，恍惚感覺賁四娘子有點相類？不論是何原因，西門慶盯上了這個「一似鄭愛月模樣」，被潘金蓮形容成「矮著個靶子，兩是半頭磚兒，也是一個兒。把那水濟濟眼，擠著七八拏的兒舀」（第七十八回）的年輕女人。

賁四離家的日子裡，西門慶一次從鄭愛月那裡回來，見心腹小廝玳安從賁四家出來，他想起了賁四娘子。這西門慶心有狐疑地問玳安到賁四家幹什麼去？玳安當然不會說自己與賁四娘子有一腿。他只說：「賁四娘子從他女孩兒嫁了，沒人使，常央及小的每替他買買甚麼兒。」西門慶一聽，便說道：「他既沒人使，你每替他勤勤兒也罷。」西門慶對獨自在家的女人總是很關懷的，他悄悄對玳安說：「你慢慢和他說：如此這般，爹要來你這屋裡來看你看兒，你心下如何？看他怎的說。他若肯了，你向他討個汗巾兒來與我。」（第七十七回）玳安口裡應著，腳卻難邁。這幾日，玳安正與賁四娘子搞得熱烈，沒料到主子也來這口鍋裡搶馬勺、搶肉吃，還要自己穿針引線，這當然是很為難的事。可作為奴才，玳安還得不打折扣地執行西門慶交辦的事。玳安是怎樣對賁四娘子蜂送蝶情的？書中沒寫，自然是不得而知。可總之是沒多大一會兒的功夫，玳安便來到了西門慶身邊。只見玳安待到沒人時，湊著西門慶的耳朵，悄聲說道：「小的將爹言語對他說了。他笑了，約會晚上些，伺候等爹過去坐坐，叫小的拿了汗巾兒來。」西門慶接過玳安遞上的紅綿紙包，打開一看，是「一方紅綾織錦回紋汗巾，聞了聞噴鼻香，滿心歡喜，連忙袖了。」這賁四娘子與西門慶的勾搭，既然有了你情我願的欲望基礎，那麼付諸行動，也就行之有據了。

由於在西門府內，就能把賁四家的動靜看得一清二楚，且賁四家隔壁的韓嫂，也會聽見聲響。所以，西門慶與賁四娘子的苟合之事，每每都匆忙又快捷。既沒有與王六兒那樣的感官纏綿，也沒有與如意那般的暢意飲談。一切都只是瞬間，真正是速戰速決。這樣具有冒險情形的性行為，在西門慶的生活裡並不多見。或許，正因為這一點，更能激起西門慶的性欲而喜歡與賁四娘子做愛的一個原因。

緊張度高的事，酬勞也不能低的。商人出身的西門慶當然明白這一點。所以，第一次約會後，賁四娘子從西門慶那裡得到了「五六兩銀子一包碎銀子，又是兩對金頭簪兒」的高額報酬。此後，每一次都有幾兩銀子的花帳收入。西門慶付給賁四娘子的資費，遠遠超過王六兒的價碼。西門慶對此的解釋是：「我待與你一套衣服，恐賁四知道，不好意思。不如與你些銀子兒，你自家治買罷。」（第七十八回）精明人的算計，可謂絲絲入扣，一毫不爽。賁四娘子既然不像王六兒那樣，要房子、要丫鬟，那多算點銀兩給她也沒什麼。可是，西門慶算得再怎麼精確，也沒有算到他的心腹小廝玳安，主子前腳走，後腳就進了房，喝茶吃酒又上炕。這賁四娘子是迎新不送舊，因為她對現實看得明白、透徹。賁四娘子不會像宋惠蓮、如意那般不切實際，以為自己和主子有了一手，就想入非非。在賁四娘子那裡，主子只能給錢，小廝卻能出力。兩者兼而有之，又何樂而不為呢？

不過，賁四娘子也有擔心的事。她害怕自己的風流韻事被一牆之隔的韓嫂知道，再鬧得全府皆知。把暗事弄成明事，她就在西門府立不住了，還說不定賁四也會休了她。想到這些嚴重的後果，這位賁四娘子再也睡不著了。賁四娘子對躺在身邊的玳安說：「只怕隔壁韓嫂兒傳嚷的後邊知道，也似韓夥計娘子，一時被你娘們說上幾句，羞人答答的，怎好相見？」這韓夥計娘子，指的就是住在隔壁的惠元。由此看來，賁四娘子還算顧及些羞恥。精靈的玳安為她出了個好主意：「如今家中，除了俺大娘和五娘不言語，別的不打緊。俺大娘倒也罷了，只是五娘快出尖兒。你依我，節間買些甚麼進去，孝順俺大娘。別的不稀罕，他平昔好吃蒸酥，你買一錢銀子果餡蒸酥、一盒好大壯瓜子送進去。這初九日是俺五娘生日，你再送些禮去，梯己再送一盒瓜子與俺五娘。你到明日進來磕頭，管情就掩住了許多口嘴。」真多虧了有玳安，在這如火如荼的西門府情場，玳安對各種情勢是瞭若指掌，自然是無往而不勝的。賁四娘子懂得，給娘娘們送禮，可不是件簡單的事，其中學問多多。送給誰？送什麼？採用何種方式送，選取什麼時間送等，都需要花費心思。因為，這情場猶如戰場，送禮猶如對對方進行火力偵察。只有做到知己知彼，才能百戰不殆，才不會失手。否則，弄不好就是羊肉沒吃著，還惹得一身騷。賁四娘子把送禮堵口的事，全權交給了玳安，而玳安也果真把事情辦得妥妥當當。吳月娘得了賁四娘子的禮物，感到了無功受祿的歉疚，很有點過意不去，便對玳安說：「男子漢又不在家，那討個錢來，又交他費心。」說完還把一盒饅頭，一盒果子叫玳安拿了回去送給賁四娘子，並叮囑玳安要「多上覆，多謝了」。

賁四娘子叫小廝送禮的舉動，難免讓人猜忌。在上房安了耳目的潘金蓮，敏感到此事有些蹊蹺。沒花什麼工夫，潘金蓮就把這事給打聽清楚了。到潘金蓮生日的那天，她見玳安和琴童正在掛燈籠，借機說琴童欠打一事。原來有一次，西門慶到賁四家鬼混，正好有客來求見。整個西門府都找不到主人，琴童急得說西門慶大白天給丟了。話不吉利，本要挨打的。但西門慶因在賁四娘子那裡弄得身心愉快，根本就沒有追究此事，所以琴童免了一次皮肉之苦。顯然，西門府裡知道這事的人也不多。玳安聽出潘金蓮是話裡有話，便回擊說：「娘也不打聽，這個話兒娘怎得知？」玳安這一問，使得潘金蓮有了大潑醋罈子的機會，把個賁四一家罵得一錢不值，還捎帶上了玳安這小廝：「瞞那傻王八千來個！我只說那王八也是明王八。怪不的他往東京去的放心，丟下老婆在家，料莫他也不肯把毬閑著。賊囚根子們，別要說嘴，打夥兒替你爹做牽頭，勾引上了道兒，你每好圖躧狗尾兒。說的是也不是？敢說我知道？」見這兩個小廝沒吭聲，潘金蓮繼續揭賁四娘子的底：「嗔道賊淫婦買禮來，與我也罷了，又送蒸酥與他大娘，另外又送一大盒瓜子兒與我，小買住我的嘴頭子，他是會養漢兒。我就猜沒別人，就知道是玳安兒這賊囚根子，替他鋪謀定計。」玳安此番恨不能渾身長出千張嘴，他伶牙利齒地與潘金蓮展開一番舌戰：「娘屈殺小的。小的平白管他這勾當怎的？小的等閒也不往他屋裡去。娘少聽韓回子老婆說話，他兩個為孩子好不嚷亂。常言：要好不能勾，要歹登時就一篇。房倒壓不殺人，舌頭倒壓殺人。聽者有，不聽者無。論起來，賁四娘子為人和氣，在咱門首住著，家中大小沒曾惡識了一個人。誰人不在他屋裡討茶吃，莫不都養著，到沒放處！」玳安的話軟中有硬。潘金蓮與玳安兩個正在說的熱鬧，潘金蓮的媽來了，這才算告一段落。看來，玳安的讓賁四娘子送禮這一步棋，走錯了。

又到過年時節，賁四也從京城回來了。西門府門前又放起了煙花。還是那樣的一片五彩繽紛，斑斕豔麗。關於賁四娘子的豔事緋聞，也已成了隱約的傳說。而賁四娘子則在這事件中，不過是個風流劇裡的女主角罷了。對西門慶也好，對玳安也好，都不過是利用的對象。而這西門府中的主僕倆，誰也沒把這種信手拈來的風流事當真。大家都是逢場作戲，不就為了玩玩兒而已嘛。西門慶一死，一切的一切，都成了過去。賁四家也有自己要過的日子，當然都是要向前看的。有誰還會對沒有主人公的故事感興趣呢？為人和善的賁四娘子，畢竟不同於宋惠蓮、如意等人。她不是既圖眼前快樂，又喜暢想未來的幻想式女人。賁四娘子很懂得，現實社會就是很現實的。因此，她樂不忘憂，為人做事，能瞻前顧後，滴水不漏，通於人情，達於世理。

通俗與媚俗，賁四娘子都做得十分出色，這樣很懂現實的人，當會活得很輕鬆的吧！

招搖於紅塵與方外之間的薛姑子

三姑六婆，講佛宣理。這是《金瓶梅》的世界裡，又一道世俗的風景。

宗教的拯救情懷與世俗的自私行為，在這些行走於街巷坊間的三姑六婆的身上，被奇妙地結合為了一體，而她們中的佼佼者，當推薛姑子。

薛姑子是個半路出家的尼姑。她出身市井，後嫁了個賣蒸餅的小生意人。她的家就在廣成寺旁，丈夫外出賣餅，日子過得清貧。小戶人家的房前屋後，一個年輕女人出出進進的身影，晃得那些個在寺廟裡曠孤的男性僧人，就算不會發生純粹的荷爾蒙衝動，也定會有些搭訕和調侃的行跡。這個善於應對的薛姑子「專一與那些寺裡和尚行童調嘴弄舌，眉來眼去，說長說短，弄的那些和尚們的懷中個個是硬邦邦的。」（第五十七回）長長的白晝，寂寞無聊。丈夫不景氣的買賣，讓薛姑子「就有些不尷不尬」，家中時有的饑餓之憂，也讓薛姑子不得不為生計籌謀。那些小和尚們也能以慈悲為懷，不免拿些火燒、餑餑、饅頭、栗子等信男善女們的供品，作為饋贈，「又有那付應錢與他買花，開地獄的布送與他做裹腳，他丈夫那裡曉得。」薛姑子是受人點滴之恩，當以湧泉相報，這本是做人的傳統美德。貧寒的薛姑子何以為報？惟有一己之身而已。所以，「乘那丈夫出去了，茶前酒後，早與那些和尚們刮上了四五六個。」這種以身相許，身體力行的報恩，換來了小和尚們用酬謝菩薩大慈大悲的功德錢，與薛姑子買花，用那開地獄的布給她做裹腳布的多方關照。宗教的敬拜物器，化成為凡俗人心對快樂追求的物質中介，豈不也善哉善哉！薛姑子的所為，對尚不能透悟苦樂相生之大義的普通和尚們，倒也是一種身心的解救。或許正是基於這樣的認識，在丈夫「得病死了」以後，薛姑走了個熟道，出家為尼了。從此，清河縣的僧尼隊伍中，又多了個走出紅塵，情繫俗世的女人。

薛姑子起初在地藏庵修行。或許是用心，或許是聰明。總之，薛姑子在地藏庵做得很有名頭。就看這位姑子後來在西門府走動時，那滿肚子的佛經故事，那真假莫辨的頌經聲聲，也可知薛姑子確有過一段實實在在的修行時期。而在西門府裡，李瓶兒是最先從西門慶辦的一樁「花案」中，聽到薛姑子這名字的。西門慶說起這個案子的處理，倒很是得意，他對李瓶兒道：

> 昨日衙門中問了一起事：咱這縣中過世的陳參政家。陳參政死了，母親張氏守寡。有一小姐，因正月十六日在門首看燈，有對門住的一個小夥子兒，名喚阮三，放花兒。看見那小姐生得標緻，就生心調胡博詞、琵琶，唱曲兒調戲他。那小姐聽了邪心動，使梅香暗暗把這阮三叫到門裡，兩個只親了個嘴，後次竟不得會面。不期阮三在家思想成病，病了五個月不起。父母那裡不使錢請醫看治，看看至死，不久身亡。有一朋友周二定計說，陳宅母子，每年中元節令，在地藏庵薛姑子那裡，做伽藍會燒香。你許薛姑子十兩銀子，藏他在僧房內與小姐相會，管病就要好了。那阮三喜歡，果用其計。薛姑子受了十兩銀子。在方丈內，不期小姐午寢，遂與阮三苟合。那阮三剛病起來，久思色欲，一旦得了，遂死在女子身上。慌得他母親忙領女子回家。這阮三父母怎肯干罷，一狀告到衙門裡，把薛姑子、陳家母子都拿了。依著夏龍溪，知陳家有錢，就要問在那女子身上。便是我不肯，說女子與阮三雖是私通，阮三久思不遂，況又病體不痊，一旦苟合，豈不傷命。那薛姑子不合假以作佛事，窩藏男女通姦，因而致死人命，況又受贓，論了個知情，褪衣打了二十板，責令還俗。其母張氏，不合引女入寺燒香，有壞風俗，同女每人一拶，二十敲，取了個供招，都釋放了。（第三十四回）

西門慶這案子本身問得還算公正，但執行時便打了折扣。這位尼姑薛姑子，把密宗歡喜佛的修為，移植在對紅塵眾生、曠男怨女的成全上。並以此而廣得善財，真真是擾了佛門的清涼聖地。官府要她離開佛門清靜地，可佛門並沒有趕她走。這位薛姑子出了地藏庵，又進了蓮華庵。仍舊做她的尼姑，佈施著她的善道，廣結著她的善緣。

薛姑子的本領不僅於此，她最叫人敬畏的，是她會配製一種使女人受孕的「靈丹」。用今天的話說，就是能治療婦女的不孕症。這對於那些後嗣不濟，人丁單薄的人家，不啻為莫大的福音，也是薛姑子莫大的功德。這一本事，使得薛姑子聲名遠播，以至於傳到了西門府的深宅大院之中。西門慶好不容易有了李瓶兒為他生的兒子，吳月娘也愛若己出，可潘金蓮卻對孟玉樓講，吳月娘自己生不出來，故而討好李瓶兒。吳月娘聽了這話，氣得發昏，更想自己也能有個孩子。晚明時代的大戶人家，都請著僧尼廟祝，定期來家講經說法。逢有紅白喜事，也請這班方外之人，為家中做法事道場。也正所謂，不是冤家不聚頭。常在西門府裡走動的王姑子，向吳月娘極力推薦被西門慶處罰過的薛姑子：「俺每同行一個薛師父，一紙好符水藥。前年陳郎中娘子，也是中年無子，常時小產了幾胎，白不存，也是吃了薛師傅符藥，如今生了好不醜滿抱的小廝兒！一家兒歡喜的要不得。只是用著一件物件兒難尋。」（第四十回）王姑子說難尋的「物件兒」，就是用頭胎孩子的胎盤作成的一種藥引子。吳月娘聽王姑子說的活靈活現，又有成功的例子，又符合自己的情況，真恨不得立即把薛姑子請來：「這師父是男僧、女僧？在那里住？」王姑子說：「他也是俺女僧，也有五十多歲。原在地藏庵兒住來，如今搬在南首裡蓮華庵兒做首坐。好不有道行！他好少經典兒，又會講說《金剛科儀》，各樣因果寶卷，成月說不了，專在大人家行走，要便接了去，十朝半月，不放出來。」這吳月娘是聽在耳裡，掛在心裡，可這位頗有道行的大尼姑如此之忙碌，吳月娘也就只有等待的份兒了。

李嬌兒生日這天，王姑子把這個大名鼎鼎的薛姑子請到了西門府。當年被西門慶責其還俗的女僧，今日裡被當成貴賓請進門。只見薛姑子帶著兩個徒弟，「戴著清淨僧帽，披著茶褐袈裟，剃的青旋旋頭兒，生得魁肥胖大，沼口豚腮。」（第五十回）薛姑子這般的富態，這樣的氣勢，難怪「慌的月娘眾人，連忙磕下頭去。」為了顯出與他人不同的修為，薛姑子「鏞眉苦眼，拿班做勢，口裡咬文嚼字。」念著那聽不懂的話語，這更是讓吳月娘等眾女人景仰不已，「一口一聲，只稱呼他薛爺。」到了晚上，薛、王兩姑子都留宿在了上房，吳月娘也得到了那至寶的安胎藥。吳月娘為此拿出了四兩銀子做了兩個姑子的酬謝，又說道：「明日若坐了胎氣，還與薛爺一匹黃褐段子做袈裟穿。」待這二位姑子離開西門府時，又送了每人五錢銀子和許多禮物。吳月娘依姑子們的交代行事，果然有了身孕，那酬謝是自然少不了的，但那也是後話了。

薛姑子的宣講佛經，使得吳月娘等女眷漸漸聽得入了迷，對她的好感也與日俱增。薛姑子在西門慶的眼皮底下，來來去去，數度出入西門府。當西門慶有一天見她從家裡出去，甚是驚訝。這西門慶忙問吳月娘：「那個是薛姑子？賊胖禿淫婦，來我這裡做甚麼！」（第五十一回）西門慶還不知道，他大罵的人，是對他大有恩惠的人。吳月娘對薛姑子更是感激涕零，無以為報的。聽見西門慶如此罵薛姑子，心中很是不快道：「你好恁枉口拔舌，不當家化化的，罵他怎的，他惹著你來？你怎的知道他姓薛？」西門慶馬上振振有辭，把他辦薛姑子「花案」的過程，詳盡地又講了一遍給吳月娘聽，還心有不甘地說：「他怎的還不還俗？好不好，拿到衙門裡，再與他幾桚子。」可不想，從來以正經自居的吳月娘，聽了西門慶的一番陳詞後，非但沒有對薛姑子產生嫌憎、防範之心，反責備西門慶：「你有要沒緊，恁毀神謗佛的。他一個佛家弟子，相必善根還在，他平白還甚麼俗？你還不知他，好不有道行。」可不是嗎？與傳宗接代的無量功德相比，那在佛堂裡窩藏青年男女苟合的事，又算得了什麼呢？這西門慶的確是「有要沒緊」的。

自從有了吳月娘的庇護，西門慶對薛姑子在西門府上的走動，只好當沒看見。由於薛姑子講經說佛的技巧高妙，西門府的女眷們對她是十分的信服，對佛法也更為崇敬，這種情緒把西門慶也給感染了。薛姑子聽說西門慶為修繕永福寺，一次性捐助了五百兩銀子，心思一動，就當面向西門慶拉贊助，勸西門慶拿出錢來印《陀羅經》。針對官哥多病難養，這薛姑子意味深長地說：「那佛祖說的好：如有人持頌此經，或將此經印刷抄寫，轉勸一人，至千萬人持誦，獲福無量。況且此經裡面，又有護諸童子經咒。凡有人家生育男女，必要從此發心，方得易長易養，災去福來。」（第五十七回）西門慶一聽這「易長易養」，正是求之不得的。西門慶趕緊拿出了三十兩的足色紋銀來，交給薛姑子，要她去印五千卷經書。此時也就顧不得計較與這尼姑有什麼嫌隙的事了。李瓶兒聽薛、王兩姑子對吳月娘說印經消災的事兒，她也立即拿出了重四十一兩五錢的一對壓被銀獅子，以及一個重十五兩的銀香球來給兩個姑子。西門慶和李瓶兒給的印經錢，合計起來也有百兩之數了。僅印經書，薛姑子少說也私得了三幾十兩的銀子。為這筆錢，薛、王二人還翻了臉，兩人都在西門府裡詆毀對方。由於薛姑子得到了吳月娘的好感，王姑子最終被擠出了這塊風水寶地，誰還記得這位很有手段的「薛爺」，正是經王姑子引薦，才得以進到西門府中來的。

儘管有神靈保佑，可西門慶的兒子官哥還是架不住潘金蓮的惡毒用心，終於驚風而亡。母親李瓶兒是痛不欲生，「每日黃懨懨，連茶飯兒都懶待吃，題起來只是哭涕，把喉音都哭啞了。」（第五十九回）不論西門慶和眾婦人怎麼勸慰，李瓶兒心裡的結就是打不開。薛姑子面對此情此景，便另找了一套方法。薛姑子利用小乘佛經中的故事，講生死輪回，講因果報應，邊講邊勸：「今你這兒子，必是宿世冤家，托來你蔭下化目化財，要惱害你身。為緣你供養修持，捨了此經一千五百卷，有此功行，他投害你不得，今此離身，到明日再生下來，才是你的兒女。」李瓶兒聽了薛姑子講的故事和這一勸說，再證以自己的夢中情形，心裡實在相信，雖仍有些悲切，但寬慰了很多。

在西門府裡接連發生了官哥和李瓶兒相繼死去的不幸事件後，子嗣的問題日漸突出。廣布耳目的潘金蓮，終於得知了吳月娘的秘密。薛姑子神奇有效的安胎藥物，使潘金蓮又驚又喜。試想一下，潘金蓮要是也能生個孩子，為西門慶生兒子，那她不是被寵到天上去了。說不定有朝一日，她還會被扶成正房。潘金蓮為這些想法所激動，從來不敬佛信神的潘金蓮，恭敬地把薛姑子悄悄叫進自己房中，「與他一兩銀子」，求薛姑子也為自己配製一副神藥。從價格講，潘金蓮只付了薛姑子總價是一兩三錢銀子，只是吳月娘的半數，潘金蓮也覺不好意思。可因與王姑子在分錢上發生了矛盾，對潘金蓮這樁生意，薛姑子不但不嫌錢少，還對潘金蓮的告少致歉說道：「菩薩快休計較，我不像王和尚那樣利心重。前者因過世那位菩薩念經，他說我攙了他的主顧，好不和我嚷鬧，到處拿言喪我。我的爺，隨他墮業！我不與他爭執，我只替人家行好，救人苦難。」（第七十三回）一番表白之後，薛姑子還格外用心地教了潘金蓮一個絕活：「縫個綿香囊，我贖道朱砂雄黃符兒，安放在裡面，帶在身邊，管情就是男胎，好不準驗！」這樣，薛姑子也成了潘金蓮敬重的人。而事實上，為李瓶兒斷七念經，吳月娘托薛姑子請僧尼，她瞞著王姑子，獨自吞掉了五兩銀子。薛姑子不愧是老江湖了，吃小虧占大便宜的世俗

「經」，她也是念得很熟的。因而，西門慶死後，吳月娘為丈夫做盂蘭會，請的還是薛姑子。

薛姑子的所作所為，似乎離人們通常理念中，那以慈悲為懷，可解人困厄，以罰惡揚善為宗的佛家道法，相去太遠了。薛姑子在講經說理，宣揚佛法，使人信佛的宣講教化時，其終極目的，是為了謀求實際的利益得到。正如馮夢龍小說《醒世恒言》中的一個故事裡講的：「那和尚們名雖出家，利心比俗人更狠。」走門串戶的尼姑們，借宣佛行善之名，行貪利飽囊之實，假佛濟私，全沒有走出紅塵的超凡脫俗。可恰是這樣的世俗情結，世俗心態和世俗行為，使得那高居於形而上的宗教義理、使高深莫測的信仰神秘，也悄然地走下了神壇，融進了世俗的千家萬戶中。

宗教的世俗化過程，正是宗教發展的必然途徑的具體表徵，是宗教生命活力的具體體現。相反，任何宗教思想或形式，如果喪失了世俗化的能力，就意味著這種宗教行將滅亡，甚或已經死了。從這個意義上來看，佛教在我國社會發展的歷程中，要歷經本土化的過程，就少不了要有薛姑子們的功用發揮。當然，宗教世俗化，並不是一個概念，而是每一個傳播者，從大千世界的每個凡俗需求出發，對宗教教條的感性背離後，才擁有了更多的信徒。一位學者對此曾有形象的表述：「當宗教能夠走出寺院，像小商販走街串戶般自由出入尋常百姓之家時，它才獲得了『生命力』的補濟。」這也就是所謂世俗化的真正實現。而世俗化，正是宗教廣得信徒，走進人心，綿延千年，不斷完善的唯一途徑。

薛姑子及其她的同行們，把宗教的信仰建立，變化成為了一種職業的內在意義。培養信徒的目的，只是為了謀取生存。把人因宗教信仰的內化需求而形成的奉獻精神，異化成為獲取利益的私欲滿足。這種利益的驅動，又使他們對本職工作兢兢業業，一絲不苟。不論是講佛經，還是開道場，他們都竭盡所能，甚至花樣翻新。而信徒也就會堅定信念，崇尚教義，更堅信宗教的法力無邊。這種內容與形式的二律背反，這種宗教情懷與世俗心腸的對立，貌似堅定的信徒們的口是心非，或表裡不一，方能顯出宗教偉大的拯救精神和人性最終不能完美的悲哀。偉大的宗教創立者的光榮，在教義被薛姑子們進行世俗解讀的異化過程裡，變成了虔誠信徒們揮之不去的種種夢想。在結束對薛姑子的討論時，不妨再次引用那位學者詩語般的論言：「在宗教之外，才能體味宗教的大慈大悲。在世俗之上，才能反觀世俗的大紅大紫。」

宗教的慈悲，使得宗教高貴，令人崇敬，促人仰視；世俗的紅紫，才能使得世俗精彩，令人著迷，讓人沉溺。而信徒們多半是掙扎在紅塵世俗與清淨方外之間的凡俗之人。

王婆：為財而謀的馬泊六

媒，一個古老的職業，也是人類文明史上第一個收費信息服務的職業。當社會進入到以「父母之命，媒妁之言」為婚姻的操作性模式後，這一職業的普遍性和重要性，傳承的久遠性和不間斷性，便為其他行業所無法比擬的。

媒，是男婚女嫁的信息傳遞者，是我們美麗神話傳說裡的月神行走在人間的化身。

媒，為男女雙方提供的信息內容，直接關係著社會的新細胞——一個新建家庭的品質。就長遠而言，關乎的還是一個社會未來人的素質培養。這不是什麼危言聳聽，也不是什麼誇大其詞。做媒人，那可不是件簡單的事，可說是任重而道遠。或許正是基於這樣的認識，為媒者多是飽經人世風霜，又是一個消息靈通的年長者，尤以婦人為主。但令人不解的是，媒婆一詞，在中國文化生活詞典裡，不大光彩的記錄偏多。在一般老百姓的眼裡，媒婆就是無事生非、貪婪狠毒、蛇蠍心腸般惡婦的代名詞。這與西方古老神話中，活潑可愛、聰明調皮，長著一對能萬里飛翔的翅膀，有著一頭金色卷髮，手握弓箭的男孩兒，人見人愛的愛神丘比特相比，差距何止千萬里！而在市井中走家串戶的媒婆，也很難使人聯想起那個和藹可親、為青年男女牽起連心紅線的月老。

究其原因，當媒成為一種謀生手段，以獲利為目的，以說合為原則時，媒的信息傳送不是情愛和幸福，而是求媒者的各種利益所在，以及為媒者一己私利的謀求所得。所以，既然有得利者，便要有犧牲者。媒婆的利益是靠犧牲他人的婚姻來維持，而受害者對虛妄的信息還要付出高昂的費用。由此可見，世人對媒婆的鄙視心態，不是空穴來風。但因社會的陳習陋俗難改，媒婆仍然是人們生活中的所需職業。中國傳統社會的婚姻，就是在恨媒又用媒的尷尬局面之下，走過了幾千個春夏秋冬。

媒人一職，也同其他的行業一樣，行裡有各種的門道。中國傳統社會裡的媒，就有官媒和私媒、明媒和暗媒之分。在《金瓶梅》裡，為孟玉樓嫁西門慶保媒的薛嫂，為林太太尋歡牽線的文嫂，均屬明媒。官府將觸犯律法的女性，或者因朝廷大案被牽連的官宦女眷，一旦被發賣為奴時，這些明媒者就成為官府的經紀人，此時的身分是官媒。如孫雪娥被官府賣身為奴，就是叫薛嫂去領人的。而民間的尋常人家有了男女婚嫁、聯姻定親的事，請其說項，以合乎「明媒正娶」的禮儀規範時，這些人的身分是私媒。如若從事其他職業，又為人暗中說媒獲取錢財者，就是暗媒。王婆就是《金瓶梅》中最先出場，又最是多面手，堪稱「天字第一號」媒婆的一個暗媒形象，一個為錢而謀的馬泊六。

當潘金蓮為躲避街頭宵小的騷擾，從縣西街搬到紫石街拐角住後，王婆與潘金蓮家對面相望、後門為鄰。王婆的公開身分是開茶館的。既是個做小本經營的買賣人，當然會眼觀六路，耳聽八方。潘金蓮的一杆子，打得西門慶害了相思病，魂不守舍地在武大家門前轉悠，這一切怎能逃過王婆那一雙久看江湖的利眼！老於世故的王婆，故意為西門慶做梅湯，十分巧妙地就讓西門慶知道了自己暗媒的身分。王婆借西門慶稱讚梅湯好喝的話，故意裝聾打岔道：「老身做了一世媒，那討得一個在屋裡！」（第二回）這是向西門慶表明，她王婆保的媒都很成功。西門慶一時沒反應過來，笑道：「我問你這梅湯，你卻說做媒，差了多少！」王婆見彎的不行，乾脆直說：「老身只聽得大官人問這媒做得好，老身道說做媒。」西門慶此時也明白了，便順水推舟，要王婆為他說媒：「乾娘，你既是撮合山，也與我做頭媒，說頭好親事，我自重重謝你。」那王婆明知西門慶想要的是誰，卻故意賣關子：「前日有一個倒好，只怕大官人不要。」西門慶趕緊表態：「若是好時，與我說成了，我自重謝你。」西門慶知道，暗媒是要以利相誘，才能見效的。王婆用的則是迂回戰術：「生的十二分人才，只是年紀大些。」西門慶以為有門兒，立即說道：「自古半老佳人可共，便差一兩歲也不打緊。真個多少年紀？」王婆戲西門慶道：「那娘子是丁亥生，屬豬的，交新年恰九十三歲了。」西門慶被她的話弄得哭笑不得，「看你這風婆子，只是扯著風臉取笑！」話不投機，西門慶只好起身離去。

王婆之所以要顧左右而言他，為的是要試探西門慶，看他對那個對面武家娘子的興趣有多大，肯花的本錢有多少。夜色朦朧，燈才點燃，這西門慶又來到茶館。王婆已是心中有底，可就是不點題。第二天一大早，西門慶「又早在街前來回踅走」。王婆是看在眼裡，成竹在胸，心裡有了盤算：「這刷子踅得緊！你看我著些甜糖抹在這廝鼻子上，交他舔不著。那廝全討縣裡人便益，且交他來老娘手裡納些敗缺，撰他幾貫風流錢使。」王婆主意拿定，便一個勁兒地調動西門慶的胃口，直到西門慶承認思念潘金蓮到了「恰似收了我三魂六魄的一般，日夜只是放他不下。到家茶飯懶吃，做事沒入腳處。不知你會弄手段麼？」並懇求王婆的幫助為止。王婆見時機已經成熟，便向西門慶亮出了她要價的底牌。王婆先說買賣難做：「老身不瞞大官人說：我家賣茶，叫做鬼打更。三年前十月初三日下大雪，那日賣了一個泡茶，直到如今不發市，只靠些雜趁養口。」王婆在給西門慶解釋「雜趁」之意時，便開始吹說自己的通身本領：「老身自從三十六歲沒了老公，丟下這個小廝，無得過日子。迎頭兒跟著人說媒，次後攬人家些衣服賣，又與人家抱腰，收小的。閑常也會牽頭，做馬泊六，也會針灸看病，也會做貝戎兒。」所謂真人面前不說假話，王婆的坦言，使西門慶完全信任她了，許下十兩銀子的高酬，讓王婆打通他與潘金蓮見面的門路。

然而，王婆這番賣瓜式的自白，倒有力地印證出「貧窮是罪惡的催產婆」一語的正確。中年守寡，子幼家貧。面對生存危機，面對現實的殘酷無情，王婆也只能以力所能及的機會把握，不計一切手段，抓住每一分能到手的銀子。久而久之，王婆心裡或曾存有的那些美好和善良，也就漸漸堙沒，直到蕩然無存。王婆也自然而然地把錢財的得到，視為生活的第一要義。只要有錢可賺，王婆才不管出賣的是什麼東西。

西門慶對王婆開出十兩銀子的價碼，以買通會見潘金蓮的路，王婆當然動心。但是，王婆對西門慶的德行和財力是有所瞭解的，她絕不會輕易放過這塊主動送進嘴裡的肥肉。王婆首先提出了要想私會的時機把握，即「挨光」的問題，並從通俗的道理上，對西門慶進行了一番洗腦，使西門慶感到對武家娘子花大錢，用得是物有所值：「大官人，你聽我說：但凡挨光的兩個字最難。——怎的是挨光？似如今俗呼偷情就是了。——要五件事俱全，方才行的。第一，要潘安的貌；第二，要驢大行貨；第三，要鄧通般有錢；第四，要青春小少，就要綿裡針一般，軟款忍耐；第五，要閑工夫。此五件喚做『潘驢鄧小閑』。都全了，此事便獲得著。」（第三回）這是王婆對西門慶風月實力的試探。西門慶是個明白人，不僅逐條說明自己具有「挨光」的實力，還再次表示「我自重重謝你」。西門慶的情急難耐，是「當日意已在言表」。王婆已是十拿九穩後，便把潘金蓮的身世根底告訴了西門慶，並為西門慶出謀劃策，制訂下一個周密細緻、在情在理、易於得手的勾搭潘金蓮的「挨十光」計畫：

> 大官人如幹此事，便買一匹藍紬，一匹白紬，一匹白絹，再用十兩好綿，都把來與老身。老身卻走過去，問他借曆日，央及人揀個好日期，叫個裁縫來做。他若見我這般來說，揀了日期，不肯與我來做時，此事便休了；他若歡天喜地，說我替你做，不要我叫裁縫，這光便有一分了。我便請得他來做，就替我裁，這便二分了。他若來做時，午間我卻安排些酒食點心請他吃。他若說不便當，定要將去家中做，此事便休了；他不言語吃了時，這光便有三分了。這一日你也莫來。直到第三日晌午前後，你整整齊齊打扮了來，以咳嗽為號，你在門前叫道：「怎的連日不見王乾娘？我來買盞茶吃。」我便出來請你入房裡坐吃茶。他若見你，便起身來走了歸去，難道我扯住他不成？此事便休了；他若見你入來，不動身時，這光便有四分了。坐下時，我便對雌兒說道：「這個便是與我衣施主的官人，虧殺他。」我便誇大官人許多好處，你便賣弄他針指。若是他不來兜攬答應時，此事便休了；他若口裡答應，與你說話時，這光便有五分。我便道：「卻難為這位娘子，與我作成，出手做。虧殺你兩施主，一個出錢，一個出力。不是老身路歧相央，難得這位娘子在這裡，官人做個主人，替娘子澆澆手。」你便取銀子出來，央我買。若是他便走時，不成我扯住他？此事便休了；若是不動身時，事務易成，這光便有六分了。我卻拿銀子，臨出門時對他說：「有勞娘子，相待官人坐一坐。」他若起身走了家去，我難道阻擋他？此事便休了；若是他不起身，又好了，這光便有七分了。待我買得東西，提在桌子上，便說：「娘子，且收拾過生活去，且

吃一杯兒酒，難得這官人壞錢。」他不肯和你同桌吃，去了，回去了，此事便休了；若是只口裡說要去，卻不動身，此事又好了，這光便有八分了。待他吃得酒濃時，正說的入港，我便推道沒了酒，再交你買；你便拿銀子，又央我買酒去，並果子來配酒。我把門拽上，關你和他兩個在屋裡。若焦噪跑了歸去時，此事便休了；他若由我拽上門不焦噪時，這光便有九分。只欠一分了，便完就。這一分倒難。大官人，你在房裡，便著幾句甜話兒說入去，卻不可燥爆，便去動手動腳，打攪了事。那時我不管你。你先把袖子向桌子上拂落一雙箸下去，只推拾箸，將手去他腳上捏一捏。他若鬧將起來，我自來搭救。此事便收了，再也難成。若是他不做聲時，此事十分光了。他必然有意。這十分光做完備，你怎的謝我？」（第三回）

這一節的描寫，可謂繪聲繪色，細緻入微。活化了王婆的老謀深算，趨利而動，借機生財，毀人家庭的惡婦心腸。這是《金瓶梅》裡一段著名的描寫，給人們留下了極為深刻的印象。這王婆的妙計，實屬無風險投資。成與不成，她都能從中得些好處。王婆本想，以這樣的精心佈局，使西門慶再多付點報酬。然而，經驗豐富的商人西門慶，根本不談加付銀子的實質問題，只是一味地讚揚：「雖然上不得凌煙閣，乾娘，你這條計，端的絕品好妙計。」王婆見加價沒門兒，只能退守：「卻不要忘了，許我那十兩銀子。」這是一番標準的市井交易，王婆對西門慶的討價還價，雖暫時受挫，但那「十挨光」的計謀卻很成功。金風玉露可相逢，西門慶終於勾搭上了潘金蓮。王婆把自己的茶館做了「情人旅館」，收得了西門慶不少的包房錢。

出乎王婆的預料，為人猥瑣的武大郎，竟然斗膽捉姦。這使得王婆這暗中的買賣曝了光。武大郎與西門慶和潘金蓮、王婆間的矛盾激化後，王婆給潘金蓮和西門慶出了一條毒計，讓西門慶從藥鋪拿砒霜，告訴潘金蓮如何行動，教唆潘金蓮毒死了武大，並協助滅跡脫罪。這些已經顯然超越了媒婆的職業範圍了。王婆並不是對武大有什麼不共戴天的深仇大恨，作為鄰居，武大對王婆一向客氣。否則，武大也不會讓潘金蓮到茶樓上，為王婆裁縫衣服，以至給自己招來殺身之禍。從利益來論，王婆向潘金蓮、西門慶提出短做夫妻的方案，是最有利可得的。因為，西門慶只有在武松不在家時，才能與潘金蓮幽會，地點也只能在王婆的茶樓。這一來，王婆的房錢進賬將很是可觀。但王婆很清楚一點，這放長線能釣來的大魚是好，但是風險也是極大，玩不好就是讓自己身敗名裂。王婆之所以要出個長做夫妻的絕戶計，心腸如此狠毒，為的還是脫開武松的威懾，保住身家性命要緊。因為，潘金蓮進西門府，王婆雖拿不到房錢了，但還算是與這富戶有了關係。將來向西門府中討點活兒幹，得到潘金蓮和西門慶的一些關照，該是不成問題的吧。長於算計的王婆，對事事都有所深謀遠慮。而後來事情的發展，果然如王婆設計的那樣：武大死了，潘金蓮進了西門府，武松被長遠發配。謀殺者沒有償命，作惡者沒有受到懲治。一切待塵埃落定之後，王婆的生活又按原來的軌跡，不緊不慢地打發著。

幾年後，王婆受何九之托，來找潘金蓮幫忙了。何九是當初對武大驗屍的人，受過西門慶的賄賂。如今他的兄弟何十惹了件官司，求王婆到西門府找潘金蓮，意在讓成了掌刑大人的西門慶援個手，幫一把。王婆在西門府裡，看到潘金蓮過的是養尊處優的富家女人生活。可潘金蓮對此沒有表示對王婆的感激之情，甚至叫她「老王」。這王婆感覺自己是受到了冷遇，她對潘金蓮當然就有所不滿。潘金蓮雖然還是辦了王婆所托之事，想必王婆也得到了何九許的好處，但潘金蓮給了王婆一個忘恩負義的女人的深刻印象。所以，當潘金蓮被吳月娘趕出家門，讓王婆領賣掉時，王婆眼裡就只有錢了。王婆買潘金蓮時，那是一張口就要一百兩銀子，而且咬住銀價，絕不鬆口。王婆是打定主意，要在這個忘恩負義的女人身上大撈一筆，以彌補自己當年為她費心籌謀，得利不多的經濟損失。為了這筆高價勞務費，陳經濟只得遠上京城，守備府也猶豫再三，這給了一心要報殺兄之仇的武松一個機會。當武松拿出一百兩白花花的銀子時，王婆哪裡還會想得起與潘金蓮共同犯下的罪惡？王婆興高采烈地把潘金蓮送進了新房。等這個老奸巨猾的王婆有所悟而後悔時，她已成了武松的刀下鬼，結束了她傷天害理、可悲可恨的一生。

王婆的死，與潘金蓮一樣的慘，但卻那樣的輕飄，輕飄得讓人沒有知覺。王婆也曾為人女，也曾為人妻，也曾為人母，這王婆應該也有過些人性中的美吧？可經她的手導演出的婚愛悲劇，卻不在少數。因為，王婆的所作所為，只是為了一個目標：錢！王婆生命的全部，就是不擇手段地獲得錢財。王婆沒有發大財的環境和機會，也沒有賺大錢的能力和本事。王婆的所得，往往是以他人的痛苦作為代價的。這或許是媒人的通病，或許能說明媒婆多遭人恨的原因。但就王婆的狠毒而言，是什麼吞噬了她的善，釋放了她的惡呢？人們在痛斥金錢的萬惡之時，是否應思考對貧窮的追根尋源？人們在信奉金錢萬能的時候，是否更應關注道德的理性思考？

王婆的悲劇，顯然不是一句「輕於鴻毛」就能說明白的。

奴大不欺主的小玉

小玉，是《金瓶梅》中的一個小丫鬟，是作品中一個不起眼的小人物。小玉與潘金蓮同時進入西門府，是個身價不高的小姑娘。

小玉出場在書裡第九回。該回講潘金蓮幾經折騰終於嫁進了西門慶家，做了第五房小老婆。為了使這位幾經周折，歷經驚濤駭浪才嫁入西門府的新婦，能感受到西門慶對她的寵愛，讓潘金蓮充分感到，她現如今的生活已是今非昔比，也因了男主人西門慶某種欲望的驅動，他把吳月娘房中的丫鬟龐春梅，撥到了五姨娘潘金蓮的房裡，去做潘金蓮的貼身婢女，侍候著鋪床更衣，端茶送食，幹些細巧的活兒。又給這位五姨娘買了一個丫頭秋菊，專門做粗活的。當然，這一人事上的安排，包藏著西門慶久已有之的欲望，那就是欲借機把頗有些姿色的龐春梅弄到手。龐春梅撥進新房後，吳月娘房裡的人手就須補充。為此，西門慶只花了五兩銀子，便買了小玉這個小丫鬟給吳月娘使喚。

小玉，成了上房裡補缺的人。

這個只值五兩銀子的小丫頭，為人卻機靈通變，頗能審時度勢。在剛進西門府時，小玉既不能像陪嫁的婢子們那般，能得到舊主子的庇護和關照；又不可能同那些進門早的大丫頭們那樣，有著深厚的人緣關係可依仗。可儘管這樣，小玉仍然很快地在西門府站穩了腳跟。在不長的時間裡，小玉便迅速成為一個在府中上上下下的人際關係中，越來越引人注目的人物；在不長的時間裡，小玉竟與西門府上房的大丫鬟，被西門慶「收用」過的玉簫，平分秋色了。小玉何以如此走運？這裡不妨看一看，小玉在女人成堆，關係複雜的西門府中是如何依人附勢、處事應對的。

小玉進門不久，就發生了龐春梅仗著被西門慶「收用」之勢撒潑，挑唆潘金蓮嚼舌根、弄是非，激西門慶打了四房姨娘孫雪娥之事。整個事件的原由，吳月娘是從小玉口裡得知的。小妾們搬弄是非，理應正房出面彈壓才對，即使不屑親自出馬，按理這也該是大丫頭玉簫去干涉才合適。況且，玉簫與孫雪娥的關係，原本就不錯，過去又與龐春梅同在過一個房中作答應，不論從哪方面看，玉簫是最便於協調雙方矛盾的人選。另外，玉簫又是西門府中的舊人，還是正頭娘子吳月娘的貼身丫鬟，如此身分，應該能鎮得住新進府中的潘金蓮啊。可令人不解的是，吳月娘卻派出剛進門不久的小玉去擺平此事。當然，這不是笑笑生的筆誤。僅此隱約的一筆，便顯示出這個小丫頭小玉，已經迅速取得了西門府的眾婦之首，正房吳月娘的信任和好感。而從後來發生的其他事中，可見出吳月娘識人善用。

小玉為人處世的沉穩，是淺薄輕狂的大丫鬟所玉簫沒法相比的。西門慶留戀妓院，潘金蓮不耐寂寞，與小廝琴童有染。這小玉從秋菊那裡得知此事後，她不是將此事直接告訴吳月娘，而是轉告孫雪娥，為什麼呢？這就是小玉的聰明之處。孫雪娥是西門慶原配夫人陳氏的陪嫁侍女，被西門慶收房後排行在潘金蓮前一位。就當時西門府的局勢而言，孫雪娥似乎尚能與潘金蓮進行一番勢均力敵的爭鬥。所以，心思細膩的小玉，便把這個重要的情報捅給了孫雪娥，暗中促使孫雪娥出面，去狀告潘金蓮。這一招，既能讓孫雪娥一解被「激打」之仇，且孫雪娥也會感念小玉，給她提供的報仇機會的這個好處。從今往後，這四房的姨娘是不會對小玉不利的。更何況，讓孫雪娥出面，小玉自身又不用牽連在是非之中，雙方都不得罪。果然，當孫雪娥同二房李嬌兒聯手，把狀告到吳月娘那裡時，對潘金蓮尚存好感，又不願意看「家反宅亂」的吳月娘，對這兩位多嘴多舌的小妾就很是不滿：「他才來家，又是他好日子。你每不依我，只顧說去；等住回亂將起來，我不管你。」（第十二回）待西門慶聽到了孫雪娥和李嬌兒二人的說辭，又得了小玉的「口詞」，鞭打了潘金蓮後，潘金蓮一房與之結仇的是孫雪娥、李嬌兒，而不是小玉。這一仇恨，導致了孫雪娥後來被賣進娼門的悲慘命運。吳月娘嫌惡的是「狂浪」的潘金蓮和「多話」的孫雪娥，也不是小玉。吳月娘甚至沒有過問小玉為何知道這事情，而沒有對女主子說。很難說這吳月娘的心裡，也以為小玉和她一樣，也想大事化小、小事化了。小玉的機靈乖巧，真是不得不讓人佩服的。然而，西門府裡的各房勢力並不均衡，此消與彼長的演變，也是時時有所發生。小玉對此則是十分的留意。因此，小玉對各房親疏遠近尺度的把握，也就能做得恰到好處。既使人感覺不到小玉對強者的趨炎附勢狀的巴結，又使人感覺不到小玉對弱小無能者的欺凌。小玉作為一個小人物的形象，笑笑生通過她，也把小人物的圓通方略，寫得淋漓盡致，令人不得不拍案叫絕。

當潘金蓮與龐春梅結成聯盟，這第五房變成了最得西門慶寵愛，在西門府最有勢力的一房後，小玉對她們的態度悄悄地轉向了。很快，小玉就被潘金蓮為首的第五房所容納，成了潘金蓮一派的人。以小玉所處的位置，只要在一些雞毛蒜皮的小事情上，稍對潘金蓮和龐春梅示好，潘金蓮與龐春梅也就會把小玉當自己人的，這本也就是情理之中的事情。不過，聰明的小玉，對於的這種「加盟」五房的表示，其實只是小玉做出的一種表面姿態罷了。因為，這樣做既能消除潘金蓮、龐春梅對自己的防範，又能得到她們這一房的好感和支持。在潘金蓮最紅火的時期，小玉一方面與之交好，另一方面又常常提醒吳月娘，須對潘金蓮多加提防，並多次點穿潘金蓮愛偷聽別人說話這一嗜好。一次，西門慶請客，叫了兩個唱曲的小優，且都是首次到西門府來獻唱的人。吳月娘點了幾支曲，大概是屬老調子了，這兩個歌手都不會唱，吳月娘便問：「你會唱『比翼成連理』不會？」那獻唱的小優忙說：「小的有。」可這小優「才待拿起樂器來彈唱，被西門慶叫近前來分付：『你唱一套〈憶吹簫〉我聽罷。』這西門慶點唱「憶吹簫」，精通音律的潘金蓮當然聽出，這是有著懷念李瓶兒的意思，心裡便十分不忿。席散後，吳月娘、孟玉樓和西門慶在上房聊起這事，在屋外聽了一陣子的潘金蓮，突然掀簾子進房插話，把孟玉樓嚇了一跳：「是這一個六丫頭，你在那裡來？猛可說出句話，倒唬我一跳。單愛行鬼路兒。你從多咱走在我背後，怎的沒看見你進來腳步兒響？」（第七十三回）還不等潘金蓮回答，小玉就說：「五娘在三娘背後好小一回兒。」這說明小玉早就看見潘金蓮來了，但小玉卻不招呼。只等潘金蓮自己進來了，才說出來。表面看是隨口說說，而吳月娘、孟玉樓等人，在心裡會怎樣看潘金蓮？便不得而知了。以常理論，對偷聽他人說話的人，誰都會很反感的。潘金蓮終因偷聽，與吳月娘發生了嚴重衝突。吳月娘對眾婦說著她心裡的種種不滿：

> 嫂子，早是你在這裡住，看著，又是我和他合氣？如今犯夜倒拿住巡更的。我倒容人了，人倒不肯容我。一個漢子，就通身把攔住了，和那丫頭通同作弊，在前頭幹的那無所不為的事。人幹不出來的，你幹出來。女婦人家，通把個廉恥也不顧。他燈檯不明，自己還張嘴兒說人浪。想著有那一個在，成日和那個合氣，對俺每千也說那一個的不是，他就是清淨姑姑兒了。單管兩頭和番，曲心矯肚，人面獸心，行說的話兒就不認了，賭的那誓唬人。我洗著眼兒看著他，到明日還不知怎樣而死哩！早時剛才你每看著，擺著茶兒，還好一等他娘來吃。誰知他三不知的就打發的去了，就安排著要嚷的心兒，悄悄兒走來這裡聽。聽怎的？哪個怕你不成！待等那漢子來，輕學重告，把我休了就是了。（第七十五回）

小玉則旁敲側擊道：「俺每都在屋裡守著爐台站著，不知五娘幾時走來，在明間內坐著，也不聽見他腳步兒響。」小玉的話無疑是火上澆油，使吳月娘從心理上，更加地厭惡潘金蓮。孫雪娥也接著小玉的話說：「他單為行鬼路兒，腳上只穿氈底鞋，你可知聽不見他腳步兒響。想著起頭兒一時來，該和我合了多少氣，背地打夥兒嚼說我，教爹打我那兩頓，娘還說我和他偏生好鬥的。」這時的吳月娘可算是氣極了：「他活埋慣了人，今日還要活埋我哩。你剛才不見他那等撞頭打滾撒潑兒，一徑使你爹來家知道，管就把我翻到地下。」李嬌兒冷眼看著這家裡的亂事，付之一笑：「大娘沒的說，反了世界。」而吳月娘對潘金蓮態度的轉變，實在是關係著潘金蓮命運的轉變。吳月娘由對潘金蓮的好感，漸漸轉變到現在的厭惡感，這其中除了潘金蓮自己的行為不檢，樹敵過多等原因外，小玉在上房的暗中影響，也可謂不無關係的。從這點來講，小玉正是削去潘金蓮在西門府中勢力的一柄鈍刀。

小玉這樣的丫鬟，既不能以姿色作為憑藉，靠被男主人「收用」而得勢，那就剩下只有對女主人忠心耿耿，且一心一意來得到照拂了。小玉要想在深宅大院、女人成堆，而又無所事事的環境中占得一席之地，在西門府裡站穩腳跟，而不至於被主子給「下崗」外賣，那麼獲得有勢力者的支持，尤其是主內的第一女主人的扶掖，就是極為重要的一點。就今天來看，任何想要在社會上出人頭地的人，能尋找到某些權勢者的支持，仍然是極重要而又必不可少的條件。小玉以上房為中心，展開八面玲瓏的戰略，這使得她受益匪淺。小玉在西門府裡的地位日趨穩固，加之她廁身於吳月娘房中的有利位置，使小玉對西門府中的大事小情，各色人等，盡皆知曉。尤其小玉更知道吳月娘主持家政的風格與思路，便是守財與安寧。只要不出現「家反宅亂」就行，並不求家聲有多清明。所以小玉一事當前，先阻隔亂言亂事的上達，她比大丫頭玉簫，更能得到吳月娘扶持，漸漸成了正頭娘子的代言人，甚至常以主子的口吻訓斥玉簫。就在西門府為官哥辦滿月酒席後，玉簫因一把銀壺不見了，與小玉發生了口角，一直吵到了吳月娘那裡。小玉竟當面說玉簫是「敢屁股大吊了心也怎的？」（第三十一回）自知理虧的玉簫也沒敢還嘴。在丫頭堆裡，若說龐春梅是大姐大，那麼，小玉也是大有勢頭的。區別在於，龐春梅得勢張揚，小玉就靠內斂。正所謂雞飛枝頭成鳳凰，此時西門府的小玉丫頭，已在不長的時間裡變成為在西門府中的那些勾心鬥角、是非紛爭、取寵邀幸的爭鬥中周旋自如、遊刃有餘的人。同時，也成為一個下情上達、上令下傳，傳遞信息，斡旋平衡各種關係的樞紐人物，形同一個大管家。

小玉的成功，除了她對吳月娘的殷勤忠心，自己為人十分機靈以外，更主要的，就是小玉善於省時度勢，對西門府中各房的力量對比的「度」的分寸掌握，真是恰到好處的緣故。如在李瓶兒初嫁西門慶做第六房妾時，小玉曾與玉簫一塊兒，「都亂戲他」，拿李瓶兒向西門慶求饒和親熱的事兒開玩笑，把個李瓶兒「羞的臉上一塊紅一塊白，站又站不得，坐又坐不住，半日回房去了。」（第二十回）但這以後，小玉不再有過一次，說過一句關於李瓶兒的不是之詞。這其中固然有李瓶兒「性好」的原因，可更主要的是，李瓶兒生了兒子。在西門府中的地位，當然是陡然提高了不少。而西門慶又是日益地寵愛於李瓶兒，使得六房成了能與潘金蓮五房相抗衡的一房勢力，小玉對此看得很是清楚。

小玉的作用和地位，在西門慶死後的西門府裡愈加突出起來。西門府的敗落，迫使吳月娘把兩個大丫鬟玉簫和迎春送了人。小玉，儼然就成了西門府的第一大丫鬟。吳月娘上泰山還願時，「把房門個庫門房鑰匙，交付與小玉拿著。」（第八十四回）從此，小玉掌管了上房和家裡各庫管的全部鑰匙，坐穩了一人之下，眾人之上的大管家、長奴才的位子。這一時間裡，秋菊因不忿平日裡遭受潘金蓮和龐春梅的欺侮，便把潘金蓮和龐春梅合夥，與西門大姐的丈夫陳經濟私通一事告發了出來。小玉不僅立即彈壓住秋菊，在吳月娘回西門府後，還把潘金蓮產私生子的事「瞞得月娘緊緊的」。而當東窗事發之後，吳月娘並不怪罪小玉，只是執意要把龐春梅「罄身兒趕出去」賣了，還要小玉去監督執行。小玉進到潘金蓮房裡，說的卻是：「五娘，你信我奶奶，倒三顛四的！大小姐扶持你老人家一場，瞞上不瞞下，你老人家拿出他箱子來，揀上色的包與他兩套，教薛嫂兒替他拿了去，做個念兒，也是他番身一場。」（第八十五回）當小玉聽潘金蓮說她「好姐姐，你倒有點仁義。」這小玉卻說出了一番很有見識的話：「你看誰人保得常無事！蝦蟇、促織兒，都是一鍬土上人。兔死狐悲，物傷其類。」小玉這些話，不是簡單的同情，簡直就是人生哲理的俗解。從而也勾畫出，小玉為人胸襟與氣度的不同凡俗。這小玉背著吳月娘，「一面拿出春梅箱子來，是戴的汗巾兒、翠簪兒，都教他拿去。」讓潘金蓮給龐春梅包了「兩套上色羅段衣服鞋腳，包了一大包。」又從自己「頭上拔下兩根簪子來」，送給了龐春梅。應該看到，小玉所為，給日後龐春梅與吳月娘的言和，鋪墊了一定的基礎。龐春梅被賣後，潘金蓮也緊接著被吳月娘怒趕離了西門府。吳月娘對媒人表示，只給潘金蓮一個箱籠，不給她雇轎乘坐。小玉則對媒人說：「俺奶奶氣頭上便是這等說，到臨歧，少不的雇頂轎兒。不然，街坊人家看著，抛頭露面的，不乞人笑話。」（第八十六回）小玉一句提醒了吳月娘，還應以大局為重，家醜不可外揚嘛。小玉遇事對人的考慮周到，使吳月娘也自感弗如，無話可說。潘金蓮臨出大門，小玉「悄悄與了金蓮，兩根金頭簪兒」，並和孟玉樓一道把潘金蓮送至大門首，目送著她上了轎子。

笑笑生寫小玉對處理五房的有情有義，正顯出她已是今非昔比的人物了。小玉不再是一個只值五兩銀子的卑微的小丫頭。此時的小玉，已是一個具有了能夠可憐與同情他人的能力和權利的人！小玉，已形同西門府的準主子了。

戰亂之後，吳月娘在小玉和玳安夫婦倆的陪伴下，回到了清河縣，回到了幾多歡樂，幾多悲哀，幾多生死，幾多榮枯的西門府。已經失去了兒子的吳月娘，把西門慶還剩下的家業，讓玳安繼承，並讓玳安承襲了西門的姓氏。小玉也從此成了西門安的正房妻子，成了西門府裡正經八百的女主人。而吳月娘這個西門府的舊主人，則成了被新的西門府主人，贍養在府中的新客罷了。人生的演繹變化，倒也令人能明白澹泊寧靜的內在含義。

小玉深藏的城府和為人的用心之細，真可謂機關算盡。但如果只看到這一點，那就辜負了笑笑生寫此人物的一番苦心。雖然，研究小玉如何攀權奪勢的招數頗為實用。可更要知道的是，寫小玉，實在是笑笑生為全書設置的一個「眼」所在。小玉這一人物，是全書之眼、是情節之眼，更是一個醒看炎涼世態的創作主旨的解讀之「明眼」。小說中許多主要事件，多因小玉為發端而引出。例如，西門慶與宋惠蓮有姦，玉簫觀風作牽頭，是小玉指破給潘金蓮知道，導致了家奴來旺被遞解放逐，宋惠蓮羞忿自縊的慘事；孫雪娥與來旺有「首尾」，也是被小玉看見，暗傳得「闔家都知」，最終使孫雪娥被西門慶痛打，「拘了頭面」，打入下房，不得翻身的。最為突出的是全書的終結部分，借用小玉夜觀眾鬼魂的歸宿一節，笑笑生以人物的「眼」，來探視人生的終極與無限。透過小玉這隻「眼」，不僅使人讀出了笑笑生對「酒、色、財、氣」，這人生四病的勸戒之意，更讀出了，因果報應實屬虛空，人更應把握的是現世人生的追求的含義。這後一點給人的感悟之功，該是笑笑生始料不及的吧？

在小玉這個人物形象中，笑笑生使其具有著其他女性形象的個性體現。小玉的形象裡，具有著潘金蓮的那份靈動，李瓶兒的那種寬厚，龐春梅的那個傲氣，吳月娘的那樣做戲，孟玉樓的那份乖覺。笑笑生似乎想表明這樣的認識：一個人，只有集靈、厚、傲、假、乖特質於一身，才能在逼窄的人生道路上，求得生存與發展。

安排小玉終結百回巨著《金瓶梅》裡的眾生們的人生大戲，蘭陵笑笑生的用心，也應是很深的吧！

附　錄

一、曾慶雨小傳

女，1961 年 7 月生。1989 年，考入復旦大學古籍研究所助教班。因受到黃霖先生的影響，開始走上了《金瓶梅》研究的學術之路。本人現為雲南民族大學人文學院教授、碩士生導師。學術兼職為：中國金瓶梅研究會（籌）理事、中國高等教育公共關係委員會理事等。主要從事中國古代小說與元明清文學研究。在《明清小說研究》《當代文壇》《思想戰線》《學術探索》《雲南社會科學》等學刊上發表學術論文多篇。曾獲得雲南省學術著作出版基金，以及雲南民族大學學術著作出版基金資助，由雲南大學出版社出版著作一部。獲得兩屆雲南省社會科學優秀成果獎。

二、曾慶雨《金瓶梅》研究專著、論文目錄

(一)專著

《商風俗韻——金瓶梅中的女人們》，昆明：雲南大學出版社 2000 年。

(二)論文

1. 論西門慶文本內界形態的他視角差異性
   明清小說研究，2007 年第 1 期。
2. 論《金瓶梅》敘事建構的思維特徵
   金瓶梅研究，第 9 輯，齊魯書社 2009 年。
3. 論《金瓶梅》敘事建構及其敘說特徵
   雲南民族大學學報，2009 年第 3 期。
4. 論《金瓶梅》敘事藝術的思維特徵
   當代文壇，2012 年第 4 期。
5. 論《金瓶梅》創作主體意識的價值及其影響
   2012 臺灣金瓶梅國際學術研討會論文集，臺北：里仁書局 2013 年。

後　記

2013年的冬天，昆明降下了一場百年未遇的大雪。當我站在機場的停車坪前，看著眼前那一片雪白的世界，仿佛是一種象徵和預兆。之後發生的一切，似乎都在印證著當時我的直覺的準確無誤。

時間來到了2014年的元旦，在單人病房衛生間的鏡子裡，我看到一雙充滿了紅血絲和烏青眼圈的眼睛，那是我自己的雙眼。剛走進這個多事的馬年，便想到吳敢先生要求完成的文集時限，心中滿是不安和焦慮。真不知是否能完成這一才開了個頭的工作？時近兩個月，每日只是穿行在醫院重症病房和購買藥物的路上。能有一個四小時的睡眠時間，都覺得是一種浪費。可這一切的努力，並沒能挽留住一個生命！2月15日，我在個人微博裡，寫下了這樣的字句：今年是我經歷過的最為寒冷和痛苦的冬天。生死病痛，目睹之後的心酸難耐，方知生命的不易與脆弱，也漸懂從容淡定之修養境界的真諦。生亦苦，死何懼？皮囊一棄塵埃一地。罷罷罷，多相伴，少遺憾，一世親情隨緣散。怎樣走出傷痛，給自己一個證明勇氣的理由？思來想去，除了要負起照顧好臥病不起的老父親的責任之外，那就是把曾經想要放棄的文集整理修改工作搞下去。

又是不知幾多的披星戴月，也不知是什麼力量的支持？這本文集的整理、修改和編寫工作終於進入到了尾聲。而在這一段心路艱辛的過程中，雖說舉步維艱，但也終於走到了希望的岸邊。這個文集工作的完成，自當要感謝我的家人對我的幫助和理解，給了我默默無聲的支持和行動上的鼓勵，還要多多感謝吳敢先生給予我的寬容——從時間到文本的糾錯，這給了我很實際的幫助。感謝我身邊的每一個支持和鼓勵我的人，沒有你們，我不可能在這麼短的時間，把二十幾萬字的文稿全部修改一遍。

當我在電腦前看著這一個個被鍵入的字句，總會不禁想起，1987年在威海的那個夏天。天那麼熱，房間那麼小，王汝梅先生身穿一件雪白的短袖襯衫，手裡拿著一方汗巾，向學員們介紹著張竹坡評本的《金瓶梅》。那是我第一次接觸到這部著作，便隨機購買了一套由王汝梅先生校點的《張竹坡批評第一奇書金瓶梅》。那也是我第一次有了整套的《金瓶梅》的文本，還是正規途徑購得，而非地攤貨，心中甚是高興。不過那個時候的我，對這部小說談不上有何見識。1989年，有幸考入復旦大學古籍研究所助教班裡學習。正是通過這個機緣，聆聽到了黃霖先生《金瓶梅》研究的課程。那時候，在任何大學裡，都沒聽說過有系統講授《金瓶梅》課程的。記得就在接近期末時，在老文科樓的電梯間，我偶遇黃霖老師，有著話嘮癖的我，忍不住和黃老師聊了自己對玳安這個人物的一些看法。黃老師當時聽得很認真，並沒有因為我的幼稚而不耐煩。其實，我那是為著期末的作業而探底，想知道自己的選題是否可行？沒想到黃老師給了我一通十分的鼓勵，那一天的好心情，直到今天也能記起。正是黃霖老師的鼓勵，促使我放下了對唐詩宋詞的興趣，轉而進入到了對中國小說的關注，進而開始了《金瓶梅》研究的學術之途。2000 年，隨著與許建平學兄合作的《商風俗韻——金瓶梅中的女人們》一書的出版，成就了我的研究定是走向「金學」的不二選擇。也由於，從本科學習時期起，就對西方文學批評感興趣。所以，在對《金瓶梅》的研究方法上，也就會不經意地採用一些諸如敘事學理論的工具來進行。雖說，不是刻意而為，但也是「金學」研究中的一種嘗試。一次，在和「金學」同仁師友們的聊天中，聽到一位好友對我說：「你知道嗎？在開封會議上，你的論文在大會上一說完，那個『他視角』就成了那屆會上的流行語。」我知道，其實我的論文沒他說的那麼有震撼力，但是這樣的鼓勵，使我堅定了以這樣的方式去搞《金瓶梅》的研究。2012 年，吳敢先生說要寫優秀的論文赴台參會，我便撰寫了〈論《金瓶梅》創作主體意識的價值及其影響〉一文，而寫作的過程，可謂得心應手。自己也能覺出一種向成熟轉變的進步。這部文集的成型，時間跨越了 13 至 14 兩個年頭，這 1314，網絡語的解讀就是一生一世。

行文至此，我深感在學術的道路上，其實每個人都需要引領和機遇，更需要鼓勵和包容，尤其需要有一個寬鬆與嚴謹相結合的學術氛圍。而這些必備的條件和因素，我都得到了。我是幸運的！有這麼好的師長，有這麼好的朋輩，有這麼好的團體，有這麼好的家人。讓我再次感謝您們，謝謝！

2014 年 4 月 11 日下午於昆明

國家圖書館出版品預行編目資料

曾慶雨《金瓶梅》研究精選集

曾慶雨著. – 初版. – 臺北市：臺灣學生，2015.06
面；公分（金學叢書第 2 輯；第 26 冊）

ISBN 978-957-15-1675-2 (精裝)

1. 金瓶梅 2. 研究考訂

857.48 104008104

曾慶雨《金瓶梅》研究精選集

著作者：曾慶雨
主編：吳敢、胡衍南、霍現俊
出版者：臺灣學生書局有限公司
發行人：楊雲龍
發行所：臺灣學生書局有限公司
臺北市和平東路一段七十五巷十一號
郵政劃撥帳號：00024668
電話：(02)23928185
傳真：(02)23928105
E-mail：student.book@msa.hinet.net
http://www.studentbook.com.tw

定價：精裝 30 冊不分售
新臺幣 45000 元

二〇一五年六月初版

ISBN 978-957-15-1675-2 (本冊)
ISBN 978-957-15-1680-6 (全套)

金學叢書 第二輯

- ❶ 徐朔方 孫秋克《金瓶梅》研究精選集
- ❷ 甯宗一《金瓶梅》研究精選集
- ❸ 傅憎享 楊國玉《金瓶梅》研究精選集
- ❹ 周中明《金瓶梅》研究精選集
- ❺ 王汝梅《金瓶梅》研究精選集
- ❻ 劉輝《金瓶梅》研究精選集
- ❼ 張遠芬《金瓶梅》研究精選集
- ❽ 周鈞韜《金瓶梅》研究精選集
- ❾ 魯歌《金瓶梅》研究精選集
- ❿ 馮子禮《金瓶梅》研究精選集
- ⓫ 黃霖《金瓶梅》研究精選集
- ⓬ 吳敢《金瓶梅》研究精選集
- ⓭ 葉桂桐《金瓶梅》研究精選集
- ⓮ 張鴻魁《金瓶梅》研究精選集
- ⓯ 陳昌恆《金瓶梅》研究精選集
- ⓰ 石鐘揚《金瓶梅》研究精選集
- ⓱ 王　平 趙興勤《金瓶梅》研究精選集
- ⓲ 李時人《金瓶梅》研究精選集
- ⓳ 孟昭連《金瓶梅》研究精選集
- ⓴ 陳東有《金瓶梅》研究精選集
- ㉑ 卜鍵《金瓶梅》研究精選集
- ㉒ 何香久《金瓶梅》研究精選集
- ㉓ 許建平《金瓶梅》研究精選集
- ㉔ 張進德《金瓶梅》研究精選集
- ㉕ 霍現俊《金瓶梅》研究精選集
- ㉖ 曾慶雨《金瓶梅》研究精選集
- ㉗ 潘承玉《金瓶梅》研究精選集
- ㉘ 洪濤《金瓶梅》研究精選集
- ㉙ 金學索引（上編）——吳敢編著
- ㉚ 金學索引（下編）——吳敢編著